阿來

A Lai

著

塵埃落定

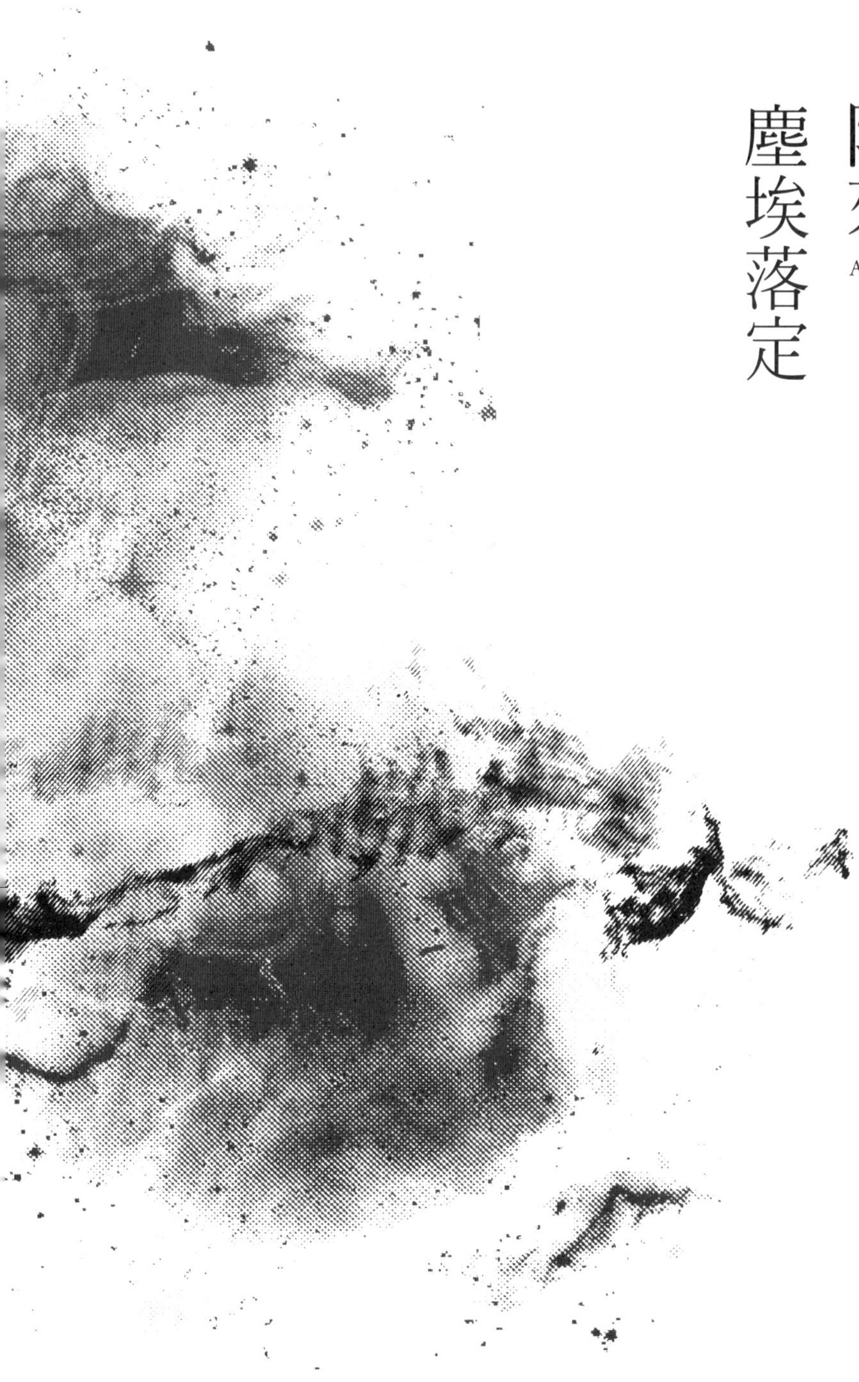

阿來作品集 2

【推薦語】

這部小說最動人之處，在於一種詩意的辯證。小說思考個人和社會的關係，男人和女人對待愛情的差異，所謂的「傻子」如何看待世界，世界又以哪一種眼光對待「傻子」。阿來以一種詩意的寫實，向漢語世界的讀者敘述西藏，然而他其實寫的是愛情與人性，文學裡最永恆的主題。

鍾怡雯（元智大學中語系教授）

【前言】
落不定的塵埃

阿來

我相信，真正描繪出自己心靈圖景的小說會挑選讀者。而當某種神秘的風從某個特定的方向吹來，落定的塵埃又泛起，那時，我的手指不得不像一個舞蹈症患者，在電腦鍵盤上瘋狂地跳動了。

每當想起馬奎斯寫完《百年孤寂》時的情景，總有一種特別的感動。作家走下幽閉的小閣樓，妻子用一種不帶問號的口吻問他：克雷地亞上校死了。賈西亞・馬奎斯哭了。我想這是一種至美至大的境界。寫完這部小說後，我走出家門，把作爲這部作品背景的地區重走了一遍，我需要從地理上重新將其感覺一遍。不然，它真要變成小說裡那種樣子了。眼下，我最需要的是一切都回復到正常的狀態。小說是具有超越性的，因而世界的面貌在現實中完全可能是另外一種樣子……

在這部作品誕生的時候，我就生活在小說裡的鄉土所包圍的偏僻的小城，非常漢化的一座小城。走在小城的街上，抬頭就可以看見筆下正在描繪的那些看起來毫無變化的石頭寨子，看到雖然被嚴重摧殘，但仍然雄偉曠遠的景色。但我知道，自己的寫作過程其實是身在故鄉而深刻的懷鄉。這不僅是因爲小城裡已經是另一種生活，就是在那些鄉裡、群山深谷中間，生活已是另外一番模樣。故鄉已然失去了它原來的面貌。血性剛烈的英雄時代，蠻勇過人的浪漫時代早已結束。像空谷回聲一樣，漸行漸遠。在一種型態到另一種型態的過渡期，社會總是顯得卑俗；從一種文明過渡到另一種文明，人心猥瑣而渾濁。所以，這部小說，是我作爲一個原鄉人在精神上尋找真正故鄉的一種努力。我沒有力量在一部小說裡像政治家一樣爲人們描述明天的社會圖景，儘管我十分願意這樣。現在我已生活在遠離故鄉的城市，但這部小說，可以幫助我時時懷鄉。

這樣的小說當然不會採用目下的暢銷書寫法。

我也不期望自己的小說雅俗共賞。

我相信，真正描繪出了自己心靈圖景的小說會挑選讀者。

而當某種神秘的風從某個特定的方向吹來，落定的塵埃又泛起，那時，我的手指不得不像一個舞蹈症患者，在電腦鍵盤上瘋狂地跳動了。下一部小說，我想變換一個主題，關於肉體與精神上的雙重流浪。看哪，落定的塵埃又微微泛起，山間的大路上，細小的石英砂塵在陽光下閃爍出耀眼的光芒，我的人本來就在路上。現在是多麼好，我的心也在路上了。

唉，一路都是落不定的塵埃。你是誰？你看，一柱光線穿過那些寂靜而幽暗的空間，便照見了許多細小的微塵飄浮，像茫茫宇宙中那些星球在運轉。

目次

第一章

1. 野畫眉

那是個下雪的早晨，我躺在床上，聽見一群野畫眉在窗子外邊聲聲叫喚。

母親正在銅盆中洗手，她把一雙白淨修長的手浸泡在溫暖的牛奶裡，噓噓地喘著氣，好像使雙手漂亮是件十分累人的事情。她用手指叩叩銅盆邊沿，有著一聲響亮，盆中的牛奶上蕩起細密的波紋，鼓蕩起嗡嗡的回音在屋子裡飛翔。

然後，她叫了一聲桑吉卓瑪。

侍女桑吉卓瑪應聲端著另一個銅盆走了進來。那盆牛奶給放到地上。母親軟軟地叫道：「來呀，多多。」一條小狗從櫃子下面咿咿唔唔地鑽出來，先在地上翻一個觔斗，對著主子搖搖尾巴，這才把頭埋進了銅盆裡邊。盆裡的牛奶噎得牠幾乎喘不過氣來。土司太太很喜歡聽見這種自己少少一點愛，就把人淹得透不過氣來的聲音。她聽著小狗喝奶時透不過氣來的聲音，在清水中洗手。一邊洗，一邊吩咐侍女卓瑪，看看我——她的兒子醒了沒有。昨天，我有點發燒，母親就睡在我的房裡。我說：「阿媽，我醒了。」

她走到床前，用濕濕的手摸摸我的額頭，說：「燒已經退了。」

說完，她就丟開我去看她白淨卻有點掩不住蒼老的雙手。每次梳洗完畢，她都這樣。現在，她梳洗完畢了，便一邊看著自己的手一日日顯出蒼老的跡象，一邊等著侍女把水潑到樓下的聲音。這種等待總有點提心吊膽的味道。水從高處的盆子裡傾瀉出去，跌落在樓下石板地上，分崩離析的聲音會使她的身子忍不住痙攣一下。水從四樓上傾倒下去，確實有點粉身碎骨的味道，有點驚心動魄。

但今天，厚厚的積雪吸掉了那聲音。

該到聲音響起時，母親的身子還是抖動了一下。我聽見侍女卓瑪美麗的嘴巴在小聲嘀咕：又不是主子自己掉下去了。我問卓瑪：「你說什麼？」

母親問我：「這小蹄子她說什麼？」

我說：「她說肚子痛。」

母親問卓瑪：「真是肚子痛嗎？」

我替她回答：「又不痛了。」

母親打開一只錫罐，一隻小手指伸進去，挖一點油脂，擦在手背上，另一隻小手指又伸進去，也挖一點油脂擦在另一隻手背上。屋子裡立即瀰漫開一股辛辣的味道。這種護膚用品是用旱獺油和豬胰子加上寺院獻上的神秘的印度香料混合而成。土司太太，也就是我母親很會做表示厭惡的表情。她做了一個這樣的表情，說：「這東西其實是很臭的。」

桑吉卓瑪把一只精緻的匣子捧到她面前，裡面是土司太太左手的玉石鐲子和右手的象牙鐲子。太太戴上鐲子，在手腕上轉了一圈說：「我又瘦了。」

侍女說：「是。」

母親說：「你除了這個你還會說什麼？」

「是，太太。」

我想土司太太會像別人一樣順手給她一個嘴巴，但她沒有。侍女的臉蛋還是因為害怕變得紅撲撲的。土司太太下樓去用早餐。卓瑪佇立在床前，側耳傾聽太太踩著一級級梯子到了樓下，便把手伸進被子狠狠掐了我一把，她問：「我什麼時候說肚子痛？我什麼時候肚子痛了？」

我說：「你肚子不痛，只想下次潑水再重一點。」

這句話很有作用，我把腮幫鼓起來，她不得不親了我一口。親完，她說，可不能告訴主子啊。我的雙手伸向她懷裡，一對小兔一樣撞人的乳房就在我手心裡了。我身體裡面或者是腦袋裡面什麼地方很深很熱地震盪了一下。卓瑪從我手中掙脫出來，還是說：「可不能告訴主子啊。」

這個早上，我第一次從女人身上感到令人愉快的心旌搖蕩。

桑吉卓瑪罵道：「傻瓜！」

我揉著結了眵的雙眼問：「真的，到底誰是那個傻……傻瓜？」

「真是一個十足的傻瓜！」

說完，她也不服侍我穿衣服，而在我胳膊上留下一個鳥啄過似的紅斑就走開了。她留給我的疼痛是叫人十分新鮮又特別振奮的。

窗外，雪光的照耀多麼明亮！傳來了家奴的崽子們追打畫眉時的歡叫聲。而我還在床上，躺在熊皮褥子和一大堆絲綢中間，側耳傾聽侍女的腳步走過了長長的迴廊，看來，她真是不想回來伺候我了。於是，我一腳踢開被子大叫起來。

在麥其土司轄地上，沒有人不知道土司第二個女人所生的兒子是一個傻子。

那個傻子就是我。

除了親生母親，幾乎所有人都喜歡我是現在這個樣子。要是我是個聰明的傢伙，說不定早就命歸黃泉，不能坐在這裡，就著一碗茶胡思亂想了。土司的第一個老婆是病死的，我的母親是一個毛皮藥材商買來送給土司的。土司醉酒後有了我，所以，我就只好心甘情願當一個傻子了。

雖然這樣，方圓幾百里沒有不知道我的，這完全因爲我是土司兒子的緣故。如果不信，你去當個家奴，或是百姓的絕頂聰明的兒子試試，看看有沒有人會知道你。

我是個傻子。

我的父親是皇帝冊封的轄制數萬人眾的土司。

所以，侍女不來給我穿衣服，我就會大聲叫嚷。

伺候我的人來遲半步，我只一伸腿，綢緞被子就水一樣流淌到地板上。來自重疊山口以外的漢地絲綢是些多麼容易流淌的東西啊！從小到大，我始終弄不懂漢人地方爲什麼會是我們十分需要的絲綢、茶葉和鹽的來源，更是我們這些土司家族權力的來源。有人對我說那是因爲天氣的緣故。我說：「哦，天氣的緣故。」心裡卻想，也許吧，但肯定不會只是天氣的緣故。那麼，天氣爲什麼不把我變成另一種東西？據我所知，所有的地方都是有天氣的。起霧了。吹風了。風熱了，雪變成了雨。風冷了，雨又變成雪。天氣使一切東西發生變化，當你眼鼓鼓地看著它就要變成另一種東西時，卻又不得不眨一下眼睛了。就在這一瞬間，一切又變回了原來的樣子。可是又有誰能在任何時候都不眨巴一下眼睛？祭祀的時候也是一樣。享受香火的神祇在繚繞的煙霧背後，金面孔上彤紅的嘴唇就要張開了，就要歡笑或者哭泣，殿前猛然一陣鼓號聲轟然作響，嚇得人渾身哆嗦，一眨眼間，神祇們又收斂了表情，回復到無憂無樂的莊嚴境界中去了。

這天早晨下了雪，是開春以來的第一場雪。只有春雪才會如此滋潤綿密，不至於一下來就被風給颳走了，也只有春雪才會鋪展得那麼深遠，才會把滿世界的光芒都匯聚起來。

滿世界的雪光都匯聚在我床上的絲綢上面。我十分擔心絲綢和那些光芒一起流走了。心中竟然湧上了惜別的憂傷。閃爍的光錐子一樣刺痛了心房，我放聲大哭。聽見哭聲，我的奶娘德欽莫措跌跌撞撞地從外邊衝了進來。她並不是很老，卻喜歡做出一副上了年紀的樣子。她生下第一個孩子後就成了我的奶娘，因爲她的孩子生下不久就死掉了，那時我已經三個月了，母親焦急地等著我做一個知道自己來到這個世界的表情。

一個月時我堅決不笑。

兩個月時任何人都不能使我的雙眼對任何呼喚做出反應。

土司父親像他平常發布命令一樣對他的兒子說：「對我笑一個吧！」見沒有反應，他一改溫和的口吻，十分嚴厲地說：「對我笑一個，笑啊，你聽到了嗎？」他那模樣真是好笑。我一咧嘴，一汪涎水從嘴角掉了下來。母親別過臉，想起有我時父親也是這個樣子，淚水止不住流下了臉腮。母親這一氣，奶水就乾了。她乾脆說：「這樣的娃娃，叫他餓死算了。」

父親並不十分在意，叫管家帶上十個銀元和一包茶葉，送到剛死了私生子的德欽莫措那裡，使她能施一道齋茶，給死娃娃做個小小的道場。管家當然領會了主子的意思，早上出去，下午就把奶娘領來了。走到寨門口，幾條惡犬狂吠不已，管家對她說：「叫牠們認識你的氣味。」

奶娘從懷裡掏出塊饃饃，分成幾塊，每塊上吐點口水，扔出去，狗們立即就不咬了，跳起來，在空中接住了饃饃。之後，牠們跑過去圍著奶娘轉了一圈，用嘴撩起她的長裙，嗅嗅她的腳，又嗅嗅她的腿，證實了她的氣味和施食者的氣味是一樣的，這才豎起尾巴搖晃起來。幾隻狗開口大嚼，管家拉著奶娘進了官寨大門。

土司心裡十分滿意。新來的奶娘臉上雖然還有悲痛的顏色，但奶汁卻溢出來打濕了衣服。

這時，我正在盡我所能放聲大哭。土司太太沒有了奶水，卻還試圖用那空空的東西堵住傻瓜兒子的嘴巴。父親用拐杖在地上撞出很大的聲音，說：「不要哭了，奶娘來了。」我就聽懂了似的止住了哭聲。奶娘把我從母親手中接過去。我立即就找到了飽滿的乳房。她的奶水像湧泉一樣，而且是那樣的甘甜。我還嘗到了痛苦的味道，和原野上那些花啊草啊的味道。而我母親的奶水更多的是五顏六色的想法，把我的小腦袋脹得嗡嗡作響。

我那小胃很快就給裝得滿滿當當了。爲表示滿意，我把一泡尿撒在奶娘身上。奶娘在我鬆開奶頭時，背過身去哭了起來。就在這之前不久，她夭折的兒子由喇嘛們念了超度經，用牛毛毯子包好，沉入深潭水葬了。

母親說：「晦氣，呸！」

奶娘說：「主子，饒我這一回，我實在是忍不住了。」母親叫她自己打自己一記耳光。

如今我已經十三歲了。這許多年裡，奶娘和許多下人一樣，洞悉了土司家的許多秘密，就不再那麼規矩了。她也以爲我很傻，常當著我的面說：「主子，呸！下人，呸！」同時，把隨手塞進口中的東西——被子裡絮的羊毛啦，衣服上綻出的一段線頭啦，和著唾液狠狠地吐在牆上。只是這一二年，她好像已經沒有力氣吐到原來的高度上去了，於是，她就乾脆做出很老的樣子。

我大聲哭喊時，奶娘趺趺撞撞地跑了進來：「求求你少爺，不要叫太太聽到。」

而我哭喊，是因爲這樣非常痛快。

奶娘又對我說：「少爺，下雪了啊！」

下雪跟我有什麼關係呢？但我確實就不哭了。從床上看出去，小小窗口中鑲著一方藍得令人心悸的天空。她把我扶起來一點，我才看見厚厚的雪重重地壓在樹枝上面。我嘴一咧又想哭。

她趕緊說：「你看，畫眉下山來了。」

「真的？」

「是的，牠們下山來了。聽，牠們在叫你們這些娃娃去和牠們玩耍。」

於是，我就乖乖地叫她穿上了衣服。

天啊，你看我終於說到畫眉這裡來了。天啊，你看我這一頭的汗水。畫眉在我們這地方都是野生的。天陰時誰也不知道牠們在什麼地方。天將放晴，牠們就全部飛出來歌唱了，歌聲婉轉嘹亮。畫眉不長於飛行，牠們只會從高處飛到低處，所以不會輕易下到很低的地方。但一下雪可就不一樣了，原來的居處找不到吃的，就只好來到有人的地方。

畫眉是給春雪壓下山來的。

和母親一起吃飯時，就有人不斷進來問事了。

先是跛子管家進來問等會兒少爺要去雪地裡玩，要不要換雙暖和的靴子，並說，要是老爺在是要叫換的。母親就說：「跛子你給我滾出去，把那破靴子掛在脖子上給我滾出去！」管家出去了，當然沒有把靴子吊在脖子上，也不是滾出去的。

不一會兒，他又拐進來報告，說科巴寨裡給趕上山去的女麻瘋在雪中找不到吃的，下山來了。

母親趕緊問：「她現在到了哪裡？」

「會爬出來的。」

「她爬不出來，正在洞裡大聲叫喚呢。」

「那還不趕緊埋了！」

「活埋嗎？」

「那我不管，反正不能叫麻瘋闖進寨子裡來。」

之後是布施寺廟的事，給耕種我家土地的百姓們發放種子的事。屋裡的黃銅火盆上燃著旺旺的木炭，不多久，我的汗水就下來了。

辦了一會兒公事，母親平常總掛在臉上的倦怠神情消失了。她的臉像有一盞燈在裡面點著似的閃爍著光彩。我只顧看她熠熠生輝的臉了，連她問我句什麼都沒有聽見。於是，她生氣了，加大了聲音說：「你說你要什麼？」

我說：「畫眉叫我了。」

土司太太立即就失去了耐心，氣沖沖地出去了。我慢慢喝茶，這一點上，我很有身爲一個貴族的派頭。喝第二碗茶的時候，樓上的經堂鈴鼓大作，我知道土司太太又去關照僧人們的營生了。要是我不是傻子就不會在這時掃了母親的興。這幾天，她正充分享受著土司的權力。父親帶著哥哥到省城告我們的鄰居汪波土司。最先，父親夢見汪波土司撿走了他戒指上脫落的珊瑚。喇嘛說這不是個好夢。果然，不久就有邊界上一個小頭人率領手下十多家人背叛了我們，投到汪波土司那邊去了。父親派人執了厚禮去討還被拒絕，後一個派人帶了金條，言明只買那叛徒的腦袋，其他百姓、土地就奉送他汪波土司了。結果金條給退了回來。還說什麼，汪波土司要是殺了有功之人，自己的人也要像麥其土司的人一樣四散奔逃。

麥其土司無奈，從一個鑲銀嵌珠的箱子裡取出清朝皇帝頒發的五品官印和一張地圖，到中華民國四川省軍政府告狀去了。

我們麥其一家，除了我和母親，還有父親，還有一個同父異母的哥哥，之外，還有一個同父異同的姊姊和經商的叔叔去了印度。後來，姊姊又從那個白衣之邦去了更加遙遠的英國。都說那是一個很大的國家，有一個外號是叫做日不落帝國。我問過父親，大的國家就永遠都是白天嗎？

父親笑笑，說：「你這個傻瓜。」

現在他們都不在我身邊，我很寂寞。

我就說：「畫眉啊！」

說完就起身下樓去了。剛走到樓下，幾個家奴的孩子就把我圍了起來。父母親經常對我說，瞧瞧吧，他們都是你的牲口。我的雙腳剛踏上天井裡鋪地的石板，這些將來的牲口們就圍了過來。他們腳上沒有靴子，身上沒有皮袍，看上去卻並不比我更怕寒冷。他們都站在那裡等我發出命令呢！我的命令是：「我們去逮畫眉。」

他們的臉上立即泛起了紅光。

我一揮手，喊一嗓子什麼，就帶著一群下人的崽子，一群小家奴衝出了寨門。我們從裡向外這樣一衝，一群看門狗受到了驚嚇，便瘋狂地叫開了，給這個早晨增加了歡樂氣氛。好大的雪！外面的天地又亮堂又寬廣。我的奴隸們也興奮地大聲鼓譟。他們用赤腳踢開積雪，撿些凍得硬邦邦的石頭揣在懷裡。而畫眉們正翹著暗黃色的尾羽蹦來蹦去，順著牆根一帶沒有積雪的地方尋找食物。

我只喊一聲：「開始！」

就和我的小奴隸們撲向了那些畫眉。畫眉們不能往高處飛，急急忙忙竄到挨近河邊的果園中去了。我們從深過腳踝的積雪中跌跌撞撞地向下撲去。畫眉們無路可逃，紛紛被石頭擊中。身子一歪，腦袋就扎進蓬鬆的積雪中去了。那些僥倖活著的只好顧頭不顧尾，把小小的臉袋鑽進石縫和樹根中間，最後落入了我們手中。

這是我在少年時代指揮的戰鬥，這樣的成功而且完美。

我又分派手下人有的回寨子取火，有的上蘋果樹和梨樹去折乾枯的枝條，最機靈最膽大的就到廚房裡偷鹽。其他人留下來在冬天的果園中清掃積雪，我們必須要有一塊生一堆野火和十來個人圍火而坐的地方。偷鹽的索郎澤郎算是我的親信。他去得最快也來得最快。我接過鹽，並且吩咐他，你也幫著掃著吧！他就喘著粗氣開始掃雪。他掃雪是用腳一下一下去踢，就這樣，也比另外那些傢伙快了很多。所以，當他故意把雪踢到我臉上，我也不怪罪他。即使是奴隸，有人也有權更被寵愛一點。對於一個統治者，這可以算是一條真理。是一條有用的真理。正是因爲這個，我才容忍了眼下這種犯上的行爲，被鑽進脖子的雪弄得咯咯地笑了起來。

火很快生起來。大家都給那些畫眉拔毛。索郎澤郎不先把畫眉弄死就往下拔毛，活生生的小鳥在他手下吱吱慘叫，弄得人起一身雞皮疙瘩，他卻一副若無其事的樣子。好在火上很快就飄出了使人心安的鳥肉香味，不一會兒，每人肚子裡都裝進了三五隻畫眉，野畫眉。

2. 轄日

這時，土司太太正在樓上樓下叫人找我。

要是父親在家，絕不會阻止我這一類遊戲。可是這幾天是母親在家主持一應事務，情況就多少有些不同。最後，下人在果園裡找到了我。這時，太陽正升上天空，雪光晃得人睜不開眼睛。我滿手血汙，在細細啃著小鳥們的小小骨頭。我混同在一群滿手滿臉血汙的家奴的孩子中間回到寨子裡，看門狗嗅到了新鮮的血腥味而對著我們狂吠起來。進得大門，仰臉就看見母親立在樓上，一張嚴厲的臉俯視著下面。那幾個小家奴就在她的目光下顫抖起來。

我被領上樓在火盆邊烤打濕的衣服。

天井裡卻響起了皮鞭飛舞的聲音。這聲音有點像鷹在空中掠過。我想，這時我恨母親，恨麥其土司太太。而她牙痛似的捧著臉腮說：「你身上長著的可不是下賤的骨頭。」

骨頭，在我們這裡是一個很重要的詞，與其同義的另一個詞叫做根子。

根子是一個短促的詞：「尼。」

骨頭則是一個驕傲的詞：「轄日。」

世界是水，火，風，空。人群的構成乃是骨頭，或者根子。

聽著母親說話，感受著新換衣服的溫暖，我也想想一下骨頭的問題，但我最終什麼也想不出來，卻聽見畫眉想在我肚子裡展開翅膀，聽見皮鞭落在我將來的牲口們身上，我少年的眼淚就流下來了。土司太太以爲兒子已經後悔了，摸摸我的腦袋，說：「兒子啊！你要記住，你可以把他們當馬騎，當狗打，就是不能把他們當人看。」她覺得自己非常聰明，但我覺得聰明人也有很蠢的地方。我雖然是個傻子，卻也自有人所不及的地方。於是臉上還掛著淚水的我，忍不住嘿嘿地笑了。

我聽見管家、奶娘、侍女都在問，少爺這是怎麼了？但我卻沒有看見他們。我想自己是把眼睛閉上了。但實際上我的眼睛是睜開的，便大叫一聲：「我的眼睛不在了！」

意思是說，我什麼都看不到了。

土司兒子的雙眼紅腫起來，一點光就讓他感到鋼針錐刺似的痛苦。

專攻醫術的門巴喇嘛說是被雪光刺傷了。他燃了柏枝和一些草藥，用嗆人的煙子熏我，叫人覺得他是在替那些畫眉報仇。喇嘛又把藥王菩薩像請來掛在床前。不一會兒，大喊大叫的我就安靜下來。

醒來時，門巴喇嘛取來一碗淨水。關上窗子後，他叫我睜開眼睛看看碗裡有什麼東西。

我看見夜空中星星一樣的光芒。光是從水中升起的氣泡上放射出來的。再看就看到碗底下躺著飽滿的麥粒。麥子從芽口上吐出一個又一個亮晶晶的水泡。

看了一會兒，我感到眼睛清涼多了。

門巴喇嘛磕頭謝過藥王菩薩，收拾起一應道具回經堂爲我念經祈禱。

我小睡了一會兒，又給門口咚咚的磕頭聲驚醒了。那是索郎澤郎的母親跪在太太面前，請求放了她苦命的兒子。母親問我：「看見了嗎？」

「看見了。」

「真的看見了嗎？」

「真的看見了。」

得到了肯定的答覆，土司太太說：「把吊著的小雜種放下來，賞他二十皮鞭！」一個母親對另一個做母親的道了謝，下樓去了。她嚶嚶的哭聲叫人疑心已經到了夏天，一群群蜜蜂在花間盤旋。

啊，還是趁我不能四處走動時來說說我們的骨頭吧！

在我們信奉的教法所在的地方，骨頭被叫做種姓。釋迦牟尼就出身於一個高貴的種姓。那裡是印度——白衣之邦。而在我們權力所在的地方，中國——黑衣之邦，骨頭被看成和門檻有關的一種東西。那個不容易翻譯確切的詞大概是指把門開在高處還是低處。如果真是這樣的話，土司家的門是該開在一個很高的地方。我的母親是一個出身貧賤的女子。她到了麥其家後卻非常在乎這些東西。她總是想用一大堆這種東西塞滿傻瓜兒子的腦袋。

我問她：「門開得那麼高，難道我們能從雲端裡出入嗎？」

她只好苦笑。

「那我們不是土司而是神仙了。」

她的傻瓜兒子這樣對她說。她很失望地苦笑，並做出一副要我感到內疚的恨鐵不成鋼的樣子。

麥其土司的官寨的確很高。七層樓面加上房頂，再加上一層地牢有二十丈高。裡面眾多的房間和眾多的門用樓梯和走廊連接，紛繁複雜猶如世事和人心。官寨佔據著形勝之地，在兩條小河交匯處一道龍脈的頂端，俯視著下面河灘上的幾十座石頭寨子。

寨子裡住的人家叫做「科巴」。這幾十戶人家是一種骨頭，一種「輅日」。種地之外，還隨時聽從土司的召喚，到官寨裡來幹各種雜活兒，在我家東西三百六十里，南北四百一十里的地盤，三百多個寨子，兩千多戶的轄地上擔任信差。科巴們的諺語說：火燒屁股是土司信上的雞毛。官寨上召喚送信的鑼聲一響。那怕你親娘正在嚥氣你也得立馬上路。

順著河谷遠望，就可以看到那些河谷和山間一個又一個寨子。他們依靠耕種和畜牧為生。每個寨子都有一個級別不同的頭人。頭人們統轄寨子，我們土司家再節制頭人。那些頭人節制的人就稱之為百姓。這是一個人數眾多的階層。這又是一種骨頭的人。這個階層的人有可能升遷，使自己的骨頭因為貴族的血液充溢而變得沉重。但更大的可能是墮落，而且一旦墮落就難以翻身了。因為土司喜歡更多自由的百姓變成沒有自由的家奴。家奴是牲口，可以任意買賣任意驅使。而且，要使自由人不斷地變成奴隸那也十分簡單，只要針對人類容易犯下的錯誤訂立一些規矩就可以了。這比那些有經驗的獵人設下的陷阱還要十拿九穩。

索郎澤郎的母親就是這樣。

她本來是一個百姓的女兒，那麼她非常自然地就是一個百姓了。作為百姓，土司只能通過頭人向她索貢支差。結果，她卻不等成婚就和男人有了孩子，因此觸犯有關私生子的律條而使自己與兒子一道成了沒有自由的家奴。

後來有寫書的人說，土司們沒有法律。是的，我們並不把這一切寫在紙上，但它是一種規矩，不用書寫也是銘心刻骨的。而且比如今許多寫在紙上的東西還有效力。我問：難道不是這樣嗎？從時間很深遠的地方傳來了十分肯定的聲音，隆隆地說，是這樣，是這樣。

總而言之，我們在那個時代訂出的規矩是叫人向下而不是叫人向上的。骨頭沉重高貴的人是製作這種規範的藝術家。

骨頭把人分出高下。

土司。

土司下面是頭人。

頭人管百姓。

然後才是科巴（信差而不是信使），然後是家奴。這之外，還有一類地位可以隨時變化的人。他們是僧侶、手工藝人、巫師、說唱藝人。對這一類人，土司對他們要放縱一些，前提是只要他們不叫土司產生不知道拿他們怎麼辦好的感覺就行了。

有個喇嘛曾經對我說：雪山柵欄中居住的藏族人，面對罪惡時是非不分就像沉默的漢族人；而在沒有什麼歡樂可言時，卻顯得那麼歡樂又像印度人。

中國，在我們的語言中叫做「迦那」。意思是黑衣之邦。

印度，叫做「迦格」。意思是白衣之邦。

那個喇嘛後來受了麥其土司的懲罰，因爲他總是去思考些大家都不願深究的問題。他是在被割去了舌頭，嘗到了不能言語的痛苦後才死去的。關於這個問題我是這樣想的：釋迦牟尼之前，是先知的時代，之後，我們就再也不需要用自己的腦子來思考了。如果你覺得自己是傑出的人，而又不是生爲貴族，那就做一個喇嘛爲人們描繪來世的圖景吧！如果你覺得關於現在，關於人生，有話不能不說，那就趕快。否則，等到沒有了舌頭，那就什麼也說不出來了。

君不見，那些想要說點什麼的舌頭已經爛掉了。

百姓們有時確實想說點什麼，但這些人一直要等到要死了，才會講點什麼。好的臨終語言有如下這些：

——給我一口蜜酒。

——請在我口中放一小塊玉石吧！

——天就要亮了。

——阿媽，他們來了。

——我找不到我的腳了。

——天哪，天哪。

——鬼，鬼呀！

等等，等等。

3. 桑吉卓瑪

我記事是從那個下雪的早晨開始的，是我十三歲那個早晨開始的。

春天的第一場雪就叫我害了雪盲。

家丁們鞭打索郎澤郎的聲音，使我紅腫的雙眼感到了清涼。母親吩咐奶娘：「好好照顧少爺。」太太一走，美麗的侍女卓瑪也要跟著走了。我甩掉蒙在眼睛上的毛巾，大聲喊道：「我要卓瑪！」

我並沒有叫母親陪我，但她卻說：「好吧，我們就不走了，在這裡陪你吧。」但我的小小腦袋怎麼能理會這麼多的事情呢？我只是把卓瑪溫軟的手緊緊抓住，不一會兒就睡著了。

再次醒來已經是晚上。

寨子下面的橋頭上傳來一個女人長聲呼喊的蒼涼的聲音。是誰家的孩子把魂丟在鬼魂時常出沒的地方了，做母親的正在喚他回家。而我對趴在床頭上的侍女說：「卓瑪，我要你，卓瑪。」

卓瑪吃吃地笑了起來。

她又掐我一把，便光光地滑到我被子裡來了。有一首歌是這樣唱的：

罪過的姑娘呀，

水一樣流到我懷裡了。
什麼樣水中的魚呀，
游到人夢中去了。
可不要驚動了他們，
罪過的和尚和美麗的姑娘呀！

在關於我們世界起源的神話中，有個不知在哪裡居住的神人說聲：「哈！」立即就有了虛空。神人又對虛空說聲：「哈！」就有了水、火和塵埃。再說聲那個神奇的「哈」，風就吹動著世界在虛空中旋轉起來。那天，我在黑暗中捧起卓瑪的乳房，也是非常驚喜的叫了一聲：「哈！」

卓瑪嘴裡卻含糊不清。她說：「唔……唔……唔唔……」

一個水與火的世界，一個光與塵埃的世界就飛快地旋轉起來。這年，我十三，卓瑪十八。

十八歲的桑吉卓瑪把我抱在她的身子上面。

十三歲的我的身子裡面什麼東西火一樣燃燒。

她說：「你進去吧，進去吧。」就像她身子什麼地方有一道門一樣。而我確實也有進到什麼裡面去的強烈欲望。

她說：「你這個傻瓜，傻瓜。」然後，她的手握住我那裡，叫我進去了。

十三歲的我，大叫一聲，爆炸了。這個世界一下就沒有了。

到了早上，我那有所好轉的眼睛又腫得睜不開了。卓瑪紅著臉對著母親的耳朵說了句什麼，土司太太看她兒子一眼，忍不住笑了，同時順手就給了美麗的侍女一個耳光。

門巴喇嘛又來了。

母親說：「老爺就要回來了，看你把少爺的眼睛治成了什麼樣子。」

喇嘛說：「少爺是看見了什麼不乾淨的東西吧？」

土司太太說：「是鬼嗎？我看，個把個你們沒有鎮住的怨鬼還是有的。」

喇嘛搖搖頭：「下邊有隻狗下崽子了，少爺是不是去看過？」

於是，我的雙眼又一次給柏煙燻過。喇嘛又給我服了一劑草藥粉末。不一會兒我就想撒尿。喇嘛說是會有點痛的。果然，晚上給了我舒服的地方這時痛得像針刺一樣。

喇嘛說：「這就對了，我不會看錯的，少爺已經是大人了呀！」

當屋裡只有了我和奶娘時，她就問：「那個小妖精把你怎麼了？」

我捂住腫痛的雙眼笑了起來。

奶娘痛心疾首：「傻子啊，我還指望你長大我就不會再受氣了，你卻弄個小妖精來騎在我頭上啊！」她把火鉗在銅火盆上摔得霹霹啪啪響。我不理她，心想，做土司的兒子有多麼好，只要神一樣說聲「哈」，這個世界就旋轉起來了。喇嘛的瀉藥使我的腸子唱起歌來了。

奶娘對喇嘛用唱歌似的聲音說：「你把我們少爺的肚子怎麼了？」

喇嘛很嚴厲地看她一眼，走開了。我想笑，一笑，稀屎從下面噴出來了。這個上午，我都在便盆上起不了身。母親要找喇嘛問罪，人家卻出門給人看病去了。我們管他的吃住，可他還是喜歡出去找些散碎銀子。下午，我的眼睛和肚子都好了。人們又一起誇讚他的手藝了。

這是一個陽光明亮的下午。一串風一樣颳來的馬蹄聲使人立即就精神起來。一線線陽光也變成了繃緊的弓弦。

上省告狀的麥其土司，我父親從漢地回來了。他們在十幾里外紮下帳篷過夜，派了一騎快馬來報告消息：土司請到了軍政府的大員，明天要用大禮迎接。

不一會兒，幾騎快馬出了官寨，奔往近處的各個寨子去了。我和母親站在騎樓的平台上，望著那些快馬在深秋的原野上驚起了一股股灰塵。騎樓有三層樓高，就在向著東南的大門的上面，向著敞開的山谷。寨子的其他三面是七層樓高，背後和整個寨子連成一體，是一個碉堡，對著寨子後面西北方向的山口上斜衝下來的一個大道。春天確實正在到來，平台上夯實的泥頂也變得鬆軟了。下面三層，最上面是家丁們住的，也可對付來自正面的進攻。再下的兩層是家奴們的住房。河谷向著東南方向漸漸敞開。明天，父親和哥哥就要從那個方向回來了。這天我望見的景色也和往常一樣，背後，群山開始逐漸高聳，正是太陽落下的地方。一條河流從山中澎湃而來，河水向東而去，谷地也在這奔流中越來越開闊。有諺語說：漢族皇帝在早晨的太陽下面，達賴喇嘛在下午的太陽下面。

我們是在中午的太陽下面還在靠東一點的地方。這個位置是有決定意義的。它決定了我們和東邊的漢族皇帝發生更多的聯繫，而不是和我們自己的宗教領袖達賴喇嘛。地理因素決定了我們的政治關係。

你看，我們這樣長久地存在就是因爲對自己的位置有正確的判斷。而一心與我們爲敵的汪波土司卻一味只去拉薩朝佛進香，他手下的聰明人說，也該到漢人地方走走了。他卻問，汪波大還是中國大？而忘了他的土司印信也是其祖先從北京討來的。確實有書說，我們黑頭藏民是順著一根羊毛繩子從天而降，到這片高潔峻奇的土地上來。那麼，汪波土司當然也有理由相信，既然人都可以自天而降，那麼，印信啦、銀子啦、刀槍啦，也都有可能隨著一道藍色閃電自天而降。

母親對我說：「收拾汪波土司的人來了，我們明天就去接他們。他們是從我家鄉來的。天哪，見到他們我還會說漢話嗎？天哪，天。兒子，你聽我說一說，看我是不是說對了。」

我拍拍額頭，想，天哪，我怎麼會知道你說的是不是漢話呢？可她已經自顧自地在那裡嘰嘰咕咕地說開了。說一陣，她高興地說：「觀世音娘娘，我沒有忘記沒有忘記啊！」然後，她的淚水就流下來了。那天，她又緊緊地捧住我的腦袋，不住地搖晃著說：「我要教你說漢話，天哪，這麼大了，我怎麼就想不起要教你學些漢話。」

但我對這一切並不感到什麼特別的興趣。我又一次在她興致勃勃的時候叫她失望了。我傻乎乎地說：「看，喇嘛的黃傘過來了。」

我們家裡養著兩批僧人。一批在官寨的經堂裡，一批在附近的敏珠寧寺裡。現在，寺裡的濟嘎活佛得到了明天將有大型典禮的消息，就匆匆忙忙地趕來了。寺院在河對岸。他們走到那道木橋上了，這時，陡起的一股旋風，把黃傘吹翻，打傘的小和尚給拖到了河裡。當小和尚從水裡爬起來，濕淋淋地站在橋上時，土司太太咯咯地笑了。你聽聽，她的笑聲是多麼年輕啊！當他們開始爬官寨前長長的石階時，母親突然吩咐把寨門關上。

近來，寺院和土司關係不是十分融洽。

起因是我爺爺過世後，濟嘎活佛腦袋一熱，放出話說，只有我叔叔才合適繼承土司的職位。後來，是我的父親而不是叔叔作了麥其土司。這樣一來，寺院自然就要十分的寂寞了。父親按正常的秩序繼位作了土司，之後，就在家裡擴建經堂，延請別處的有名僧人，而不把不守本分的寺院放在眼裡。

母親帶著一干人，在官寨騎樓的平台上面向東方，望王氣東來。

活佛在下面猛拍寨門上獅頭上的銅環。

跛子管家幾次要往下傳話，叫人開門。但都給母親攔住了。母親問我說：「去開門嗎？」

「叫他們等一等吧。想討我家的銀子可不能那麼著急。」我說。

管家，侍女，還有家丁們都笑了。只有我的奶娘沒笑。我知道，在她的腦子裡，是把僧人和廟裡的神佛混同一體的。

卓瑪說：「少爺真聰明啊。」

母親很尖銳地看了侍女一眼，卓瑪就噤了聲，不再言語了。

母親罵一聲：「哪能對活佛這樣無禮！」牽起長長的百褶裙裾，姿態萬方下樓親自給活佛開門去了。

活佛行禮畢。土司太太也不還禮，而是嬌聲說：「我看見活佛的黃傘給吹到河裡去了。」

「阿彌陀佛，太太，是我道行低微的緣故啊！」

河谷裡起風了。風在很高的空中打唿哨。

母親並沒有請活佛進入官寨，她說：「起風了，明天，你也帶著廟裡的樂手去歡迎我們的客人吧！」

活佛激動得連話都說不出來了，一個勁地對土司太太躬身行禮。照理說，他這樣做是不對的。一穿上黃色的襯衫，紫色的袈裟，他就不是自己了，而是眾多神佛在這片土地上的代表，但他把這一切都忘記了。

早晨，碉樓上兩聲號炮一響，我就起床了，而且是自己穿的衣服。奶娘忙不迭拿來便盆，可我什麼也屙不出來。昨天一天，把肚子裡的東西都拉光了。

經堂裡鼓聲陣陣，官寨上繚繞著香煙。院子裡和官寨前的廣場上拴滿了汗水淋淋的馬匹。頭人們帶著各自的人馬從四村八寨趕來。我的母親一起從樓上下來，大隊人馬就出發了。土司太太騎一匹白馬走在一隊紅馬中間。腰間是巴掌寬的銀腰帶，胸前是累累的珠飾，頭上新打的小辮油光可鑒。我打馬趕上去。母親對我笑笑。我的紅馬比所有紅馬都要驃肥體壯，步伐矯健。我剛和母親走到並排的位置，人們就爲兩匹漂亮的馬歡呼起來。歡呼聲裡，陽光照耀前面的大路，我和母親並肩向前。我以爲她不想跟個傻乎乎的傢伙走在一起。但她沒有，她跟兒子並馬前行，對歡呼的人群揮動手中掛著紅纓的鞭子。這時，我心中充滿了對她的無限愛意。

我一提馬韁，飛馬跑到前面去了。

我還想像所有腦子沒有問題的那孩子那樣說：「我愛你，阿媽。」

可我卻對隨即趕上來的母親說：「看啊，阿媽，鳥。」

母親說：「傻瓜，那是一隻鷹。」她空著的一隻手做成鷹爪的形狀，「這樣一下，就能抓到兔子和羔羊。」

「牠們還會抓河上的死魚。」

「牠們還會撲下來抓住毒蛇呢！」

我知道母親所說的毒蛇是指那個叛變的頭人，甚至還是指存心要與我們爲敵的汪波土司。母親說完這句話，就叫頭人們簇擁著到前面去了。我勒住了馬，站在路邊。我看見桑吉卓瑪穿著光鮮的衣服，和下人們走在一起。今天，下人們也打扮了，但衣服和他們的臉孔一樣，永遠不會有鮮亮的顏色。卓瑪和這些人走在一起，我覺得著實是委屈她了。

她看我的眼光裡，也充滿了哀傷。

她走到我面前了。我把手中的韁繩扔到她手上。這樣，一匹高頭大馬，一個腦子有點問題但生來高貴的人就把她和後面只能寄希望於來世的人群隔開了。土司太太和她威風凜凜的隨從們馳過一道山彎不見了。我們前面展開一片陽光燦爛的曠野，高處是金色的樹林，低處，河水閃閃發光。萋碧的冬麥田環繞著一個個寨子。每經過一個這樣的地方，隊伍就會擴大一點。這支越來越壯大的隊伍就逶迤在我身後，沒有人想要超過他們的主子到前面去。我每一次回頭，都有壯實的男人脫帽致禮，都有漂亮的姑娘做出燦爛的表情！啊，當一個土司，一塊小小土地上的王者是多麼好啊！要不是我只是父親酒後的兒子，這一刻，準會起弒父的念頭。

而我只是說：「卓瑪，停下，我渴了。」

卓瑪轉身對後面的人喊了一聲。立即，好幾個男人一溜小跑，腳後帶起一股煙塵，在我的馬前跪下，從懷裡掏出了各種各樣的酒具。卓瑪把那些不潔的酒具一一擋開。那些被拒絕的人難過得就像家裡死了親人一樣。我從一個做成小鳥的酒壺中解了渴。擦嘴的時候我問：「你是誰？」

男人躬下細長的腰回答：「銀匠曲扎。」

「你是個好手藝的銀匠嗎？」

「我是手藝不好的銀匠。」這人不緊不慢地說。本來，我該賞他點什麼，但卻淡淡地說：「好了，你下去吧。」

卓瑪說：「少爺要賞他點什麼才是。」

我說：「如果他少看你一眼的話。」

而我也知道，作爲一個王者，心靈是多麼容易受到傷害。卓瑪掐我一把，這才叫我恢復了好的感覺。我望她一眼，她也大膽地望我一眼，這樣，我就落入她眼睛的深淵不能自拔了。

那麼，就讓我來唱一首歌吧：

啊，請你往上看。
那裡有什麼好景色。
那裡是一座尊勝塔。

啊，請你往中看，
那裡有什麼好景色，
那裡有背槍的好少年。

啊，請你往下看，
那裡有什麼好景色，

那是美麗的姑娘穿綢緞。

我剛起個頭，卓瑪就跟著唱了起來。她唱得迴腸盪氣，悠揚婉轉。可我覺得她不是爲我而唱的。那少年不是我。而她一個下人卻因爲我們的寵愛而穿上了綢緞。她唱完了。我說：「再唱。」

她還以爲我很高興呢。就又唱了一遍。

我叫她再唱。

她又唱完了。我叫她再唱。這次，她唱得就沒有那麼好的感覺了。我說：「再唱。」

她的眼淚就流下來了。我說過，在這一天，我懂得了作一個王者是件多麼好的事情。也懂得了一個王者是多麼地容易感到傷心。她的淚水一下來，我就覺得心上的痛楚漸漸平復了。

4. 貴客

那天早上，我們從官寨出發，在十里處紮下了迎客的帳篷。

男人們要表演騎術和槍法。

家裡的喇嘛和廟裡的喇嘛要分別進行鼓樂和神舞表演，這在他們也是一種必須下大力氣的一種競爭。平心而論，我們喜歡喇嘛之間有這種競爭的。要不，他們的地位簡直太崇高了。沒有這種競爭，他們就可以一致地對你說，佛說這樣，佛說那樣。弄得你土司也不得不讓他們在那裡胡說八道。但當他們之間有了問題，他們就會跑來說，讓我們來爲土司家族的興旺而祈禱吧！他們還會向你保證，自己的祈禱會比別人更靈驗一點。

我們這裡整隻羊剛下到鍋裡，茶水剛剛飄出香味，油鍋裡剛剛起出各種耳朵形狀的麵食，就看見山梁上一柱、兩柱、三柱青煙沖天而起，那是貴客到達的信號。帳篷裡外立即鋪起了地毯。地毯前的矮几前擺上了各種食物，包括剛從油鍋裡起出的各種麵炸的動物耳朵。聽，那些耳朵還吱吱叫喚著呢！

幾聲角號，一股黃塵，我們的馬隊就衝出去了！

然後是一隊手捧哈達的百姓，其中有幾位聲音高亢的歌手。

然後是一群手持海螺與嗩吶的和尚。

父親領著我們的貴客在路上就會依次受到這三批人的迎接。我們聽到了排槍聲，那是馬隊放的，具有禮炮的性質。再後來是老百姓的歌聲。當悠遠的海螺和歡快的嗩吶響起的時候，客人們已經來到我們跟前了。

麥其土司勒住了馬，人人都可以看見他的得意與高興。而與他並肩的省府大員沒有我們想像的威風模樣。這是個瘦削的人，他脫下頭上的帽子對著人群揮舞起來。嘩啦一聲，一大群化外之民就在枯黃的草地上跪下了。家奴們弓著腰把地毯滾到馬前，兩個小家奴立即四肢著地擺好下馬梯。其中一個就是我的伙伴索郎澤郎。

瘦漢人戴正帽子，扶一扶黑眼鏡，一抬腿，就踩著索郎澤郎的背從馬上下來了。他揮揮手，幾十個衣帽整齊的士兵咔咔地走到他的跟前，當土司走到太太身邊時，只聽唰一聲響，他們向土司和太太敬了一個整齊的軍禮。然後，黃初民特派員向土司太太送上了綢緞、玉石和黃金作見面禮。土司太太奉上一碗酒、一條黃色的哈達。姑娘們也在這個時候把酒和哈達捧到了那些漢人士兵們手中。喇嘛們的鼓樂也就嗚嗚哇哇地吹了起來。

黃特派員進入帳篷坐下，父親問通司可不可以叫人獻舞了。通司說：「等等，特派員還沒有做詩呢！」原來，這個漢人貴客是一個詩人。詩人在我們這裡是不會有擔此重任的機會的。起先，我見他半閉著眼睛還以爲他是陶醉在食物和姑娘們的美色中了。

黃特派員閉著眼睛坐了一陣，睜開眼睛，說是做完詩了。興致勃勃看完了姑娘們的歌舞，到喇嘛們冗長的神舞出場，他打了個呵欠，於是，就由他的士兵扶著，吸煙去了。他們確實是這樣說的，特派員該吸口煙，提提神了。喇嘛們的興趣受到了打擊，舞步立即就變得遲緩起來。好不容易才爭得這次機會的敏珠寧寺活佛一揮手，一幅釋迦牟尼繡像高舉著進了舞場。只聽「嗡」的一聲，人們都拜伏到地上了，跳舞的僧人們步伐又高蹈起來。

土司對太太說：「活佛很賣力氣嘛！」

母親說：「是啊，早知如此，何必當初呢！」

父親就快活地大笑起來。他說：「可惜知道這個道理的人太少了。」

「也許，等他們明白這個道理卻已經晚了。」

活佛戴著水晶眼鏡過來相見，臉上的神情並不十分自然。還是父親拉住了他鬆軟肥胖的手說：「我們就要找汪波土司算帳了，你就好好替我們念經，保佑我們所向無敵吧！」多年來備受冷落的活佛臉上頓時紅光閃閃。

父親又說：「明天，我就派人送布施過去。」

活佛就合掌告退。

帳篷裡，黃特派員身邊的士兵已經換成了我們的姑娘，他的雙眼像夜行的動物一樣閃閃發光。

這天最後的節目是照相。

我們一家圍著黃特派員坐好後，我才發現哥哥沒有回來。原來，他是在後面押運買來的軍火：步槍、機槍和子彈。

照相的人是通司，也就是人們現在常說的翻譯。我們那時就把這種能把一種語言變成另一種語言的人叫做通司。父親把我抱在懷中，黃特派員坐在中間，我母親坐在另外一邊。這就是我們麥其土司歷史上的第一張照片。現在想來，照相術進到我們的地方可真是時候，好像是專門要為我們的末日留下清晰的畫圖。而在當時我們卻都把這一切看成是家族將比以前更加興旺的開端。當時，我的父親和母親都是那樣生氣勃勃，可照片卻把我們弄得那麼呆板，好像命定了是些將很快消失的人物。你看吧，照片上的父親一副不死不活的樣子。殊不知，當時，他正野心勃勃，準備對冒犯了我們的鄰居，猛然一下，打出一記重拳呢！而在一定程度上，他是那種意到拳到的人物。

幾天之後，我的兄長押著新購的軍火到了。

官寨旁邊那塊一趟馬跑不到頭的地，就整天黃塵滾滾，成了我們家的練兵場。黃特派員帶來的那排正規軍充任嚴厲的教官。只要他們中誰聲嘶力竭一聲號令，我們的人們就在地裡喊著口號踏著僵直的步子，排成方陣向前進發。當然，他們還沒有明確的目標，又是高呼著口號，一路踢起滾滾的黃塵，走到大地的盡頭又大叫著一路塵土飛揚地走了回來。這和我們理解的戰前訓練是完全不一樣的。

父親想問問黃特派員這是什麼意思，這樣子練兵是否真能幫助他打敗汪波土司。黃特派員不等父親開口就說：「祝賀你，麥其土司，你已經成爲所有土司中真正擁有一支現代軍隊的人了。你將是不戰可勝的。」

父親覺得這話有點不可理喻，就問母親：「以前，你見到過這樣子訓練軍隊嗎？」

母親說：「我還沒有看見過用別的方式能訓練好一支軍隊。」

黃特派員哈哈一笑。父親只好接受了這種說法。誰叫我們對一個叛逃的頭人都束手無策呢？好一段時間，土司搬來的救兵都不教我們的人放槍。天氣一天天暖和起來，他們還是在那裡喊聲震天地走路。誰都不懂學習打仗怎麼要先學習齊步走路，把空氣漸漸濕潤的三月弄得塵土飛揚。我的異母哥哥也肩著一支空槍，滿臉汗水和塵土走在隊伍中間。終於，連他也忍不住了，跑來問父親：「該給我們子彈了吧？」

父親去問黃特派員。於是，他們每人有了三發子彈。發了子彈，還是不叫射擊。只是在跑步之外加上了刺殺。過了幾天，哥哥又去問父親。父親就對黃特派員說，播種季節馬上就要到了，那個寨子在汪波土司手下。

黃特派員卻說：「不著急的。」

麥其土司知道自己請來了不好打發的神仙。一旦有了不好的預感，立即請來喇嘛打卦。結果是說失去的寨子能奪回來，或許多得一兩個寨子也說不定，只是要付出代價。

問是不是要死人，說不是。

是不是要花銀子，說不是。

問到底是什麼，說看不清楚。

家裡的喇嘛不行，立即差人去請廟裡的活佛。結果卦象也是一樣。活佛說他看見了火焰一樣的花。至於這花預示著什麼樣的代價，就不得而知了。

麥其土司吩咐給黃特派員換了兩個姑娘，並抬去一箱銀元。事情是叫我母親出面辦的。土司對太太說：「還是你去，我是弄不懂漢人的心思，還是你去辦這件事情吧！」母親喜歡土司有這種感覺。從此，她就有了作爲土司太太和人周旋的權力了。沒有成爲土司太太之前，她想都不敢想有朝一日可以和特派員這樣有身分的人平起平坐。到了第二天，特派員說：「姑娘很不錯，銀元你就收回去吧！我們政府來幫你們夷人可不是爲了銀子，而是爲了五族共和，爲了中華民國的國家秩序來的。兩個姑娘嘛，也是考慮到這化外之地這種事情無關風化才不駁你們面子的。」特派員還問：「太太，聽說你是漢人啊？以後我們好多事情就要依仗你了。說不定哪一天，這裡就不是夷人的地盤，而是你的封地了。」

「不要說封地，要是你們軍隊不搶光我父親的鋪子，我也不會落到這步田地。」

黃特派員說：「那好辦，我們可以補償。」

「人命也可以補償嗎？我的父母，兩條人命啊。」

黃特派員想不到尋找同謀者的企圖失敗了，就說：「太太真是女中大丈夫，佩服佩服。」

母親在這件事情上確定做得光明磊落。她只告訴父親特派員退還了銀子。父親在這件事情上也感到無所適從，只能咬著牙齒說：「有一天我會殺了這傢伙的。」

黃特派員來了，說：「我看我還是叫汪波土司來，我們一起開個會吧。」

父親看看黃特派員，那張黃臉這時是一副很認真的神情。便吩咐管家：「派出信使吧！」

信使很快回來了。殊不知，這時是上天正要使好運氣落到麥其土司身上。汪波土司給「狗娘養的漢官」送來的不是回信，而是一雙漂亮的靴子，明明白白是叫他滾蛋的意思。特派員不懂得這是什麼意思，母親則把意思做了淋漓盡致的解釋。

我們尊貴的客人給激怒了。

練兵場上的槍聲一陣緊過一陣。這下，人人都知道我們要打仗了。

三天後，全副武裝的那一排政府軍士兵和我們的幾百士兵到達了邊境。剛一開戰，我們從省裡軍政府得到的快槍打得對方抬不起頭。他們只是嗷嗷叫著，手裡的土槍卻老是發不出子彈。僅僅一頓飯功夫。叛變的寨子就收復了。頭人自知有罪，逃了，留下一家人代他受死。那一家人用繩子捆成一串，全部跪在自己家門前的核桃樹下。太陽慢慢升起，那些人腳下草上的露水漸漸乾了。他們看到身邊看守們的刀槍並沒有落到他們身上，還以爲土司不殺他們了。慘白的臉上漸漸有了血色。卻不知道麥其土司家跟別的土司有所不同，不會縱容士兵殺死俘虜。我們家從幾百年前有麥其土司時候起，就有了專門的行刑人。在這塊土地上，原來有三個人家是世襲的，一是土司，二是行刑人爾依家，三是書記官。可惜到第三代書記官就要搞什麼秉筆直書，叫第四代麥其土司廢了。弄得現在我們連麥其土司傳了多少代也無法確切知道。就更不要說行刑人一家傳了多少代了。現在，行刑人來了，樣子就像是個專門要人性命的傢伙：長長的手，長長的腳，長長的脖子。行刑之前，父親對那幾個即將受死的人說：「是你們自己人留下你們代他受過，我也就不客氣了。本來，那個叛徒不跑，你們的小命是不會丟的。」

這些人原先還希望土司要放他們一條生路，這一下，臉上堅強的表情一下就崩潰了。好像剛剛想起自己並不是和敵國作戰被俘，而是自己主子的叛徒。於是，腿一軟就跪在地上，乞求饒命了。父親要的正是這個效果。等這些人剛一跪下，土司揮一揮手，行刑人手下一陣刀光閃過，碌碌地就有好幾個腦袋在地上滾動了。滾到地上的每一張臉上都保持著生動的表情。沒有了腦袋的身軀，好像非常吃驚一樣，呆呆地立了好久，才旋轉著倒在了地上。

我抬頭看看上天，沒有看見升天的靈魂。都說人有靈魂。而我爲什麼沒有看見呢？

我問母親，她狠狠瞪了我一眼，走到她丈夫身邊去了。

這是戰爭的第一天。

第二天，戰火就燒到了汪波土司的地盤上。

黃特派員、土司、土司太太帶著些人在沒有危險的地方觀戰。我也站在他們的中間。帶兵官是我的兄長和特派員手下那個排長。我們的人一下就衝過了山谷中作爲兩個土司轄地邊界的溪流，鑽到叢叢灌木林裡去了。我們是在觀看一場看不見人的戰鬥。只有清脆的槍聲在分外晴朗的天空中迴盪。汪波土司的人和昨天相比頑強了許多，今天他們是在爲自己的國家戰鬥了。但我們的人還是憑藉強大的火力步步向前。不多會兒，就攻到了一個寨子跟前。一座寨房燃起來了，大火沖天而起。有人像鳥一樣從火中飛了出來，在空中又挨了一槍，臉朝下重重地落在地上。

不一會兒，又一座寨房變成了一個巨大的火堆。

黃特派員有一架望遠鏡。第三座寨房燃起來時，他張開一口黃牙的嘴，打了個長長的呵欠，叫一個白白淨淨的小男兵扶到樹蔭下面吸煙去了。父親把望遠鏡舉起來架在眼前。可是他不會鼓弄上面的機關，什麼都沒有看見。我接過來擺弄一陣，找到個活動的地方，旋來旋去，突然，忽啦一下，對面山坡上的景色就扯到鼻尖上來了。我看見我們的人貓著腰在土坎、岩石和灌叢中跳躍。他們手中的槍不時冒出一蓬蓬青煙。

在一片曠地上，有人栽倒了。

一個，又是一個，栽倒時，他們都搖一搖手，然後，張開嘴去啃地上的泥巴。這兩個人都回身向山下爬去。這時，又一個傢伙倒下了，他手中的槍飛到了很遠的地方。我禁不住大叫起來：「去撿槍啊，你這個傻瓜，去撿你的槍啊！」

可是他躺在那裡一動不動，一點也不聽我的命令。我想，他是只聽我哥哥的命令。是他，而不是我將來做麥其土司，這些兵也不是我的，而是他的。我的心裡也就充滿了悲哀。哥哥十分勇敢，他一直衝在隊伍的前面。他舉著槍側身跑動，銀製的護身符在太陽下閃閃發光。他手中的槍一舉，就有一個人從樹上張開雙臂，鳥一樣飛了出來，撲向大地的懷抱。我興奮地大叫：「殺死了，殺死了！」感覺上卻是我的兄長把自己給結束了。麥其土司正為另一個兒子擔心呢！見我舉著望遠鏡大叫，就不耐煩地揮揮手：「叫人把他弄進屋去，我都不能看見什麼，難道一個傻子他能看得見嗎？」

我想告訴他，我什麼都能看見，不僅今天，還有明天我都全部看見了。這是突然湧到我嘴邊的話語，但我不敢說出來，因為確實不知道自己看見了明天的什麼。這時，我們的人已經佔領了眼前的目標，翻過山梁，攻到下一道山谷裡去了。

晚上休戰。汪波土司派人送了一隻人耳朵過來。那耳朵上還有一只碩大的白銀耳環。蓋在上面的布緩緩揭開了。那隻耳朵在盤中跳了一下，上面的銀耳環在銅盤中很清脆地響了一聲。

父親說：「叛徒還沒有死。」

來使大叫：「你殺了我吧！」

父親說：「你想叫我背上不好的名聲嗎？」

「你已經背上不好的名聲了，你請了漢人來幫你打仗，已經壞了規矩，還想有好的名聲嗎？」來使說，「現在家裡人打架請來了外人幫忙，比較起來，殺一個來使有什麼關係呢？」確實，在我們這個地方，通婚是要看對方是什麼骨頭的。所以土司之間，都是親戚。多次通婚，造成不止一層的親戚關係。麥其土司家和汪波土司家也不例外。我們兩家既是表親又是堂兄弟。這次打完了仗，下次我們又有可能發生婚姻關係。叫人弄不清楚哪一種關係更為真實。

父親說：「我不要你的命，既然你們用一隻耳朵來騙我，我也要你一隻耳朵，叫你知道一個下人對土司該怎麼說話。」火光下，腰刀窄窄的冷光一閃，一隻耳朵就落在地上，沾滿了泥巴。

黃特派員從暗影裡走出來，對少了一隻耳朵的來使說：「我就是你們土司送靴子的那個人。回去告訴他，一雙土司靴子怎麼載得動我堂堂省政府特派員。麥其土司是擁戴政府的榜樣，叫他好好學一學。半夜之前，把那人的腦袋送過來，不然，我會送他一種更快的東西。」

那人從容地從地上撿起自己的耳朵，吹去上面的灰塵，這才鞠了一躬，退出去了。

果然，叛變的頭人的腦袋就給割了下來。汪波土司還表示，因為戰敗，願意把一塊兩倍於原來叛變的寨子的地盤獻上作為賠償。

歡呼勝利的聲音立即在夜空裡響了起來。大火燒起來了，酒罈也一一打開，人們圍著火堆和酒罈跳起舞來。而我望著天邊的一彎殘月，想起了留在官寨裡的姑娘卓瑪。想起她的氣味，她的手，她的乳房。

我的哥哥，這次戰鬥中的英雄卻張開手臂，加入了月光下的環舞。舞蹈的節奏越來越快，圈子越來越小，很快就進入了高潮。被哥哥牽著手的姑娘尖聲叫著。叫聲有些誇張。無非是要讓大家都知道，她和尊貴的英雄跳舞是多麼光榮和快樂。人們為哥哥歡呼起來。他那張臉比平時更生動，比平時更顯得神采飛揚，在篝火的輝映下閃閃發光。

而就在舞場背後的房子裡，兩個陣亡者的親人們在屍體旁哭泣。

對方更多的屍體還露曝荒野。狼群出動了。一聲聲長嚎在山谷中迴盪。

關鍵是在這個勝利的夜晚，父親並不十分高興。因為一個新的英雄誕生，就意味著原來的那個英雄他至少已經老了。雖然這個新的英雄是自己的兒子，但他不會不產生一點悲涼的情懷。好在新英雄並不做出英雄們常有的咄咄逼人的樣子。我的兄長他只顧沉浸在歡樂中了。這又使做父親的羨慕他比自己過得幸福。哥哥的幸福在於他和我一樣不會竭力把自己和普通百姓區別開來。瞧，他正一邊和一個男人飲酒，一邊和一個姑娘調情，而那個男人正是這個姑娘的兄長。最後，哥哥帶著那姑娘鑽進了樹林。出來以後，他又一臉嚴肅給陣亡者守靈去了。我卻想要睡覺了。

給陣亡者舉行火葬時，父親還沒有從宿醉中醒來。

我趴在馬背上，聽著人們唱著哀歌，搖晃著身子。排著長長的隊伍在初春塵土飛揚的大路上前進。哥哥送我一把刀子，這是他的戰利品，是他從對方刺向他的手中奪過來的。「願它使你勇敢。」哥哥說。我摸了摸他殺過人的手，那手是那樣溫暖，不像是殺過人的樣子。於是，我就問：「你真正把那些人殺死了？」哥哥用力握我一下，弄得我皺緊了眉頭。這下，他不用說話我也相信他真是殺了人了。

第二章

5. 心房上的花

班師回到官寨，麥其家大宴三天。

三天下來，連官寨前廣場上都扔滿了新鮮的牛羊骨頭。家奴們把這些骨頭堆成一座小小的山頭。土司說，燒了吧。管家說，這麼大的氣味會引來飢餓的狼群。土司哈哈大笑：「麥其家不是以前了，這麼多好槍，狼群來了正好過過槍癮！」土司還對黃特派員說：「我請你多留幾天，親手打幾隻狼再回去吧！」

黃特派員皺皺鼻子，沒有回答。在這之前，也沒有誰聽特派員說過要回去的話。

焦臭的燒骨頭的氣味在初春的天氣裡四處瀰漫。當天黃昏，飢餓的狼群就下山來了。牠們以為山下有許多食物，沒想到是火堆等著牠們，骨頭裡的油，沒有留給牠們品嘗，而是在火裡吱吱叫著，化作了熊熊的光芒。骨頭上還有人牙剔除不盡的肉，也在火中化為了灰燼。狼群憤怒了，長嗥聲在黃昏的空中淒厲地響起。骨頭在廣場右邊燃燒。廣場左側，行刑柱上拴著兩隻羊，在狼群的嗥叫聲裡哀哀地叫喚。一隻隻狼在槍聲裡，倒在兩隻羊的面前。這樣過了三天，山上再也沒有狼下來，燃燒骨頭的氣味也漸漸飄散。該是黃特派員啓程的時候了，但他隻字不提動身的事情。父親說：「我們要忙著播種，過了這幾天就不能再陪你玩了。」

黃特派員說：「這地方是個好地方！」

過後，他就藉口害怕那些請求封賞的喇嘛們打擾，閉門不出。政府軍士兵還把通向他住屋的那層樓面把守起來了。父親不知該拿這個人怎麼辦。他想問我哥哥，可是沒人知道哥哥在什麼地方。父親不可能拿這種事問我，雖然說不定我會給他一點有用的建議。於是，他帶著怨氣請教我母親：「你當然知道你們漢人的腦殼裡會想些什麼，你說那個漢人腦殼裡到底在想什麼？」

母親只是淡淡地問：「我把你怎麼了？」

父親才發覺自己的話多有不得體。他搔搔腦袋，說：「那個人還不走，他到底想對我們幹什麼？」

「你以爲他來幹好事？請神容易送神難！」

土司就和太太商量送神的辦法，然後就依計而行。這天，父親走在前面，後面的人抬了好幾口箱子，裡面裝了八千個大洋。走到特派員住的樓梯口，站崗的士兵行了禮，一橫槍，就把梯口擋住了。父親正想給那士兵一耳光，通司笑瞇瞇地從樓上下來，叫人把銀子一箱箱收過，卻不放土司去見黃特派員。

通司說：「等一會兒吧，特派員正在吟詩呢！」

「等一會兒，我在自己家裡見誰還要等嗎？」

「那就請土司回去，特派員一有空我就來請。」

土司回到自己的房間裡連摔了三只酒杯，還把一碗茶潑在了侍女身上。他跺著腳大叫：「看我不把這個傢伙收拾了！」有史以來，在麥其土司的官寨裡，都是人家來求見。現在，這個人作爲我們的客人，住在漂亮的客房裡，卻要出了這樣的威風，不要說父親，連我的腦袋也給氣大了。我勇敢地站到父親面前。可是他卻大叫著要人去找他的兒子，好像我不是他的兒子一樣。

下人回來報告說，大少爺在廣場上一齣漫長而神聖的戲劇中扮演了一個角色，上場了。父親高叫，叫演戲的和尚們去演戲，叫他回來學著做一個土司。這話一層樓一層樓傳下去，又從官寨裡面傳到了外面，經過同樣的順序，話又從廣場傳回來，說是，場上妖魔和神靈混戰正酣，再說，場上每個人都穿著戲裝，戴上了面具，認不出來哪一個是我那了不起的哥哥。

麥其土司高叫：「那就叫戲停下來！」

一向順從土司意旨的喇嘛立即進言：「不行啊，不能停，那會違背神的意志的啊！」

「神？」

「戲劇是神的創造，是歷史和詩歌，不能停下來的。」

是的，我們經常被告知，戲劇、歷史、詩歌等等諸如此類的東西都是僧侶階級的特別權力。這種權力給了他們秉承了天意的感覺。麥其土司也就只好把憤怒發洩到凡人身上了。他喊道：「他以爲只要會打仗就可以治理好一個國家嗎？」注意，這裡出現了國家這個字眼。但這並不表示他真得以爲自己統領著一個獨立的國家。這完全是因爲語言的緣故。土司是一種外來語。在我們的語言中，和這個詞大致對應詞叫「嘉爾波」，是古代對國王的稱呼。所以麥其土司不會用領地這樣的詞彙，而是說「國家」。我覺得此時的父親是那樣的可憐。我攀住他的衣袖，意思當然是叫他不要過於憤怒。可是他一下就把我甩開了，並且罵道：「你怎麼不去唱戲，難道你會學會治理一個國家？」

母親冷冷一笑：「未見得我的兒子就不行。」

說完，她就帶著我去見黃特派員。父親還在背後說，他不信我們會有比他更大的面子。很快我們就回來說黃特派員要見他了。父親吃了一驚，他看出母親的眼睛裡露出了凶光。麥其土司用力抖了抖衣袖，去見特派員了。兩個士兵在樓梯向他敬禮。麥其土司哼了一聲算是還禮。屋裡，黃初民正襟危坐，雙眼微閉，沉醉在什麼看不見的東西裡去了。

不等土司開口，下人就把指頭豎在嘴唇前：「噓——」

土司垂手站立一陣，覺得這種姿式太過於恭謹，才氣沖沖地一屁股坐在地毯上。

黃特派員面對著一張白紙，麥其土司覺得那紙就在特派員的呼吸中輕輕抖動。黃特派員終於睜開了眼睛，竟像神靈附體一樣抓起筆在紙上狂寫一通。汗水打濕了他額角的頭髮。他擲了筆，長吁一口氣，軟在了豹皮墊子上。半晌，黃特派員才有氣無力地對土司笑笑，說：「我沒有銀子送給你，就送你一幅字吧。」

他把那張墨跡淋漓的紙在地毯上鋪開，朗聲念道：

春風獵獵動高旌，
玉帳分弓射虜營。
已收麥其雲間戍，
更奪汪波雪外城。

麥其土司不懂詩詞，更何況這詩是用他所不懂的異族文字寫的。但他還是躬一躬身子，道了謝，並立即想到要把這張字紙掛在這間客房裡，叫每一個客人都知道政府和以前的皇帝一樣是支持麥其家族的。客房裡還有一塊前清皇帝親賜的御匾，上書四個大：「導化群番」。

現在，黃特派員就端坐在那幾個金閃閃的大字下面。爐裡印度香氣味強烈，沉悶。

麥其土司說：「叫我怎麼感謝政府和特派員呢？」

黃特派員就說：「我本人是什麼都不會要你的，政府也只有一點小小的要求。」說著便叫人取來一只口袋。黃特派員不只人瘦，還生著一雙手掌很小，手指卻很長的手。就是這隻手，伸進布袋裡抓出一把灰色細小的種子。父親不知道那是什麼種子。黃特派員一鬆手，那些種子就沙沙地從他指縫裡漏回到口袋裡。土司問是什麼東西。黃特派員問土司，這麼廣大的土地都種糧食能吃完嗎？說到糧食氣氛立即變得十分親切了。父親說，每年都有一批糧食在倉庫裡霉爛呢！

「我知道，你的寨子裡滿是這種味道。」

我這才明白每年春天瀰漫在官寨裡的甘甜味道，是糧食悄然腐爛的味道。

黃特派員又問：「你們的銀子也像糧食一樣多嗎？多到在倉庫裡慢慢爛掉也沒有人心疼？」

「銀子是不會嫌多的，銀子不會腐爛。」

「那就好辦了，我們不要你的銀子。只要你們種下這些東西，收成我們會用銀子來買。你就用剛奪下來的幾個寨子那麼寬的土地來種就夠了。」

土司這才想到問：「這是什麼東西？」

「就是我經常享用的大煙，非常值錢。」

麥其土司長吐了一口氣，滿口答應了。

黃特派員走了。他對父親說：「我們秋天再見吧！」

他把一套精雕細刻的鴉片煙具贈給了土司太太。母親對此感到十分不安，她問侍女卓瑪：「特派員爲什麼不把這東西送給土司？」

卓瑪說：「是不是他愛上你了，說到底太太也是個漢人嘛！」

土司太太並不因爲下人的囂張而生氣。她憂心忡忡地說：「我就是怕土司這樣想啊！」

卓瑪冷冷一笑。

土司太太已經不年輕了。除了一身華服，作爲一個女人，她身上已經沒有多少吸引人的地方。人們談起土司太太時都說，她年輕的時候非常漂亮，可是她現在已經不年輕了。聽人說，我那個姊姊也很漂亮，可是我連她是什麼樣子都不知道。好久以前，她就跟著叔叔去了拉薩。又從拉薩去了加爾各答。又從加爾各答坐在漂在海上的漂亮房子裡到英國去了。每年，我們都會得到一兩封輾轉數月而來的信件。信上的英國字誰也不認識，我們就只好看看隨信寄來的那一兩張照片。照片上，遠在異國的姊姊穿著奇異的衣服、老實說，對這個在服裝上和我們大異其趣的人，很難叫我判斷她長得是否漂亮。

我問哥哥：「姊姊長得漂亮嗎？」

「漂亮，怎麼不漂亮？」見我盯著他的不相信的眼光，他笑了，「天哪，我不知道，人人都這樣說，我也就這樣說了。」兩兄弟爲遠在異國的親人開懷大笑。

沒有人認識姊姊的來信，沒有人知道她那些長長的信主要是請求家裡准許她繼續留在英國。她以爲自己會被突然召回來，然後嫁給某一個土司的兒子。這個人有可能成爲土司，也有可能什麼也不是。所以，她在我們讀不懂的信裡不斷辯解。每一封信都是上一封信的延長。從土司家出身的人總是把自己看得十分重要，我的遠在英國的姊姊也是一樣，好像麥其家沒有她就不能存在一樣。在麥其家，只有我不認爲自己對於這個世界有多麼重要。姊姊不知道她的信從來沒人讀過，我們只是把信裡的照片在她的房間裡掛起來。過一段時間，就有下人去把房間打掃一遍。所以，姊姊的房間不像是一個活人的房子，而是一個曾經活過的人的房子，像是一個亡靈活動的空間。

因爲戰爭，這一年播種比以往晚了幾天。結果，等到地裡莊稼出苗時，反而躲過了一場霜凍。壞事變成了好事。也就是說，從我記事時起，事情的發展就開始越出通常的軌道了。在麥其土司轄地中心，圍繞著官寨的土地上，全部播下了鴉片種子。

播種開始時，父親、哥哥，還有我都騎在馬上，在耕作的人們中間巡行。

讓我們來看看這幅耕作圖吧！兩頭牛並排著，在一個兒童的牽引下，用額頭和肩胛的力量挽起一架沉重的木犁。木犁的頂尖有一點點珍貴的鐵，就這閃閃發光的一點堅硬的鐵才導引著木犁深入土層，使春天的黑土水一樣翻捲起來。扶犁的男人總是不斷呼喊著身前拉犁的牛的名字或是身後撒種的女人的名字。撒種的女人們的手高高揚起，飄飄灑灑的種子落進土裡，悅耳的沙沙聲就像春雨的聲音。

濕潤的剛剛播下種子的泥土飄散著那麼濃重的芬芳。地頭的小憩很快變成了一場瘋狂的遊戲。女人們把一個男人摔倒在地上，撩起長袍。剝去寬大的褲頭，把牛糞糊在那不想安分的東西上面。男人們的目標則是姑娘們的衣衫，要讓她們在晴朗的天空下袒露美麗的乳房。春耕時的這種遊戲，除了使人快樂，據說還會增加地裡的收成。麥其土司對兩個兒子說，古代的時候，人們還真要在地頭上幹那男女之間的事情呢！

父親吩咐人在地頭上架起大鍋，燒好了熱茶，裡面多放油脂和當時十分缺乏的鹽巴。他說：「讓他們喝了多長一些氣力。」

兩個姑娘尖叫著，從我們馬前跑過去了，一雙乳房像鴿子一樣在胸前撲騰。幾個追趕的男人要在我們馬前跪下，哥哥揮揮鞭子：「不要行禮了，快去追吧！」

播種季節一過，人、陽光、土地，一下子變得懶洋洋的。河裡的水、山上的草便一天天懶洋洋地綠了。

大家都想知道黃特派員留下的種子會長出什麼樣的東西。

養尊處優的土司一家，也變得十分關心農事。每天，我們一家，帶著長長一隊由侍女、馬夫、家丁、管家和各寨前來聽候隨時調用的值日頭人組成的隊伍巡行到很遠的地方。罌粟還未長成，就用無邊魔力把人深深引住了。我無數次撅起屁股，刨開浮土看種子怎樣發芽。只有這時，沒人叫我傻子。腦子正常的人們心裡好奇，但卻又要掩飾。這樣的事情只好由我來幹了。我把種子從土裡刨出來，他們迫不及待從手中拿過細細的種子，無數次地驚嘆，小小的種子上竟然可以萌發出如此粗壯肥實的嫩莖。有一天，粗壯的芽從泥土中鑽出來了。剛一出土，那嫩芽就展開成一對肥厚的葉子，像極了嬰兒一對稚嫩的手掌。

兩三個月的時間很快過去。

罌粟開花了。碩大的紅色花朵令麥其土司的領地燦爛而壯觀。我們都讓這種第一次出現在我們土地上的植物迷住了。罌粟花是那麼美麗！母親說她頭痛，在太陽穴兩邊貼滿了片片大蒜。大蒜是我們一種有效的藥物，燒了吃可以止拉肚子，生切成片，貼在太陽穴，對偏頭痛有很好的效果。土司太太習慣叫人知道她處於痛苦之中，用她的懷鄉病，用她的偏頭痛，從頭到腳都散發著不受歡迎的辛辣氣息。

美麗的夏天，一家人上上下下都興高采烈地準備遠足。可是她卻是腦門上貼上白花花的大蒜片，孤獨地站在樓上曲折的欄杆後面。馬夫、侍女，甚至還有行刑人高高興興走到前面去了。高大的寨牆外面傳來了他們的歡聲笑語。母親見沒有人理會自己，在樓上呻吟似的叫道：「叫卓瑪回來陪我！」

我卻喊：「卓瑪，上馬來扶著我。」

桑吉卓瑪看看土司的臉。

父親說：「少爺叫你上去，你就上去好了。」

卓瑪就帶著一身香氣上了馬，從背後把我緊緊抱住。在火紅的罌粟花海中，我用頭靠住她豐滿的乳房。而田野裡是怎樣如火如荼的花朵和四處瀰漫的馬匹腥臊氣味啊！我對女人的慾望不斷膨脹。美麗的侍女把她豐滿的身子貼在我背上，呼出的濕熱的氣息撩撥得我心癢難忍。我只感到漫山遍野火一樣的罌粟花，熱烈地開放到我心房上來了。

遠處花叢中出現了幾個很招搖的姑娘。哥哥提起韁繩就要走上另一條岔道。父親把他叫住了：「就要到查查寨了，頭人會來迎接我們。」

哥哥取下槍，對著天上的飛鳥射擊。空曠的河谷中，槍聲零零落落消失在很遠的地方。頭上的天空一片深深的蔚藍，只有幾朵白雲懶洋洋地掛在山邊的樹上。哥哥舉槍射擊還沒有消失，這一槍又響了。一粒粒彈殼彈出來，在土路上跳蕩，輝映著陽光。

遠遠地，就看見查查寨的頭人率領一群人迎出了寨門。快到頭人寨子前的拴馬樁跟前，下人們躬著腰，把手伸出來，準備接過我們手裡的韁繩。就在這時，哥哥突然一轉槍口，朝著頭人腳前開了一槍。子彈尖叫著從泥裡鑽到頭人漂亮的靴子底下。子彈的衝力使頭人高高地跳了起來。我敢肯定，頭人一輩子也沒有跳得這麼高過，而動作那麼的輕盈。輕盈地升起，又輕盈地落下。

哥哥下了馬，拍拍馬的脖子說：「我的槍走火，頭人受驚了。」

查查頭人看看自己的腳，腳還完好如初，支撐著他肥碩的身軀，只是漂亮的靴子上濺滿了塵土。頭人擦去頭上的汗水。他想對我們笑笑，但掩飾不住的惱怒神情的笑容變得要多難看有多難看。他也知道了自己做不出笑容，於是，一不做二不休，猛然一下跪在父親的面前：「我查查犯了什麼王法，少土司這樣對我，老爺你就叫他開槍打死我吧！」

頭人漂亮的妻子央宗不知道這在雙方都是一種表演，尖叫一聲就倒在地上了。這個女人，驚懼的表情使她更加美麗了。這美麗一下就把麥其土司吸住了。麥其土司走到她跟前，說：「不要害怕，他們只是開開玩笑。」好像是爲了證實這話的正確，說完這話，他就哈哈大笑。笑聲中，凝滯的空氣一點點鬆動了。查查頭人由少土司扶著站了起來。他擦去一頭冷汗，說：「一看見你們，我就備下酒菜了。請土司明示，酒是擺在屋裡還是擺在外邊？」

父親說：「擺在外邊，挨那些花近些的地方吧！」

我們對著田野裡美麗無比的罌粟花飲酒。父親不斷地看頭人女人。頭人把這一切都看在眼裡，但他又能拿一個勢力強大的土司怎麼辦呢？他只能對自己的女人說：「你不是頭痛嗎？回屋休息吧。」

「你女人也愛頭痛？我看不像，我那女人頭倒是常常痛。」土司問頭人女人：「你的頭痛嗎？」

央宗不說話，笑嘻嘻地一聲不響。

土司也不再說話，笑嘻嘻地盯著央宗的眼睛。女人就說：「頭不痛了。剛才少土司的槍聲一震，一下子就不痛了。」把頭人氣得直翻白眼，卻又不好發作，他只好仰起臉來，讓萬里無雲的天空看看他的白眼。

土司就說：「查查你不要不高興，看看你的女人是多麼漂亮啊！」

頭人說：「土司要不要休息一下，我看你有點不清醒了。」

土司哈哈大笑，說：「是有人不怎麼清醒了。」土司這種笑聲會使人心驚膽寒。頭人的腦袋在這笑聲裡也低下去了。

罌粟第一次在我們土地上生根，並開放出美麗花朵的夏天，一個奇怪的現象是父親、哥哥，都比往常有了更加旺盛的情慾。我的情慾也在初春時覺醒，在這個紅豔豔的花朵撩撥得人不能安生的夏天猛然爆發了。在那天的酒席上，頭人的老婆把麥其土司迷得五迷三道，我也叫滿眼的鮮紅和侍女卓瑪豐滿的乳房弄得頭昏腦脹。頭人在大口喝酒，我的腦袋在嗡嗡作響，但還是聽見查查喃喃地問土司：「這些花這麼刺眼，種下這麼多有什麼意思？」

「你不懂。你懂的話就是你做土司而不是我了。這不是花，我種的是白花花的銀子，你相信嗎？」土司說，「對，你不相信，還是叫女人過來斟滿酒杯吧！」

哥哥早就離開，到有姑娘的地方去了。我拉拉卓瑪的手。剛離開頭人的酒席時，我們儘量把腳步放慢，轉過一道短牆，我們就牽著手飛跑起來，一頭扎入了燦爛的花海。花香熏得我的腦袋又變大了。跑著跑著，我就倒下了。於是，我就躺在重重花影裡，念咒一樣叫喚：「卓瑪，哦，卓瑪，卓瑪。」

我的呻吟有咒語般的魔力，卓瑪也隨即倒下了。她嘻嘻一笑，撩起長裙蓋住自己的臉。我就看見她雙腿之間那野獸的嘴巴了。我又叫：「卓瑪，卓瑪。」

她一勾腿，野獸的嘴巴立即把我吞沒了。我進到一片明亮的黑暗中間。我發瘋似的想在裡面尋找什麼東西。她的身體對於我正在成長的身體來說，是顯得過於廣大了。許多罌粟折斷了，斷莖上流出那麼多白色的乳漿，塗滿了我們的頭臉。好像它們也跟我一樣射精了。卓瑪咯咯一笑，把我從她肚皮上顛了下來。她叫我把好多花擺在她肚子上面，圍著肚臍擺成一圈。桑吉卓瑪算不得我的情人，而是我的老師。我叫她一聲姊姊，她就捧著我的面頰哭了。她說，好兄弟，兄弟啊。

這一天，對查查頭人來說，確實是太糟糕了。

麥其土司看上了他的太太。頭人心裡是什麼滋味，我們不得而知。反正這個對麥其家絕對忠誠，脾氣倔強的傢伙不會牽上馬，把女人送到土司官寨。

十多天後，他和自己的管家走在無邊無際的罌粟中間。這時，豔麗得叫人坐臥不定的花朵已經開始變樣了，花心裡長出了一枚枚小小的青果。他的管家端著手槍問：「那件事頭人打算怎麼辦？」

頭人知道他問的是什麼事情，但連他自己也不知道這事情怎麼辦，就指著罌粟花心裡一枚枚青果說：「這些東西真能換到銀子嗎？」

「土司說會就會。」

頭人說：「我想土司是有點瘋了。不瘋的人不會種這麼多不能吃的東西。他瘋了。」

「你不想把這瘋子怎麼樣來一下？比如就把他幹了。」說這話時，查查的管家就把槍提在手裡，

「他明擺著要搶你老婆，你又不願意拱手相讓，那你怎麼辦？」

「你是想叫我造反了？不，不！」

「那你就只有死了。要是你造反我就跟著你造反。不造反，我就對不起你了。土司下了命令，叫我殺死你。」

查查還有話沒有說出來，他的管家多吉次仁便當胸一槍。頭人還想說話，一張口，一口鮮血從口中湧出。結果還是什麼都沒有說出來。查查頭人說不出話來，但又不想倒下，他張開雙手把一大叢罌粟抱到懷裡，想依靠這些東西來支撐住自己的身體。但那些罌粟不堪重負，和頭人一起倒下了。

多吉次仁順著大路向土司官寨飛奔，並且大叫：「查查謀反了！查查謀反了！」而頭人在罌粟叢中，倒在潮濕的地上，啃了滿口泥巴，這才一伸腿，死了。謀殺者的背後響起了槍聲。很多人在後面向多吉次仁射擊。偷襲了自己主子的傢伙終於跑進了官寨。追趕的人不敢靠近，遠遠地停下。我們寨子旁高大的碉堡槍眼中立即伸出了許多槍口。土司登高叫道：「你們的頭人謀反，已經叫忠於我的人幹掉了，你們也想跟著造反嗎？」

人群很快散開了。

火紅的罌粟花，在一場場次第而至的雨水中凋敗了。

當秋天的太陽重新照耀時，原先的花朵已經變成了一枚枚青色的漿果。雨水一停，我父親就和死去的頭人太太央宗在地裡幽會。殺了查查頭人的多吉次仁一次次對土司說，他該回寨子去了。這其實是在不斷催促土司履行他當初的諾言。說的次數太多了，土司就笑著說：「你真有膽子。你以爲寨子裡的人相信查查會謀反？這話是沒有人相信的，人們知道查查不是一代兩代的查查了。你急著回去，是想叫那些人殺了你嗎？」

土司說完那句會叫多吉次仁深刻反省的話，又到罌粟地裡和央宗幽會去了。

父親和別的女人幽會，母親卻顯得更加驕傲了。

從官寨的窗口望出去，罌粟在地裡繁盛得不可思議。這些我們土地上從來沒有過的東西是那麼熱烈，點燃了人們骨子裡的瘋狂。可能正是這神秘力量的支配，麥其土司才狂熱地愛上了那個漂亮而多少有些愚蠢的女人央宗。剛剛埋葬了自己男人的央宗也表現得同樣瘋狂。每天，太陽剛一升起，這一對男女就從各自居住的石頭建築中出發了。會面後就相擁著進入瘋狂生長的罌粟地裡。風吹動著新鮮的綠色植物。罌粟們就在天空下像情慾一樣洶湧起來。父親就和央宗在那深處的什麼地方瘋狂做愛，這是人人都知道的。站在窗前的母親，望著田野裡洶湧不息的層層綠浪，手捂著胸口，一副心痛難忍的模樣。父親的新歡還會撥弄口弦。絲線在竹腔裡振動的聲音從遠處隨風飄來。土司太太叫人向口弦響處開槍。可是誰又敢於向土司所在的地方，向著王的方向開槍呢？土司太太自己開了槍。子彈卻不能飛到遠遠的目標那裡，中途就像飛鳥拉在空中的糞便一樣落到了地面上。

她的憤怒把新貼在太陽穴上的大蒜片又烤乾了，一片片落到地上。止頭痛的另一個辦法是吸印度鼻煙。母親吸這種黃色粉末的方式與眾不同。別人是先把鼻煙抖在拇指的指甲上，再來吸取。她卻要先在小手指上套上一個黃金指套，再把鼻煙抖在上面，反著手送到鼻孔前面，久久地皺著眉頭，猛然一吸，一張臉紅紅地仰向天空，嘴越張越大，之後，她一頓腳，猛一點頭，打出一個兩個響亮的噴嚏。替她揩乾淨鼻涕口水，卓瑪問：「太太可好點了？」

以往，太太總是軟軟地回答：「我好多了。」這次，她尖聲叫起來：「你看這樣我能好嗎？不會好的！我要被氣死了。」

這一來，所有侍奉在她身邊的人都無話可說了。

我說：「查查頭人是父親叫人打死的，不怪那個女人。」

母親聽了我的話，立即就哭了。她邊哭邊說：「傻瓜，傻瓜，你這個不爭氣的傻瓜啊！」邊哭，還把一把鼻涕甩在了跛子管家的靴子上。母親仍然在哭，只是哭聲變細了。細細的哭聲升上屋頂，像是有蒼蠅在那裡飛翔。這樣的時光實在沒有什麼趣味。大家的目光就又轉向了窗外漫山遍野洶湧的罌粟。

在那裡，麥其土司摟了自己心愛的女人，進入了自己心愛的女人。地裡，最後的一點花朵也因此零落摧折了。我那重新又煥發了愛情的父親，只感到大地在身下飛動，女人在他身下快樂地大聲叫喊。這叫聲傳進官寨，竟然在這堡壘似的建築中激起了回響。所有人都把耳朵堵上了。只有我那可憐的母親，雙手緊緊捧住自己的腦袋，好像那快樂而放蕩的聲音是一把鋒利的斧子，會把她那腦袋從中劈開一樣。好在不論麥其土司怎樣瘋狂，他的精力也是有限度的。不久，罌粟地中那個激盪的中心終於平靜下來了。微風過處，大片濃稠的綠色在風中悄然起伏，應和著渾身鬆弛的土司和他的新歡呼吸的韻律。

母親也恢復正常了。卓瑪替她把醫治頭痛的大蒜一片片剝下來。她又能平靜地在銅盆中洗臉了。這天，土司太太洗臉用了比平時更多的時間。往臉上搽油脂時，母親吩咐人叫家丁隊長。

家丁隊長來了，剛把一隻腳邁進門檻，母親就說：「不必進來，就站在那裡好了。」

那人就只好一腳門裡一腳門外地站在那裡了。他說：「有什麼事，太太你請吩咐吧！」

土司太太叫他給殺死了自己主子的多吉次仁一把槍。太太說：「既然他可以殺死自己的主人，叫他把騷女人也幹掉！」

家丁隊長雙腳一碰，說：「是！」這是我們的人從特派員帶來的隊伍那裡學來的動作。

「慢，」土司太太說，「等他把那女人幹掉，你再把他給我幹掉！」

6. 殺

我對母親說：「阿媽，叫我去吧！他們害怕阿爸，他們不會殺死央宗。」

母親臉上綻出了欣慰的笑容，她罵道：「你這個傻子啊！」

哥哥跨進繼母的房間，問：「弟弟又怎麼了？」

哥哥和我、和我母親的關係一直是不錯的。母親說：「你弟弟又犯傻了，我罵他幾句。」

哥哥用聰明人的憐憫目光看著我。那樣的目光，對我來說，是一劑心靈的毒藥。好在，我的傻能使心靈少受或者不受傷害。一個傻子，往往不愛不恨，因而只看到基本事實。這樣一來，容易受傷的心靈也因此處於一個相對安全的位置。

未來的麥其土司摸摸他弟弟的腦袋，我躲開了。他和母親說話時，我就站在卓瑪背後，弄弄她腰間絲帶上的穗子。玩著玩著，一股熱氣就使我嘗試過雲雨之情的東西膨脹起來。使我在她腿上狠狠按了一把。一身香氣的桑吉卓瑪忍不住低低尖叫一聲。

母親不管這些，而是鄭重其事地對大少爺說：「看看他那樣子吧！以後，我們不在了，你可要好好對待他啊！」

哥哥點點頭，又招手叫我過去，附耳問我：「你也喜歡姑娘？」

我沒有回答。因爲我不知道他要肯定還是否定的回答。

「我看你是喜歡。」

於是，我站到了屋子當中，大聲宣布：「我——喜——歡——卓——瑪！」

哥哥笑了，他的笑聲說明他是作領袖人物的材料。那笑聲那麼富於感染力。卓瑪和母親也跟著笑。我也笑了，笑聲像一團火苗愉快抖動時發出的聲音一樣。正午時的寂靜給打破了，在笑聲中動盪。

笑聲剛停，我們都還想說點什麼的時候，槍聲響了。

這槍聲很怪，就像有人奮力而突兀地敲打銅鑼。

「咣！」

一聲響亮。

母親怕冷似的抖動一下。

「咣！」

又一聲響亮。

官寨裡立即響起人們奔跑、呼喊的聲音。拉動槍栓的聲音清脆而沉著。最後是家丁們在炮樓上推動土炮時那巨大的木輪吱吱嘎嘎的聲音。直到土炮安置妥當後，巨大的官寨才在秋天明亮的陽光下沉寂下來。這種沉寂使我們的寨樓顯得更加雄偉莊嚴。

哥哥把這一切布置妥當，叫我和他一起站在兩尊銅鑄的土炮旁向響槍的地方張望。我知道這槍聲是怎麼回事。但還是跟著哥哥高叫：「誰在打槍，打死他！」外面的田野十分平靜，茂盛的罌粟一望無際。河邊上有幾個女人在漂洗雪白的麻布。下面的科巴寨子上，人們在自家的屋頂上擀氈或鞣製皮子。河水一直往東，流到很遠的地方。在我出神地瞭望風景時，哥哥突然問我：「你真敢殺人？」我把遠望的目光收回來，看著他點了點頭。他是個好兄長，希望我也能像他一樣勇敢，並且著意培養我的勇敢。他把槍塞到我手上：「你想打死哪個就打死哪個，不要害怕。」槍一到我的手上，我就把眼下正在發生的一切都看在眼裡了。看清了罌粟叢中所有勾當。雖然你要問我到底看到了什麼，我肯定不能回答你。但我確確實實把什麼都看到了。這不，我一槍打出去，麥其家的家丁隊長就拖著多吉次仁的屍體從罌粟叢中闖了出來。我又朝別的地方開了一槍，隱隱覺得自己比專門打槍的人打得還好。這不，槍一響，父親就像熊一樣咆哮著從他沉迷於情慾的地方蹦了出來。他一手牽著新到手的女人，一手揮舞著來不及繫好的黃色腰帶，在大片海一樣的綠色中奔跑。哥哥抓住我的手腕，一用力，我就把後面幾顆子彈射到天上去了。我們到了罌粟地裡，父親已經穿戴整齊了。他不問青紅皂白，抬手就給了哥哥一個耳光。他以為槍是他的繼承人開的。哥哥對我笑笑。笑意裡完全沒有代人受過的那種委屈，反倒像是為聰明人的愚蠢不好意思似的。

「不是哥哥，是我打的。」我說。

父親回過頭，十分認真地看看我，又看看我哥哥。哥哥點點頭。父親丟開女人，劈手從哥哥腰間取下手槍，頂上火，遞到我手上。我一甩手，躺在大路上那個死人多吉次仁就對我們揚了揚他沒有了生命的右手。

央宗看著她的前管家，漂亮的嘴巴裡迸出一聲尖叫。

我又開了一槍。背叛了主子的死人又對昔日的女主人招了招左手。可惜這個女人捂住了眼睛沒有看見。

父親十分空洞地笑了一聲，並拍拍我的腦袋，對女人說：「哈哈，連我傻瓜兒子都有這麼好的槍法，就更不說我的大兒子了。」這樣，就算把我們介紹給他的新歡了。他又說：「看吧，等央宗再給我生個兒子，你們三兄弟天下無敵！」這樣，又算是把央宗作爲家裡一個新成員介紹給我們了。與此同時，父親還奪下我手中的槍，掖回哥哥腰裡。那具死屍馬上撲滿了蒼蠅。麥其土司說：「我是想讓他做查查寨頭人的，是誰把他打死了？」

家丁隊長跪下：「他想對主人開槍，我只好把他結束了。」

父親摸摸自己的腦袋，問：「他從哪裡弄來了槍？」

我很傻地笑了一下。見哥哥和家丁隊長都不說話，父親說：「你傻笑什麼，你知道什麼吧？」

這一天，我是當夠了主角。

看見他們那樣痴痴地看著我，怎麼能讓他們失望呢？於是，就把這件事情後面的主使土司太太說了出來。講著講著，我的汗水就下來了，不是因爲害怕，而是因爲這件事情實在太複雜了。用一個傻子的腦子來回憶一個聰明人所布置的事情，真是太辛苦了。在我看來，聰明人就是山上那些永遠擔驚受怕的旱獺，吃飽了不好好安安生生地在太陽下睡覺，偏偏這裡打一個洞，那裡屙一泡屎，要給獵人無數障眼的疑團。可是到頭來總是徒勞枉然。我說話的這會兒，也許是陽光過於強烈的緣故吧，汗水從父親和央宗臉上，更從家丁隊長的臉上小溪一樣流了下來。我還注意到，父親和央宗的汗水是從緊皺的眉間冒出來的，晶晶亮亮順著鼻尖滴落到塵土裡。家丁隊長的汗水卻從額前的髮際渾濁地滲流出來，把被淹沒的眉毛弄了個一塌糊塗。

在我的故事中，應該死兩個人的。一個男人和一個女人。現在，卻只死了一個男人。死了的男人張著嘴，好像對眼前這一切感到十分茫然。哥哥把一枚青果扔進了死人的口中，這樣，那大張著的嘴就好看一點了。

父親突然說：「好啊！」

父親又對他的情人說：「既然這樣，我只好帶你回官寨去，免得又有什麼人打了主意來殺你。」就這樣，母親深恨著的央宗順理成章地進了麥其家的大門。這下，他們就大張旗鼓地睡在一張床上。有人說，是我這個傻子給了父親藉口，讓他把野女人帶進了家門。但我已經忘了這件事了。更何況，土司要叫一個女人到自己床上，還需要有什麼藉口嗎？說這話的人比我還傻。我們一行人往官寨去的時候，給人倒拖著的死人腦袋在路上磕磕碰碰，發出一串叫人不太舒服的沉悶聲響。

土司太太領著一干人：喇嘛、管家、侍女出現在騎樓平台上。

土司太太這天穿一身耀眼的水紅色衣裳，白色的長袖在風中飄揚。母親居高臨下注視父親領著新歡走近了寨門。母親是從一個破落的漢人家裡被一個有錢人買來送給父親的。照理說，麥其土司能不顧門第觀念而這麼長久地和她相愛已經是十分難得了。麥其土司在他的感情生活上總是叫人出其不意。當年，土司太太剛死不久，遠遠近近前來提親的人不絕於途，麥其土司都謝絕了。人們都誇他對前太太深懷感情。這時，他結婚的帖子又到了。他和我母親，一個沒有來歷的異族女人結成了夫婦。人們都說：「一個漢人女子，看吧，要不了多久他就會向一個土司的女兒求婚的。」是啊，我們周圍的汪波土司、拉雪巴土司、茸貢土司、迦爾洼土司，還有以前的麥其土司，都是你娶了我的女兒，我又在什麼時候娶了他的妹妹。再遠的土司就更多了，只說曾經和麥其土司有過姻親關係的，就有大渡河上的三個土司，次沖山口以西以北的山間平壩上的兩個土司，還有幾戶土司已經沒有了名號，在國民黨的縣官手下做守備，勢力雖不及從前，但仍領有自己的土地與人戶。這些人都是我們的遠親近戚，雖然有時也是我們的敵人，但在婚姻這個問題上，自古以來，我們都是寧願跟敵人聯合，也不會去找一個骨頭比我們輕賤的下等人的。父親卻打破了這個規矩。所以，一開始，人們就預言麥其土司和漢人女子的好日子不會長久，這麼多土司，這麼多土司的這麼廣大的土地上人們都在說，麥其土司只不過是感到新鮮罷了。結果，哪一個土司邊界上都沒有出現麥其土司前來求親的人馬。

土司和他的新太太有了我。兩年後開始懷疑我可能有點問題。三四年後才確實肯定我是個傻子。這又給眾多的人們帶來了希望。但他們又失望了。他們只是聽說土司太太的脾氣不如從前溫順了。也聽說土司偶爾會在下等女人身上胡來一下。但這消息並不能給人們什麼希望。其實，這時當初曾等著麥其土司前來提親的女人們早已出嫁了。人們之所以還這樣關心麥其土司的感情生活，純粹是因爲巨大的慣性要帶著人們繼續關心。看看聰明人傻乎乎的勁頭吧！

母親知道這一天終於來到了。對於一個女人來說，這是無可逃避的一個日子。她穿上美麗的衣服來迎接這日子。這個曾經貧賤的女人，如今已出落成一個雍容而高貴的婦人。她看著土司領著新歡一步步走向官寨，也就等於是看見了寂寞的後半生向自己走來。卓瑪對我說，她聽見太太不斷說：「看見了，我看見了。」

一行人就在母親喃喃自語時走到了官寨門口。

許多人都抬頭仰望土司太太美麗的身影。這種美麗是把人鎮住的美，不像父親新歡的美麗引起人佔有的慾望。央宗也給我母親那種美麗給鎮住了，她不斷對我父親說：「求求你，放了我，我要回家。」

哥哥說：「那你就走吧，反正有許多人在路上等著想殺死你。」

央宗說：「不會的，他們怎麼會殺我？」

哥哥笑笑，對這個年紀跟自己相當，卻要做自己母親輩人物的漂亮女人說：「他們會的，現在人人都以爲是你要做土司太太才叫查查頭人死於非命的。」

父親說：「你是怕樓上那個人吧！不要怕她。我不會叫她把你怎麼樣。」

這時，那個死人已經被行刑人父子倆倒吊在了行刑柱上。幾聲牛角號響過，遠遠近近的人們就開始向官寨聚集，很快就站滿了廣場，聽土司宣佈這傢伙如何殺死了忠誠的查查頭人，他在陰謀將要成功，將要取得頭人職位時被土司識破而繩之以法。人們也就知道，又一個頭人的領地變成土司家直接的轄地了。但這跟百姓又有什麼關係？他們排著隊經過那具一臉茫然的死屍前。每個人都按照規矩對著死人的臉唾上一口。這樣，他就會萬劫不復地墮入地獄。人們吐出的口水是那麼的豐富，許多蒼蠅被淹死在正慢慢腫脹的死人臉上。

母親站在高處俯視這一切。

父親非常得意。母親精心策畫的事情，經他順勢引導一下，就形成了對他十分有利的局面。父親得寸進尺，吩咐小家奴索郎澤郎：「去，問問太太，她怎麼詛咒這個開黑槍的罪人。」

太太沒有說話，從腰間的絲絛上解下一塊玉石，也在上頭唾了一口。小家奴從樓上跑下來，將那上等綠玉丟在了屍體上面。人群中爲她如此對待一塊玉石發出了驚嘆。

她卻轉身走進了自己的屋子。

所有人都仰頭看著她從三樓那寬大的平台上消失了。人人都聽到了她尖厲的聲音在那些迴廊的陰影裡迴盪。她是在叫她的貼身侍女，我的教師：「卓瑪！桑吉卓瑪！」

於是，身著水綠色長衫的卓瑪也從我們眼前消失了。

父親帶著央宗進了三樓東頭，朝向南面的房間。這下，他們就可以住在一起，一直睡在一張床上。

來看看土司的床吧！土司的床其實是個連在牆上的巨大櫃子，因為光線黯淡而顯出很幽深的樣子。我曾經問父親：「裡面沒有妖怪嗎？」

他不作正面回答，只是像最沒有心計的父親那樣笑著說：「你這個傻乎乎的傢伙啊！」

我相信那裡邊肯定有什麼嚇人的東西。

那天夜半的時候，官寨外邊響起了淒厲的哭聲。麥其土司披衣起來，央宗滾到床的外邊，裡邊濃重的暗影叫她十分害怕。土司在床前大聲咳嗽，官寨裡立即就點了燈籠，官寨外立即燃起了火把。

土司到了三樓平台上，立即有人伸出燈籠把他的臉照亮。土司對下面暗影中的人叫道：「我是麥其，你們要看清楚一點！」下面，朦朧中顯出了三個人跪在地上的身影。那是被我們殺死的多吉次仁的老婆和兩個兒子，背後是那具倒吊著的屍體，在木樁上輕輕搖晃。

父親大聲發話：「本該把你們都殺了，但你們還是逃命去吧！要是三天後還在我的地界裡，就別怪我無情了。」土司的粗嗓門震得官寨四處發出嗡嗡的回響。

下面的暗影中傳來一個小男孩稚氣的聲音：「土司，讓他們再照照你的臉，我要記住你的樣子！」

「你是害怕將來殺錯人嗎？好，好好看一看吧！」

「謝謝，我已經看清楚了！」

父親站在高處大笑：「小孩，要是你還沒來，我就想死了，可以不等你嗎？」下面沒有回答。那母子三人從黑暗裡消失了。

父親回身時，看見母親從她幽居的高處俯視著自己。

母親十分滿意父親向她仰望的那種效果。她扶著光滑清涼的木頭欄杆說：「你怎麼不殺了他們？」

父親本可以反問母親，我的心胸會如此狹窄嗎？但他卻只是低聲說：「天哪，我想睡了。」

母親又說：「我聽見他們詛咒你了呢！」

父親這時已經變得從容了：「難道你以爲仇家會歌唱？」

母親說：「那麼緊張幹什麼，你是土司，一個女人就叫你這樣了。要是有十個女人怎麼辦？」口吻是那麼推心置腹，弄得父親一下就說不出話了。火把漸次滅掉，官寨立即變成了一個巨大的黑洞。母親清脆的笑聲在這黑暗中響起。母親的聲音在黑暗裡十分好聽：「老爺請回吧，小老婆在大床上會害怕。」

父親也說：「你也回吧，樓上當風，你身子弱，禁不起呀！」

母親當然聽出了這話裡的埋伏。不禁想到，平日裡要是自己不做出哼哼唧唧的病模樣，情形當不至於如此。她是把漢族人欣賞的美感錯以爲人人都會喜歡的了。可是嘴上還是不依不饒：「我死了就算了。麥其土司家再缺什麼也不會缺一房太太。用錢買，用槍搶，容易得很的事情嘛！」

父親說：「我不跟你說了。」

「那你還不快點進屋，我是要看看這一晚上還有什麼好戲。」

父親進屋去了。睡在床上還恍然看見那居高臨下一張銀盆似的冷臉，便咬著牙說：「真成了個巫婆了。」

央宗滾進了土司的懷裡：「我害怕，抱緊我呀！」

「你是麥其土司的三太太，用不著害怕。」

熱乎乎的女人肉體使土司的情緒安定了。他嘴上說著要舉行一場多麼隆重的婚禮，心裡卻禁不住想，查查頭人的全部家產都是自己倉裡的了。查查是所有頭人裡最忠誠的一個。而且，這也不是一代兩代的事了。他就是不該有這麼漂亮的老婆，同時，也不該擁有那麼多的銀子，叫土司見了晚上睡不著覺。要是自動地把這一切主動叫土司分享一點，也不至於到今天這個地步了。想到這些，父親禁不住為人性中難得滿足的貪慾嘆了口氣。

他懷裡的女人睡著了。圓潤的雙乳在黑暗中閃爍著幽光。她真是個很蠢的女人。不然，這麼多天來發生了這麼多的事情，稍有頭腦的人都會夜不成眠。而她卻一翻身就深深地潛入了睡夢之中。平穩而深長的呼吸中，她身上撩人心扉的野獸般的氣息四處瀰散，不斷地刺激著男人的慾望。土司知道自己作為一個男人，這一陣瘋狂過去，就什麼也不會有了。他當然會抓緊這最後的時光，他要把女人叫醒，到最瘋狂的浪谷中去漂蕩。

就在這時，二太太在樓上拍起手來。她歡歡喜喜地叫道：「燃起來了！燃起來了！」

麥其土司又為心胸狹窄的女人嘆了口氣，心想，明天要叫喇嘛們念念經，驅驅邪，不然，這女人可能要瘋了。但更多的人叫喊起來，這些人在暗中奔跑。這高大的石頭建築就在黑暗中搖晃起來。

這搖晃可以令人對很多東西感到不安。

麥其土司睜開眼睛，只見窗前一片紅光。他以爲是誰縱火把官寨點燃了。儘管很快就證明這不過是一場虛驚，但他還是清楚地感到了隱伏的仇恨。

官寨裡的人剛剛睡下不久，又全都起來了。這中間，只有我母親一直站在星光隱隱的樓上，沒有去睡覺。現在，全官寨的人都起來了。高處是土司一家和他們的喇嘛與管家。下面是眾多的家丁和家奴。只有那個新來的三太太用被子蒙住頭，滾到那張大床很深的地方去了。剛才離開這裡，公開聲言將要復仇的三個人把已經是麥其土司私人財產的頭人寨子點燃了。此時，火就在涼涼的秋夜裡，在明亮的星空下熊熊燃燒。大火的光芒越過黑沉沉的罌粟地，那麼空曠的大片空間，照亮了麥其土司雄偉的寨子。我們一家人站在高處，表情嚴肅地看著事實上已成爲我家財產的一切在熊熊大火中變成灰燼。

背後，從河上吹來的寒意一陣比一陣強烈。

面前的火光和背後的寒意都會叫人多想點什麼。

當遠處的寨子又一個窗口噴出火龍時，下人們就歡呼起來。我聽到奶娘的聲音、侍女的聲音、銀匠的聲音和那個小家奴索郎澤郎的聲音。侍女卓瑪，平時，因爲我們特殊的恩寵，都是和我們一同起居的，可是一有機會，她還是跑到下人們中間去了。

火小下去時，天也亮了。

火是多吉次仁的女人放的。她沒有和兩個年幼的兒子一起逃跑，而是自己投身到大火裡去了。死相十分凶殘。女人在火中和她的詛咒一起炸開，肚子上的傷口就像漂亮的花朵。她用最毒的咒詛咒了一個看起來不可動搖的家族。

父親知道，那孩子稚氣的復仇聲言肯定會付諸實行。於是，他命令派出追兵。哥哥說：「你當著那麼多人放走了他們，我看還是多多防範吧！」

土司還是把追兵派出去了。三天之內，沒有抓到兩個將來的敵人。三天以後，他們肯定逃出麥其家的轄地了。三天，是從中心穿過麥其領地的最快時間。

從此，那個燒死的女人和那兩個小兒，就成了父親的噩夢。

事情到了這個地步，要叫人心安一點，只有大規模的法事了。

經堂裡的喇嘛、敏珠寧寺裡的喇嘛都聚在了一起。喇嘛們做了那麼多麵塑的動物和人像，要施法把對土司的各種詛咒和隱伏的仇恨都導引到那些麵塑上去。最後，那些麵塑和死屍又用隆重的儀仗送到山前火化了。火化的材料是火力最強的沙棘樹。據說，被這種火力強勁的木頭燒過，世上任何什麼堅固的東西也灰飛煙滅了。那些骨灰，四處拋撒，任什麼力量也不能叫它們再次聚合。

地裡的罌粟已經開始成熟了，田野裡飄滿了醉人的氣息。

寺裡的濟嘎活佛得意了幾天，就忘記了這幾年備受冷落的痛苦，懇切地對土司說：「我看，這一連串的事情要是不種這花就不會有。這是亂人心性的東西啊！」

活佛竟然把土司的手抓住，土司把手抽了回來，袖在袍子裡，這才冷冷地問：「這花怎麼了？不夠美麗嗎？」

活佛一聽這話，知道自己又犯了有學問人的毛病，管不住自己的舌頭了，便趕緊合掌做個造退的姿勢。土司卻拉住他的手說：「來，我們去看看那些花怎麼樣了！」活佛只好跟著土司往亂人心性的田野走去。

田野裡此時已是另一番景象。鮮豔的花朵全部凋謝了，綠葉之上，托出的是一個個和尚腦袋一樣青乎乎的圓球。土司笑了，說：「真像你手下小和尚們的腦袋啊！」說著，一揮佩刀，青色的果子就碌碌地滾了一地。

活佛倒吸一口氣，看著被刀斬斷的地方流出了潔白的乳漿。

土司問：「聽說，法力高深的喇嘛的血和凡人不一樣。難道會是這牛奶一樣的顏色？」

活佛覺得無話可說。慌亂中他踩到了地上的圓圓的罌粟果。那果子就像腦袋一樣炸開了。活佛只好抬頭去看天空。

天空中晴朗無雲。一隻白肩鵰在天上巡視。牠平伸著翅膀，任憑山谷間的氣流叫牠巨大的身子上升或下降。陽光把牠矯健的身影放大了投射在地上。白肩鵰一面飛行，一面尖銳地鳴叫。

活佛說：「牠在呼風喚雨。」

這也是有學問的人的一種毛病，對眼見的什麼事情都要解釋一番。麥其土司笑笑，覺得沒有必要提醒他眼下的處境，只是說：「是啊，鷹是天上的王。王一出現，地上的蛇啊，鼠啊就都鑽到洞裡去了。」那鳥中之王帶著強勁的風聲，從土司和活佛面前一掠而過，從樹叢裡抓起一隻慘叫的鳥，高高飛起，投身到樹林中有高岩的地方去了。

麥其土司後來對人說，那天，他教訓了活佛，叫他不要那麼自以爲是。

有好事者去問活佛這是不是真的。活佛說：「阿彌陀佛，我們僧人有權詮釋我們看到的一切。」

7. 大地搖晃

在我所受的教育中，大地是世界上最穩固的東西。其次，就是大地上土司國王般的權力。

但當麥其土司在大片領地上初種罌粟那一年，大地確實搖晃了。那時，濟嘎活佛正當盛年，土司的威脅並不能使他閉上嘴巴。不是他不害怕土司，而是有學問的人對什麼事情都要發點議論的習慣使然。濟嘎活佛坐在廟中，見到種種預兆而不說話叫他寢食難安。他端坐在嵌有五斤金子的法座上，靜神斂息。他只略一定神，本尊佛就金光閃閃地來向他示現。也就在這個時候，肥厚的眼皮猛地跳動起來。他退出禪定，用指頭蘸一點唾液塗在眼皮上。眼皮依然跳動不已，他叫小和尚拿來一片金屑掛在眼上，眼皮又猛跳一下，把那金屑震落了。

活佛便開口問外面又發生了什麼事情。

答說，入了洞的蛇又都從洞裡出來了。

「還有呢？我看不止是蛇。」

答說，活佛英明，狗想像貓一樣上樹，好多天生就該在地下沒有眼睛的東西都地上來了。

活佛就由人簇擁著來到了廟門前，他要親眼看看世界上是不是有這樣的事情真正發生了。

寺院建在一個龍頭一般的山嘴上面。

活佛一站到門口，就把一切都盡收到法眼之中。他不但看到了弟子們所說的一切，還看見土司家的官寨被一層說不清是什麼顏色的氣罩住了。一群孩子四處追打到處漫游的蛇。他們在小家奴索郎澤郎帶領下，手裡的棍棒上纏著各種色彩與花紋的死蛇，唱著歌走在田野裡，走在秋天明淨的天空下面。他們這樣唱道：

犛牛的肉已經獻給了神，
犛牛的皮已經裁成了繩，
犛牛纓子似的尾巴，
已經掛到了庫茸曼達的鬃毛上，
情義得到報答，壞心將受到懲罰。
妖魔從地上爬了起來，
國王本德死了，
美玉碎了，美玉徹底碎了。

活佛嚇了一跳，這首歌謠是一個古老故事的插曲。這個故事叫做《馬和犛牛的故事》。這個故事在有麥其土司之前就廣為流傳了。有了土司之後，人們口頭多了些頌歌，卻把有關歷史的歌忘記了。只有博學的喇嘛還能從一些古代的文書上找到它們。濟嘎活佛曾潛心於本地歷史的研究，知道有過這樣一些歌謠。現在，沒有人傳授，這些失傳已久的歌又在一群對世界茫然無知的小奴隸們的口中突然復活了。汗水一下從活佛的光頭上淌下來。他吩咐在藏經樓前豎起梯子，找到了記有這個故事的書卷。小和尚鼓起腮幫，吹去灰塵，包裹書卷的綢子的黃色就露了出來。

活佛換件袈裟，挾起黃色皮包袱上路了。他要給土司講一講這個故事。叫土司相信，這麼一首歌謠不會憑白無故地在小兒們口中復活。

但他卻撲了個空，土司不在官寨裡。問什麼時候回來，官寨裡的人說，我們也不知道他什麼時候回來。看那些人憂心忡忡的樣子，不像是在撒謊。活佛說，那他就見見在經堂主事的門巴喇嘛。

門巴喇嘛對通報的人說：「他要見，就叫他來見吧。」

這時，活佛坐在二樓管家的應事房裡。經堂則在五層樓上。喇嘛如此倨傲，連管家都偷偷看了看活佛的臉色。活佛十分平靜地說：「管家看見他是怎麼對我的，不過，大禍將臨，我也不跟他計較。」帶著一臉忍辱負重的神色上樓去了。

麥其土司去了什麼地方？

噓！這是一個秘密。我對你豎起手指，但我又忍不住告訴你，麥其土司帶著他的新歡在田野尋找可以野合的地方。

黃特派員留下的望遠鏡有了用場。我很容易就用望遠鏡套牢了父親和他的新歡在田野裡四處奔竄的身影。現在，讓我來告訴你他們爲什麼要到田野裡去吧！麥其土司的三太太在土司專用的床上十分害怕。土司每每要在那張床上和她幹事時，她就感到心驚肉跳。如果土司要強制，她就肆無忌憚地拚命反抗。這時，三太太長長的指甲深深陷入男人的肉裡，嘴裡卻不斷央求：「白天，白天吧。我求求你了，白天我們到外面去幹吧！」

土司問：「你是不是看見了什麼？」

央宗已經淚流滿面：「我沒有看到什麼，可是我害怕。」

土司就像驚異自己何以爆發出如此旺盛的情慾一樣，十分奇怪自己對女人怎麼有了這樣的耐心與柔情。他把女人抱在懷裡，說：「好吧，好，等到白天吧！」

而白天的情形並不美妙。我看見他們急急忙忙要到田野裡找一個可以躺下的地方。要知道，這個情急的男人就是這片看上去無邊無際的土地的主人，卻找不到一塊可以叫他和心愛的女人睡下的地方。地方都給許多來路不明的動物佔據了。

溪邊有一塊平坦的巨石，走到近處卻有幾隻癩蛤蟆雄踞其上。土司想把牠們趕走，牠們不但不躲閃，反而衝著人大聲叫喚。

央宗剛躺倒在一塊草地上，又尖叫著從地上跳了起來。幾隻田鼠從她的裙子裡掉了下來。

土司只好讓女人站著，背倚一株高大的雲杉。當女人的裙子剛剛撩起，男人的褲子剛剛脫下，他們赤裸的下身就受到了螞蟻和幾隻杜鵑憤怒的攻擊。最後，他們只好放棄了野合的努力。他們徒勞無功的努力都被我盡收眼底。看來是沒有什麼希望了，除非他們能在空中睡覺。但他們肯定不懂得這樣的法術。傳說有一種法術可以叫人在空中飛行，但也沒有說可以在天上駕幸女人。當我把寶貝鏡子收好，父親和那女人氣急敗壞地從田野回來了。

那群家奴的孩子在棍子上纏著一條條顏色綺麗的蛇，在廣場上歌唱：

國王本德死了，
美玉碎了，

美玉徹底碎了。

土司的慾火變成了怒火，傳來行刑人一頓皮鞭打得小家奴們吱哇亂叫。土司的臉都給憤怒扭歪了，央宗卻歪著頭，看著他開心大笑。在此之前，我以爲女人就是女人，她被土司強力搶過來，和我母親是用錢買來的沒什麼兩樣。現在，那笑容證明她是個妖精。後來，濟嘎活佛對我們說，妖精出來爲害，一種是自己知道，一種是自己也不知道的，三太太明明白白是後一種情形，所以在你們父親身後，你們不要加害於她。這是後話。

不知什麼時候，哥哥旦真貢布站在我的身邊。他說：「我喜歡漂亮的女人，可是這個女人叫我害怕。」

官寨外面的廣場上，央宗對土司說：「老爺，他們喜歡編歌，就讓他們唱唱我吧！」

我和哥哥走到他們身邊。

哥哥說：「活佛說，這歌是以前就有的。太太可不要叫這些下等人編什麼唱你的歌。下等人除了毒蛇的花紋，他們不知道孔雀有多麼美麗。」

三太太並不氣惱，對著哥哥笑笑。

哥哥只好揮手叫人們散開。

土司和三太太穿過高大的門洞上樓了。這時，那些在院子裡用手磨推糌粑的，用清水淘洗麥子的，給母牛擠二遍奶的，正在擦洗銀器的家奴突然曼聲歌唱起來。父親從他房間裡衝出來，擺出一副雄獅發怒的樣子，但家奴們的歌並不是孩子們唱的那一種，沒有什麼可指責的地方。他只好悻悻然搖搖腦袋回房去了。

土司叫管家支了些銀子，要給三太太打一套新的銀飾。於是，那個曾在馬前向我敬過水酒的銀匠給召了進來。這個傢伙有事沒事就把一雙巧手藏在皮圍裙下。我感到，每當這個像一個巨大蜂巢一樣的寨子安靜下來時，滿世界都是銀匠捶打銀子的聲音。每一個人都在側耳傾聽。那聲音滿世界迴盪。

叮咣！

叮咣！

叮——咣！——

現在，他對那些唱歌的女人們微笑。他就坐在支撐著這高大寨子的巨大木柱的蔭涼裡，臉上隨時對人做出很豐富的表情。碾薄的銀子像一汪明淨的池塘在面前閃閃發光。這人告訴過我他的名字，可是我怎麼也想不起來了。我想卓瑪肯定記得。說不上來爲什麼，我反正覺得她肯定記得。卓瑪掐了我一把，說：「傻瓜啊！」

「你快說！」

「人家還服侍過你，這麼快就連名字也不記得了?你不會對我也這個樣子吧？」

我說不會。她這才把銀匠的名字告訴了我。那個傢伙叫做曲扎。卓瑪只和他見過一面——至少我以爲他們只見過一面——就把銀匠的名字記得那麼清楚，使我敏感的心隱隱作痛。於是，我就看著別的地方不理她了。卓瑪走過來，用她飽滿的乳房碰我的腦袋，我硬著的頸子便開始發軟。她知道我快支持不住了，便放軟了聲音說：「天啊，吃奶的娃娃還知道嫉妒，叫自己心裡不好受啊！」

「我要把那傢伙殺了。」

卓瑪轉身抱住我，把我的腦袋摁在她胸前的深溝裡，悶得我都喘不過氣來了。她說：「少爺發火了，少爺發火了。少爺不是認真的吧？」

我不喜歡她因爲給了我她的身子，就用放肆的口吻跟我說話。我終於從她那剛剛釀成的乳酪一樣鬆軟的胸前扭脫出來，漲紅了臉，喘著大氣說：「我要把他做銀子的手在油鍋裡燙爛。」

卓瑪把臉捂住轉過身去。

我的傻子腦袋就想，我雖然不會成爲一個土司，但我也是當世土司的兒子，將來的土司的兄弟。女人不過是一件唾手可得的東西。我丟開她到處轉了一圈。所有人都有他們自己的事情。土司守著到了手卻找不到機會下口的三太太。二太太在波斯地毯上一朵濃豔花朵的中央練習打坐。我叫了她一聲，可是她睜開的眼睛裡，只有一片眼白，像佛經裡說到的事物本質一樣空泛。濟嘎活佛在門巴喇嘛面前打開了一只黃皮包袱。家奴的孩子們在田野裡遊蕩，棍子挑著蛇，口裡唱著失傳許久卻又突然復活的歌謠。自從畫眉事件以後，他們對我這個高貴而寂寞的人有點敬而遠之。我很寂寞。土司、大少爺、土司太太，他們只要沒有打仗，沒有節日，沒有懲罰下人的機會，也都是十分寂寞的。我突然明白了父親爲什麼要不斷地製造事端。爲了一個小小的反叛的寨子到內地的省政府請願，引種鴉片，叫自己的士兵接受新式的操練，爲一個女人殺掉忠於自己的頭人，讓僧人像女人們一樣互相爭寵鬥氣。明白了這個道理，並不能消除我的寂寞。那些幹活的人是不寂寞的。哥哥不在寨子裡，沒有人知道他去了什麼地方。那些人他們有活可幹：推磨，擠奶，硝皮，紡線，還可以一邊幹活一邊閒聊。銀匠在敲打那些銀子，叮咣！叮咣！叮咣！叮咣！他對我笑笑，又埋頭到他的工作裡去了，我覺得今天這銀匠是可愛的，所以卓瑪記住了他的名字並不奇怪。

「曲孔。」我叫了他一聲。

作爲回答，他用小小的錘子敲出一串好聽的音節。這一來，我就忘了剛才的不快，回自己的房裡去了，一路用石頭敲擊樓梯的扶手。卓瑪還在屋裡，她是看見了我才把臉對著牆壁的。既然她一定要一個傻瓜，一個小男人來哄她，那我就哄吧！我說，銀匠其實不錯的。

「就是嘛，」她果然把我當成傻子來對付，「我喜歡他是個大人，喜歡你是個娃娃。」

「不喜歡我是貴族，喜歡他是個銀匠？」

她有點警惕地看我一眼，說：「是。」那頭就嬌羞地低下去。

我們就在地毯上許多豔麗的花朵中間愛了一場。她整理好衣衫，嘆口氣說：「總有一天，主人要把我配一個下人，求求少爺，那時就把我配給銀匠吧！」

我心上又是隱隱一痛，但還是點點頭答應她了。

這個比我高大許多的姑娘說：「其實，你也做不了這個主，不過有你這份心，也算我沒有白服侍一場。」

我說：「我答應了就算數。」

卓瑪摸摸我的腦袋，說：「你又不能繼承土司的位子。」

天哪，一瞬間，我居然就有了要篡奪權力的想法。但一想到自己不過是一個傻子，那想法就像是泉水上的泡沫一樣無聲無息地破裂了。你想，一個傻子怎麼能做萬人之上的土司，做人間的王者呢？天哪，一個傻子怎麼也會有這樣的想法？我只能說是女人叫我起了這樣的不好的念頭。

想想，這一天還發生了什麼事情。

我想起來了。那天想對將要發生的事情作點預言的濟嘎活佛在經堂裡受到了冷遇。他在門巴喇嘛面前把那卷藏書打開。那首正在黃口小兒們口裡唱著的歌謠就出現在兩個有學問人的眼前。在活佛珍貴的藏書裡，那個故事的每一句話後面都有好幾個人在不同時期加上的種種注釋。這些故事因此變成了可以占卜吉凶的東西。那段歌謠下寫著，某年月日，有人唱這謠曲而瘟疫流行經年。又某年月日，這歌謠流行，結果中原王朝傾覆，雪域之地某教派也因失去扶持而衰落。門巴喇嘛搖搖頭，揩去一頭汗水，說：「這些話，我是不會對土司說的。是禍躲不過。注定的東西說了也沒用。你想想，土司是長了能聽進忠告的耳朵的人嗎？」

活佛說：「天哪，看來土司白白地寵愛你們了。」

門巴喇嘛說：「那你到這裡來，我到你廟裡去當住持。」

活佛曾想去西藏朝佛，也想上山找一個幽靜的山洞閉關修行，但都不能成行。他看到自己一旦走開，一寺人都會生計無著。只有思想深遠的活佛知道人不能只靠消化思想來度過時日。他這一次前來，還不是為一寺人的生計著想，為那些人尋找食物來了。坐在金光燦燦的經堂裡，和這個喇嘛說著不鬧的閒話，他也覺得比在寺裡的感覺好得多了。他甚至害怕門巴喇嘛結束這場談話。他想，不論這個人品行如何，總算是個智慧和自己相當的人物。就為了這小小的一點樂趣，他甚至對這傢伙有點謙卑過頭了。他聽見自己用十分小心的口吻說：「那你看，我怎麼對土司說這件事好？」

門巴喇嘛搖搖頭說：「我不知道。土司的脾氣越來越叫人捉摸不定了。活佛，你再請喝一碗茶？」這明顯是叫人走路了。

活佛嘆了口氣說：「那麼好吧。我們是在爭誰在土司跟前更有面子。但在這件事情上，我想得更多的是黑頭藏民，格薩爾的子孫們。好吧，我自己去對土司講吧，叫他不要弄到天怒人怨的地步就是了。至少，他還不至於要我這顆腦袋吧。」於是，也不喝那碗熱茶，就挾起包袱下樓了。

門巴喇嘛回頭看看經堂裡的壁畫。門廊上最寬大的一幅就畫著天上、人間、地獄三個世界。而這三個各自又有著好多層次的世界都像一座寶塔一樣堆疊在一個水中怪獸身上。那個怪獸眨一下眼睛，大地就會搖晃，要是牠打個滾，這個世界的過去、現在、未來都沒有了。門巴喇嘛甚至覺得宗教裡不該有這樣的圖畫。把世界構想成這樣一個下小上大，搖搖欲墜的樣子，就不可能叫人相信最上面的雲端裡的一層是個永恆的所在。

活佛找到管家說：「我要見見土司，請你通報一下。」

管家以前是我們家的帶兵官，打仗跛了一條腿後成了管家。他當帶兵官是一個好帶兵官，曾得到過一個帶兵官能得到的最高獎賞：一條來自印度的虎皮衣領。這條衣領和一般人理解的衣領不一樣的。那是一整頭老虎的皮子，綬帶一樣披掛在一件大氅上面。虎頭懸在胸前，虎尾垂在後邊。這樣披掛下來，再沒有威風的人也像是一隻老虎了。現在，他已經是一個出色的管家了。正是有了他出色的打點，父親和哥哥才會有時間出去尋歡作樂。

管家說：「天哪，看看我們尊貴的客人被委屈了。」

於是，親自給活佛獻茶，又用額頭去觸活佛形而上的手。形而上的手是多麼的綿軟啊！好像天上輕柔的雲團。這種儀式一下就喚回了活佛尊貴的感覺。他細細地呷了口茶，香噴噴的茶在舌尖上停留一下，熱熱地滾到肚子裡去了。管家問：「好像要發生什麼不好的事情？」

「就要發生了。」

「土司可不要聽這樣的話。」

「聽不聽是他的事。我不說，一來以後人們會笑話，說我連這麼大的事情要發生了也不知道。二來，世上有我們這種人在，這種時候總是要出來說說話。」

於是，前帶兵官就一點沒有軍人的樣子，像一個天生的管家一樣，屁顛顛地跑到土司房前通報去了。要不是他親自出馬，土司是不會見活佛的。管家進去的時候土司正和三太太睡在床上。

管家說：「濟嘎活佛看你來了。」

「這傢伙還想教訓我嗎？」

「他來對你講講爲什麼有這麼多奇怪的事情。」

土司這才想起了自己養在經堂裡的喇嘛：「我們的喇嘛們，門巴他們不知道來給我講講嗎？」

管家笑笑，故意叫土司看出自己的笑容裡有豐富的含意，有很多種的猜測和解釋。除了這樣笑笑，你還能對一個固執的土司，一片大地上的王者怎麼辦呢？土司從這笑容裡看出點什麼來了，說：「那我就見見活佛吧。」土司這時給情慾和種種古怪的現象弄得心煩意亂，但他還是故作輕鬆地問：「你看我要不要穿上靴子？」

「要的，還該親自出去接他。」

土司順從地穿好靴子，到樓梯口接活佛去了。活佛從下面向土司仰起了他的笑臉。土司說：「啊，活佛來了，你要怎麼教訓我。」

活佛在梯級上站住了，大喘一口氣，說：「爲了你江山永固，爲了黑頭藏民的幸福，話輕話重，你可要多多包涵啊！」

土司說：「我聽你的，活佛，你上來吧！」土司甚至還伸出手，想扶活佛一把。就在這兩雙大手就要互相握住時，春雷一樣的聲音從東方滾了過來。接著大地就開始搖晃了。大地像一只大鼓，被一隻看不見的巨手擂響了。在這巨大的隆隆響聲裡，大地就像牛皮鼓面一樣跳動起來。最初的跳動剛一開始，活佛就從樓梯上滾下去了。土司看到活佛張了嘴巴，也沒來得及發出點什麼聲音就碌碌地滾到下一層樓面上去了。大地的搖晃停了一下，又像一面篩子一樣左右擺蕩起來，土司站立不住，一下摔倒在地上。更可氣的是，倒地之前，他還想對活佛喊一句什麼話，所以，倒地時，話沒有喊出來，卻把自己的舌頭咬傷了。土司躺在地上，感到整個官寨就要倒下了。在這樣劇烈的動盪面前，官寨哪裡像是個堅固的堡壘，只不過是一堆木頭、石塊和黏土罷了。好在這搖晃很快就過去了。土司吐掉口裡的鮮血，站起身起，看見活佛又順著樓梯往上爬了。土司立即覺得這個被自己冷落的活佛才是十分忠誠的。他一伸手，把活佛從下面拉了上來，兩人並排坐在走廊的地板上，望著那巨大而神秘的力量所來的方向，聽著驚魂甫定的人們開始喊叫，從叫聲裡就可以知道有房子倒塌了，有人死了。河水用短暫而有力的洶湧把河上的小橋沖垮了。土司看到自己巨大的寨子還聳立在天空下面，就笑了：「活佛，你只有住在我這裡，橋一塌，你就回不去了。」

活佛擦去頭上的汗水，說：「天啊，我白來了，事情已經發生了。」

一臉灰土的土司把住活佛的手嘿嘿地笑個不停。笑一聲，一口痰湧上來，吐了，又笑，又一口痰湧上來。這樣連吐五六七八口，土司捂住胸口長喘一陣，嘆了口氣說：「天哪，我幹了好多糊塗事吧？」

「不多也不算少。」

「我知道我幹了什麼，但就像是在做夢一樣。」

「現在好了。」

「現在我真的好了？好吧，你看我怎麼辦呢？」

「廣濟災民，超度亡靈吧！」

土司說：「進房休息吧。女人肯定也給嚇壞了。」

居然就引著活佛往二太太的房裡去了。剛進房間，我母親就在活佛的腳前跪下了。她用頭不斷去碰活佛那雙漂亮的靴子。土司就扶住被自己冷落許久的二太太，說：「起來，叫人給我們送些可口的東西來。」那口氣好像是剛才還在這房間裡，從來沒有迷失過自己一樣。土司還說：「天哪，這麼餓，我有多久沒有好好吃東西了？」母親吩咐一聲，那吩咐就一連聲地傳到樓下去了。然後，二太太就用淚光閃閃的眼睛看著活佛，她要充分表達她的感激之情。她以爲已經永遠失去的男人回到了她身邊。

大地搖晃一陣，田野裡那些奇怪的情形就消失了。死了人和倒了房子的人家得到了土司的救助。不久，地裡的罌粟也到了採收的時候。

第三章

8. 白色的夢

白色，在我們生活裡廣泛存在。

只要看看土司轄地上，人們的居所和廟宇——石頭和黏土壘成的建築，就會知道我們多喜歡這種純粹的顏色。門楣、窗櫺上，都疊放著晶瑩的白色石英；門窗四周用純淨的白色勾勒。高大的山牆上，白色塗出了牛頭和能夠驅魔鎮邪的金剛等等圖案；房子內部，牆壁和櫃子上，醒目的日月同輝，福壽連綿圖案則用潔白的麥麵繪製而成。

而我，又看見另一種白色了。

濃稠的白色，一點一滴，從一枚枚罌粟果子中滲出，匯聚，震顫，墜落。罌粟擠出它白色的乳漿，就像大地在哭泣。它的淚珠要落不落，將墜未墜的樣子，掛在小小的光光的青青果實上無語凝咽。那是怎樣的一幅動人的景象啊！過去手持鐮刀收割麥子的人們，手持一把光滑的骨刀，在罌粟的青果上劃下一條小小的傷口，白色的漿汁就滲出來了。一點一滴，悄無聲息在天地間積聚，無言地在風中哭泣。人們再下地時，手裡就多了一只牛角杯子。白色的漿汁在青果的傷口下面，結成了將墜不墜的碩大的一滴，被骨刀刮到牛角杯裡去了。

青果上再劃下一道新的傷口，這樣，明天才會再有濃重的一滴白色漿汁供人收集。

黃特派員從漢地派人來，加工這些白色的果漿。他們在離官寨不遠的地方搭起一個木棚，架上鍋灶，關上門，像熬製藥物一樣加工罌粟漿。從煉製間裡飄出的氣息，只要有一點點飛進鼻子裡，一下子就叫人飛到天上去了。麥其土司，偉大的麥其土司用一種前所未有的美妙的東西把人們解脫出來了。這樣的靈藥能叫人忘記塵世的苦難。

這時，關於那次地動，被冷落了一段時間的門巴喇嘛有了新的解釋。他的觀點跟濟嘎活佛截然不同。他說，這樣美妙的東西只有上天的神靈才能擁有。只有土司無邊的福氣才把這東西帶給下界的黑頭藏民。而地動無非是天神們失去了寶貴的東西發發怒氣而已。門巴喇嘛聲稱，經過他的禳解，神們已經平息了他們的憤怒。土司深深地呼吸一口空氣中醉人的香氣，笑眯眯地看了濟嘎活佛一眼。活佛說：「如果土司你相信門巴喇嘛的話，那我還是回去，回到我的廟裡去吧！」

「天哪，我們的活佛又生氣了。不過我知道他說的是假話，如果他說的是真話，我也會挽留他的。」土司說話的口吻，好像活佛不在跟前。

「土司願意聽誰的話，跟我有什麼相干？」活佛也用看不見面前有土司的口吻說：「天哪，以前師傅就對我說過，天意命定的東西無法阻止。」

土司笑了，說：「看看吧，我們的活佛多麼聰明啊！」

活佛說：「讓門巴喇嘛陪你吧，你相信他。」

土司不想再說什麼了，拿起手邊幾個鈴子中的一個，搖晃一下，清脆的鈴聲喚來了管家。管家跛著腿下樓，把活佛送到門口。管家突然問道：「活佛，你說，這果子真會給我們帶來厄運嗎？」

活佛睜開眼，看到這人臉上真有露出了憂慮重重的表情，就說：「那還有假，我是靠騙人爲生的嗎？等著看結果好了。」

管家說：「活佛可要好好念經保佑我們主子的事業啊！」

活佛揮揮手，走開了。

寬廣的大地上，人們繼續收割罌粟。白色的漿汁被煉製成了黑色的藥膏。從來沒有過的香氣四處飄蕩。老鼠們一隻隻從隱身的地方出來，排著隊去那個煉製鴉片的房子，蹲在樑上，享受醉人的香氣。母親心情好，好久沒有叫過頭痛了，她帶我去了那個平常人進不去的地方。那裡，黃特派員的人幹活時，門口總有持槍的人把守。母親說：「你們不叫我進去，那特派員送我一支煙槍幹什麼？」

守衛想了想，收槍叫我們進去了。

我並沒有注意他們怎麼在一口口大鍋裡煉製鴉片。我看見老虎灶前吊著一串串肉，就像我帶著小家奴們打到的畫眉一樣。我正想叫他們取一隻來吃，就聽見吱的一聲，一隻老鼠從房樑上掉下來。熬鴉片的人放下手中的傢伙，小刀在老鼠後腿上輕輕挑開一點，老鼠吱地叫了一聲，再一用力，整張皮子就像衣服一樣從身上脫了下來，再一刀，扇動著的肺和跳動著的心給掏出來了。在一個裝滿作料的盆子裡滾一下，老鼠就變成了一團肉掛在灶前了。

土司太太笑道：「你們不要把我兒子嚇著了。」

那些人嘿嘿地笑了。

他們說：「太太要不要嘗嘗。」

太太點點頭。燻好的老鼠肉就在灶裡烤得吱吱冒油。香味不亞於畫眉。要不是無意間抬頭看見房樑上蹲著那麼多眼睛賊亮的老鼠，說不定我也會享用些漢族人的美食。我覺得這些尖嘴在咬我的胃，而母親正齜著雪白的牙齒撕扯鼠肉。全不管我在目瞪口呆地看著她。她一邊用潔白的牙齒撕扯，一邊還貓一樣咿咿唔唔對我說：「好吃呀，好吃呀，兒子也吃一點吧。」

可是我不吃都要吐了。

我逃到門外，以前有人說漢人是一種很嚇人的人。我是從來不相信的。父親叫我不要相信那鬼話，他問，你母親嚇人嗎？他又自己回答，她不嚇人，只是有點她的民族不一樣的脾氣罷了。哥哥的意見是，哪個人沒有一點自己的毛病呢？後來，姊姊從英國回來，她回答這個問題說，我不知道他們嚇不嚇人，但我不喜歡他們。我說他們吃老鼠。姊姊說，他們還吃蛇，吃好多奇怪的東西。

母親吃完了，一副心滿意足的樣子，貓一樣用舌頭舔著嘴唇。女人無意中做出貓的動作，是非常不好的。所以，土司太太這樣做叫我非常害怕。

她卻嘻嘻地笑著說：「他們給了我大煙，我以前沒有試過，如今，我可要試一試了。」見我不說話，她又說：「不要不高興。鴉片不好，也不是特別不好。」

我說：「你不說，我還不知道鴉片是壞東西。」

她說：「對沒有錢的人，鴉片是一種壞東西，對有錢的人就不是。」她還說，麥其家不是方圓幾百里最有錢的人家嗎？母親伸出手來拽住我的胳膊，她長長的指甲都陷進我肉裡了。我像被老鼠的犬牙咬了似的大叫一聲。母親也看出了兒子臉上確實顯出了驚恐的表情，就跪在地上搖晃著我：「兒子，你看見什麼了，那麼害怕。」

我哭了，想說：「你吃老鼠了，你吃老鼠了。」但只是指了指天上。天上空蕩蕩的，中間停著些雲團。那些雲團，都有一個閃亮的、潔白的邊緣，中央卻有些發暗。它們好像是在一片空曠裡迷失了。不飄動是因為不知道該飄向哪個方向。母親順著我的手，看看天上，沒有看見什麼。她不會覺得那些雲朵有什麼意思。她只關心地上的事情。這時，地上的老鼠正向著散發著特別的香氣的地方運動。我不想把這些說出來。只要身上流著一丁點統治者的血液，傻子也知道多把握一點別人的秘密在手上是有好處的。於是，我只好手指天空。這一來，母親也害怕了。她把我緊緊擁住，腳步越來越快，不多久，我們已經到官寨跟前了。廣場上，行刑人爾依正往行刑柱上綁人，行刑人看見我們，把他們家人特有的瘦長的身子躬下，叫一聲：「少爺，太太。」

我的身子立即就停止顫抖了。

母親對行刑人說：「你們身上殺氣重，把少爺身上不乾淨的東西嚇跑了。以後就叫你兒子多和少爺在一起吧！」

不知從什麼時候起，麥其土司的行刑人一代又一代都叫一個名字：爾依。要是他們全部活著，肯定就分不清誰是誰了。好在他們從來都只有兩代人活著。父親行刑、殺人的時候，兒子慢慢成長，學習各種行刑的手藝。殺人的是大爾依，等著接班的是小爾依。可以說爾依們是世上最叫人害怕、最孤獨的人了。有時我懷疑那個小爾依是個啞巴。所以，都走出了幾步，我又回過頭問行刑人：「你兒子會說話嗎？要是不會就教他幾句。」

行刑人對我深深鞠了一躬。

到了樓上，母親就躺下了。她叫侍女卓瑪從箱子裡取出黃特派員送的煙槍，點上一盞小燈。自己從懷裡掏出濕泥巴似的一團煙土，搓成藥丸一樣大小，放在煙槍上對著燈上的火苗燒起來，她的身子就軟下去了。好半天，她醒過來，說：「從今天開始，我什麼都不害怕了。」她還說：「特派員送的銀器沒有麥其家的漂亮。」

她是指裝煙具的那個銀盤，還有一個小小水壺，兩三根挑煙泡用的扦子。

卓瑪趕緊說：「我有一個朋友，手藝很好，叫他來重新做些吧！」

母親問：「你的朋友？下面院子裡那傢伙。」

桑吉卓瑪紅著臉點了點頭。

太陽落山了。外面正是深秋，在夕陽的輝映下，更是金光燦燦。屋子裡卻明顯地暗下來。

屋子越暗，土司太太的眼睛就越亮。叫我想起在煉製鴉片的屋子裡見到的老鼠眼睛。我把卓瑪的手攥住，但她一下摔開了。我的手被她摔回在胸膛上。她叫我把自己打痛了。我叫了一聲。這一聲既表示了痛苦，也表示對母親那雙閃爍不定的眼睛的恐懼。兩個女人都急忙問我，少爺怎麼了。

卓瑪還用她溫軟的手摟住我的腦袋。

我背著手踱到窗前，看見星星正一顆顆跳上藍藍的天幕，便用變聲期的嗓門說：「天黑了，點燈！」

土司太太罵道：「天黑了，還不點燈！」

我仍然望著夜晚的天空。沒有回過身去看她們。一股好聞的火藥味瀰漫開來，這是侍女劃燃了火柴。燈亮了。我回過身去，扼著手腕對卓瑪說：「小蹄子，你弄痛我了。」

這一來，卓瑪眼裡又對我流動著水波了，她跪在地上，捧起我的手，往上面呵著她口裡的香氣。痛的地方變成癢，我呵呵地笑了。侍女轉臉對母親說：「太太，我看少爺今天特別像一個少爺。照這樣子，將來是他當麥其土司也說不定。」

這句話聽了叫人高興。儘管我不可能是這片領地的土司。就算我不是傻子，將來的土司也不會是我。母親臉上的神情表明這句話使她十分受用。但她罵道：「什麼不知深淺的話！」

土司進來了，問：「什麼話不知深淺？」

母親就說：「兩個孩子說胡話呢！」

土司堅持要聽聽兩個孩子說了怎樣的胡話。母親臉上出現了剛才侍女對我做出的諂媚表情：「你不生氣我才說。」

父親坐在太太煙榻上，雙手撐住膝頭，說：「講！」

土司太太把卓瑪誇我的那句話說了。

土司大笑，招手叫我走到跟前，問：「我的兒子，你想當土司嗎？」

卓瑪走到父親身後對我搖手，但我還是大聲：「想！」就像士兵大聲回答長官問話那樣。

「好啊。」他又問我，「不是母親叫你這樣想的吧？」

我像士兵那樣對土司一碰腳跟，大聲說：「不是，就是她不准我這樣想！」

土司很銳利地看了太太一眼，說：「我寧願相信一個傻子的話，有時候，聰明人太多了，叫人放心不下。」他接著對我說：「你想是對的，母親不准你想也是對的。」

母親叫卓瑪帶我回到自己房裡：「少爺該睡覺了。」

替我脫衣服時，卓瑪捉住我的手放在她胸上，那裡跳得正厲害。她說，少爺你嚇死我了。她說我傻人有傻福。我說我才不傻呢！傻子不會想當土司。她下死勁掐了我一把。

後來，我把頭埋在她雙乳間睡著了。

這一向，我的夢都是白色的。這天晚上也不例外。我夢見白色洶湧而來。只是看不清源頭是女人的乳房還是罌粟的漿果。白色的浪頭捲著我的身體漂了起來。我大叫一聲，醒了。卓瑪抱著我的頭問：「少爺怎麼了？」

我說：「老鼠！老鼠！」

我真的看見了老鼠。就在射進窗戶的一片淡淡月光中間。

我害怕老鼠。

從此，就不敢一個人在寨子裡獨自走動了。

9. 病

我害怕老鼠。

他們卻說少爺是病了。

我沒有病，只是害怕那些眼睛明亮，門齒鋒利的吱吱叫的小東西。

但他們還是堅持說我病了。我也沒有什麼辦法不讓他們那樣想。我能做的就是，母親來時，我就緊緊把卓瑪的手握住。每天，管家都叫小家奴索郎澤郎和小行刑人爾依等在門口。我一出門，兩個和我一樣大的小廝就一步不離跟在身後。

卓瑪說：「少爺還不是土司呢！就比土司威風了。」

我說：「我害怕。」

卓瑪不耐煩了，說：「看你傻乎乎的樣子吧！」一雙眼睛卻不斷溜到銀匠身上。銀匠也從院子裡向上面的我們張望。我看見他一錘子砸在自己手上，忍不住笑了。我好久沒有笑過了，好久沒有笑過的人才知道笑使人十分舒服，甚至比要一個女人還要舒服。於是，我就乾脆躺在地上大笑。看見的人都說，少爺真是病了。

爲了我的病，門巴喇嘛和濟嘎活佛之間又展開了競賽。

他們都聲稱能治好我的病。門巴喇嘛近水樓台，念經下藥，誦經爲主，下藥爲輔，沒有奏效。輪到濟嘎活佛上場，也是差不多的手段，下藥爲主，誦經爲輔。我不想要這兩個傢伙治好病——如果我真有病的話。吃藥時，我閉上眼睛就能看到藥從口中下到胃裡，隨即就滑到腸子裡去了。也就是說，藥根本不能到達害怕老鼠那個地方，它們總是隔著一層胃壁就從旁邊滑過去了。看到兩個傢伙那麼寶貝他們的藥物，那樣子鄭重其事，我感到十分好笑。門巴喇嘛的藥總是一種烏黑的丸子，一粒粒裝在漂亮的盒子裡頭，叫人覺得裡面不是藥而是寶石一類的東西。活佛的藥全是粉末，先在紙裡包了，然後才是好多層的黃色綢子。他的胖手抓開一層又一層彷彿無窮無盡的綢子，我覺得裡面就要蹦出來整個世界了，結果卻是一點灰色的粉末。活佛對著它們念念有詞，做出十分珍貴的樣子，而我肚子裡正在害怕的地方也想發笑。那些粉末倒進口中，像一大群野馬從乾燥的大地上跑過一樣，胃裡混濁了，眼前立即塵土飛揚。

問兩個有法力的醫生我得了什麼病。

門巴喇嘛說：「少爺碰上了不乾淨的東西。」

濟嘎活佛也這樣說。

他們說不乾淨的東西有兩個含意。一個是穢的，另一個是邪祟的。我不知道他們說的是哪一種，也懶得問。索郎澤郎能把兩個醫生的聲音模仿得維妙維肖，說：「少爺，我看你是碰到了不乾淨的東西。」說完，索郎澤郎和我一起開懷大笑。將來的行刑人笑是不出聲的。他的笑容有點羞怯。索郎澤郎的笑聲則像大盆傾倒出去的水嘩嘩作響。瞧，兩個小廝我都喜歡。我對兩個人說：「我喜歡你們。我要你們一輩子都跟在我屁股後面。」

我告訴他們我沒有碰上不乾淨的東西。

我們在一起時，總是我一個人說話。索郎澤郎沒有什麼話說，所以不說話。小爾依心裡有好多話，又不知從何說起。他這種人適合送到廟裡學習經典。但他生來就是我們家的行刑人。兩個小廝跟在我身後，在秋天空曠的田野裡行走。秋天的天空越來越高，越來越藍。罌粟果實的味道四處瀰漫，整個大地都像醉了一般。我突然對小爾依說：「帶我到你家裡看看。」

小爾依臉唰一下白了，他跪下，說：「少爺，那裡有些東西可比老鼠還要叫人害怕呀！」

他這一說，我就更要去了。我並不是個膽小的人。過去我也並不害怕老鼠，只有母親知道那是爲了什麼。所以，我堅持要到行刑人家裡看看。

索郎澤郎問小爾依他們家裡有什麼東西叫人害怕。

「刑具，」他說，「都是沾過血的。」

「還有什麼？」

他的眼睛四處看看，說：「衣服，沾了血的死人衣服。」

我說：「你在前面帶路吧！」

想不到行刑人家裡比任何一個人家更顯得平和安詳。

院子裡曬著一些草藥。行刑人根據他們對人體的特別的了解，是這片土地上真正的外科醫生。小爾依的母親接受不了嫁給一個行刑人的命運，生下兒子不久就死了。行刑人家裡的女人是小爾依的八十歲的奶奶。她知道我是誰後，便說：「少爺，我早該死了。可是沒有人照顧你家的兩個行刑人，男人是要女人照顧的，我不能死呀！」

小爾依對她說少爺不是來要她的命。

她說，老爺們不會平白無故到一個奴才家裡。她眼睛已經不大好了，還是摸索著把一把把銅茶壺擦得閃閃發亮。

我們參觀的第一個房間是刑具室。最先是皮鞭，生牛皮的，熟牛皮的，藤條的，裡面編進了金線的，等等，不一而足。這些東西都是歷代麥其土司們賞給行刑人的。再往下是各種刀子，每一種不同大小，不同形狀的刀子可不是為了好看，針對人體的各個部位有著各自的妙用。寬而薄的，對人的頸子特別合適。窄而長的，很方便就可以穿過肋骨抵達裡面一個個熱騰騰的器官。比新月還彎的那一種，適合對付一個人的膝蓋。接下來還有好多東西。比如專門挖眼睛的勺子。再比如一種牙托，可以治牙病，但也可以叫人一下子失去全部牙齒。這樣的東西裝滿了整整一個房間。

索郎澤郎很喜歡這些東西。他對小爾依說：「可以隨便殺人，太過癮了。」

小爾依說：「殺人是很痛苦的，那些人犯了法，可是他們又不是行刑人的仇人。」小爾依看了我一眼，小聲地說：「再說，殺了的人裡也有冤枉的。」

我問：「你怎麼知道？」

麥其家將來的行刑人回答：「我不知道，我還沒有殺過人，但長輩們都說有。」他又指指樓上，說：「聽說從那些衣服上也能知道。」

那些衣服在行刑人家的一個閣樓上。閣樓是為了存放死人衣服而在後來加上去的。一架獨木樓梯通向上面。在這樓梯前，小爾依的臉比剛才更白了：「少爺，我們還是不上去吧？」我心裡也怕，便點了點頭。索郎澤郎卻叫起來：「少爺！你是害怕還是傻？到了門前也不去看看，我再不跟你玩了。」

他說我傻，我看他也傻得可以，他以爲想跟我玩就玩，不想跟我玩就不玩。我對他說：「你這句話先記在我腦子裡。要知道你不是在跟我玩，而是在服侍我。」我很高興他聽了這句話就呆在那裡了。把個傻乎乎的嘴巴張得大大的。小爾依呆呆地站在我身旁。

我努努嘴，小爾依就蒼白著臉爬上了梯子。梯子高的一頭就搭在那間閣樓的門口。門口上有著請喇嘛來寫下的封門的咒語。咒語上灑了金粉，在太陽下閃閃發光。我腳跟腳爬上去。我的頭頂到了小爾依的腳。小爾依回過頭來說，到了。他問我，是不是真要打開。他說，說不定真有什麼冤魂，那樣，它們就會跑出來。索郎澤郎在底下罵小爾依，說他那樣子才像一個冤魂。我看了看小爾依，覺得索郎澤郎罵得對，他那樣子確實有點像。小爾依對我說：「我是不怕的，我害怕真有什麼東西傷著了少爺。」

兩個小廝一個膽大，一個會說話。膽大的目中無人，會體貼上意的膽子又小了一點。我只好兩個都喜歡。行刑人家的房子在一個小山包上。比土司官寨低，但比其他房子高。站在獨木樓梯上，我看到下面的大片田野，是秋天了，大群的野鴿子在盤旋飛翔。我們這時是在這些飛翔著的鴿群的上邊看到河流到了很遠的天邊。

我說：「打開！」

小爾依把門上的鎖取下來。我聽見索郎澤郎也和我一樣喘起了粗氣。只有小爾依還是安安靜靜的，用耳語似的聲音說：「我開了。」他的手剛剛挨著那小門，門就咿呀響著打開了。一股冷風撲面而來，我，小爾依，還有索郎澤郎都顫抖了一下。我們三人走進去，擠在從門口射進來的那方陽光中間。衣服一件件掛在橫在屋子裡的杉木杆上，靜靜披垂著，好像許多人站著睡著了一樣。衣服頸圈上都有淡淡的血跡，都已經變黑了。衣服都是好衣服。都是人們過節時候才穿的。臨刑人把好衣服穿在身上，然後死去，沾上了血跡又留在人間。我撩起一件有獺皮鑲邊的，準備好了在裡面看見一張乾癟的面孔，卻只看到衣服的緞裡子閃著幽暗的光芒。索郎澤郎大膽地把一件衣服披在身上也沒有發生什麼事情。

沒有碰到什麼出奇的事，使人非常失望。

回去的路上，我們看到東邊的山口出現了一個人影。接著，西邊的山口也冒出了一個人影。兩個小廝要等著看是什麼人來了。他們知道任何人只要從路上經過了，就必須到官寨裡來。有錢的送錢，有東西的送東西，什麼都沒有的，也要送上一些叫麥其土司聽了高興的話。

回到樓上，卓瑪送上茶來，我叫她給兩個小廝也一樣倒上。卓瑪大不高興，白我一眼：「我是給下人上茶的嗎？」我並不理她，她只好在他倆面前擺上碗，倒上了熱茶。我聽見她對兩個傢伙喝斥：「不曉得規矩的東西，敢在少爺面前坐著喝茶！去，到門邊站著喝去！」

這時，外面的看門狗大叫。

卓瑪說：「有生人到了。」

我說：「是娶你的人來了。」

她埋下頭沒有說話。

我又說：「可惜不是銀匠。」

我想看看這時她的臉色，但樓下響起了通報客人求見的吆喝聲。我趴在欄杆上往下看，兩個小廝一左一右站在身後。這天，我穿的是一件團花圖案的錦緞袍子，水紅色的腰帶，腰刀鞘上是三顆碩大的綠珊瑚。客人一抬頭就看見了我，對我揚了揚手。之後，父親，之後，哥哥，之後，母親，麥其土司一家都從房裡出來了。在我們這裡是沒有人這樣打招呼的，但我還是知道來人是在跟我打招呼，照樣對他揚了揚手。

等來人上樓，麥其一家已經等在屋裡準備好會客了。

客人進來了。

我想我看見了妖怪。這個人雖然穿著藏族人寬大的袍子，他的眼睛是藍色的，他脫下帽子，又露出了一頭金色的頭髮。他在路上走出了汗，身上散發出難聞的味道。我問哥哥是不是妖怪。他對著我的耳朵說：「西洋人。」

「姊姊就在這樣人的國家？」

「差不多吧！」

來人說的是我們的話。但聽起來依然很古怪，不像我們的話，而像他們西洋人的話。他坐那裡說啊說啊，終於使麥其家的人明白，他是坐著漂在海上的房子從英國來的。他從驢背上取下一座自鳴鐘作爲獻給土司的禮物。母親和父親的房裡都擺著這樣的東西。只不過這一座因爲表面上那一層琺瑯而顯得更加漂亮。

這人有一個好聽的名字：查爾斯。

土司點點頭，說：「比漢人的名字像我們的名字。」

大少爺問這個查爾斯：「你路過我們的領地要到哪裡去？」

查爾斯眨眨他的藍眼睛說：「我的目的地就是麥其土司的領地。」

土司說：「說說你給我們帶來什麼好處？」
查爾斯說：「我奉了上帝的旨意來這裡傳佈福音。」
接下來，父親和查爾斯一起討論上帝能否在這片土地上存在。傳教士對前景充滿了信心。而麥其土司對這一切持懷疑態度。他問查爾斯，他的上帝是不是佛陀。
回答說不是，但和佛陀一樣也爲苦難的眾生帶來福祉。
土司覺得兩者間區別過於微妙。就像門巴喇嘛和濟嘎活佛在一起比誰的學問大時，爭論的那些問題一樣。他們爭論的問題有：在阿彌陀佛的淨土世界一片菩提樹葉有多少個由旬那麼大，這樣一片樹葉上可以住下多少個得到善果的菩薩，等等諸如此類的問題。土司對喇嘛們爭論這一類問題是不高興的。不是覺得繁瑣的經院哲學沒有意思，而是那樣一來就顯得土司沒有學問了。父親對黃頭髮藍眼睛的查爾斯說：「來了就是我們的客人，你先住下吧！」
外面傳來用印度香熏除客房裡霉味的氣息。
母親擊擊掌，跛子管家進來，把客人帶到客房裡去了。大家正要散去，我說：「還有一個客人。他不是牽毛驢來的。他牽著一頭騾子。」
果然，門口的狗又瘋狂地咬開了。
父親、母親、哥哥都用一種很特別的眼光看著我。但我忍受住了他看我時身上針刺一樣的感覺，只說：「看，客人到了。」

10. 新教派格魯巴

第二個不速之客是個身穿袈裟的喇嘛。

他很利索地把轡繩挽在門前的拴馬樁上，上樓的時候腳步很輕捷，身上的紫紅袈裟發出旗幟招展一樣的霹啪聲。而這時，四周連一點風都沒有。他上到五樓，那麼多房間門都一模一樣，他推開的卻是有人等他的那一間。

一張年輕興奮的臉出現在我們面前。

鼻尖上有些細細的汗水。他的呼吸有點粗重，像是一匹剛剛跑完一段長路的馬。看得出來，屋子裡所有的人一下都喜歡這張臉了。他連招呼都不打，就說：「我要找的就是這個地方。你們的地方就是我要找的地方！你們的地方就是我要找的地方！」

土司從座位上站起來：「你從很遠的地方來，看靴子就知道。」

來人這才對土司躬身行禮，說：「從聖城拉薩。」他是個非常熱烈的傢伙，他說：「給一個僧人一碗茶吧！一碗熱茶，我是一路喝著山泉到這裡來的。找這個地方我找了一年多。我喝過了那麼多山泉，甜的，苦的，鹹的，從來沒有人嘗過那麼多種味道的泉水。」

土司把話頭打斷：「你還沒有叫我們請教你的法號呢！」

來人拍拍腦袋，說：「看我，一高興把這個忘了。」他告訴我們他叫翁波意西，是取得格西學位時，上師所賜的法名。

哥哥說：「你還是格西？我們還沒有一個格西呢！」格西是一個僧人可以得到的最高的學位，有人說是博士的意思。

土司說：「瞧，又來了一個有學問的人。我看你可以留下來，隨你高興住在我的家裡還是我廟裡。」

翁波意西說：「我要在這裡建立一個新的教派，至尊宗喀巴大師所創立的偉大的格魯巴。代替那些充滿邪見的，戒律鬆弛的，塵俗一樣罪惡的教派。」

土司說：「你說那是些什麼教派？」

翁波意西說：「正是在土司你護佑下的，那些寧瑪巴，那些信奉巫術的教派。」

土司再一次打斷了遠客的話題，叫管家：「用好香給客人熏一個房間。」

客人居然當著我們的面吩咐管家：「叫人餵好我的騾子。說不定你的主人還要叫騾子馱著寶貴福音離開他的領地呢！」

母親說：「我們沒有見過像你這樣傲慢的喇嘛。」

喇嘛說：「你們麥其家不是還沒有成爲我們無邊正教的施主嗎？」然後，才從容地從房裡退了出去。

而我已經很喜歡這個人了。

土司卻不知道拿這個從聖城來的翁波意西怎麼辦！

他一到來，門巴喇嘛就到濟嘎活佛的廟子上去了。土司說，看來這翁波意西真是有來歷的人，叫兩個仇人走到一起了。於是，就叫人去請他。翁波意西來了。土司把一只精美的坐墊放在了他面前，說：「本來，看你靴子那麼破，本該送你一雙靴子的，但我還是送你一只坐墊吧！」

翁波意西說：「我要祝賀麥其土司，一旦和聖城有了聯繫，你家的基業就真正成了萬世基業。」

土司說：「你不會拒絕一碗淡酒吧！」

翁波意西說：「我拒絕。」

土司說：「這裡的喇嘛們他們不會拒絕。」

額頭閃閃發光的翁波意西說：「所以這個世界需要我們這個新的教派。」

就這樣，翁波意西在我們家裡住了下來。土司並沒有允諾他什麼特別的權力，只是准許他自由發展教民。本來，他是希望土司驅逐舊教派，把教民和地方拱手獻到面前。這個狂熱的喇嘛只記得自己上師的教誨和關於自己到一個新的地區弘傳教法的夢想。

一般而言，喇嘛，無論是新派還是舊派，到一個地區開闢教區前，都要做有預示的夢。翁波意西取得了格西這種最高學位不久，就做了這種夢。他在拉薩一個小小的黃土築成的僧房裡夢見一個向東南敞開的山谷。這個山谷形似海螺，河裡的流水聲彷彿眾生吟詠佛號。他去找師傅圓夢。師傅是個對政治有著濃厚興趣的人物，正在接待英國的一個什麼少校。他說了夢，師傅說，你是要到和漢人接近的那些農耕的山口地區去了。那些地方的山谷，那裡的人心都是朝向東南的。他跪下來，發下誓願，要在那樣的山谷裡建立眾多的本教派寺廟。師傅頒給他九部本派的顯教經典。那個英國人聽說他要到接近漢區的地方去弘傳教法，便送給他一匹騾子，並且特別地說，這是一匹英格蘭的騾子。是不是一匹騾子也必須來自英格蘭，翁波意西不知道。但在路上，他知道這確是一匹好騾子。

土司說，自己去尋找你的教民吧！

而誰又會是他的第一個教民呢？在他看到的四個人中，土司不像，土司太太也是一副心不在焉的樣子，土司的小兒子張大著嘴，不知是專注還是傻。只有土司的大兒子對他笑了笑。有一天，哥哥正要打馬出去，翁波意西把他的轡繩抓住了。他對未來的土司說：「我對你抱著希望，你和我一樣是屬於明天。」

想不到哥哥說：「你不要這樣，我不相信你們的那一套東西。不相信你的，也不相信別的喇嘛的。」

這句話太叫翁波意西吃驚了。他平生第一次聽見一個人敢於大膽宣稱自己不相信至尊無上的佛法。

大少爺騎著馬跑遠了。

翁波意西第一次發現這裡的空氣也是不對的。他嗅到了煉製鴉片的香味。這種氣味叫人感到舒服的同時又叫人頭暈目眩。這是比魔鬼的誘惑還要厲害的氣味。他有點明白了，那個夢把他自己引到了一個什麼樣的地方。沒有做出一點成就，他是不能再回到聖城去了。

他長嘆一口氣，這口氣又深又長，顯示出他有很深的瑜伽功力。

翁波意西沒有注意到門巴喇嘛來到了身後，不然他不會那樣喟然嘆息。門巴喇嘛哈哈大笑。翁波意西不用回頭就知道是僧人的笑聲。他聽出來這人雖然想顯內力深厚，前一口氣還可以，下一口氣就顯出了破綻。

門巴喇嘛說：「聽說來了新派人物，正想來會上一會，想不到在這裡碰到了。」

翁波意西就說了一個典故。
門巴喇嘛也說了一個典故。
前一個典故的意思是說會上一會就是比試法力的意思。
後一個典故是說大家如果都能有所妥協，就和平共處。
結果卻談不到一起，就各自把背朝向對方，走路。
第二天，他便把客房的鑰匙拴在腰上，下到鄉間宣教去了。
查爾斯則在房裡對土司太太講一個出生在馬槽裡的人的故事。我有時進去聽上幾句，知道那個人沒有父親。我說，那就和索郎澤郎是一樣的。母親啐了我一口。有一天，卓瑪哭著從房裡出來，我問她有誰欺負她了，她呑呑咽咽說：「他死了，羅馬人把他釘死了。」
我走進房間，看見母親也在用綢帕擦眼睛。那個查爾斯臉上露出了勝利的表情。他在窗台上擺了一個人像。那個人身上連衣服都沒有，露出了一身歷歷可數的骨頭。我想他就是那個叫兩個女人流淚的故事裡的人了。他被人像罪人一樣掛起來，手心裡釘著釘子，血從那裡一滴滴流下。我想他的血快流光了，不然他的頭不會像斷了頸骨一樣垂在胸前，便忍不住笑了。
查爾斯說：「主啊，不知不為不敬，饒恕這個無知的人吧！我必使他成爲你的羔羊。」
我說：「流血的人是誰？」
「我主耶穌。」
「他能做什麼？」
「替人領受苦難，救贖人們脫出苦海。」

「這個人這麼可憐，還能幫助誰呢？」

查爾斯聳起肩頭，不再說話了。

他得到土司允許漫山遍野尋找各種石頭。他給我們帶回來消息說，翁波意西在一個山洞裡住下來，四處宣講溫和的教義和嚴厲的戒律。查爾斯說：「我要說，他是一個好的僧人。但你們不會接受好的東西。所以，他受到你們的冷遇和你們子民的嘲笑，我一點也不奇怪。所以，你們同意採集一點礦石我就心滿意足了。」

這傢伙的石頭越來越多。

門巴喇嘛對土司說：「這個人會取走我們的鎮山之寶。」

土司說：「你要是知道寶在哪裡，就去看住它。要是不知道就不要說出來叫我操心。」

門巴喇嘛無話可說。

土司拿這話問濟嘎活佛。活佛說：「那是巫師的說法，他的學問裡不包括這樣的內容。」

土司說：「知道嗎，到時候我要靠的還是你不太古舊，也不太神奇的新派。」

活佛並不十分相信土司的話，淡淡地說：「無非是一個心到口到吧！」

第一場雪下來，查爾斯要上路了。這時，他和翁波意西也成了朋友，用毛驢換了對方健壯的騾子。他把採下山來的石頭精選了好多次，裝在牛皮口袋裡，這會兒都放到騾子背上了。乾燥的雪如粉如沙。查爾斯望望遠山，翁波意西居住的山洞的方向，說：「我的朋友餵不活自己的大牲口，但願他能養活自己和溫順的毛驢。」

我說：「你是因爲毛驢馱不動石頭才和他換的吧！」

查爾斯笑了，說：「少爺是個有趣的人。我喜歡你。」他把我擁進懷裡，我聞到他身上十分強烈的牲口的味道。他還對著我的耳朵小聲說：「要是你有機會當上土司，我們會是很好的朋友。」那雙藍色的眼睛裡，充滿了笑意。我想，他是沒有看出來我是個傻子，其他人也還沒有來得及告訴他我是傻子。

查爾斯分手時對土司說的話是：「我看你還是不要叫那樣虔信的人受苦才好，命運會報答你們。」

說完他戴上手套，拍拍騾子的屁股，走進無聲飄灑的雪花裡。他高大的身影消失後好久，騾子的啼聲才消失。大家都像放下一個巨大的包袱似地長長地吐氣。

他們說，特派員該來了，他會在大雪封山之前來到的。

而我想起了翁波意西。突然覺得做傳佈沒人接受的教義的僧人很有意思。身邊一個人也沒有，只有毛驢在身邊吃草，只有雪在山洞口飄舞著，如一個漂亮的帘子。這時，我體會到一種被人、被整個世界拋棄的快感。

11. 銀子

關於銀子，可不要以爲我們只有對其貨幣意義的理解。

如果以爲我們對白銀的熱愛，就是對財富的熱愛，那這個人永遠都不會理解我們。就像查爾斯對於我們拒絕了他的宗教，而後又拒絕了翁波意西的教法而感到大惑不解一樣。他問，爲什麼你們寧願要壞的宗教而不要好的宗教。他還說，如果你們像中國人一樣對於洋人不放心，那翁波意西的教派不是很好嗎？那不是你們的精神領袖達賴喇嘛的教法嗎？

還是說銀子吧！

我們的人很早就掌握了開採貴金屬的技術。比如黃金，比如白銀。金子的黃色是屬於宗教的。比如佛像臉上的金粉，再比如，喇嘛們在紫紅袈裟裡面穿著的絲綢襯衫。雖然知道金子比銀子値錢，但我們更喜歡銀子。白色的銀子。永遠不要問一個土司，一個土司家的正式成員是不是特別喜歡銀子。提這個問題的人，不但得不到回答，還會成爲一個被人防備的傢伙。這個人得到的回答是，我們喜歡我們的人民和疆土。

我家一個祖先有寫作癖好。他說過，要做一個統治者，做一個王，要麼是一個天下最聰明的傢伙，要麼，就乾脆是個傻子。我覺得他的想法很有意思。因爲我，就是個大家認定的傻傢伙，哥哥從小就跟著教師學習。因爲他必須成爲一個聰明人，因爲他將是父親之後的又一個麥其土司。到目前爲止，我還受用著叫人看成傻子的好處。哥哥對我很好。因爲他無須像前輩們兄弟之間那樣，爲了未來的權力而彼此防備。

哥哥因我是傻子而愛我。

我因爲是傻子而愛他。

父親也多次說過，他在這個問題上比起他以前的好多土司一樣少了許多煩惱。他自己爲了安頓好那個我沒有見過面的叔叔，花去了好大一筆銀子。他多次說：「我兒子不會叫我操心。」

每當他說這話時，母親臉上就會現出痛苦的神情。母親明白我是個傻瓜，但她心中還是隱藏著一點希望。正是這種隱藏的希望使她痛苦，而且絕望。前面好像說過，有我的時候，父親喝醉了酒。那個寫過土司統治術的祖先可沒有想到用這種辦法防止後代們的權力之爭。

這天，父親又一次說了這樣的話。

母親臉上又出現了痛苦的神情。這一次，她撫摸著我的頭，對土司說：「我沒有生下叫你睡不著覺的兒子。但那個女人呢？」是的，在我們寨子裡，有個叫央宗的女人已經懷上麥其家的孩子了。沒有人不以爲央宗是個禍害，都說她已經害死了一個男人，看她還要害誰吧！但她並沒有再害誰。所以，當土司不再親近她時，人們又都同情她了。說這個女人原本沒有罪過，不過是宿命的關係，才落到這個下場。央宗嘔吐過幾次後，對管家說，我有老爺的孩子了，我要給他生一個小土司了。土司已經好久不到她那裡去了。三太太央宗在土司房裡懷她的孩子。人們都說，那樣瘋狂的一段感情，把大人都差點燒成了灰，生下來會是一個瘋子吧！議論這件事的人實在太多了，央宗就說有人想殺她肚子裡的兒子，再不肯出門了。

現在該說銀子了。

這要先說我們白色的夢幻。

多少年以前——到底是多少年以前，我們已經不知道了。但至少是一千多年前吧！我們的祖先從遙遠的西藏來到這裡，遇到了當地土人的拚死抵抗。傳說裡說到這些野蠻人時，都說他們有猴子一樣的靈巧，豹子一樣的凶狠。再說他們的人數比我們眾多。我們來的人少，但卻是準備來做統治者的。要統治他們必須先戰勝他們。祖先裡有一個人做了個夢。託夢的銀鬚老人要我們的人次日用白色石英石作武器。同時，銀鬚老人叫抵抗的土人也做了夢，要他們用白色的雪團來對付我們。所以，我們取得了勝利，成了這土地的統治者。那個夢見銀鬚老人的人，就成了首任「嘉爾波」——我們麥其家的第一個王。

後來，西藏的王國崩潰了。遠征到這裡的貴族們，幾乎都忘記了西藏是我們的故鄉。不僅如此，我們還漸漸忘記了故鄉的語言。我們現在操的都是被我們征服了的土著人的語言。當然，裡面不排除有一些我們原來的語言的影子，但也只是十分稀薄的影子了。我們仍然是自己領地上的王者，土司的稱號是中原王朝賜給的。

石英石的另一個用處也十分重要，它們和鋒利的新月形鐵片，一些燈草花絨毛裝在男人腰間的荷包裡，就成了發火工具。每當看到白色石英和灰色的鐵片撞擊，我都有很好的感覺。看到火星從撞擊處飛濺出來，就感到自己也像燈草花絨一樣軟和乾燥，愉快地燃燒起來了。有時我想，要是我是第一個看見火的誕生的麥其，那我就是一個偉大的人物。當然，我不是那個麥其，所以，我不是偉大的人物，所以，我的想法都是傻子的想法。我想問的是，我是這個世界上有了麥其這個家族以來最傻的那一個嗎？不回答我也知道。對這個問題我沒什麼要說的。但我相信自己是火的後代。不然的話，就不能解釋爲什麼看到它就像見了爺爺，見了爺爺的爺爺一樣親切。這個想法一說出口，他們——父親、哥哥、管家，甚至侍女桑吉卓瑪都笑了。母親有些生氣，但還是笑了。

卓瑪提醒我：「少爺該到經堂裡去看看壁畫。」

我當然知道經堂裡有畫。那些畫告訴所有的麥其，我們家是從風與大鵬鳥的巨卵來的。畫上說，天上地下什麼沒有的時候，就只有風呼呼地吹動。什麼都沒有的時候在風中出現了一個神人，他說：「哈！」風就吹出了一個世界，在四周的虛空裡旋轉。神又說：「哈！」出了九個土司。土司們挨在一起。我的女兒嫁給你的兒子，你的兒子又娶了我的女兒。土司之間都是親戚。土司之間同時又是敵人，爲了土地和百姓。雖然土司們自己稱王，但到了北京和拉薩都還是要對大人物下跪的。

是的，還沒有說到銀子。

但我以爲我已經說了。銀子有金子的功能本來就叫人喜歡，加上它還曾給我們帶來好運的白色，就更加要討人喜歡了。這就已經有了兩條理由了。不過我們還是來把它湊足三條吧！第三條是銀子好加工成各種飾物。小的是戒指、手鐲、耳環、刀鞘、奶鉤、指套、牙托。大的是腰帶、經書匣子、整具的馬鞍、全套餐具、全套的法器等等。

在土司們的領地上，銀礦並不是很多，麥其家的領地上乾脆就沒有銀礦。只是河邊沙子裡有金。土司組織人淘出來的金子，只留下很少一點自己用，其他的都換回銀子，一箱箱放在官寨靠近地牢的地下室裡。銀庫的鑰匙放進一個好多層的櫃子。櫃子的鑰匙掛在父親腰上。腰上的鑰匙由喇嘛念了經，和土司身上的某個地方連在一起。鑰匙一不在身上，他身上有個地方就會像有蟲咬一樣。

這幾年，濟嘎活佛不被土司歡迎的原因之一，就是他曾經說，既然有那麼多銀子了，就不要再去河裡淘金破壞風水了。他說，房子裡有算什麼呢？地裡有才是真有。地裡有，風水好，土司的基業才會穩固，這片土地才是養人的寶地。但要土司聽進這些話是困難的。儘管我們有了好多銀子，我們的官寨也散發出好多銀子經年累月堆在一起才會有的一種特別的甘甜味道。但比起別的土司來，我們麥其土司並不富裕。現在好了，我們將要成為所有土司裡最富有的了。我們種下了那麼多罌粟。現在，收穫季節早已結束。黃特派員派來煉製鴉片的人替我們粗算了一下，說出一個數字來把所有人嚇了一跳。想不到一個瘦瘦的漢人老頭子會給麥其家帶來這樣巨大的財富。土司說：「財神怎麼會是一個瘦瘦的老頭子呢？」

黃特派員在大家都盼著他時來了。

這天，雨水從很深的天空落下來。冬天快到了，冰涼的雨水從很高的灰色雲團中淅瀝而下。下了一個上午，到下午就變成了雪花。雪落到地上又變成了水。就是這個時候，黃特派員和隨從們的馬匹就踩著路上的一汪汪雪水叭嘰叭嘰地來了。黃特派員氈帽上頂著這個季節唯一能夠存留下來的一團雪，騎在馬上來到了麥其一家人面前。管家忙著把準備好了的儀仗排開。黃特派員說：「不必了，快冷死我了！」

他被人擁到火盆前坐下，很響地打了兩個噴嚏。好多種能夠防止感冒的東西遞到他的面前，他都搖頭，說：「還是太太知道我的心思，到底是漢族人。」

土司太太是把煙具奉上，說：「是你帶來的種子結的果子，也是你派人煉製的，請嘗嘗。」

黃特派員深吸一口，吞到肚子裡，閉了眼睛好半天才睜開，說：「好貨色，好貨色啊！」

土司急不可待地問：「可以換到多少銀子？」

母親示意父親不必著急。黃特派員笑了：「太太，不必那樣，我喜歡土司的直爽。他可以得到想不到的那麼多銀子。」

土司問具體是多少。

黃特派員反問：「請土司說說官寨裡現在有多少，不要多說，更不要少說。」

土司叫人摒退了左右，說出自己官寨裡有多少多少銀子。

黃特派員聽了，摸著黃鬍鬚，沉吟道：「是不少，但也不是太多。我給你同樣多的銀子，不過你要答應用一半的一半從我手裡買新式武器把你的人武裝起來。」

土司欣然同意。

黃特派員用了酒飯，看了歌舞，土司太太支使一個下女陪他吃煙，伺候他睡覺。一家人又聚在一起。聚在一起幹什麼，開會。是的，我們也開會。只是我們不說，嗯，今天開個會，今天討論個什麼問題。我們決定擴展銀庫。當晚，信差就派出去了，叫各寨頭人支派石匠和雜工。家丁們也從碉房裡給叫了出來，土司下令把地牢裡的犯人再集中一下，騰出地方來放即將到手的大量銀子。要把三個牢房裡的人擠到另外幾個牢房裡去，實在是擠了一些。有個在牢裡關了二十多年的傢伙不高興了。他問自己寬寬敞敞地在一間屋子裡待了這麼多年，難道遇上了個比前一個土司還壞的土司嗎？

這話立即就傳到樓上了。

土司抿了口酒說：「告訴他，不要倚老賣老，今後會有寬地方給他住。」

麥其就會有別的土司做夢都沒有想到過的那麼多銀子，麥其家就要比歷史上最富裕的土司都要富裕了。那個犯人並不知道這些，他說：「不要告訴我明天什麼樣子，現在天還沒有亮，我卻看到自己比天黑前過得更壞了。」

土司聽了這話，笑笑說：「他看不到天亮了，好吧！叫行刑人來，打發他去個絕對寬敞的地方吧！」

這時，我的眼皮變得很沉重了。就是用支房子的柱子也支不住它。這是個很熱鬧的夜晚，可是我連連打著呵欠，母親用很失望的眼神看著我。可是我連聲對不起也不想說。這個時候，就連侍女卓瑪也不想送我回房裡睡覺。但她沒有辦法，只好陪我回房去了。我告訴她不許走開，不然，我一個人想到老鼠就會害怕。她掐了我一把，說：「那你剛才怎麼不想到老鼠。」

我說：「那時又不是我一個人，一個人時我才會想起老鼠。」

她忍不住笑了。我喜歡卓瑪。我喜歡她身上母牛一樣的味道。這種味道來自她的胯下和胸懷。我當然不對她說這些。那樣她會覺得自己了不起。我只是指出，她爲了土司家即將增加的銀子而像父親他們那樣激動沒有必要。因爲這些銀子不是她的。這句話很有效力，她在黑暗裡，站在床前好長時間，嘆了口氣，衣服也不脫，就偎著我睡下了。

早上起來，那個嫌擠的犯人已經給殺死了。

凡是動了刑，殺了人，我們家裡都會有一種特殊的氣氛。看上去每個人都是平常的那種樣子。土司在吃飯前大聲咳嗽，土司太太用手捂住自己的心口，好像那裡特別禁不起震動，不那樣心就會震落到地上。哥哥總是吹他的飯前口哨。今天早上也是一樣，但我知道他們心裡總有不太自然的地方。我們不怕殺人，但殺了之後，心頭總還會有點不太自然的地方。說土司喜歡殺人，那是不對的。土司有時候必須殺人。當百姓有不得已的事，當土司也是一樣。如果不信，你就想想要是土司喜歡殺人，爲什麼還要養著一家專門的行刑人。如果你還不相信，就該在剛剛下令給行刑人後，到我們家來和我們一起吃一頓飯。就會發現這一頓飯和平常比起來，喝的水多，吃的東西少，肉則更少有人動，人人都只是象徵性地吃上一片兩片。

只有我的胃口不受影響，這天早上也是一樣。吃東西時，我的嘴裡照樣發出很多聲音。卓瑪說，就像有人在爛泥裡走路。母親說，簡直就是一口豬，叭嘰叭嘰。我嘴裡的聲音就更大了。父親的眉頭皺了起來。母親立即說：「你要一個傻子是什麼樣子？」父親就沒有話說了。但一個土司怎麼能夠一下就沒有話說了呢？過了一會兒，土司沒好氣地說：「那漢人怎麼還不起來。漢人都喜歡早上在被子裡貓著嗎？」

我母親是漢人，沒事時，她總要比別人多睡一會兒，不和家裡人一起用早飯。土司太太聽了這話只是笑了一下，說：「你不要那樣，銀子還沒有到手呢！你起那麼早，使勁用咳嗽扯自己的心肺，還不如靜悄悄地多睡一會兒。」

碰上這樣的時候，誰要是以爲土司和太太關係不好，那就錯了。他們不好的時候，對對方特別禮貌，好的時候，才肯這樣鬥嘴。

土司說：「你看，是我們的語言叫你會說了。」父親意思是，一種好的語言會叫人口齒伶俐，而我們的語言正是這樣的語言。

土司太太說：「要不是這種語言這麼簡單，要是你懂漢語，我才會叫你領教一張嘴巴厲害是什麼意思。」

卓瑪貼著我的耳朵說：「少爺相不相信，老爺和太太昨晚那個了。」
我把一大塊肉吞下去，張開嘴呵呵地笑了。
哥哥問我笑什麼。我說：「卓瑪說她想屙尿。」
母親就罵：「什麼東西！」
我對卓瑪說：「你去屙吧！不要害怕。」
被捉弄的侍女卓瑪紅著臉退下去，土司便大笑起來：「哎呀，我的傻子兒子也長大了！」他吩咐哥哥說：「去看看，支差的人到了沒有，血已經流了，今天不動手會不吉利的。」

第四章

12. 客人

官寨地下三間牢房改成了兩大間庫房。一間裝銀子，一間裝經黃特派員手從省裡的軍政府買來的新式槍炮。

黃特派員帶走了大量的鴉片，留下幾個軍人操練我們的士兵。官寨外那塊能播八百斗麥種的大地成了操場。整整一個冬天都喊聲動地，塵土飛揚。上次出戰，我們的兵丁就按正規操典練習過隊列和射擊。這次就更像樣了。土司還招來許多裁縫，爲兵丁趕製統一服裝：黑色的直貢呢長袍，紅黃藍三色的十字花氆氌鑲邊，紅色綢腰帶，上佩可以裝到槍上的刺刀。初級軍官的鑲邊是獺皮，高一級是豹皮。最高級是我哥哥旦真貢布，他是總帶兵官，衣服鑲邊是一整頭孟加拉虎皮。有史以來，所有土司都不曾有過這樣一支裝備精銳的整齊隊伍。

新年將到，臨時演兵場上的塵土才降落下去。

積雪消融，大路上又出現了新的人流。

他們是相鄰的土司，帶著長長的下人和衛隊組成的隊伍。

卓瑪叫我猜他們來幹什麼。我說，他們來走親戚。她說，要走親戚怎麼往年不來。

麥其家不得不把下人們派到很遠的地方。這樣，不速之客到來時，才有時間準備儀仗，有時間把上好的地毯從樓上鋪到樓下，再用次一些的地毯從樓梯口鋪到院子外面，穿過大門，直到廣場上的栓馬樁前。小家奴們躬身等在那裡，隨時準備充當客人下馬的階梯。

土司們到來時，總帶有一個馬隊，他們還在望不見的山彎裡，馬脖子上的鐸鈴聲就叮叮咚咚的，從寒冷透明的空氣裡清晰地傳來。這時，土司一家在屋裡叫下人送上暖身的酥油茶，細細啜飲，一碗、兩碗、三碗。這樣，麥其土司一家出現在客人面前時臉上總是紅紅地閃著油光，與客人們因為路途勞累和寒冷而灰頭土臉形成鮮明對照。那些遠道而來的土司在這一點上就已失去了威風。起初，我們對客人們都十分客氣，父親特別叮囑不要叫人說麥其家的人一副暴發戶嘴臉。可是客人們就是要叫我們產生高高在上的感覺。他們帶著各自的請求來到這裡，歸結起來無非兩種。

一種很直接，要求得到使麥其迅速致富的神奇植物的種子。

一種是要把自己的妹妹或女兒嫁給麥其土司的兒子，目的當然還是那種子。

他們這樣做的唯一結果是使想謙虛的麥其一家變得十分高傲。凡是求婚的我們全部答應了。哥哥十分開心地說：「我和弟弟平分的話，一人也有三四個了。」

父親說：「咄！」

哥哥笑笑，找地方擺弄他心愛的兩樣東西去了：槍和女人。而這兩樣東西也喜歡他。姑娘們都以能夠親近他作為最大的榮耀。槍也是一樣。老百姓們有一句話，說槍是麥其家大少爺加長的手，長槍是長手，短槍是短手。和這相映成趣的是，人們認為我不會打槍，也不了解女人的妙處。

在這個喜氣洋洋的冬天裡，麥其家把所有前來的土司鄰居都變成了敵人。因為他們都沒有得到神奇的罌粟種子。

於是，一種說法像閃電般迅速傳開，從東向西，從南向北。雖然每個土司都是中國的皇帝所封，現在他們卻說麥其投靠中國人了。麥其家一夜之間成了藏族人的叛徒。

關於給不給我們的土司鄰居們神奇的種子，我們一家，父親、母親、哥哥三個聰明人，加上我一個傻子，進行過討論。他們是正常人，有正常的腦子，所以一致反對給任何人一粒種子。而我說，又不是銀子。他們說，咄，那不就是銀子嗎？其實我不是這個意思，他們沒有叫我把話說完。我是想說，那東西長在野地裡，又不是像銀子一樣在麥其官寨的地下室裡。

我把下半句話說完：「風也會把它們吹過去。」

但是沒有人聽我說話，或者說，他們假裝沒有聽到我這句大實話。侍女卓瑪勾勾我的手，叫我住口，然後再勾勾我的手，我就跟她出去了。她說：「傻瓜，沒有人會聽你的。」

我說：「那麼小的種子，就是飛鳥翅膀也會帶幾粒到鄰居土地上去。」

一邊說一邊在床邊撩起了她的裙子。床開始吱吱搖晃，卓瑪應著那節奏，一直在叫我，傻瓜，傻瓜，傻瓜，傻……瓜……。我不知道自己是不是傻瓜，但幹這事能叫我心裡痛快。幹完之後，我的心裡就好過多了。我對卓瑪說：「你把我抓痛了。」

她突然一下跪在我面前，說：「少爺，銀匠向我求婚了。」

淚水一下流出了眼眶，我聽見自己用很可笑的腔調說：「可是我捨不得你呀！」

他們正常人在議事房裡為了種子傷腦筋。我在卓瑪的兩個乳房中間躺了大半天。她說，雖然我是個傻子，但服侍一場能叫我流淚也就知足了。她又說，我捨不得她不過是因為我還沒有過別的女人。她說，你會有一個新的貼身侍女。這時的我就像她的兒子一樣，抽抽咽咽地說：「可是我捨不得你呀！」

她撫摸著我的腦袋說，她不能跟我一輩子，到我真正懂得女人的時候，就不想要她了。她說：「我已經看好了一個姑娘，她配你是最合適不過的。」

第二天，我對母親說，該叫卓瑪出嫁了。

母親問我是不是那個下賤女人對我說了什麼。我的心裡空落落的，但卻用無所謂的，像哥哥談起女人時的口氣說：「我是想換個和我差不多的女人了。」

母親的淚水立即就流下來了，說：「我的傻兒子，你也終於懂得女人了。」

13. 女人

桑吉卓瑪沒有說錯，他們立即給我找來一個貼身侍女。一個小身子，小臉，小眼睛，小手小腳的姑娘。她垂手站在我面前，不哭也不笑。她的身上沒有桑吉卓瑪那樣的氣味。我把這個發現對卓瑪說了。

即將卸任的侍女說：「等等吧，跟你一陣，就有了。那種氣味是男人給的。」

我說：「我不喜歡她。」

母親告訴我這個姑娘叫塔娜。我認真地想了想，覺得這兩個字要是一個姑娘的名字，也不該是眼前這一個。好，只是作我的貼身侍女，而不是我正式的妻子，犯不著多挑剔。我問小手小腳的姑娘是不是叫塔娜。她突然就開口了。雖然聲音因為緊張而顫抖，但她終究是開口了。她說：「都說我的名字有點怪，你覺得怪嗎？」

她的聲音很低，但我敢說隔多遠都能聽到。一個訓練有素的侍女才會有這樣的聲音。而她不過是一個馬夫的女兒，進官寨之前，一直住在一座低矮的屋子裡。她媽媽眼睛給火塘裡的煙熏出了毛病。七八歲時，她就每天半夜起來給牲口添草。直到有一天管家拐著腿走進她們家，她才做夢一樣，到溫泉去洗了澡，穿上嶄新的衣服來到了我的身邊。我只來得及問了她這麼一句話，就有下人來帶她去沐浴更衣了。

我有了空便去看卓瑪。
我的姑娘，她的心已經飛走了。我看見她的心已經飛走了。
她坐在樓上的欄杆後面繡著花，口裡在低聲哼唱。她的歌與愛無關但心裡卻充滿了愛情。她的歌是一部敘事長詩裡的一個段落：

她的肉，鳥吃了，咯吱，咯吱，
她的血，雨喝了，吱咚，吱咚，
她的骨頭，熊啃了，嘎吱，嘎吱，
她的頭髮，風吹散了，一綹，一綹。

她把那些表示鳥吃、雨喝、熊啃、風吹的象聲詞唱得那麼逼真，那麼意味深長，那麼一往情深。在她歌唱的時候，銀匠的錘子敲出了好聽的節奏。麥其家有那麼多銀子，銀匠有的是活幹。大家都說銀匠的活幹得越來越漂亮了。麥其土司喜歡這個心靈手巧的傢伙。所以當他聽說侍女卓瑪想要嫁給銀匠的時候，說：「不枉跟了我們一場，眼光不錯，眼光不錯嘛！」

土司叫人告訴銀匠，即使主子喜歡他，如果他要了侍女卓瑪，他就從一個自由人變為奴隸了。銀匠說：「奴隸和自由人有什麼分別？還不是一輩子在這院子裡幹活。」

他們一結合，卓瑪就要從一身香氣的侍女，變成臉上常有鍋底灰的廚娘，可是她說：「那是我的命。」

所以，應該說這幾天是侍女卓瑪，我的男女之事的教師的最好的日子了。在這一點上，土司太太體現出了一個女人對另一個女人的最大的仁慈。卓瑪急著要下樓。太太對她說，以後，有的是時間和一個男人在一起，但不會再有這樣待嫁的日子了。土司太太找出些東西來，交到她手上，說：「都是你的了，想繡什麼就給自己繡點什麼吧！」

每天院子裡銀匠敲打銀子，加工銀器的聲音一響起來，卓瑪就到走廊上去坐著唱歌和繡花了。銀匠的錘子一聲聲響著，弄得她連回頭看我一眼的功夫都沒有了。我的傻子腦子裡就想，原來女人都不是好東西，她們很輕易地就把你忘記了。我新得到的侍女塔娜在我背後不斷擺弄她纖纖細細的手指。而我在歌唱的卓瑪背後咳嗽，可是她連頭也不回一下，還是在那裡歌唱。什麼嘎吱嘎吱什麼咕咚咕咚，沒完沒了。直到有一天銀匠出去了，她才回過頭來，紅著臉，笑著說：「新女人比我還叫你愉快吧？」

我說我還沒有碰過她。

她特別看了看塔娜的樣子，才肯定我不是說謊，雖然我是愛說謊話的，但在這件事上沒有。她的淚水流下來了，她說：「少爺呀，明天我就要走了，銀匠借馬去了。」她還說：「往後，你可要顧念著我呀！」

我點了點頭。

第二天早上，我還在夢裡，就聽到卓瑪的歌唱般的哭聲。出去一看，是銀匠換了新衣服，上樓來了。桑吉卓瑪哭倒在太太腳前。她說的還是昨天對我說過的那兩句話。太太的眼圈也紅了，大聲說：「誰敢跟你過不去，就上樓來告訴我。」土司太太又轉身對下人們吩咐：「以後，卓瑪要上樓來見我和小少爺，誰也不許攔著！」

下人們齊聲回答：「呵呀！」

銀匠躬起身子，卓瑪趴到了他背上。我看到他們一級樓梯一級樓梯地走下了。兩個男僕手裡捧著土司賞給的嫁妝，兩個女僕手裡捧著的則是土司太太的賞賜了。桑吉卓瑪在下人們眼裡真是恩寵備至了。

銀匠把他的女人放上馬背，自己也一翻身騎了上去，出了院門在外面的土路上飛跑，在晴朗的冬日天空裡留下一溜越來越高，越來越薄的黃塵。他們轉過山彎不見了。院子裡的下人們大呼小叫。我聽得出他們怪聲怪氣叫喚裡的意思。一對新人要跑到別人看不見的地方，在太陽底下去幹那種事。聽說好身手的人，在馬背上就能把那事幹了。我看見我的兩個小廝也混在人群裡。索郎澤郎張著他的大嘴嗬嗬地大呼小叫。小爾依站在離人群遠一些的地方，站在廣場左上角他父親常常對人用刑的行刑柱那裡，一副很孤獨很可憐的樣子。殊不知，我的卓瑪被人用馬馱走了，我的心裡也一樣的孤獨，一樣的淒涼。我對小爾依招招手，但他望著馬消失的方向那麼專注，不知道高樓上有一個穿著狐皮輕裘的人比他還要可憐。馬消失的那個地方，陽光落在柏樹之間的枯草地上，空空蕩蕩。我心裡也一樣的空空蕩蕩。

馬終於又從消失的地方出現了。

人群裡又一次爆發出歡呼聲。

銀匠把他嬌媚的新娘從馬背上接下來，抱進官寨最下層陰暗的、氣味難聞的小房間裡去了。院子裡，下人們唱起歌來了。他們一邊歌唱一邊幹活。銀匠也從屋子裡出來，幹起活來。錘子聲清脆響亮，叮咣！叮咣！叮叮咣咣！

小手小腳，說話細聲細氣的塔娜在我身後說：「以後我也要這樣下樓，那時，也會這樣體面風光嗎？」

不等我回答，她又說：「那時，少爺也會這樣難過嗎？」

她這種什麼都懂的口吻簡直叫我大吃一驚。我說：「我不喜歡你知道這些。」她就咯咯地笑起來，說：「可是我知道。」

我問是哪個人教給她的，是不是她的母親。

她說：「一個瞎子會教給我這些嗎？」口吻完全不是在說自己的母親，而是用老爺的口氣說一個下人。到了晚上，下人們得到特許，在院子裡燃起大大的火堆，喝酒跳舞。我趴在高高的欄杆上，看到卓瑪也在快樂的人群中間。夜越來越深，星光就在頭頂閃耀。下面，凡塵中的人們在苦中作樂。這時，他們一定很熱，不像我頂不住背上陣陣襲來的寒氣而不住地顫抖。等回到屋裡，燈已經滅了。火盆裡的木炭幽幽地燃燒。我在火邊烤熱了身子。塔娜已經先睡了，赤裸的手臂露在被子外面。我看她光滑的細細的頸項和牙齒。她的眼睛睜開了。我又看到她的眼睛，幽幽閃光，像是兩粒上等寶石。我終於對她充滿了慾望，身子像是被火點著了一樣。我叫了一聲：「塔娜。」唇齒之間都有了一種特別震顫的感覺。

小女人她說：「我冷啊！」

滾到我懷裡來的是個滑溜溜涼沁沁的小人兒：小小的腰身、小小的屁股和小小的乳房。過去，我整個人全都陷在卓瑪的身子裡，現在，是她整個地被我身子覆蓋了。我實歲十四，虛歲十五，已經長大成一個真正的男人了。我問她還冷不冷。她嘻嘻地笑著，說很熱。真的，她的身子一下變得滾燙滾燙了。在桑吉卓瑪身上，我常常是進去了還以爲自己停在外邊。在塔娜身上，我就是進不去。剛要進去，這個小蹄子她就叫得驚心動魄。我要離開，她一雙手又把人緊緊擁住了。這樣一來一往，一來一往，山上、河邊、樹上的鳥兒都吱吱喳喳叫起來了，天快要亮了。塔娜叫我不要管她，我這才一狠心，進去了。我感到了女人！我感到自己怎樣把一個女人充滿了!!小女人真好！小女人真好!!!我感覺到自己在小女人裡面迅速地長大。世界無限度膨脹。大地在膨脹，流水滑向了低處。天空在膨脹，星星滑向了兩邊。然後，轟然一聲，整個世界都坍塌了。這時，天亮了。塔娜從身子下面抽出一張白綢巾，上面鮮紅的斑斑血跡，塔娜在我面前晃動著它，我知道那是我的功績，咧嘴笑笑，心滿意足地睡著了。而且一覺就睡到了晚上。醒來時，母親坐在我床頭。她的笑容說明她承認我已經是一個大人，一個懂得男女之事的大人了。殊不知在這以前，我就已經是了。但說老實話，這一次才像是真的。

我從被子裡抽出手來：「給我一點水。」

我聽到自己的聲音一夜之間就變了：渾厚，有著從胸腔裡得到的足夠的共鳴。

母親沒有再像往常那樣把她的手放在兒子頭上。而是回頭對塔娜說：「他醒了，他要水喝。給他一點淡酒會更好一些。」

塔娜端過酒來，酒漿滑下喉嚨時的美妙感覺是我從沒有體會過的。母親又對塔娜說：「少爺就交到你手裡了，你要好好服侍他。人人都說他是個傻子。可是他也有不傻的地方。」

塔娜羞怯地笑了，用很低，但人人都能聽見的聲音回答說：「是。」

土司太太從懷裡掏出一串項鍊掛在她脖子上。母親出去後，我以爲她會向我保證，一定要聽從土司太太的吩咐好好服侍我。可是她把頭埋在我的胸前說：「今後，你可要對我好啊！」

我只好說：「我將來要對你好。」

她抬起頭來，一雙眼睛望著我，一副欲言又止的樣子。

我說：「我已經答應你了。你還有什麼話嗎？」

她問：「我漂亮嗎？」

我不知道該怎麼回答。說老實話，我不會看女人漂不漂亮，要是這樣就是傻子，那我是有點傻。我只知道對一個人有慾望或沒有慾望。只知道一個女人身上某個部位的特別形狀，但不知道怎樣算漂亮，怎樣又算不漂亮。但我知道我是少爺，我高興對她說話就對她說話，不高興說就不說。所以，我就沒有說話。

我決定起床和大家一起吃飯。

晚飯端上來之前，哥哥拍拍我腦袋，父親送給我好大一顆寶石。塔娜像影子一樣在我身後，我坐下，她就跪在我身後側邊一點。

我們的飯廳是一個長方形屋子。土司和太太坐上首，哥哥和我分坐兩邊。每人坐下都有軟和的墊子，夏天是圖案美麗的波斯地毯。冬天，就是熊皮了。每人面前一條紅漆描金矮几。麥其家種鴉片發了大財，餐具一下提高了檔次。所有用具都是銀製的，酒杯換成了珊瑚的。我們還從漢人地方運來好多蠟，從漢人地方請來專門的匠人製了好多蠟燭。每人面前一只燭台，每只燭台上都有好幾支蠟燭在閃爍光芒。且不說它們發出多麼明亮的光芒，天氣不太冷時，光那些蠟燭就把屋子烤得暖烘烘的。我們背後的牆壁是一只又一只壁櫥，除了放各式餐具，還有些稀奇的東西。兩架鍍金電話是英國的，一架照相機是德國的，三部收音機來自美國，甚至有一架顯微鏡，和一些方形的帶提手的手電筒。這樣的東西很多。我們無法給它們派上用場，之所以陳列它們就因爲別的土司沒有這些東西。如果有一天有種什麼東西從架上消失了，並不是被人偷走了，而僅僅是因爲某土司手裡，有了這種東西。最近，好幾座自鳴鐘就因此消失了。我們得到消息說，那個叫查爾斯的傳教士離開我們這裡又去了好幾個土司的地面，送給他們同樣的禮物。哥哥叫人下掉了兩發六零炮彈的底火，擺在自鳴鐘騰出來的空缺上。炮彈上面的漆閃閃發光，尾巴也算是優美漂亮。

土司一家開始用餐。

菜不多，但分量和油水很足，而且熱氣騰騰。下人們把菜從廚房裡端來。再由我們各自身後跪著的貼身傭人遞到面前。這天用完飯後，卓瑪突然進來了。她手裡端著一個大缽，跪在地板上，用一雙膝蓋移動到每一個主子的面前。她第一天下廚房，特別做了奶酪敬獻給主子。這個卓瑪再不是那個卓瑪了。她身上的香氣消失了，綢緞衣服也變成了經緯稀疏的麻布。她跪行到了我面前，說：「請吧，少爺。」她的聲音都顯得蒼老了，再也喚不起我昔日的美好感覺。昨天，卓瑪還是穿著光鮮衣服，身上散發著香氣的姑娘。今天就成爲一個下賤的使女了。她跪著爲我們供上奶酪，身上散發的全是廚房裡那種煙熏火燎的氣息。她低聲下氣地說：「少爺你請。」我沒有回答，但心中難過。我看著她從燈光下後退到黑暗裡，生平第一次感到有種東西從生活裡消失，而且再也不會出現了。在此之前，我還以爲什麼東西生來就在那裡，而且永遠在那裡。以爲它們一旦出現就不會消失了。麥其一家吃飽了，剔牙齒打呵欠時，貼身傭人們開始吃東西了。塔娜也吃了起來。她嚼東西的速度很快，嚓，嚓嚓，嚓嚓嚓嚓，發出的聲音像老鼠。想到老鼠，我的背心一麻，差點從坐墊上跳起來。我回過頭去，塔娜見我看她吃東西，慌得差點把勺子都掉到地上了。

我說：「你不要害怕。」她點點頭，但看得出來她不想讓我看著她吃東西。我指指肉，說：「你吃。」她吃肉，並沒有老鼠吃東西的聲音。我又指著盤子裡的煮蠶豆：「再吃點這個。」她把幾個蠶豆餵進嘴裡，這回，不管她把小嘴閉得有多緊，一動牙齒，就又發出老鼠吃東西的聲音來了，嚓嚓，嚓嚓嚓嚓。我看著她笑起來，塔娜一害怕，這回，她手裡的勺子真正掉到了地上。

我大聲說：「我不怕老鼠了！」

大家都用奇怪的眼神看著我。好像我是說頭上的天空不在了一樣。我又大聲說：「我、不、怕、老、鼠、了！」

人們仍然沉默著。

我就指著塔娜說：「她吃東西就像老鼠一樣，吱吱吱吱，吱吱吱吱，嚓嚓嚓嚓嚓嚓嚓嚓……。」人們仍然存心要我難堪似地沉默著，連我都懷疑自己是不是真不害怕老鼠了。父親突然大笑起來，他說：「兒子，我知道你說的話是真的。」然後，他又用人人都可以聽到的小聲對土司太太說：「男人爲什麼要女人，女人能叫男人變成真正的男人！他自己把自己的毛病治好了。」

回到房裡，塔娜問：「少爺怎麼想起來的？」

我說：「一下子就想起來了，你不生氣吧？」

她說她不生氣，餵馬的父親就說過她像一隻老鼠。每當下面有好馬貢獻給土司，還有點詫槽的時候，她父親總是叫她半夜起來去上料，說，她像隻小老鼠，牲口不會受驚。

我們上床，要了一次，完了之後，她一邊穿內衣，一邊嘻嘻地笑起來了。她說這件事這麼好，那些東西他們爲什麼不幹呢?我問她哪些東西?她說，那些母馬，還有她的母親，總是不願意幹這種事情。我再要問她，她已經帶著心滿意足的神情睡著了。我吹滅了燈。平常，不管是什麼時候，只要是在暗處，我一下子就會睡著的。但這一天有點不一樣。燈滅了，我聽到風呼呼地從屋頂上颳過，那感覺好像一群群大鳥從頭頂不斷飛過。

早上，母親看著我發青的眼眶說：「昨天又沒有睡好？」

我知道她指的是什麼?也不想她去怪塔娜。就說我昨天晚上失眠了。太太問我爲什麼。我說不爲什麼，就是風從屋頂上過去時的聲音叫人心煩。土司太太就說：「我還以爲是什麼事。」她說：「孩子，就算我們是土司也不能叫風不從屋頂上吹過。」

我問她：「卓瑪她不知道要那樣嗎？」

她笑了，說：「我知道不會是風的事那麼簡單嘛!你說卓瑪不知道要什麼樣子？」

「她不知道要穿那麼破的衣服，身上那麼多灰土和不好的氣味？」

「她知道。」

「那她爲什麼還要下去？」

母親的口吻一下變得冷酷了，說：「因爲她終究要下去。早下去還能找到男人，晚下去連男人都沒有了。」

我們正在說話，管家進來通報，我的奶娘回來了。奶娘德欽莫措和一批人去西藏朝佛，一去就是一年，說老實話，我們都把她忘記了。一個人在人們已經將她忘記時回來，是非常不明智的，因爲以前的一切都已經在遺忘中給一筆勾銷了。她剛走時，我們都還說起過她。都說，老婆子會死在朝佛路上。臨走時，我們給她準備了五十個銀元的盤纏。但她只要五個。她很固執，叫她多拿一個都不肯。她說，到五個廟子，一個廟子獻上一枚就夠了。佛要的是一個窮老婆子的心，而不是一個窮老婆子的錢。問她爲什麼只去五個廟子，她說，因爲她一生只夢見過五個廟子。至於路上，她說，沒有哪個真心朝佛的人會在路上花錢，她說，再有錢的人也不會在路上花錢。她說的是事實。一般認爲，路上不乞討，不四處尋求施捨，那樣的朝佛就等於沒朝。這也就是我們這些土司下不了決心去拉薩朝佛的若干原因之一。早先有一個麥其土司去了，結果手下的一大幫人都回來了，獨獨他自己沒有回來。土司是最不能吃苦的。我的奶娘德欽莫措走後，我們就漸漸將她忘記了。這說明我們都不喜歡她。跨進門來，簡直叫人大吃一驚。這一路山高水寒，她一個老婆子不但走過來了，原來弓著的腰直了，臉上層層疊疊的皺紋也少了許多。我們面前再不是原來那個病歪歪的老婆子。一個臉膛黑紅，身材高大的婦人從門外走進來。她對著我的臉頰親了一口，帶給我好多遠處的日子和地方的味道。

她的嗓門本來就大，現在更大了：「太太，我想死少爺了！」

太太沒有說話。

她又說：「太太，我回來了。我算了算，昨天快到的時候就算過了，我走了整整一年零十四天。」

太太說：「你下去休息吧。」但她卻置若罔聞。她流了一點眼淚，說：「想不到少爺都能用貼身侍女，長成大人了。」

太太說：「是啊，他長大了，不要人再爲他操心了。」

可是奶娘說：「還是要操心的，孩子再大也是孩子。」她要看看塔娜，太太叫人把她傳來。老婆子摸摸她的臉，摸摸她身上的骨頭，直截了當地說：「她配不上少爺。」

太太冷下臉來：「你的話太多了，下去吧。」

奶娘嘴張得大大的，回不過神來。她不知道大家都以爲她會死在路上，所以，早就將她忘記了。當大家都把她忘記了時，她就不該再回來了。她不知道這些，她說：「我還要去看看老爺和大少爺呢！我有一年零十四天沒有看到他們了。」

太太說：「我看，就不必了。」

老婆子又說：「我去看看桑吉卓瑪那個小蹄子。」

我告訴她，桑吉卓瑪已經嫁給銀匠曲扎了。看來朝佛只是改變了她的樣子，而沒有改變她的脾氣。她說：「這小蹄子一直想勾引少爺呢！好了，落到這個下場了。」

弄得我也對她喊道：「你這巫婆滾下樓去吧！」

還是叫這不重要的人的故事提前結束了吧。

我趁著怒火沒有過去，發出了我一生裡第一個比較重要的命令。我叫人把奶娘的東西從樓上搬下去。叫她永遠不能到官寨裡三樓以上的地方。我聽見她在下面的院子裡哭泣。我又補充說，在下面給她一個單獨的房間，一套單獨的炊具，除了給自己做飯之外，不要叫她做別的事情。看來我這個命令是符合大家心意的。不然的話，父親、母親、哥哥他們任何一個人都可以出來將其推翻。老婆子在下面閒著沒事，整天在那些幹活的家奴們耳邊講我小時候的事情和她朝佛路上的事情。我知道後又下了一道補充前一個命令的命令。叫她只准講朝佛路上的事，而不准講少爺小時候的事。這命令她不能不執行。當我看到她頭上的白髮一天多過一天，也想過要收回成命。但我看見她不斷對我從高處投射到院子裡的影子吐唾沫，便打消了這個慈悲的念頭。

後來，到她老得忘了向我的影子吐口水，我也不再把她放到心上了。她的死，我都是過了一年時間才知道的。即使這樣，人們還是說，麥其家對得起傻瓜兒子的奶娘。

我想也是。

天晴時，我望著天上的星星這樣想，天氣不好的夜裡，我睡在床上，聽著轟轟然流向遠方的河水這樣想。後來我不再想她了，而去想那個不被土司接納的新派僧人翁波意西。他有一頭用騍子換來的毛驢，他有一些自己視爲奇珍的經卷，他住在一個山洞裡面。

等到風向一轉，河岸上柳枝就變青，就開出了團團的絨花，白白的柳絮被風吹動著四處飛揚。是啊，春天說來就來，來得比冬天還快。

14. 人頭

就爲了些灰色的罌粟種子，麥其土司成了別的土司仇恨的對象。一個又一個土司在我們這裡碰壁，並不能阻止下一個土司來撞一撞運氣。近的土司說，我們聯合起來一起強大了，就可以叫別的土司俯首稱臣，稱霸天下。麥其土司的回答是，我只想叫自己和百姓富有，沒有稱霸的想法。遠的土司說，我們中間隔著那麼寬的地方，就是強大起來，你們也可以放心。麥其土司說：「對一個巨人來說沒有一道河流是跨不過去的。」

春天到來了，父親說：「沒有人再來了。」

哥哥提醒父親：「還有一個土司沒有露面呢！」

麥其土司扳了半天指，以前連麥其是十八家土司。後來被漢人皇帝滅掉三家。又有兄弟之間爭奪王位而使一個土司變成了三個。有一個土司無後，結果是太太和管家把疆土一分爲二，結果，連麥其家在內，還是十八家土司。前前後後已經來了十六家土司，沒有來的那一家是不久前才跟我們打了仗的汪波土司。父親說：「他們不會來，沒那個臉。」

哥哥說：「他們會來。」

「如果爲了那麼一點東西就上仇人的門，他就不是藏族人。那些恨我們的土司也會看不起他。」

「天哪，父親你的想法多麼老派。」

「老派？老派是什麼意思？」

「沒什麼意思。他不一定弓著腰到我們面前來，他可以用別的辦法。」

父親叫道：「他是我手下的敗將，難道他會來搶？他的膽子還沒有被嚇破嗎？」其實，麥其土司已經想到兒子要對他說什麼了。他感到一陣幾乎是絕望的痛楚，彷彿看到珍貴種子四散開去，在別人的土地上開出了無邊無際的花朵。

我都感到了父親心頭強烈的痛苦，嘗到了他口裡驟然而起的苦味，體會到了他不願提起那個字眼的心情。我們都知道，土司們都會那樣幹的。而我們根本沒法防範。所以，你去提一件我們沒有辦法的事情，除了增加自己的痛苦外，沒有什麼用處。

聰明的哥哥在這個問題上充分暴露出了聰明人的愚蠢。他能從簡單的問題看出別人不會想到的複雜。這一天我們未來的麥其土司也是這樣表現的。他得意洋洋地說：「他們會來偷！」

那個字效力很大，像一顆槍彈一樣擊中了麥其土司。但他並沒有對哥哥發火，只是問：「你有什麼辦法嗎？」

哥哥有辦法，他要土司下令把罌粟種子都收上來，播種時才統一下發。土司這才用譏諷的語調說：「已經快下種了，這時把種子收上來，下面的人不會感到失去信任了嗎？再說，如果他們要偷，應該早就得手了。我告訴你，他們其實還可以用別的手段，比如收買。」

未來的土司望著現在的土司，說不出話來。

面對這種尷尬局面，土司太太臉上露出了開心的神情。

土司又說：「既然想到了，還是要防範一下，至少要對得起自己。」

母親對哥哥笑笑：「這件事你去辦了就是，何必煩勞你父親。」

未來的土司很賣力地去辦這些事情。

命令一層層用快馬傳下去，種子一層層用快馬傳上來。至於有多少隱匿，在這之前有沒有落一些到別的土司手裡，就不能深究了。正在收種子時，英果洛頭人抓住了偷罌粟種子的賊。他們是汪波土司的人。頭人派人來問要不要送到土司官寨來。哥哥大叫道：「送來！怎麼不送來！我知道他們會來偷。我知道他們想偷卻沒有下手。送來，叫行刑人準備好，叫我們看看這些大膽的賊人是什麼樣子吧！」

行刑人爾依給傳來了。

官寨前的廣場是固定的行刑處。

廣場右邊是幾根栓馬樁，廣場左邊就立行刑柱。行刑柱立在那裡，除了它的實際用途以外，更是土司權威的象徵。行刑柱是一根堅實木頭，頂端一只漏斗，用來盛放毒蟲，有幾種罪要綁在柱子上放毒蟲咬。漏斗下面一道鐵箍，可以用鎖從後面打開，用來固定犯人的頸項。鐵箍下面，行刑柱長出了兩隻平舉的手臂，加上上面那個漏斗，遠遠看去，行刑柱像是豎在地裡嚇唬鳥兒的草人，加強了我們官寨四周田園風光的味道。其實那是穿過行刑柱的一根鐵棒，要叫犯人把手舉起來後就不再放下。有人說，這是叫受刑人擺出向著天堂飛翔的姿態。靠近地面的地方是兩個鐵環，用來固定腳踝。行刑柱的周圍還有些東西：閃著金屬光澤的大圓石頭，空心杉木挖成的槽子，加上一些更小更零碎的東西，構成了一個奇特的景致，行刑柱則是這一景觀的中心。這個場景裡要是沒有行刑人爾依就會減少許多意味。

現在，他們來了，老爾依走在前面，小爾依跟在後頭。

兩人都長手長腳，雙腳的拐動像蹣跚的羊，伸長的脖子轉來轉去像受驚的鹿。從有麥其土司傳承以來，這個行刑人家便跟著傳承。在幾百年漫長的時光裡，麥其一家人從沒有彼此相像的，而爾依們卻一直都長得一副模樣，都是長手長腳，戰戰兢兢的樣子。他們是靠對人行刑——鞭打，殘缺肢體，用各種方式處死——爲生的。好多人都願意做出這個世界上沒有爾依一家的樣子。但他們是存在的，用一種非常有力量的沉默存在著。行刑人向著官寨前的廣場走來了。老爾依背著一只大些的皮袋，小爾依背著一只小些的皮袋。我去過行刑人家裡，知道裡面都裝了些什麼東西。

小爾依看到我，很孩子氣地對我笑了一下，便彎下腰做自己的事情了。皮袋打開了，一樣樣刑具在太陽下閃爍光芒。偷種子的人給推上來，這是一個高大威武的傢伙，差點就要比行刑柱還高了。看來，汪波土司把手下長得最好的人派來了。

皮鞭在老爾依手裡飛舞起來。每一鞭子下去，剛剛落到人身上，就像蛇一樣猛然一捲，就這一下，必然要從那人身上撕下點什麼，一層衣服或一塊皮膚。這個人先受了二十鞭子。每一鞭子都是奔他腿下去的，老爾依收起鞭子，那傢伙的腿已經赤裸裸地沒有任何一點東西了。從鞭打的部位上，人們就可以知道行刑柱上是一個賊人。那人看看自己的雙腿，上面的織物沒有了，皮肉卻完好無損。他受不了這個，立即大叫起來：「我是汪波土司的手下！我不是賊，我奉命來找主子想要的東西！」

麥其家的大少爺出場了，他說：「你是怎麼找的，像這樣大喊大叫著找的嗎？還是偷偷摸摸地找？」

人群裡對敵方的仇恨總是現成的，就像放在倉庫裡的銀子，要用它的時候它立即就有了。大少爺話音剛落，人們立即大叫：「殺！殺！殺死他！」

那人嘆息一聲：「可惜，可惜呀！」

大少爺問：「可惜你的腦袋嗎？」

「不，我只可惜來遲了一步。」

「那也免不了你的殺身之禍。」

漢子朗聲大笑：「我來做這樣的事會想活著回去嗎？」

「念你是條漢子，說，有什麼要求，我會答應的。」

「把我的頭捎給我的主子，叫他知道他的人盡忠了。我要到了他面前才閉上眼睛。」

「是一條好漢，要是你是我的手下，我會很器重你。」

那人對哥哥最後的請求是，送回他的頭時要快，他說不想在眼裡已經沒有一點光澤時才見到主子。他說：「那樣的話，對一個武士太不體面了。」大少爺吩咐人準備快馬。之後的事就很簡單很簡單了。行刑人把他的上身解開，只有腳鎖在行刑柱上，這樣身子骨再硬的人也不得不往下跪了。行刑人知道大少爺英雄惜英雄，不想這人多吃苦，手起刀落，利利索索，那頭就碌碌地滾到地上了。通常，砍掉的人頭都是臉朝下的，啃一口泥巴在嘴裡。這個頭卻沒有，他的臉向著天空。眼睛閃閃發光，嘴角還有點含譏帶諷的微笑。我覺得那是勝利者的笑容。不等我把這一切看清楚，人頭就用紅布包起來，上了馬背一陣風似地往遠處去了。而我總覺得那笑容裡有什麼東西。哥哥笑話我：「我們能指望你那腦袋告訴我們什麼？」

不等我反駁，母親就說：「他那傻子腦袋說不定也會有一回兩回是對的，誰又能肯定他是錯的？」

大少爺的脾氣向來很好，他說：「不過是一個奴才得以對主子盡忠時的笑容罷了。」

聰明人就是這樣，他們是好脾氣的，又是互不相讓的；隨和的，又是固執己見的。

想不到汪波土司又派人來了。這一次是兩個人，我們同樣照此辦理。那些還是熱呼呼的人頭隨快馬馳向遠處時，大少爺輕輕地說：「我看這事叫我操心了。」

汪波土司的人又來了，這次是三個人。這次，我的哥哥大笑起來，說：「汪波是拿他奴隸的腦袋和我們開玩笑，好吧，只要他有人，我們就砍吧！」

只是這三個人的腦袋砍下來，沒有再送過去了。我們這裡也放了快馬去，但馬上是信差。信很簡單，致了該致的問候後，麥其土司祝賀汪波土司手下有那麼多忠誠勇敢的奴隸。汪波土司沒有回信，只是自己派人來把三個人頭取走了。至於他們的身子就請喇嘛們做了法事，在河邊燒化了事。

有這麼轟轟烈烈的事情發生，簡直沒有人發覺春天已經來了。

剛剛收上來的罌粟種子又分發下去，撒播到更加寬廣的土地裡。

15. 失去的好藥

家裡決定我到麥其家的領地上巡行一次。

這是土司家兒子成年後必須的一課。

父親告訴我，除了不帶貼身侍女之外，我可以帶想帶的任何人。小小身子的塔娜哭了一個晚上，但我也沒有辦法。我自己點名帶上的兩個小廝：索郎澤郎和將來的行刑人爾依。其他人都是父親安排的。總管是跛子管家。十二個人的護衛小隊，帶著一挺機關槍和十支馬槍。還有馬夫，看天氣的喇嘛，修理靴子的皮匠，專門查驗食物裡有沒有毒物的巫師，一個琴師，兩個歌手，一共就這麼多人了。

如果沒有這次出行，我都不知道麥其家的土地有多麼廣闊。如果不是這次出行，我也體會不到當土司是什麼味道。

每到一個地方，頭人都帶著百姓出來迎接我。在遠處時，人們就吹起了喇叭，唱起了歌謠。等我們近了，人群就在我們馬隊揚起的塵土裡跪伏下去。直到我下了馬，揚一揚手，他們才一齊從地上站起來，又揚起好大一片塵土。開始時，我總是被塵土嗆住。下人們手忙腳亂爲我捶背、餵水。後來，我有了經驗，要走到上風頭，才叫跪著的人們起身。一大群人呼啦啦站起來，抖擻著衣袖，塵土卻飄到別的地方去了。我下馬，把馬槍交給索郎澤郎。我要說他真是個愛槍的傢伙，一沾到槍，他就臉上放光。他端著槍站在我的身後，呼吸都比尋常粗重多了。在我和隨從們享用敬獻的各種美食時，他什麼也不吃，端著槍站在我身後。

我們接受歡迎的地方，總是在離頭人寨子不遠的開闊草地上。我們在專門搭起的帳篷裡接受跪拜、美食、歌舞，頭人還要在這時把手下的重要人物介紹給我。比如他的管家，下面的寨子的寨首，一些作戰特別勇敢的鬥士，一些長者，一些能工巧匠，當然，還有最美麗的姑娘。我對他們說些自己覺得沒有意思，他們卻覺得很有意思的廢話。我心裡想什麼嘴裡就說什麼。我說這些話沒有什麼意思。跛子管家說，少爺不能這樣說，麥其家的祝福，麥其家的希望對於生活在麥其家領地上的子民來說，怎麼會不重要呢？他是當著很多人對我說這話的，我想是因爲他對我不夠了解。於是，我壓低了聲音對他說：「住口吧！我們住在一個官寨裡，可是你也不知道我心裡想些什麼。」

說完這句話，我才對跪在面前的那些人說：「你們不要太在意我，我就是那個人人知道的土司家的傻瓜兒子。」

他們對這句話的反應是保持得體的沉默。

這些事情完了，我叫索郎澤郎坐下吃我們不可能吃完的東西：整個整個的羊腿，整壺整壺的酒，大掛大掛的灌腸。稀奇一點的是從漢地來的糖果，包在花花綠綠的紙片裡面，但我已經叫小爾依提前給他留了一點。索郎澤郎吃了這些東西，心滿意足地打著嗝，又端著槍爲我站崗。叫他去休息他怎麼也不肯。我只好對他說：「那你出去放幾槍吧！叫爾依跟你去，給他也放一兩槍。」

索郎澤郎就是放槍也把自己弄得很累。他不打死的靶子，而要打活動目標。小爾依很快就回來了，他說：「索郎澤郎上山打獵去了。」

我問他爲什麼不跟著去。

他笑笑：「太累人了。」

我開玩笑說：「你是只對捆好的靶子有興趣吧！」

小爾依還是笑笑。

山上響起了槍聲，是我那支馬槍清脆的聲音。晚上，頭人派出漂亮的姑娘前來侍寢。這段時間，每天，我都有一個新的女人，弄得下面的人也顯得騷動不安。管家在有些地方也能得到相同的待遇。他的辦法是叫人充分感到土司少爺是個傻子，這樣人家就把他當成土司的代表，當成有權有勢的重要人物。這樣的辦法是有效果的。他得到了女人，也得到了別的禮物。他太把我當成一個傻子了。有一天，我突然對管家說：「你怕不怕爾依？」

管家說：「他父親怕我。」

我說：「也許有一天你會害怕他。」

他想再從我口裡問出點什麼來時，本少爺又傻乎乎地顧左右而言他了。這樣的巡遊不但愉快，而且可以叫人迅速成長。我知道自己什麼時候應該顯出是世界上最聰明的人，叫小瞧我的人大吃一驚。可是當他們害怕了，要把我當成個聰明人來對待的時候，我的行爲立即就像個傻子了。比如吧，頭人們獻上來侍寢的女人，我在帳篷裡跟她們調情做愛。人們都說，少土司做那種事也不知道避諱嗎？我的隨從裡就有人去解釋說，少土司是傻子，就是那個漢人太太生的傻子。索郎澤郎卻不爲帳篷裡的響聲所動，背著槍站在門口。這是對我的忠誠使然。小爾依對我也是忠誠的。他帶著他那種神情，那種舉止，四處走動，人家卻像沒看見他一樣。所以，他知道人們在下面說些什麼。我是從不問他的。

當我們從一個頭人的領地轉向另外一個頭人的領地，在長長的山谷和高高的山口，在河岸上，烈日當頭，歌手們的喉嚨變得嘶啞了，馬隊拉成長長一線時，小爾依便打馬上來，清一清喉嚨，那是他要對我講聽來的那些話了。小爾依清一清喉嚨作爲開始，說這個人說了什麼，那個人說了什麼，都是客觀冷靜的敘述，不帶一點感情色彩。我常對兩個小廝說，你們必須成爲最好的朋友。有個晚上，我不大喜歡此地頭人送來的姑娘。因爲她做出一副受委屈的樣子。我問她爲什麼不高興，她不回答。我問是不是有人告訴她我是傻子。她噘著嘴說：「即使只有一個晚上，也要要我的人真心愛我，而少爺是不會的。」

我問她怎麼知道我不會愛她。

她扭扭身子：「都說你是個傻子嘛！」

那天夜裡，我站在帳篷外面，叫我的小廝跟她睡覺。我聽到索郎澤郎像一隻落入陷阱的小熊那樣喘息、咆哮。他出來時，月亮升起來了。我又叫小爾依進去。小爾依在裡面撲騰的聲音像一條離開了水的大魚。

早上，我對那個姑娘說：「他們兩個會想你的。」

姑娘跪下來，用頭碰了我的靴子。我說：「下去吧，就說你是跟少爺睡的。」

我想，這事會惹這裡的頭人不高興，便對他提高了警惕，酒菜上來時，我都叫驗毒師上來，用銀筷試菜，用玉石試酒，如果有毒，銀筷和玉石就會改變顏色。這舉動使頭人感到十分委屈，他精心修飾過的鬍子不斷地顫抖，終於忍不住衝到我面前，把每一樣菜都塞進了嘴裡，他把那麼多東西一口嚥下，噎得差點背過氣去了。他喘過氣來，說：「日月可鑒，還沒有一個麥其土司懷疑過我的忠心。少爺這樣，還不如殺了我。」

我想自己犯了個不該犯的錯誤，但想到自己是個傻子，心裡立即又釋然了。

跛子管家也對我說：「少爺對其他人怎麼樣我不管，但不可以對松巴頭人這樣。」

「那你們叫我帶上一個驗毒師幹什麼？」

跛子管家對頭人說：「頭人，你怪我吧！是我沒有對少爺交代清楚。」

這頓飯松巴頭人什麼都沒有吃。他不相信我剛才的舉動是一個傻子的行爲。喝餐後茶時，跛子管家坐在了他的身邊。他們的眼睛不斷地看我。我知道他們都說了些什麼。

管家說：「少爺是傻子，老爺和漢人太太吃了酒生的嘛！」

頭人說：「可是誰又能保證他背後沒有聰明人在搗鬼？」

管家笑了，說：「你說什麼？你說他背後會有聰明人？笑死我了。你看看背後那兩個，背馬槍的那個，還有臉像死人的那個，就是他的親信，他們是聰明人嗎？」

我想，這個松巴頭人，既然他對麥其家非常忠誠，我沒有理由不喜歡他。我想要他高興一下。便大聲宣佈，明天我們不走了，多在松巴頭人這裡待一天。彌補無意中對他造成的傷害。松巴頭人的老臉上立即放出了光彩。我很高興自己做出了使主人高興的決定。

而我立即又叫他們吃驚了。

我宣佈：「明天，我們在這裡圍獵。」帳房裡嗡一下，陡起的人聲像一群馬蜂被驚了。

小爾依在我耳邊說：「少爺，春天不興圍獵。」

天哪，我也想起來了。這個季節，所有走獸都在懷胎哺乳，這時候傷一條性命，就是傷了兩條乃至更多條生命。所以，這時嚴禁捕獵。而我竟然忘記了這條重要的規矩。平時，人們認為我是個傻子，我還有種將人愚弄了的得意，但這回，我知道自己真是個傻子。而我必須堅持，否則，就連一個傻子都不是了。

圍獵剛開始，我就知道他們是在敷衍我。那麼多人，那麼多狗，卻只包圍了一條又短又窄的小山溝。就這樣，還是跑出來了好多獵物。槍聲很激烈，但沒有一頭獵物倒下。我只好自己開槍，打死兩隻獐子後，我也轉身對著樹叢射擊了。

圍獵草草結束，我吩咐把打死的東西餵狗。

下山的路上，我心裡有點難過。

松巴頭人和我走在一起。現在，他相信我的腦子真有問題了。松巴頭人是好人。他要我原諒他。他說：「我一個老頭子為什麼要對你那樣？少爺你不要放在心上。」

我想說我一個傻子嘛！但看他一臉誠懇，就把那句話嚥回去，只說：「有時，我也不這樣。」

頭人見我如此坦白，連說：「我知道，我知道。」他要供獻給我一種藥物，要我答應接受了。我答應了。

頭人獻的是種五顏六色的丸藥。說是一個遊方僧人獻給他的，用湖上的風，和神山上的光芒煉成。真是一個奇怪的方子。離開松巴頭人轄地那一天的路特別長，烈日曬得腦子像蜂巢一樣嗡嗡作響。我寂寞無聊，忍不住好奇心，取出一丸藥丟進嘴裡。我本以為裡面的光會像劍一樣把我刺穿，風會從肚子裡陡然而起，把我颳到天上。但我嘗到的是滿口魚腥。接著，像是有魚在胃裡游動。於是，就開始嘔吐。吐了一次又一次。吐到後來，便嘗到了自己苦膽的味道。跛子管家撫著我的背說：「難道少爺防範他是對的，這老傢伙真對少爺下了毒手？」

「他對一個跛子和一個傻子下毒有什麼好處？」我嘴上這麼說，卻還是把藥悄悄扔到路邊草叢裡了。

後來我才知道，那丸藥真的十分珍貴。要是把它們全吃下去，我的毛病肯定就好了。但我命該如此。我把松巴頭人獻上的靈藥丟了。

16. 耳朵開花

用了整整一個春季，我們才巡遊了麥其家領地的一半。

夏天開始時，我們到達了南方邊界。接下來，就要回頭往北方去了。管家告訴我，到秋天各處開鐮收割時，巡遊才能結束。

眼下，我們所在的南方邊界，正是麥其和汪波兩個土司接壤的地方。在這裡，我見到家裡派來的信差。土司要我在邊界上多待些時候。土司的用意十分清楚。他想叫汪波土司襲擊我們——由一個傻子少爺和一個跛子管家帶領的小小隊伍。對方並不傻，他們不願意招惹空前強大的麥其土司，不想給人消滅自己的藉口。我們甚至故意越過邊界，對方的人馬也只在暗處跟蹤，絕不露面。

這天早上下雨，跛子管家說，今天就不去了，反正他們不敢下手。大家正好休息一天，明天，我們就要上路往北邊去了。

雨淅淅瀝瀝地下著，馬夫叮叮咣咣地給馬兒換蹄鐵。侍衛們擦槍。兩個歌手一聲高一聲低應和著歌唱。管家鋪開紙，給麥其土司寫一封長信，報告邊界上的情況。我躺在床上，聽雨水嗒嗒地敲擊帳篷。

中午時分，雨突然停了。閒著無聊，我下令上馬。我們從老地方越過邊界時，太陽從雲縫裡站出來，火辣辣地照在背上。濃重的露水打濕了我們的雙腳。在一片淺草地上，我們坐下來曬打濕的靴子。

樹林裡藏著汪波土司的火槍手，把槍瞄在我們背上。被槍瞄準的感覺就像被一隻蟲子叮咬，癢癢的，還帶著針刺一樣輕輕的痛楚。他們不敢開槍。我們知道這些槍手埋伏在什麼地方。我們的機關槍裡壓滿了子彈，只要稍有動靜，就會把一陣彈雨傾瀉在他們頭上。所以，我有足夠的悠閒的心情觀賞四周的景色。觀賞山間的景色就要在雨後初晴時，只有這時，一切都有最鮮明的色彩和最動人的光亮。往常，打馬經過此地，我每次都看見路邊的杉樹下有幾團漂亮的艷紅花朵，今天，它們顯得格外漂亮，我才把花指給管家看。管家一看，說：「那是我們的罌粟花。」

他當時就是這麼說的——「我們的罌粟花」。

現在，我們都看清楚了，確實是使麥其家強盛起來的花朵。一共三棵罌粟，特別茁壯地挺立在陽光下，團團花朵閃閃發光。跛子管家佈置好火力。我們才向那些花朵走去。那些暗伏的槍手開槍了。哐！哐！哐！哐！一共是四聲敲打破鑼一樣的巨響。槍手們一定充滿了恐懼，不然不可能連開四槍才叫我手下的人一死一傷。驗毒師臉朝下撲到地上，手裡抓了一大把青草。歌手捂住肩頭蹲在地上，血慢慢地從他指縫裡滲出來。我覺得是稍稍靜默了一陣，我的人才開槍。那簡直就是一場突如其來的風暴，一陣槍聲過後，樹林裡沒有了一點聲息，只有被撕碎的樹葉緩緩飄落的聲音。四個槍手都怕冷一樣地蜷曲著身子，死在大樹下了。

我想不起當時為什麼不把罌粟扯掉了事，而要叫人用刺刀往下挖掘。挖掘的結果叫人大感意外。三棵罌粟下是三個方方正正的木匣，裡面是三個正在腐爛的人頭。罌粟就從三個人頭的耳朵裡生出來。只要記得我們把偷罌粟種子的人殺了頭，又把人頭還給汪波土司，就明白是怎麼回事了。這些人被抓住之前就把種子裝到了耳朵裡面。汪波土司從犧牲者的頭顱裡得到了罌粟種子！

汪波用這種耳朵開花的方式來紀念他的英雄。

我們取消了計畫中的北方之行，快馬加鞭，回到了官寨。在路上，我和管家都說，這消息肯定會叫他們大吃一驚。

但是他們，特別是哥哥吃驚的程度還是超過了我們的想像。

這個聰明人從座位上跳起來，叫道：「怎麼可能，死人的耳朵裡開出了花！」

在此之前，他對我非常友好，換句話說，土司家的弟兄之間，從沒有哪個哥哥對弟弟這麼好過。但這回不一樣了，他對我豎起表示輕蔑的那根指頭：「你一個傻子知道什麼？」接著，我的兄長又衝到管家面前，叫道：「我看你們是做了噩夢吧！」

我真有點可憐哥哥。他是天下最聰明的人。他的弱點是特別怕自己偶爾表現得不夠聰明。平常，他對什麼事都顯出漫不經心的樣子。那並不表明他對什麼事都滿不在乎，那是他在表現他的聰明——毫不用心也能把所有事情搞得清清楚楚，妥妥貼貼。看到哥哥痛心疾首的樣子，我真願意是自己做了一場噩夢。一下醒來，還睡在南方邊界的帳篷裡，那場雨還淅淅瀝瀝地下著呢！

但這一切都是真的。我拍了拍手。

小廝索郎澤郎走進來，把手上的包袱打開。

土司太太立即用綢巾捂住了鼻子。塔娜不敢有這樣的舉動，惡臭在屋裡四處瀰漫，我聽見她作嘔聲音：呃，呃，呃，呃。大家慢慢走到腐爛的人頭跟前，哥哥想證明罌粟是有人臨時插進去的，動手去扯那苗子，結果把腐爛的人頭也提起來了。他抖抖苗子。土司太太驚叫了一聲。大家都看到那人頭裂開了。那個腦袋四分五裂，落到地上。每個人都看到，那株罌粟的根子，一直鑽進了耳朵裡面深深的管道，根鬚又從管子伸出來，一直伸進腦漿裡去了。父親看著哥哥說：「好像不是人栽進去，而是它自己長起來的。」

哥哥伸長脖子，艱難地說：「我看也是。」

一直沒有說話的門巴喇嘛開口了。稱他喇嘛是因爲他願意別人這麼叫他。他其實是對咒術、占卜術都頗有造詣的神巫。他問我這些頭顱埋在地下時所朝的方向。我說，北方，也就是麥其土司的方向。他又問是不是埋在樹下。我說是。他說是了，那邊偷去了種子，還用惡毒的咒術詛咒過麥其了。他對哥哥說：「大少爺不要那樣看我，我吃麥其家的飯，受麥其家的供養，就要把我知道的都說出來。」

土司太太說：「喇嘛你就放膽說吧！」

土司問：「他們詛咒了我們什麼？」

門巴喇嘛說：「我要看了和腦袋在一起有些什麼東西才知道。不知道二少爺是不是把所有東西都帶回來了？」

我們當然把所有東西都帶回來了。

門巴喇嘛用他上等的白芸香熏去了房裡的穢氣，才離開去研究那些東西。哥哥也溜出去了。土司問管家是怎麼發現的。管家把過程講得繪聲繪色。當中沒有少說少爺起了多麼重要的作用。土司聽了，先望了我母親一眼，才以一種前所未有的眼光看著我。然後，他嘆了口氣，我懂得那意思是說，唉，終究還是個傻子。他口裡說的卻是：「明年你再到北方巡遊吧！那時我給你派更多的隨從。」

母親說：「還不感謝父親。」

我坐在那裡沒有說話。

這時，門巴喇嘛進來報告：「汪波土司詛咒了我們的罌粟。要在生長最旺盛時被雞蛋大的冰雹所倒伏。」土司長吁了一口氣：「好吧，他想跟我們作對，那就從今天開始吧！」

大家開始議事，我卻坐在那裡睡著了。

醒來時，都快天亮了。有人給我蓋了條毯子。這時，我又想起了一件事，我對門巴喇嘛勾一勾手指。他過來了，笑著說：「少爺的眼睛又看見了什麼。」

我把松巴頭人給了我什麼樣的藥物，又被我扔掉的事告訴他。他當即就大叫起來：「天啊！你把什麼樣的神藥扔掉了，如今，誰還有功力能用風和光芒煉成藥丸！」他說：「少爺呀，你一口都沒有吃就扔了嗎？」

我說：「不是。」

他說：「那你嘔吐了，感到有蟲子想從肚子裡出來嗎？」

管家說：「不是蟲子，少爺說是魚。」

喇嘛跌足嘆息：「那就是了，就是了，要是把那些東西全吐出來，你的病就沒有了！」喇嘛畢竟是喇嘛，對什麼事都有他的說法，「也好，也好，」他說，「這件事不成的話，對付汪波就沒有問題了。」

我問父親：「要打仗了嗎？」

父親點點頭。

我又說：「罌粟花戰爭吧。」

他們都只看了我一眼，而沒人把這句話記下來。在過去，剛有麥其土司時，就有專門的書記官記錄土司言行。所以，到現在，我們還知道麥其家前三代土司每天幹什麼，吃什麼，說什麼。後來，出了一個把不該記的事也記下來的傢伙，叫四世麥其土司殺了。從此，麥其就沒有書記官，從此，我們就不知道前輩們幹過些什麼了。書記官這個可以世襲的職位是和行刑人一起有的。行刑人一家到今天都還在，書記官卻沒有了。有時我的傻子腦袋會想，要是我當土司，就要有個書記官。隔一段時間把記錄弄來，看看自己說了什麼，幹了什麼，肯定很有意思。有一次，我對索郎澤郎說：「以後我叫你做我的書記官。」這個奴才當時就大叫起來，說：「那我要跟爾依換，他當你的書記官，我當行刑人！」

我想，要是真有一個書記官的話，這時，就會站在我背後，舔舔黑色的石炭筆芯。記下了那個好聽的名字：罌粟花戰爭。

17. 罌粟花戰爭

母親說，一種植物的種子最終要長到別的地方去，我們不該爲此如此操心，就是人不來偷，風會颳過去，鳥的翅膀上也會沾過去，只是個時間問題。

父親說，我們什麼也不幹，眼睜睜地看著？

土司太太指出，我們當然可以以此作爲藉口對敵人發起進攻。只是自己不要太操心了。她還說，如果要爲罌粟發動戰爭，就要取得黃特派員的支持。

破天荒，沒有人對她的意見提出異議。

也是第一次，土司家的信件是太太用漢字寫的。母親還要把信封起來。這時，送信的哥哥說：「不必要吧，我不認識漢人的文字。」

母親非常和氣地說：「不是要不要你看的問題，而是要顯得麥其家懂得該講的規矩。」

信使還沒回來，就收到可靠情報，在南方邊界上，爲汪波土司效力的大批神巫正在聚集，他們要實施對麥其家的詛咒了。

一場特別的戰爭就要開始了。

巫師們在行刑人一家居住的小山崗上築起壇城。他們在門巴喇嘛帶領下，穿著五顏六色的衣服，戴著形狀怪異的帽子，更不要說難以盡數的法器，更加難以盡數的獻給神鬼的供品。我還看到，從古到今，凡是有人用過的兵器都匯聚在這裡了。從石刀石斧到弓箭，從拋石器到火槍，只有我們的機關槍和快槍不在為神預備的武器之列。門巴喇嘛對我說，他邀集來的神靈不會使用這些新式武器。跟我說話時，他也用一隻眼睛看著天空。天氣十分晴朗，大海一樣的藍色天空飄著薄薄的白雲。喇嘛們隨時注意的就是這些雲彩，以防它們突然改變顏色。白色的雲彩是吉祥的雲彩。敵方的神巫們要想盡辦法使這些雲裡帶上巨大的雷聲，長長閃電，還有數不盡的冰雹。

有一天，這樣的雲彩真的從南方飄來了。

神巫們的戰爭比真刀真槍幹得還要熱鬧。

烏雲剛出現在南方天邊，門巴喇嘛就戴上了巨大的武士頭盔，像戲劇裡一個角色一樣登場亮相，背上插滿了三角形的、圓形的令旗。他從背上抽出一支來，晃動一下，山崗上所有的響器：蟒筒、鼓、嗩吶、響鈴都響了。火槍一排排射向天空。烏雲飄到我們頭上就停下來了，洶湧翻滾，裡面和外面一樣漆黑，都是被詛咒過了的顏色。隆隆的雷聲就頭頂上滾來滾去。但是，我們的神巫們口裡誦出了那麼多咒語，我們的祭壇上有那麼多供品，還有那麼多看起來像玩具，卻對神靈和魔鬼都非常有效的武器。終於，烏雲被驅走了。麥其家的罌粟地、官寨、聚集在一起的人群，又重新沐浴在明亮的陽光裡了。門巴喇嘛手持寶劍，大汗淋漓，喘息著對我父親說，雲裡的冰雹已經化成雨水了，可以叫它們落地了嗎？那吃力的樣子就像天上的雨水都叫他用寶劍托著一樣。麥其土司一臉嚴肅的神情，說：

「要是你能保證是雨水的話。」

門巴喇嘛一聲長嘯，收劍入懷，山崗上所有的響器應聲即停。

一陣風颳過，那片烏雲不再像一個肚子痛的人那樣翻滾。它舒展開去，變得比剛才更寬大了一些，向地面傾洩了大量的雨水。我們坐在太陽地裡，看著不遠的地方下著大雨。門巴喇嘛倒在地上，叫人卸了頭盔，扶到帳篷裡休息去了。我跑去看門巴喇嘛剛才戴著的頭盔，這東西足足有三四十斤，真不知道他有多大氣力，戴著它還能上躥下跳，仗劍作法。

土司進了門巴喇嘛休息的帳篷，一些小神巫和將來的神巫在爲喇嘛擦拭汗水。父親說：「是要流汗，我兒子還不知道你的帽子有那麼沉重。」

這時的門巴喇嘛十分虛弱，他沙啞著聲音說：「我也是在請到神的那一陣才不覺得重。」這時，濟嘎活佛手下那批沒有法術的和尚們念經的聲音大了起來。我覺得這是沒有什麼用處的，冰雹已經變成雨水落在地上了。門巴喇嘛說：「我看，汪波土司手下的人，這時也在念經，以爲自己已經得手了。」

土司說：「我們勝利了。」

喇嘛適時告誡了土司，他說這才是第一個回合。他說，爲了保證法力，要我們不要下山，不要靠近女人和別的不潔的東西。

第二個回合該我們回敬那邊一場冰雹。

這次作法雖然還是十分熱鬧，但因爲頭上晴空一碧如洗，看不到法術引起的天氣的變化，我覺得沒有多大意思。三天後，那邊傳來消息，汪波土司的轄地下了一場雞蛋大的冰雹。冰雹倒伏了他們的莊稼，洪水沖毀了他們的果園。作爲一個南方的土司，汪波家沒有牧場，而是以擁有上千株樹木的果園爲驕傲。現在，他因爲和我們麥其家作對，失去了他的果園。但是，我們不知道他們的罌粟怎麼樣了。因爲沒人知道汪波種了多少，種在什麼地方，但想來，汪波土司土地上已經沒有那個東西了。

父親當眾宣佈，只等哥哥從漢地回來，就對汪波土司的領地發動進攻。

人們正在山崗上享用美食，風中傳來了叮叮咚咚的銅鈴聲。土司說，猜猜是誰來了。大家都猜，但沒有一個人猜中。門巴喇嘛把十二顆白石子和十二顆黑石子撒向面前的棋盤。嘆了口氣說，他不知道那個人是誰，但知道那個人時運不濟，他的命石把不好的格子都佔住了。我們走出帳篷，就看見一個尖尖的腦袋正從山坡下一點一點冒上來。後邊，一頭毛驢也聳動著一雙尖尖的耳朵走上了山坡。這個人和我們久違了。聽說，這個人已快瘋了。

他走到了我們面前。

人很憔悴，毛驢背上露出些經卷的毛邊。

土司對他抬了抬帽子。

可是他對父親說：「今天，我不打算對土司說什麼。但願你不來干涉我們佛家內部的事。」

土司笑了：「大師你請便吧。」

當然，父親還是補了一句：「大師不對我宣諭天下最好的教法了嗎？」

「不。」年輕僧人搖搖頭說：「我不怪野蠻的土司不能領受智慧與慈悲的甘露，是那些身披袈裟的人把我們的教法毀壞了。」說完這句話，他徑直走到濟嘎活佛面前，袒露出右臂，把一頂黃色的雞冠帽頂在頭上。這個姿勢我們還是熟悉的。他是要求就教義上的問題和濟嘎活佛展開辯論。在教法史上，好多從印度初到藏地的僧人就是以這種方式取勝而獲得有權勢者的支持的。這場辯論進行了很長時間。後來濟嘎活佛的臉變成了牛肝顏色。看來，活佛在辯論中失敗了。但他的弟子們都說是師傅取得了勝利。而且都指責這個狂妄的傢伙攻擊了土司。說他認爲天下就不該有土司存在。他說，凡是有黑頭藏民的地方，都只能歸順於一個中心——偉大的拉薩。而不該有這樣一些靠近東方的野蠻土王。

麥其土司一直在傾聽，這時，他開口說話了：「聖城來的人，禍事要落在你頭上了。」

這個人用滿是淚水的眼睛望著天空，好像那裡就有著他不公平命運的影子。土司再要和他說什麼，他也不願意回答了。最後，他只是說：「你可以殺我，但我要說，辯論時，是我獲得了勝利。」新派僧人翁波意西給綁了起來。濟嘎活佛顯出難受的樣子。但那不過是良心上小小的一點反應罷了。後來，父親多次說過，要是濟嘎活佛替那個人求情的話，他就準備放了他。沒人知道土司的話是真是假。但那天，濟嘎活佛只是難過而沒有替對手求情。從那天起，我就不喜歡活佛了。我覺得他不是一個真正的活佛。一個活佛一旦不是活佛就什麼都不是了。門巴不是喇嘛，但他卻是活力高強的神巫。他不過就喜歡喇嘛這樣一個稱呼罷了。何況，那天，門巴喇嘛還對土司說：「這個時候最好不要殺人，更不要殺一個穿袈裟的人。」

土司叫人把這個揚言土司們該從其領地上清除掉的人關到地牢裡。

我們還留在山上。

門巴喇嘛做了好幾種占卜，顯示汪波土司那邊的最後一個回合是要對麥其土司家的人下手。這種咒術靠把經血一類骯髒的東西獻給一些因爲邪見不得轉世的鬼魂來達到目的。門巴喇嘛甚至和父親商量好了，實在抵擋不住時，用家裡哪個人作犧牲。我想，那只能是我。只有一個傻子，會被看成最小的代價。晚上，我開始頭痛，我想，是那邊開始作法了。我對守在旁邊的父親說：「他們找對人了，因爲我發現了他們的陰謀。你們不叫我作犧牲，他們也會找到我。」

父親把我冰涼的手放在懷裡，說：「你的母親不在這裡，要不然，她會心疼死。」

門巴喇嘛賣力地往我身上噴吐經過經咒的淨水。他說，這是水晶罩，魔鬼不能進入我的身體。下半夜，那些叫我頭痛欲裂的煙霧一樣的東西終於從月光裡飄走了。

門巴喇嘛說：「好歹我沒有白作孽，少爺好好睡一覺吧！」

我睡不著，從帳篷天窗裡看著一彎新月越升越高，最後到了跟亮閃閃的金星一般高的地方。天就要亮了。我突然看到了自己的將來。我看得不太清楚，但我相信那朦朦朧朧的真是一個好前景。然後，我就睡著了。醒來的時候，我就把這件事情完全忘記了。

早上起來，我望著山下籠罩在早晨陽光裡的官寨。看到陽光下閃著銀光的河水向著官寨大門方向湧去。直碰到下面的紅色岩石才突然轉向。我還看到沒有上山的人們在每一層迴廊上四處走動。這一切情景都和往常一模一樣。但我感到有什麼事發生了。

我不想對任何人說起這事。我比別人先知道罌粟在別人的土地上開花，差點被別人用咒術要了性命。我又回到帳篷裡睡下了。我睡不著，覺得經過一些事情，自己又長大一些了。腦子裡那片混沌中又透進一些亮光。我走到外面。草上的露水打濕了我的雙腳，我看到翁波意西的毛驢正在安詳地吃草。有人打算殺掉牠作爲祭壇上的犧牲。我解開繩子，在牠屁股上拍一巴掌。毛驢踱著從容的步子吃著草往山上走去。我宣佈，這是一頭放生的驢了。

父親問我，到底是喜歡驢還是牠的主人？

這個問題不好回答。於是，就瞇起雙眼看陽光下翠綠的山坡。如果說我喜歡這頭驢，是因爲牠聽話的樣子。如果我說喜歡那個喇嘛，就沒有什麼理由了。雖然我喜歡他，但他並沒有表現出叫人喜歡的樣子。

父親對我說，要是喜歡驢子，要放生，就叫濟嘎活佛念經，掛了紅，披了符，才算是真正放生了。

「不要說那個喇嘛，就是他的驢也不會要濟嘎活佛念經。」那天早上，我站在山崗上對所有的人大聲說，「難道你們不知道毛驢和牠的主人一樣看不起濟嘎活佛嗎？」

父親的脾氣前所未有的好，他說：「要是你喜歡那個喇嘛，我就把他放了。」

我說：「他想看書，把他的經卷都交還給他。」

父親說：「沒有人在牢裡還那麼想看書。」

我說：「他想。」

是的，這個時候我好像看見了那個新教派的傳佈者，在空蕩蕩的地下牢房裡，無所事事的樣子。

父親說：「那麼，我就派人去看他是不是想看書。」

結果是翁波意西想看書想得要命。他帶來一個口信，向知道他想看書的少爺表示謝意。

那一天，父親一直用若有所思的眼光看著我。

門巴喇嘛說了，對方在天氣方面已經慘敗了。如果他們還不死心，就要對人下手了。他一再要求我們要潔淨。這意思也就是說，要我和父親不要下山去親近女人。我和父親在這一點上沒有什麼問題。要是我哥哥在這裡，那就不好辦了。你沒有辦法叫他三天裡不碰一個女人。那樣，他會覺得這個世界的萬紫千紅都像一堆狗屎。好在他到漢地去了。門巴喇嘛在這一點上和我的看法一樣。他說：「我在天氣方面可以，在人的方面法力不高。好在大少爺不在，我可以放心一些。」

但我知道已經出事了。我把這個感覺對門巴喇嘛說了。他說，我也是這樣想的。兩個人把整個營地轉了一遍。重要的人物沒有問題，不重要的人也沒有什麼問題。

我說：「山下，官寨。」

從山上看下去，官寨顯那樣厚實、穩固。但我還是覺得在裡面有什麼事發生了。

門巴喇嘛把十個指頭作出好幾種奇特的姿勢。他被什麼困惑住了。他說：「是有事了。不知道是誰，是土司的女人，但又不是你的母親。」

我說：「那不是查查頭人的央宗嗎？」

他說：「我就是等你說出來呢，因爲我不知道該叫她什麼才好。」

我說：「你叫我說出來是因爲我傻嗎？」

他說：「有一點吧。」

果然，是三太太央宗出事了。

自從懷孕以後，她就佔據了土司的房間，叫他天天和二太太睡在一起。這一點上，她起了圍獵時那些大聲吠叫的獵犬的作用。她把獵物趕到別人那裡。也是從那時起，我就再也沒有見過她了。只看見下人們早上把她盛在銅器裡的排泄物倒掉，再用銀具送去吃的東西。她的日子不太好過。她認爲有人想要還未出世的孩子性命。但從送進送出的那些東西來看，她的胃口還是很好的。也可能是她保護肚子裡小生命的慾望過於強烈，認爲肚子才是唯一安全的地方，孩子才在她肚子裡待了好長時間。這天晚上，那邊的法師找到了麥其家未曾想到設防的地方，她再也留不住自己的孩子了。這孩子生下來時，已經死了。看見的人都說，孩子一身烏黑，像中了烏頭鹼毒。

這是這場奇特的戰爭裡麥其家付出的唯一代價。

孩子死在太陽升起時，到了下午，作法的小山崗上什麼也沒有了，就像突然給一場旋風打掃乾淨了一樣。那個孩子畢竟是土司的骨血，寄放到廟裡，由濟嘎活佛帶著一幫人爲他超度，三天後，在水裡下葬。

央宗頭上纏著一條鮮豔的頭巾出現在我們面前。

大家都說，她比原來更加漂亮了，但她臉上剛和父親相好時的夢裡飄浮一樣的神情沒有了。她穿著長裙上樓，來到了二太太面前，一跪到地，說：「太太呀，我來給你請安了。」

母親說：「起來吧，你的病已經好了。我們姊妹慢慢說話吧！」

央宗對母親磕了頭，叫一聲：「姊姊。」

母親就把她扶起來，再一次告訴她：「你的病已經好了。」

央宗說：「像一場夢，可是夢沒有這麼累人。」

從這一天起，她才真正成爲土司的女人。晚上，二太太叫土司去和三太太睡覺。可是土司卻說：「沒有什麼意思了，一場大火已經燒過了。」

母親又對央宗說：「我們倆再不要他燃那樣的火了。」

央宗像個新婦一樣紅著臉不說話。

母親說：「再燃火就不是爲我，也不會是爲你了。」

第五章

18. 舌頭

我在官寨前的廣場上和人下棋。

下的棋非常簡單。非常簡單的六子棋。隨手折一段樹枝在地上畫出格子，從地上撿六個石子，就可以下上一局。規則簡單明瞭。當一條直線上你有兩個棋子而對方只有一個，就算把對方吃掉了。先被吃完六個石子的一方就是輸家。和兩隻螞蟻可以吃掉一隻螞蟻，兩個人可以殺死一個人一樣簡單，卻是一種古老的真理。就比如土司間的戰爭吧，我們總是問，他們來了多少人，如果來的人少，我們的人就衝上去，吃掉他們。如果來的人多，就躲起來，聚集更多的人，聚集更大的力量，再衝上去把對方吃掉。可是到我下棋這會兒，這種規則已經沒什麼作用了。罌粟花戰爭的第二階段，麥其家只用很少一點兵力，靠著先進的武器，平地颳起了火的旋風，飛轉著差點洞穿了汪波土司全境。汪波土司偷種的那點罌粟也變成了灰燼，升上了天空。

這是又一個春天了。

等等，叫我想想，這可能不是一個春天，而是好多個春天了。可是這又有什麼關係呢？在這個世界上，如果說有什麼東西叫人覺得比土司家的銀子還多，那就是時間。好多時候，時間實在是太漫長了。我們早上起來，就在等待天黑，春天剛剛播種，就開始盼望收穫，由於我們的領地是那樣寬廣，時間也因此顯得無窮無盡。

是的，寬廣的空間給人時間也無邊無際的感覺。

是的，這樣的空間和時間組合起來，給人的感覺是麥其家的基業將萬世永存，不可動搖。

是的，這一切都遠不那麼真實，遠遠看去，真像浮動在夢境裡的景象。

還是來說這個春天，這個早上，太陽升起來有一陣子了。空氣中充氣了水的芬芳。遠處的雪山，近處被夜露打濕的山林和莊稼，都在朝陽下閃閃發光，都顯得生氣勃勃，無比清新。

好長一段時間了，我都沉迷於學了很久才會的六子棋中。

每天，我早早起床。用過早飯，就走出官寨大門，迎著亮晃晃的陽光坐在廣場邊的核桃樹下，每天，我都要先望一陣剛出來的太陽，然後，才從地上撿起一段樹枝，在潮潤的地上畫出下六子棋的方格。心裡想著向汪波土司進攻的激烈場面，想起罌粟花戰爭裡的日子。下人們忙著他們的事，不斷從我面前走過，沒人走來說：「少爺，我們下上一盤吧！」這些人都是些知天命的傢伙。只要看看他們灰色的、躲躲閃閃的目光都知道了。平時，和我一起下棋的是我那兩個小廝。索郎澤郎喜歡被派在晚上做事。這樣，他早上就可以晚些起來。也就是說，能不能看到太陽的升起在他不算回事。他總是臉也不洗，身上還帶著下人們床鋪上強烈的味道就來到我面前。小爾依，那個將來的行刑人可不是這樣。他總是早早就起來，吃了東西，坐在他家所在那個小山崗上，看著太陽升起，見我到了廣場上，畫好棋盤，才慢慢從山上下來。

這天的情形卻有些例外。

我畫好了棋盤，兩個小廝都沒有出現。這時，那個銀匠，卓瑪的丈夫從我面前走過。他已經從我面前走過去了，又折回來，說：「少爺，我跟你下一盤。」

我把棋子從袋子裡倒出來，說：「你用白色，銀子的顏色，你是銀匠嘛！」

我叫他先走。

他走了，但沒有佔據那個最要衝的中間位置。我一下衝上去，左開右闔，很快就勝了一盤。擺第二盤時，他突然對我說：「我的女人常常想你。」

我沒有說話。我是主子，她想我是應該的。當然，我不說話並不僅僅因爲這個。

他說：「卓瑪沒有對我說過，可是我知道她想你，她做夢的時候想你了。」

我沒有表示可否。只對這傢伙說，她是我們主子調教過的女人，叫他對她好，否則主子臉上就不好看了。我對他說：「我以爲你們該有孩子了。」

他這才紅著臉，說：「就是她叫我告訴你這個。她說要少爺知道，我們就要有孩子了。」

她爲什麼這樣做，我不知道。因爲不可能是我傻子少爺的種。我想不出什麼話來，就對銀匠說：「你對卓瑪說，少爺叫她一次生兩個兒子。」

我對銀匠說，要真能那樣，我要給每個孩子五兩銀子，叫他們的父親一人打一個長命鎖，叫門巴喇嘛念了經，掛在他們的小脖子上。銀匠說：「少爺真是一個好人，難怪她那麼想你。」

我說：「你下去吧。」

說話時，小行刑人已經走下山來，站在他身後了。銀匠一起身就撞到了爾依身上。他的臉唰一下就白了。在我們的領地上，本來是土司發出指令，行刑人執行，有人因此失去了一隻眼睛，失去了一隻手，或者丟了性命，但人們大多不會把這算在土司帳上，而在心裡裝著對行刑人的仇恨，同時，也就在心裡裝下了對行刑人的恐懼。銀匠從來沒有在這麼近的距離內和行刑人待在一起過，嚇得臉都白了，一雙眼睛惶惶地的看著我，分明是問：「我有什麼過錯，你叫行刑人來。」

我覺得這情景很有意思，便對銀匠說：「你害怕了，你爲什麼要害怕？你不要害怕。」

銀匠嘴上並不服輸：「我不害怕，我又沒有什麼過錯。」

我說：「你是沒有什麼過錯，但你還是害怕了。」

小爾依的臉上一點表情也沒有，他用十分平靜的聲音說：「其實你不是害怕我，你是害怕土司的律法。」

聽了小爾依的話，銀匠的臉仍然是白的，但他還是自己笑出聲來，說：「想想也是這個道理。」

我說：「好了，你去吧。」

銀匠就去了。

然後，我和小爾依下棋。他可是一點也不讓我，一上來，我就連著輸了好幾盤。太陽升到高處了。我的頭上出了一點汗水。我說：「媽的，爾依，你這奴才一定要贏我嗎？」

我要說爾依可是個聰明的傢伙。他看看我的臉，又緊盯著我的眼睛，他是要看看我是不是真正發火了。今天，我的心情像天氣一樣好。他說：「你是老爺，平常什麼都要聽你的。下棋輸了你也要叫？」

我又把棋擺上，對他說：「那你再來贏我好了。」

他說：「明天又要用刑了。」

小爾依的話叫我吃了一驚。平常，領地上發生了什麼事，有什麼人犯了律法，將受什麼樣的處置，我總會知道。但這件事情，我卻一無所知。我說：「下棋吧！領地上有那麼多人，你們殺得完嗎？」

小爾依說：「我知道你喜歡他。你不會像那些人一樣因為我們父子對他動刑就恨我吧！」這下，我知道是誰了。

小爾依說：「少爺要不要去看看他。」

我想我不會恨這個聲音平板、臉色蒼白的傢伙，要知道是麥其家叫他成為這樣子的。我說：「牢裡不能隨便進去。」

他對我舉了舉一個有虎頭紋飾的牌子。那虎頭黑乎乎的，是用燒紅的鐵在平板上烙成的。這是出入牢房的專門牌子。行刑人在行刑之前，都要進牢房先看看犯人的體格，看看受刑人的精神面貌，那樣，行刑時就會有十分的把握。除非土司專門要叫人吃苦，行刑人總是力求把活幹得乾淨俐落。

我們走進牢房，那個想在我們這裡傳布新派教法的人，正坐在窗下看書。獄卒打開牢門讓我們進去。我想他會裝著看書入了迷而不理會我們。平時，有點學問的人總要做出這樣的姿態。但翁波意西沒有這樣。我一進去，他就收起書本，說：「瞧瞧，是誰來了。」他的臉容是平靜的，嘴角帶著點譏諷的笑容。

我說：「喇嘛是在念經嗎？」

他說：「我在讀歷史。」前些時候，濟嘎活佛送了他一本過去的瘋子喇嘛寫的書。這本書很有意思。他說：「你們的活佛叫我放心地死，靈魂會被他收伏，做麥其家廟裡的護法。」

這時，我並沒有認真聽他說話。我在傾聽從高高的窗子外面傳來的大河浩浩的奔流聲。我喜歡這種聲音。年輕的喇嘛靜靜地望著我，好久，才開口說：「趁頭還在脖子上，我要對少爺表示感謝。」

他知道經卷是我叫他們送還的，還知道毛驢也是我放生的。他沒有對我說更多的好話，也沒有對我說別人的壞話。他把一個小小的手卷送給我。上面的字都是他用募化來的金粉寫下的。他特別聲明，這上面沒有什麼麥其不肯接受的東西。那是一部每個教派都要遵循的佛的語錄。我手捧那經卷，感到心口發燙。這樣的書裡據說都是智慧和慈悲。我問這個就要刑罰加身的人，書裡是不是有這樣的東西。

他說，有的，有。

我問，除了他的教派之外，別的教派的人，比如濟嘎活佛那個派別是不是也要讀這本書。得到了肯定的回答後，我心中的疑問反而加深了：「那你們爲什麼彼此仇恨？」

我想我問到了很關鍵的地方。他好半天沒有說話，我又聽到了河水在官寨下面的岩岸下轟轟然向東奔流。翁波意西長嘆了一口氣，說：「都說少爺是個傻子，可是我要說你是個聰明人。因爲傻才聰明。」他說：「你要原諒垂死的人說話唐突。」

我想說我原諒，但覺得說出來沒多少意思，就閉口不言。我想，這個人要死了。然後，河水的喧騰聲又湧進我的腦子裡。我也記住了他說的話，他的大概意思是，他來我們這個地方傳播新的教派不能成功，促使他整整一個冬天都在想一些問題。本來，那樣的問題是不該由僧人來想，但他還是禁不住想了。想了這些問題，他心裡已經沒有多少對別的教派的仇恨了。但他還必須面對別的教派的信徒對他的仇恨。最後他問：「爲什麼宗教沒有教會我們愛，而教會了我們恨？」

重新回到廣場上，我要說，這裡可比牢房裡舒服多了。長長的通道和盤旋的梯子的潮濕陰暗，真叫人受不了。

小爾依說：「明天，我想要親自動手。」

我問他：「第一次，你害不害怕？」

他搖搖頭，蒼白的臉上浮起女孩子一樣的紅暈。他說：「是行刑人就不會害怕，不是行刑人就會害怕。」

這句話說得很好，很有哲理，可以當成行刑人的語錄記下來。這一天裡，沒多少功夫，我就聽見了兩句有意思的話。先是牢房裡那一句：爲什麼宗教沒有教會我們愛，而教會了我們恨？小爾依又說了這一句。我覺得太有意思了，都值得記下來。可惜的是，有史以來，好多這樣的話都已經灰飛煙滅了。

晚飯時，我藉蠟燭剛剛點燃，僕人上菜之前的空子，問父親：「明天要用刑了嗎？」土司肯定吃了一驚。他打了一個很響的嗝。他打嗝總是在吃得太飽和吃了一驚的時候。父親對我說：「我知道你喜歡那個人，才沒有把殺他的事告訴你。」父親又說：「我還準備你替他求情時，減輕一點刑罰。」

開飯了，我沒有再說話。

先上來的酥油拌洋芋泥，然後，羊排，主食是蕎麵饃加蜂蜜。

這些東西在每個人面前堆得像小山一樣。挖去了小山的一角，輪到塔娜，她只在那堆食物上留下一個小小的缺口。

晚上，我對塔娜說：「你要多吃點東西，不然屁股老是長不大。」

塔娜哭了，抽抽搭搭地說我嫌棄她了。我說：「我還只說到你的屁股，要是連乳房也一起說了，還不知你要哭成個什麼樣子。」她就用更大的聲音把母親哭到我們房裡來了。太太伸手就給了她一個響亮的嘴巴。塔娜立即閉住了聲音。太太叫我睡下，叫她跪在床前。一般而言，我們對於這些女人是不大在乎的，她們生氣也好，不生氣也好，我們都不大在乎。她要哭，哭上幾聲，覺得沒有什麼意思時就自己收口了。可是我的母親來自一個對女人的一切非常在乎的民族。當她開始教訓塔娜時，我睡著了。睡夢裡，我出了一身大汗，因爲我夢見自己對行刑柱上的翁波意西舉起了刀子。我大叫一聲醒過來。發現塔娜還跪在床前。我問她爲什麼不上來睡覺。她說：太太吩咐必須等我醒了，饒了她，才能睡覺。我就饒了她，她上床來，已經渾身冰涼了。這人身上本來就沒有多少熱氣。這陣，就像河裡的卵石一樣冰涼。當然，我還是很快就把她暖和過來了。

早晨醒來，我想，我們要殺他了。這時，我才後悔沒有替他求情，在昨晚可以爲他求情時，現在，一切都已經晚了。

官寨上響起了長長的牛角號聲。

百姓們紛紛從沿著河谷散布的一個個寨子上趕來。他們的生活勞碌，而且平淡。看行刑可說是一項有趣的娛樂。對土司來說，也需要百姓對殺戮有一點了解，有一定的接受能力。所以，這也可以看成是一種教育。人們很快趕來了，黑壓壓地站滿了廣場。他們激動地交談，咳嗽，把唾沫吐得滿地都是。受刑人給押上來，綁到行刑柱上了。

翁波意西對土司說：「我不要你的活佛爲我祈禱。」

土司說：「那你可以自己祈禱。不過，我並不想要你的性命。」

管家說：「誰叫你一定要用舌頭攻擊我們信奉了許多代的宗教？」

大少爺宣佈了土司最後的決定：「你的腦子裡有了瘋狂的想法，可是，我們只要你的舌頭對說出來那些糊塗話負責任。」

這個人來到我們地方，傳佈他偉大的教義，結果卻要失去他靈巧的舌頭了。傳教者本來是鎮定赴死的，一聽到這決定，額頭上立即就滲出了汗水。同樣亮晶晶的汗水也掛在初次行刑的小爾依鼻尖上。人群裡沒有一點聲音，行刑人從皮夾裡取出專門的刀具：一把窄窄的，人的嘴唇一樣彎曲的刀子。人的嘴巴有大有小，那些刀子也有大有小。小爾依拿了幾把刀在傳教者嘴邊比劃，看哪一把更適合於他。廣場上是那麼安靜，以致所有人都聽見翁波意西說：「昨天，你到牢房裡幹什麼來了？那時怎麼不比好？」

我想小爾依會害怕的，這畢竟是他的第一次，這天，這的臉確實比平常紅一些。但他沒有害怕。他說：「我是看了，那時我看的是你的脖子，現在老爺發了慈悲，只要你的舌頭。」

翁波意西說：「你的手最好離開我的嘴遠一些，我不能保證不想咬上一口。」

小爾依說：「你恨我沒有意思。」

翁波意西嘆了口氣：「是啊，我心裡不該有這麼多的仇恨。」

這時，老爾依走到行刑柱背後，用一根帶子勒住了受刑人的脖子。翁波意西一挺身子，鼓圓了雙眼，舌頭從嘴裡吐出來。小爾依出手之快，也不輸於他的父親兼師傅。刀光一閃，那舌頭像一隻受驚的老鼠從受刑人的嘴巴和受刑人的手之間跳出來，看那樣子，它是想往天上去的，可是它只躥上去一點點，還沒有到頭頂那麼高，就往下掉了。看來，凡是血肉的東西都難與靈魂一樣高揚。那段舌頭往下掉了。人們才聽到翁波意西在叫喚。舌頭落在地上，沾滿了塵土，失去了它的靈動和鮮紅的色澤。

沒有了舌頭的叫聲含混而沒有意義。有人說，黑頭藏民是因爲一個人受到羅刹魔女誘惑而產生的種族，也許，祖先和魔女的第一個後代的第一聲叫喊就是這樣的吧：含混，而且爲眼前這樣一個混亂的而沒有秩序的世界感到憤懣。

小爾依放下刀子，拿出一小包藥，給還綁在行刑柱上的翁波意西撒上。藥很有效力，立即就把受刑人口裡的血凝住了。老爾依從背後把繩子解開，受刑人滑到地上，從口裡吐出來幾團大大的血塊。小爾依把那段舌頭送到他面前，意思是說，要不要留一份紀念。他痛苦地看著自己的舌頭，慢慢地搖搖頭。小爾依一揚手，那段舌頭就飛了出去。人群裡響起了一片驚呼聲。一隻黃狗飛躍而起，在空中就把舌頭咬在了嘴裡。但牠不像叼住了一塊肉，卻像被子彈打中了一樣尖叫一聲，然後重重摔在了地上。不要說是別的人了，就是翁波意西也呆呆地看著狗被一段舌頭所傷，哀哀地叫著，他摸摸自己的嘴巴，只從上面摸下了好多的血塊，除了他的血肉之軀一樣會被暴力輕易地傷害之外什麼也證明不了。狗吐出舌頭，哀哀地叫著，夾著尾巴跑到很遠的地方去了。人群也立即從舌頭旁邊跳開。傳教者再也支持不住，頭一歪昏過去了。

行刑結束了。

人群慢慢散開，回到他們所來的地方。

19. 書

傳教者又回到了地牢裡，他要在牢裡養好了傷才能出來。

這樣一來，麥其家又多一個奴隸了。依照土司並不複雜難解的律法，該死的人，既然不死，就只能是我們的奴隸。就這樣，翁波意西帶著他認爲是所向無敵的教法，沒有被我們接納。結果是他自己被他認爲的野蠻人用這種極不開化的方式接納了。

每天，小爾依都要去給他第一個行刑人對象治傷。

我是行刑後十多天才到牢房裡去的。

早晨，是那間牢房照得到陽光的短暫時光。我們進去時，翁波意西正望著窗口上顯出的一小方天空。聽到開門聲，他轉過身來，竟然對我笑了一下。對他來說，要做出能叫人看見的笑容是困難的，這不，一笑，傷口就把他弄痛了。

我舉舉手說：「好了，不必了。」

這是我第一次在說話時，學著父親和哥哥的樣子舉一舉手，而且，立即就發現這樣做的好處，是覺得手裡真有著無上權力，心裡十分受用。

翁波意西又對我笑了一下。

我想我喜歡這個人，我問他：「你要點什麼？」

他做了一個表情，意思是：「我這樣子還有什麼想要的？」或者還可以理解爲：「我想說話，行嗎？」

但我想給人點什麼，就一定要給。我說：「明天，我給你送書來。書，你不是愛書嗎？」他順著石壁慢慢滑到地上，垂下頭不說話了。我想他喜歡這個。我一提起書，就不知觸到了他心裡什麼地方。他就一直那樣聳著肩頭，再也沒有把頭抬起來。我們走出牢房時，小爾依對他說：「你這傢伙，少爺對你這麼好，你也不道個別，不能用嘴了，還不能用眼睛嗎？」

他還是沒有抬頭，我想他腦袋裡面肯定裝著些很沉重的東西，是以前讀過的那些書嗎？我心裡有點憐惜他了。

雖然我是土司家的少爺，找書真還費了不少事。

首先，我不能大張旗鼓找人要書，誰都知道土司家兩個少爺，聰明的那個，將來要當土司的那個才識字。至於那傻子，藏文有三十個字母，他大概只讀上三個五個。我要跛子管家找些經卷，他說，少爺跟我開什麼玩笑！去經堂裡找書也沒有什麼可能。就我所知，麥其家這麼大座官寨，除了經堂，就只有土司房裡還有一兩本書。準確地說，那不是書，而是麥其家有書記官時，記下的最早三個麥其土司的事情。前面說過，有一個書記官把不該記的事也記下來，結果，在土司的太陽下面，就再沒有這種奴才了。我知道父親把那幾本書放在自己房間的壁櫥裡。自從央宗懷了孕，他從那一陣迷狂裡清醒過來，就再沒有長住那個房間了。就是母親叫他偶爾上去一次，他也是只過一夜又回到二太太房裡。

我進去時，央宗正坐在暗影裡唱歌。我不知怎麼對這個人說話，自從她進了麥其家門，我還沒有單獨跟她說過話呢！我說：「你在唱歌嗎？」
央宗說：「我在唱歌，家鄉的歌。」
我注意到，她的口音和我們這些人不大一樣。她是南方那種軟軟的口音，發音時那點含混，叫一個北方人聽了會覺得其中大有深意。
我說：「我到南邊打過仗，聽得出來你像他們的口音。」
她問：「他們是誰？」
我說：「就是汪波土司他們。」
她說她的家鄉還要往南。我們就再也找不到話了。因爲誰也不知道該從哪裡說起。我盯著壁櫥，央宗盯著自己的一雙手。我看見我要的東西就在那裡，用一塊黃綢布包得緊緊的，在一些要緊的東西和不太要緊的東西中間。但我就是不敢大大方方走上前去，打開櫥門，把我們家早期的歷史取出來。我覺得這間屋子裡盡是灰塵的味道。我說：「呃，這房間該好好打掃一下了。」
她說：「下人們每天都來，卻沒人好好幹。」
又是沉默。
又是我望著壁櫥，她望著自己的一雙手。她突然笑了，問：「少爺是有什麼事吧！」
「我又沒有說，你怎麼知道？」
她又笑了：「有時，你看起來比所有人都聰明，可是現在，又像個十足的傻子。你母親那麼聰明，怎麼生下了你？」
我不知道自己正做的事是聰明人還是傻子幹的。我撒了一個謊，說好久以前忘了一樣東西在這裡。她說，傻子也會撒謊嗎？並要我把想要的東西指給她看。我不肯指，她就走到壁櫥前，把那包袱取出來。

她捧著那個黃綢包袱坐在我面前，正對著我吹去上面的灰塵，有好一會兒，我都睜不開眼睛了。她說：「呀，看我，差點把少爺眼睛弄瞎。」說著就湊過身子來，用舌頭把灰塵從我眼裡舔了出來，就這一下，我想我知道父親爲什麼曾經那麼愛她。她的身上有一股蘭花的幽幽香氣。我伸手去抱她，她擋住了我，說：「記住，你是我的兒子。」

我說：「我不是。」我還說：「你身上有真正的花香。」

她說：「正是這個害了我。」她說她身上是有花香，生下來就有。她把那包東西塞到我手上，說：「走吧，不要叫人看見。不要對我說那裡面不是你們家的歷史。」

走出她的房門，花香立即就消失了。走到太陽底下，她的舌頭留在我眼睛裡的奇妙感覺也消失了。

我和小爾依去牢裡送書。

翁波意西在小小的窗子下捧著腦袋。奇怪的是，一夜之間，他的頭髮就長長了許多。小爾依拿出藥包，他啊啊地叫著張開嘴，讓我們看那半截舌頭已經脫去了血痂和上面的藥粉，傷口癒合了，又是一個舌頭了，雖不完整，但終舊是一個舌頭。小爾依笑了，把藥瓶裝回袋子裡，又從裡面掏出來一小瓶蜂蜜。小爾依用一個小小的勺子，塗了點在翁波意西的舌頭上，他的臉上立即出現了愉快的表情。小爾依說：「看，他能嘗到味道了，他的傷好了。」

「他能說話嗎？」

「不，」小爾依說：「不能。」

「那就不要對我說他的舌頭已經好了。如果那就算好舌頭，我叫你父親把你的舌頭也割下來。反正行刑人不需要說話。」

小爾依低眉順眼地站在一邊，不說話了。

我把懷裡的書掏出來，放在剛剛嘗了蜂蜜味道的翁波意西面前。

他臉上嘗了蜂蜜後愉快的神情消失了，對著書本皺起了眉頭。我說：「打開它們，看看吧。」

他想對我說什麼，隨即意識到自己已經沒有用來說話的東西了，便帶著痛苦的神情搖了搖頭。

我說：「打開吧，不是你以為的那種書。」

他抬起頭來，用懷疑的眼光看著我。

「不是害了你的經書，是麥其家的歷史。」

他不可能真正不喜歡書。我的話剛說完，他的眼裡就放出了亮光，手伸向了那個包袱。我注意到他的手指很長，而且十分靈敏。包袱打開了，裡面確實是一些紙張十分粗糙的手卷。聽說，那個時候，麥其家是自己種麻，自己造紙。這種手藝的來源據說和使我們發財的鴉片來源一樣，也是漢人地方。

小爾依第二天去牢裡，回來對我說，翁波意西想從少爺手裡得到紙和筆。我給了他。

沒想到第二天，他就從牢裡帶了一封長信出來，指明要我轉交給土司本人。我不知道他在上面都寫了些什麼。我有點不安。父親說：「都說你愛到牢裡去了，就是幹這個去了？」

我沒有話說，只好傻笑。沒話可說時，傻笑是個好辦法。

父親說：「坐下吧，你這個傻子。剛剛說你不傻，你又在犯傻了。」看信的時候，土司的臉像夏天的天空一樣一時間變了好多種顏色。看完信，土司什麼也沒說。我也不敢問。一直過了好多天，他才叫人把犯人從牢裡提出來，帶到他跟前。看著翁波意西的和尚頭上新生的長髮，土司說：「你還是那個要在我的領地上傳佈新教的人嗎？」

翁波意西沒有說話，因爲他不能說話。

土司說：「我有時也想，這傢伙的教法也許是好的，可是你的教法太好了，我又怎麼統治我的領地？我們這裡跟西藏不一樣。你們那裡，穿袈裟的人統治一切，在這裡不可以。你回答我，要是你是個土司也會像我一樣？」

翁波意西笑了。舌頭短了的人，就是笑，也像是被人按著喉嚨一樣。

土司這才說：「該死，我都忘了你沒有舌頭！」他吩咐人拿來紙筆，擺在傳教者面前，正式開始了他們的交談。

土司說：「你已經是我的奴隸。」

翁波意西寫：「你有過這樣有學識的奴隸？」

土司說：「以前沒有，以前的麥其土司都沒有，但是我有了。以前的麥其土司都不夠強大，我是最強大的麥其。」

翁波意西寫：「寧可死，也不做奴隸。」

土司說：「我不要你死，一直把你關到牢裡。」

翁波意西寫：「也比做奴隸強。」

土司笑起來，說：「是個好漢。說說你信裡那些想法是從哪裡來的？」

翁波意西在信裡對土司其實只說了一個意思。就是他可以做我們家的書記官，延續起那個中斷了多年的傳統。他說，他看了我們家前幾個土司的歷史，覺得十分有意思。麥其土司想，他已經是有史以來最強大的麥其，就該給後人留下點銀子之外的什麼東西。叫他們記住自己。

土司問：「你爲什麼要記這個？」

翁波意西回答：「因爲要不了多久，這片土地上就沒有土司了。」他說，無論東邊還是西邊，到了那一天，就不會再容忍你們這些土王存在了。何況你們自己還往乾柴上投了一把火。

土地問他那把火是什麼？

他寫：「罌粟。」

土司說：「那又何必，所有的東西都是命定的，種了罌粟，也不過是使要來的東西來得快一點罷了。」

最後，麥其土司同意了他的要求，在麥其家的書記官傳統中斷了好多代以後，又恢復了。爲了書記官的地位，兩個人又爭執了半天，最後，土司說，你要不做我的奴隸，我就成全你，叫你死掉好了。沒有舌頭的翁波意西放下筆，同意了。

土司叫他給主子磕頭。他寫：「如果只是這一次的話。」

土司說：「每年這個時候一次。」

沒有舌頭的人表現出了他的確具有編寫歷史的人應有的長遠目光，他在紙上寫道：「你死以後呢？」

土司笑了：「我不知道死前殺掉你嗎？」

翁波意西把那句話在紙上又寫了遍：「要是你死了呢？」

土司指著哥哥對他說：「你該問他，那時候這個人才是你的主子。」

哥哥說：「真到那個時候，就免了。」

沒有舌頭的人又走到我面前。我知道他要問我同樣的問題，要我做出承諾，如果我做了土司要不要磕頭。我說：「你不要問我，人人都說我是個傻子，我不會做土司。」

但他還是固執地站在我面前，哥哥說：「真是個傻子，你答應他不就完了。」

我說：「好吧，要是哪一天我做了土司，就賞給你一個自由民身分。」這句話又讓我哥哥受不了了。我說：「反正是假的，說說又有什麼關係。」

翁波意西這才在我父親面前跪下把頭磕了。

土司對他的新奴隸下了第一個命令：「今天的事，你把它記下來吧！」

20. 我該害怕什麼

那些年，麥其家發動了好幾次戰爭，保衛罌粟的獨家種植權。

每一次戰爭，麥其新式武器都所向披靡。但我們終究還是沒有辦法不讓別的土司得到使我們富裕和強大的東西。沒過多少年頭，罌粟花便火一樣燃遍了所有土司的領地。面對此情此景，不光是我，就是父親和哥哥也覺得當初發動那麼多戰爭，實在沒有必要。

如果問那些土司是怎麼得到罌粟種子的。

他們的回答肯定的，風吹來的，鳥的翅膀帶來的。

這時，和麥其土司來往的漢人已不是黃特派員，而是聯防軍的一個姜團長。

黃特派員反對聯防軍幫著中央軍打紅色漢人而被明升暗降，成了有職無權的省參議員。黃特派員給麥其家帶來了好運氣，聽說他栽了跟頭，大家都為他嘆息一聲。姜的個子不算高大，但壯實，腰裡一左一右別著兩支手槍，喜歡肥羊和好酒。麥其土司問他：「你寫詩嗎？」

姜的嗓門很大：「我寫他媽的狗屁詩，我吃多了沒事幹，要冒他媽的狗屁酸水！」

父親說：「好！」

姜意猶未盡，他說：「我要是寫詩，你們就看不起我好了！我就不是土司的朋友！」

父親和哥哥當時就大叫：「姜是我們的朋友！我們是姜的朋友！」

比起黃特派員來，父親和哥哥更喜歡和這人打交道。卻不知道這人不光是黃特派員的對頭，也是我們麥其家的對頭。黃主張只使一個土司強大，來控制別的土司。姜的意見則是讓所有土司都有那個東西，叫他們都得到銀子和機關槍，自相殘殺。姜一來，罌粟花就火一樣在別的土司領地上燃開了。當年，鴉片價錢就下跌了一半還多。鴉片價越往下跌，土司們越要用更大面積的土地種植罌粟。這樣過了兩三年時間，秋天收穫後，土司們都發現，來年的糧食要不夠吃了。土司領地上就要出現幾十年都沒有過的事，要餓死自己的老百姓了。麥其家財大氣粗，用不值錢的鴉片全部從漢人地方換回了糧食。漢人地方紅色軍隊和白色軍隊正在打仗，糧食並不便宜，運到我們的領地就更加昂貴了。

開春時，麥其家派人四處探聽消息，看別人的土司往地裡種什麼。

春天先到南方，那裡的土司仍然種下了大片罌粟。麥其土司笑了，但還是不能決定這年種什麼，多種糧食還是多種罌粟，或都只種糧食還是只種罌粟？要做出這個決定可不輕鬆。麥其家的位置是在一群土司的中央，南方春天比我們來得早，但北方的春天比我們的晚，等待他們下種的消息使人備受煎熬。依我的感覺，這些日子，比我們發動任何一次罌粟花戰爭還要緊張。打仗時，我們並不懷疑能夠取得勝利。眼下的情形就不同了。要是北方土司還不開播，我們就會誤了農時，那樣，小麥收割時就要遇到雨水，玉米成熟時，又要遇到霜凍。那就意味著沒有收成，比跟著別的土司種一樣的東西還要糟糕。

我們的北方鄰居也不傻，也在等看看麥其土司往地裡撒什麼種子。我們實在不能再等下去了。哥哥主張還是多種罌粟，父親聽了，不置可否，而把詢問的目光轉向了我，不知從什麼時候開始，有什麼事情，父親都要看看我有什麼意見了。我悄悄問身邊的塔娜：「你說種什麼？」

她也說：「罌粟。」

哥哥聽見了，說：「你還沒傻到什麼事情都問侍女的程度吧！」

我說：「那你說的爲什麼跟她說的一樣。」

不知從哪一天起，哥哥不像從前那樣愛我了。這會兒，他就咬著牙根說：「傻瓜，是你的下賤女人學著我說的。」

他的話真把我激怒了，我大聲對父親說：「糧食，全部種糧食。」我要叫他知道，並不是天下所有人都要學著他的樣子說話。

想不到父親居然說：「我也是這樣想的。」

我喜不自勝，嘿嘿地笑了。

哥哥從房裡衝出去了。

做出了種糧食的決定，父親仍然沒有感到輕鬆。如果要我這樣當土司，我會倒在地上大哭一場。他擔心北方土司們也學我們的樣子，不種一棵罌粟，來年鴉片又値了錢，那樣，南方的土司，包括汪波土司在內，可就要笑歪嘴巴了。父親更擔心的是，那樣的一來，他的繼承人就要看輕他了。笑他居然聽從了傻子的胡言亂語。他走到太太煙榻旁，對她說：「你兒子叫我操心了。」

太太說：「他是對的，就像當初我叫你接受黃特派員的種子一樣是對的。」母親的侍女告訴我，太太對土司說：「你的大兒子才會叫你操心。」

我走到父親身邊，說：「沒有關係。北方老不下種不是他們聰明，而是他們那裡天氣不好，冬天剛剛過去又回來了一次。」

這事是書記官翁波意西告訴我的。

父親沒有正面回答我，而是說：「我看你的朋友對你很盡心。我們雖然是土司，是這條河流兩岸土地上的王，但我們還是要很多朋友，各種各樣的朋友。我看到了你有各種各樣的朋友。」

「哥哥說那些人都是奴才，他笑我。」

父親告訴我，土司跟土司永遠不會成爲朋友。所以，有幾個忠心耿耿的奴才朋友不是壞事。這是麥其土司第一次鄭重其事對傻瓜兒子講話。第一次把他的手放在我肩上，而不是頭上。

就在這天下午，傳來確實的消息。

嚴重的霜凍使北方的幾個土司沒辦法按時種下糧食，他們就只好改種生長期較短的罌粟了。消息傳來，麥其一家上上下下都十分高興。只有兩個人例外。對三太太央宗來說，麥其家發生什麼事情好像都跟她沒什麼關係。她的存在好像僅僅就爲了隔三差五和土司睡上一覺。對此，大家都已經習以爲常了。反常的是哥哥。他總是在爲麥其家取得勝利而努力，但是，這一天，北方傳來對我們有利的消息時，他卻一點也不高興。因爲這件事證明了在需要計謀，需要動腦子時，他還不如傻子弟弟。這樣的事情不止一次出現了。所以，他才在傳來了好消息時黯然神傷。有一天，我專門對他說，那次選擇糧食並不是因爲塔娜對我說了什麼。我說：「哥哥你說的對，那個女人是很蠢的，她要我說罌粟，我知道她蠢，所以我說了糧食。」這句叫哥哥加倍生氣的話不是我有意要說的，不是，這恰恰是我傻子腦袋發熱的結果。

我開始管不住自己了。

北方傳來的好消息使哥哥生氣。在過去，我會想，不過是一個聰明人偶然的錯誤罷了。想完了，仍然安心當我的傻子。而這天不行。就在我走向哥哥，我親愛的兄長時，心裡隱隱知道這樣做不對，但我還是說：「你不要難過，麥其家的好事來了你卻要難過，人家會說你不是麥其家的人。」

哥哥抽了我一個耳光，我向後倒在了地上。也就是這一天，我發現自己身上的痛覺並不發達，乾脆就不知道什麼是痛。過去，我也有痛的時候，比如，自己摔在地上了，再比如，被以前的卓瑪和現在的塔娜掐了一把。但卻沒有人打過我。我是說從來沒有人懷著仇恨打過我，我是說人家帶著仇恨竟然打不痛我。

這一天，我到處找人，要證實一下，人家懷著仇恨就打不痛我。

我找到父親。

他說：「爲什麼？我爲什麼要打你？再說，我怎麼會恨自己的兒子？」

找了一天，也沒有人肯打我。這樣，我在剛剛證明了自己有時也很聰明時重新成了眾人的笑柄。我樓上樓下地找人打我。父親不打，母親也一樣。書記官翁波意西笑著對我搖頭，在紙上寫下一句話。我叫門巴喇嘛念給我聽。紙上是這樣寫的：「我失去了舌頭，可不想再失去雙手。再說，我也不是你家的行刑人。」他的話閃電一樣照亮了我的腦子。

那天，我命令加上懇求，小爾依已經舉起鞭子了。可是老行刑人衝了上來，對他兒子舉起了鞭子。我還以爲慘叫一聲的是我，卻看到小爾依抱著腦袋滾在地上了。這時，幾個家丁衝了進來，他們是土司派來跟在身後保護我的，要看看有哪個下人敢犯上作亂，在太歲頭上動土。索郎澤郎對我向來言聽計從，但今天就是他也沒有那個膽量。無奈，我只好再去求哥哥，把鞭子塞在他手上。哥哥拿著鞭子，氣得渾身顫抖。我說：「你就狠狠的打，解解你的心頭的氣吧！」我還說：「母親說了，我將來還要在你手下吃飯。」

大少爺把鞭子扔在地上，抓著自己的頭髮大叫：「從我這裡滾開，你這個裝傻的雜種！」

晚上，好奇心沒有得到滿足感的我，在果園裡散步。

果園裡有一眼甜水泉，官寨裡的水都是從這裡由女奴們背去的。下人們背水都是在晚上，一背就背到天亮。在這裡，我遇到了前侍女桑吉卓瑪。她用十分恭敬的口吻向少爺請安。我叫她從背上放下水桶，坐在我身邊。她的手不再是以前那雙帶著香氣，軟軟的，光滑的手了。她低聲哭了起來，我想抱抱她。可是她說：「我已經不配了，我會把少爺的身子弄髒。」

我問她：「生兒子了嗎？」

桑吉卓瑪又嚶嚶地哭了。她的孩子生下來不久就病死了。她哭著，身上散發出泔水刺鼻的餿味，在薄薄的月光下，在淡淡的花香裡。

就在這時，鐵匠從樹叢裡走了出來。

女人驚慌地問他怎麼來了。他說，這一桶水也背得太久了，不放心，來看一看。他轉過身來把臉對著我。我知道這人恨我。我把鞭子塞到了銀匠手上。白天，我到處找人打我，眾人都說傻子現在不止是傻，還發瘋了。銀匠就在院子裡幹活，當然也知道這事情。他問我：「少爺真是像他們說的那樣瘋了嗎？」

我說：「你看老子像瘋了？」

銀匠冷冷一笑，跪下，磕了個頭，鞭子就帶著風聲落到我身上了。我知道鞭子落在身上的部位，但感覺不到痛，這個人是懷著仇恨的。而他的妻子，過去只輕輕掐我一下，我都是痛的。飛舞的鞭梢把好多蘋果花都碰掉了。在薄薄的月光下，淡淡的花香裡，我笑了。銀匠吁吁地喘著氣，手裡的鞭子落在了地上。這下，他們兩口子都在我面前跪下了。

銀匠叫眼前的奇蹟征服了，他說：「以前，我的女人是你身邊的人，現在，我也是你的人，你的牲口了。」

我說：「你們去，好好過你們的日子吧。」

他們走了。看著月亮在薄雲裡移動，心裡空落落的很不好受。這不怪月亮，而要怪哥哥。對一個少爺來說，我就沒有什麼好害怕的，不怕挨餓，不怕受凍，更不怕……總而言之，就是沒有平常人的種種害怕。如果說我還有一種害怕，那就是痛楚。從小到大，從來沒人對我動過手。即使幹了很不好的事，他們也說，可憐的傻子，他知道什麼。但害怕總是與生俱來就在那裡的。今天，這種害怕一下就沒有了，無影無蹤了。我對自己生出迷茫的感覺。

這種感覺簡直要把我變傻了。

我問侍女塔娜：「我該害怕什麼？」

她用更加迷茫的眼光望著我：「什麼都不害怕不幸福嗎？」

但我固執地問她：「我該害怕什麼？」

她咯咯地笑起來，說：「少爺又犯傻了。」

我想這句話的意思是說，少爺有些時候並不傻，只是在「犯」了的時候才傻。於是，就和她幹那件事情。幹事時，我把她想成是一隻鳥，帶著我越飛越高，我又把她想成一匹馬，帶著我直到天邊。然後，她屁股那裡的味道叫人昏昏欲睡。於是，我就開始做夢了。

這並不是說，以前我的腦子在睡著時候就沒有活動過。不是這個意思。如果是這樣的話，那我就是自己在打自己的嘴巴了。我是說，以前從來沒有好好做過夢，沒有做過一個完整的夢。從現在起，我開始做完整的夢了。

這一向，我常做的夢是往下掉。在夢裡往下掉可真是妙不可言。你就那樣掉啊，掉啊，一直往下，沒完沒了，到最後就飛起來了，因爲虛空裡有風嘛！平常我也不是沒有從高處掉下來過，小時候從床上，大了，從馬背上。但那絕對不能跟夢裡相比。不在夢裡時，剛剛開始往下掉，什麼都來不及想，人就已經在地上了。而且，還震得腦子嗡嗡響，自己咬了自己的舌頭。夢裡就大不一樣了。往下掉時，第一個念頭當然還是想，我掉下去了。可是這話在嘴裡念了好多遍之後，都還沒有落到地上。這時，便感到自己在有風的虛空裡飄起來了。不好的地方是，你只是橫著往下掉，想要直起身來，卻怎麼也辦不到。這是沒有辦法的事情，沒有辦法就是沒有辦法。有時，好不容易轉過身，就看見大地呼嘯著撲面而來。我想，人其實害怕真實的東西。不然，我就不會大叫著從夢裡醒來。是女人的手使我安靜下來。我有點高興，因爲我至少有點可以害怕的東西了。這樣活著才有了一點意思。你知道我害怕什麼嗎？

我害怕從夢裡，那個明明是下墜，卻又非常像是在飛翔的夢裡醒來。如果一個人非得怕什麼才算是活著，我就怕這個。

21. 聰明人與傻瓜

這年秋天，小麥豐收，接著晚秋的玉米也豐收了。

在此之前，大少爺總是說：「看著吧，種下得那麼遲，不等玉米成熟，霜凍就要來了。」這也正是土司和我們大家都擔心的，因爲等待北方土司們的消息，下種足足晚了十幾天。

我對父親說，哥哥的話不會算數。

父親說：「這傢伙，像是在詛咒自己的家族。」

那些年，好運總在麥其土司這邊。今年的天氣一入秋就比往年暖和。霜凍沒有在通常的日子出現。後來，玉米都熟透了，霜還不下。老百姓都說，該下一點霜了。成熟的玉米經一點霜，吃起來會有一點甜味。對於沒有什麼菜佐飯的百姓們，玉米裡有沒有這麼一點甜味比較重要，有那一點甘甜，他們會覺得生活還是美好的，土司還是値得擁戴的。父親叫門巴喇嘛作法下霜。喇嘛說，山上還有一點沒有成熟。果然，高處幾個寨子的玉米一成熟，當夜就是一個星光燦爛的大晴天，天快亮時就下霜了。一下就是冬天那種霜，早上起來，大地在腳下變硬了，霜花在腳下嚓嚓作響。麥其家本來就有一些糧食儲備，現在，更是多得都快沒地方裝了。交糧隊伍不時出現在大路上。院子裡，跛子管家手拿帳本，指揮人過斗。下人們一陣歡呼，原來是滿得不能再滿的一個倉房炸開了。金燦燦的玉米瀑布一樣嘩嘩地瀉到地上。

哥哥說：「這麼多的玉米，要把官寨撐破的。」不知道爲什麼，哥哥越來越愛用這種腔調說話。以前，我們以爲是因爲姑娘們喜歡這種滿不在乎的腔調。

父親問：「也許，兩個兒子腦袋裡有什麼新鮮辦法？」

哥哥哼了一聲。

土司對我說：「你不要想到自己是傻子，想到別人說你是傻子就什麼都不說。」

於是，我提出了那個最驚人的而又最簡單的建議：免除百姓們一年貢賦。話一出口，我看到書記官的眼睛亮了一下。母親很擔心地看著我。父親有好一陣沒有說話。我的心都快從嗓子裡跳出來了。

父親玩弄著手上的珊瑚戒指，說：「你不想麥其家更加強大嗎？」

我說：「對一個土司來說，這已經夠了。土司就是土司，土司又不能成爲國王。」

書記官當時就把我這句話記下了。因此，我知道自己這句話沒有說錯。麥其家強大了，憑藉武力向別的土司發動過幾次進攻。如果這個過程不停頓地進行下去。有一天，天下就只有一個土司了。拉薩會看到，南京也會看到。而這兩個方向肯定都沒人樂意看到這樣的結果。所以，麥其家只要強大到現在這樣，別的土司恨著我們而又拿我們沒有一點辦法就夠了。在我們家裡，只有哥哥願意不斷發動戰爭。只有戰爭才能顯示出他不愧爲麥其土司的繼承人。但他應該明白歷史上任何一個土司都不是靠戰爭來取得最終的地位。雖然每一個土司都沿用了國王這個稱謂，卻沒有哪一個認真以爲自己真正是個國王。在這些雪山下面的谷地裡，你不能太弱小，不然，你的左鄰右舍就會輪番來咬你，這個一口，那個再來一口，最後你就只剩下一個骨頭架子了。我們有一句諺語說：那樣的話，你想喝水都找不到嘴巴了。而我哥哥好像從來不想這些。他說：「趁那些土司還沒有強大，把他們吃掉就完事了。」

父親說：「吃下去容易，就怕吃下去屙不出來，那就什麼都完了。」

歷史上有過想把鄰居都吃掉的土司，結果漢人皇帝派大軍進剿，弄得自己連做原來封地上的土司都不行了。因爲沒有很好的道路通向漢地，所以，總有土司會忘記自己的土司封號是從哪裡來的。腦子一熱，就忘記了。過去有皇帝，現在有總統的漢地，並不只是出產我們所喜歡的茶、瓷和綢緞。哥哥是去過漢地的，但他好像連我們這裡是一個軍長的防區都不知道，連使我們強大的槍炮是從哪裡來的都記不住。

好在父親對自己置身的世界相當了解。

叫他難以理解的是兩個兒子。聰明的兒子喜歡戰爭，喜歡女人，對權力有強烈興趣，但在重大的事情上沒有足夠的判斷力。而有時他那酒後造成的傻瓜兒子，卻又顯得比任何人都要聰明。在別的土司還沒有爲後繼者發愁時，他臉上就出現了愁雲。老百姓總是說當土司好，我看他們並不知道土司的苦處。在我看來做土司的家人而不是土司那才叫好。

要是你還是個傻子，那就更好了。

比如我吧，有時也對一些事發表看法。錯了就等於沒有說過，傻子嘛。對了，大家都對我另眼相看。不過，直到現在，我好像還沒有在大地方錯過。弄得母親都對我說：「兒子，我不該抽那麼多大煙，我要給你出出點子。」

要是那樣的話，我倒寧願她仍舊去吸大煙。反正我們家有的是這種看起來像牛屎一樣的東西。可是我想這樣會傷了她的心。母親總是喜歡說，你傷了我的心。父親說，你的心又不是捏在別人手裡，想傷就可以傷嗎？哥哥說女人就愛講這樣的話。他以為自己跟好多姑娘睡過，就十分了解女人了。後來，他去了一兩次漢人地方，又說，漢人都愛這樣說。好像他對漢人又有了十分的了解。

土司免除了百姓一年賦稅，老百姓高興了，湊了錢請了一個戲班，在官寨前廣場上熱鬧了四五天。大少爺是個多才多藝的人，混在戲班裡上台大過其戲癮。

又一件很重大的事情在他不在時決定了。

土司說：愛看戲的人看戲去吧。

父親還說，戲叫老百姓他們自己看，我有事情要跟你們商量。這個你們其實是母親、我，和跛子管家。外面廣場上鑼鼓喧天，土司說出了他的決定，大家都說是個好主意。而大少爺沒有聽到土司這個好主意。

戲終於演完了。

父親叫哥哥和南邊邊界的頭人一起出發。就是叫他去執行他演戲時做出的那個決定。土司叫他在邊界上選靠近大路的地方修座大房子，前面要有水，有一塊平地，附近有放馬的地方。哥哥問房子修起來幹什麼。土司說，要是現在想不出來，到把房子修成後就該想出來了。

「一邊幹一邊想吧！」土司說，「不然，你怎麼守住這麼大一份基業。」

當哥哥回來覆命時，人都瘦了一圈。他告訴土司自己如何盡職，房子又修得多麼宏偉漂亮。土司打斷了他，說：「你說的這些我都知道，我知道你地址選得很好，知道你沒有老去找姑娘。這些我都很滿意，但我只要你告訴我，想出那個問題沒有？」

他的回答叫我都在心裡大叫了一聲：大少爺呀！

他說：「我知道政府不會讓我們去吃掉別的土司，打仗的辦法不行，我們要跟他們建立友誼，那是麥其家在邊界上的行宮，好請土司們一起來消夏打獵。」

土司也生怕他聰明兒子回答錯了，但沒有辦法，他確實錯了。

土司只好說：「現在，你到北方去，再修一座房子，再想一想還有沒有別的用處。」

哥哥在房裡吹笛子吹到半夜，第二天早上叫吃飯時，他已經出發往北方去了。我可憐的哥哥。本來，我想把房子的用途告訴他，但他走了。在我們家裡，應該是我去愛好他那些愛好。他多看看土司怎麼做事，怎麼說話。在土司時代，從來沒有人把統治術當成一門課程來傳授。雖然這門課程是一門艱深的課程。除非你在這方面有特別天賦，才用不著用心去學習。哥哥以爲自己是那種人，其實他不是。打仗是一回事，對於女人有特別魅力是一回事，當一個土司，當好一個土司又是另一回事。

又到哥哥該回來的時候了，父親早就在盼著了。他天天在騎樓的平台上望著北方的大路。冬天的大路給太陽照得明晃晃的，兩旁是落盡了葉子的白樺林。父親的心境一定也是那樣空空盪盪的吧！這一天，父親更是很早就起來了，因爲頭天門巴喇嘛卜了一卦，說北方的大路上有客來到。

土司說：「那是我兒子要回來了。」

門巴喇嘛說：「是很親的人，但好像不是大少爺。」

22. 英國夫人

我的叔叔和姊姊回來了！

叔叔從印度加爾各答。姊姊從英國。

姊姊先到了叔叔的印度，再和他經西藏回到了家鄉。他們下馬，上樓，洗去塵土，吃了東西，我都沒有輪上跟他們說一句話。只是清清楚楚地看見了他們。叔叔那張臉叫我喜歡。他的臉有點像父親，但更圓，更有肉，更多笑意。照我的理解，他不是什麼都要贏的那種人。不想凡事都贏的人是聰明人，說老實話，雖然我自己傻，但喜歡聰明人。說說我認為的聰明人有哪些吧！他們不太多，數起來連一隻手上的指頭都用不完。他們是麥其土司、黃特派員、沒有舌頭的書記官，再就是這個叔叔了。看，才用了四根指頭，還剩下一根，無論如何都扳不下去了。我只好讓那根小指頭豎在那裡，顯出很固執的樣子。

叔叔對我說話了，他說：「小傢伙玩指頭呢！」他招招手，叫我過去，把一個寶石戒指套在了那根豎著的手指上。

母親說：「禮重了，叔叔的禮重了，這孩子會把寶物當成石頭扔掉的。」

叔叔笑笑：「寶石也是石頭，扔掉就算了。」他又俯下頭問我：「你不會把我的禮物扔掉吧？」

「我不知道，他們都說我是個傻子。」

「我怎麼看不出來？」

父親說：「還沒到時候嘛！」

這時，姊姊也對我說話了，她說：「你過來。」

我沒有馬上聽懂她的話，想是又到犯傻的時候了。其實，這不是我犯傻，而是她說自己母語時，舌頭轉不圓了。她完全知道那句話該怎麼說，可是舌頭就是轉不過來。她含糊不清地說：「你過來。」我沒有聽清她要說什麼。但看到她對我伸出手來，是叫我到她那邊去的意思。在此之前，她給我們寫的信口吻都十分親密。就比如說我吧，她在信裡總是說：「我沒見過面的弟弟怎麼樣，他可愛吧！」再就是說：「不要騙我說他是個傻子，當然，如果是也沒有什麼關係，英國的精神大夫會治好他。」母親說，小姐是好人，她要接你去英國，現在，這個好人姊姊回來了，說了句含糊不清的話，然後對我伸出手。我走到姊姊面前，她卻不像叔叔一樣拉住我的手，而是用手和冷冰冰的眼光把我擋住了。屋子裡很暖和，可是她還戴著白白的手套。還是叔叔懂她的意思，叫我用嘴碰了下她的手背。姊姊笑笑，從皮夾裡拿出些花花綠綠的票子，理開成一個扇面，遞到我手上。叔叔教我說：「謝謝夫人。」

我問：「夫人是英國話裡姊姊的意思嗎？」

「夫人就是夫人。」

姊姊已經嫁給英國一個什麼爵爺了。所以，她不是我姊姊，而是太太，是夫人了。

夫人賞我嶄新的外國票子。都是她從英國回來，一路經過的那些國家的票子。我想，她怎麼不給我一個兩個金幣，不是說英國那裡有很漂亮的金幣嗎？我想，她其實不喜歡我。我也不喜歡她。過去我想見到她。那是因爲常常看到她的照片。看照片時，周圍的氣味是從麥其家的領地，麥其家的官寨的院子裡升起來的。但現在，她坐在那裡，身上是完全不同的味道。我們常常說，漢人身上沒有什麼氣味，如果有，也只是水的味道，這就等於說還是沒有味道。英國來的人就有味道了，其中跟我們相像的是羊的味道。身上有這種味道而不掩飾的是野蠻人，比如我們。有這種味道而要用別的味道鎮壓的就是文明人，比如英國人，比如從英國回來的姊姊。她把票子給了我，又用嘴碰碰我的額頭，一種混合氣味從她身上十分強烈地散發出來。弄得我都差點嘔吐了。看看那個英國把我們的女人變成什麼樣子了。

她送給父親一頂呢絨帽子，高高的硬硬的，像是一只倒扣著的水桶，母親得到了一些光亮、多彩的玻璃珠子。土司太太知道這種東西一錢不值。她就是脫下手上一個最小的戒指，也可以換到成百串這種珠子。

叔叔後來才把禮品送到各人房間裡。除了戴到我手上的戒指，他給我的正式禮物是一把鑲著寶石的印度寶劍。他說：「你要原諒我，所有人裡，你得到最少的禮物。小少爺的命運都是這樣的。」他還問我，「孩子，喜歡自己有個叔叔嗎？」

我說：「我不喜歡姊姊。」

他問我：「哥哥呢。」

我說：「他以前喜歡我，現在不了。」

他們並不是專門回來看我們的。

他們回來時，漢地的國民政府和共產黨都跟日本人打起來了。那時的中央政府已不在我們祖先去過的北京，而在我們不熟悉的南京。班禪活佛也去了那裡，所以，我們認為國民政府是好政府。藏族人的偉大活佛不會去沒有功德的地方。我的叔叔做從印度到西藏的生意時常到日喀則，偉大班禪的札什倫布寺就在那裡。因爲這個原因，他的生意也跟著做到了南京。叔叔還捐了一架飛機給國民政府，在天上和日本人打仗。後來，國民政府失去南京。叔叔出錢的飛機和一個俄國飛行員落到了一條天下最大的河裡。叔叔是這麼說的：「我的飛機和蘇聯小伙子一起落在天下最大的河裡了。」班禪活佛想回西藏，叔叔帶上資財前去迎接，順便回來看看家鄉。我看得出來，這時，就是父親讓位給他，他也不會當這個麥其土司了。當然，他對家裡的事還是發表了一些看法。

他說，第一，從爭鬥的漩渦裡退出來，不要再種鴉片了；

第二，他說，麥其家已經前所未有的強大，不要顯得過於強大。他說，現在跟以前不一樣了。土司不會再存在多久了。總有一天，西部雪城要倒向英國，東邊的土司們嘛，自然要歸順於漢人的國家；

第三，在邊境上建立市場是再好沒有的想法，他說，將來的麥其要是還能存在，說不定就要靠邊境貿易來獲得財富了；

第四，他帶侄女回來是要一份嫁妝。

父親說：「我把她給你了，你沒有給她一份嫁妝嗎？」

叔叔說：「要嫁妝時，她巴不得再有兩三個有錢的老子。」

父親說：「看你把她教成什麼樣子。」

叔叔笑笑，沒有話說。

姊姊的表現叫一家人都不喜歡。她要住在自己原來的房間，管家告訴她，這房間天天有人打掃，跟她沒有離開時一模一樣。但她卻皺著鼻子，裡裡外外噴了好多香水。

她還對父親說：「叫人給我搬台收音機來。」

父親哼了一聲，還是叫人搬了台收音機給她。叔叔都沒想到她居然從那麼遠的地方帶了電池來。不一會兒，她的房間裡就傳出怪裡怪氣的刺耳的聲音。她把收音機旋鈕擰來擰去，都是這種聲音。叔叔說：「你省省吧，從來沒有電台向這個地方發射節目。」

「回到倫敦我就沒有新鮮話題了。」她說，「我怎麼出生在這個野蠻地方！」

土司憤怒了，對女兒喊道：「你不是回來要嫁妝的嗎？拿了嫁妝滾回你的英國去吧！」

哥哥聞訊從北方邊境趕回來了。說來奇怪，全家上下，只有他很欣賞姊姊，在我們面前做出這個英國夫人才是他真正親人的樣子。可是親愛的姊姊對他說：「聽說你總去勾引那些村姑，一個貴族那樣做很不體面。你該和土司們的女兒多多往來。」哥哥聽了，哭笑不得。好像她不知土司的女兒們都在好多天驛馬的路程之外。並不是有月亮的晚上一想起，抬腿就可以走到的。

他恨恨地對我說：「麥其家盡是些奇怪的人！」

我想附和他的意見，但想到他把我也包括在內就算了。

姊姊回來一趟，父親給了她整整兩馱銀子，還有一些寶石。她不放心放在別的地方，叫人全部從地下倉房裡搬到了四樓她的房間裡。

父親問叔叔說：「怎麼，她在英國的日子不好過嗎？」

叔叔說：「她的日子好得你們不能想像。」叔叔說：「她知道自己不會再回來了，所以，才要這麼多銀子，她就是想一輩子過你們想都不能想的好日子才那麼看重那些東西。」

父親對母親說：「天哪，我不喜歡她，但她小時候還是討人喜歡的，我還是再給她些金子吧！」
母親說：「反正麥其土司種了幾年鴉片，覺得自己比天下所有人都富有了。」
土司說：「她實在長得很像她母親。」
土司太太說：「金子到手後，她最好早點離開。」
叔叔說：「你們不要心痛，我給她的東西比你們給她的東西多得多。」
姊姊得到了金子後，就說：「我想上路了，我想我該回去了。」
土司太太說：「夫人不再住些時候？」
姊姊說：「不，男人離開女人久了，會有變故的，即使他是一個英國紳士。」
他們離開前，姊姊和哥哥出去散步，我和叔叔出去散步。瞧，我們也暫時有了一點洋人的習慣。
哥哥有些舉動越來越好笑了。大家都不喜歡的人，他偏偏要做出十分喜歡的樣子。他們兩個在一起時，說些什麼我不知道，也不想知道。但我和叔叔散步卻十分愉快，他對我說：「我會想你的。」
我又一次問他：「我真是個傻子嗎？」
叔叔看了我半晌，說：「你是個很特別的孩子。」
「特別？」
「就是說，你和好多人很不相同。」
「我不喜歡她。」
叔叔說：「不要為這事費腦子了，她不會再回來了。」
「你也不回來了嗎？」

叔叔說：「我會變成一個英國人嗎？我會變成一個印度人嗎？不，我要回來，至少是死的時候，我想在這片天空下閤上雙眼。」

第二天，他們就上路走了。叔叔不斷回頭。姊姊換了一身英國人的白衣服，帽子前面還垂下一片黑紗。告別的時候，她也沒有把那片黑紗撩起來一下。

姊姊就要永遠離開了我們，離開家鄉了。倒是父親還在擔心女兒的未來，他問叔叔：「銀子到了英國那邊，也是値錢的東西，也是錢嗎？」

叔叔說：「是錢，到了英國也是錢。」

姊姊一直在跟叔叔談論一路將經過些什麼樣的地方。我聽到她一次又一次問：「我們真會坐中國人的轎子嗎？」

叔叔說：「要是你願意就坐。」

「我不相信黑衣服的漢人會把一座小房子抬在肩頭上走路。」

哥哥說：「那是真的，我坐過。」

叔叔說：「我擔心的不是這個，我擔心路上有土匪。」

姊姊說：「聽說中國人害怕英國人，我有英國護照。」

說話時，他們已經到了山口上，我們在這裡停下來，目送他們下山。姊姊連頭都沒回一下，叔叔不斷回頭對我們揮動帽子。

姊姊他們走後，哥哥又開始對我好了。他說，等他當了土司，要常常送姑娘給我。

我傻乎乎地笑了。

他拍拍我的腦袋：「只要你聽我的話。看看你那個塔娜，沒有屁股，也沒有胸脯。我要送給你大奶子大屁股的女人？」

「等你當上土司再說吧！」

「那樣的女人才是女人，我要送給你真正的女人。」

「等你真當上土司了吧！」

「我要叫你嘗嘗真正女人的味道。」

我不耐煩了，說：「我親愛的哥哥，要是你能當上土司的話。」

他的臉立即變了顏色，不再往下說了，但我卻問：「你要送給我幾個女人？」

「你滾開，你不是傻子。」

「你不能說我不是傻子。」

這時，土司出現了，他問兩個兒子在爭什麼。我說：「哥哥說，我不是傻子。」

土司說：「天哪，你不是傻子，還有誰是傻子？」

未來的土司繼承人說：「那個漢族女人教他裝傻。」

土司嘆息一聲，低聲說：「有一個傻子弟弟還不夠，他哥哥也快變成傻子了嗎？」

哥哥低下頭，急匆匆走開了。土司臉上漫起了烏雲，還是我說了許多傻話，才使他臉上又有了一點笑容。他說：「我倒寧願你不是傻子，但你確實是個傻子嘛！」

父親伸出手來，撫摸我腦袋。我心裡很深的地方，很厲害地動了一下。那個很深很黑暗的地方，給一束光照耀一下，等我想仔細看看裡面的情景時，那光就熄滅了。

第六章

23. 堡壘

從麥其土司的領地中心，有七八條道路通向別的土司領地。也就是說，周圍的土司們能從那七八條道路來到麥其官寨。

春天剛剛來臨，山口的積雪還沒有完全融化，就像當年尋找罌粟種子一樣，每條道路上又都出現了前來尋找糧食的人。土司們帶著銀子，帶著大量的鴉片，想用這些東西來換麥其家的糧食。

父親問我和哥哥給不給他們糧食。

哥哥急不可耐地開口了：「叫他們出雙倍價錢！」

父親看我一眼，我不想說話，母親掐我一把，對著我的耳朵悄聲說：「不是雙倍，而是雙倍的雙倍。」

我沒有說雙倍的雙倍，而是說：「太太掐我了。」

哥哥看了母親一眼，父親看了我一眼，他們兩個的眼光都十分銳利。我是無所謂的。母親把臉轉到別的方向。

大少爺想對土司太太說點什麼，但他還沒有想好，土司就開口了：「雙倍？你說雙倍？就是雙倍的雙倍還不等於是白送給這些人了？我要等到他們願意出十倍的價錢。這，就是他們爭著搶著要種罌粟的代價。」

哥哥又錯了，一臉窘迫憤怒的表情。他把已經低下的頭猛然揚起，說：「十倍？那可能嗎？那不可能！糧食總歸是糧食，而不是金子，也不是銀子！」

土司摸摸掛在胸前的花白鬍鬚，把有些泛黃的梢子，托在手中，看了幾眼，嘆口氣說：「雙倍還是十倍，對我都沒什麼意義。看吧，我老了。我只想使我的繼任者更加強大。」他沉吟了半晌，做出了一個重大的決定：「好了，不說這個了，現在，我要你出發到邊境上去，你的兄弟也出發到邊境上去。你們都要多帶些兵馬。」土司強調說，他是爲了麥其土司的將來做出這個決定的。

父親把臉轉向傻子兒子，問：「你知道叫你們兄弟去幹什麼？」

我說：「叫我帶兵。」

父親提高了聲音：「我是問，叫你帶兵去幹什麼？」

我想了想，說：「和哥哥比賽。」

土司對太太說：「給你兒子一個耳光，他把我的意思全部弄反了！」

土司太太就給了我一個耳光，不是象徵性的，而是重重的一個耳光。這樣的問題，哥哥完全可以回答，但土司偏偏不去問他。而我總不能每次回答都像個傻子吧！偶爾，我還是想顯得聰明一點。土司這樣做就是要兩個兒子進行比賽，特別要看看傻子兒子是不是比他哥哥更有做土司的天分。我看出了土司這意思，大膽地說了出來。

我這句話一出口，太太立即對土司說：「你的小兒子真是個傻子。」順手又給了我一個耳光。

哥哥對母親說：「太太，打有什麼用？怎麼打他都是個傻子。」

母親走到窗前，瞭望外邊的風景。我呢，就呆望著哥哥那張聰明人的臉，露出傻乎乎的笑容。

哥哥大笑，儘管眼下沒什麼好笑的事情，但他還是禁不住大笑了。有些時候，他也很傻。父親叫他去了南方邊界，又派他去了北方邊界，去完成建築任務，他完成了，但卻終於沒能猜出這些建築將作什麼用途。直到麥其的領地上糧食豐收了，他才知道那是倉庫。

土司吩咐我們兩個到邊界上嚴密守衛這些倉庫，直到有人肯出十倍價錢。我到北方，哥哥去南方。

對前來尋求糧食的土司，麥其土司說：「我說過鴉片不是好東西，但你們非種不可。麥其家的糧食連自己的倉庫都沒有裝滿。明年，我們也要種鴉片，糧食要儲備起來。」土司們懷著對暴發了的麥其家的切齒仇恨空手而回。

飢荒已經好多年沒有降臨土司們的領地了，誰都沒有想到，飢荒竟然在最最風調雨順的年頭降臨了。

土司們空手而回，通往麥其領地的大路上又出現了絡繹不絕的飢民隊伍。對於這些人，我們說：「每個土司都要保護自己的百姓，麥其倉庫裡的糧食是爲自己的百姓預備的。」這些人肥幫子裡裝著麥其家施捨的一頓玉米粥，心裡裝著對自己土司的仇恨上路，回他們的飢饉之地去了。

我出發到北方邊界的日子快到了。

除了裝備精良的士兵，我決定帶一個廚娘，不用說，她就是當過我貼身侍女的桑吉卓瑪。依我的意思，本來還要帶上沒有舌頭的書記官。但父親不同意。他對兩個兒子說：「你們誰要證明了自己配帶這樣的隨後，我立即就給他派去。」

我問：「要是我們兩個都配得上怎麼辦？麥其家可沒有兩個書記官。」

「那好辦，再抓個驕傲的讀書人把舌頭割了。」父親嘆了口氣說：「我就怕到頭來一個都不配。」

我叫索郎澤郎陪著到廚房，向桑吉卓瑪宣佈了帶她到北方邊界的決定。這決定太出乎她的意料了。我看到她站在大銅鍋前，張大了嘴，她把一條油乎乎的圍裙在手裡纏來纏去。嘴裡囁嚅著說：「可是，少爺……，可是，少爺……」

從廚房出來，她的銀匠丈夫正在院子裡幹活。索郎澤郎把我的決定告訴了他。小廝的話還沒有說完，銀匠就把錐子砸在了自己手背上，臉唰一下白了。他抬頭向樓上望了一眼，真碰到我的眼光時，他的頭又低了下去。我和索郎澤郎又往行刑人家裡走了一趟。

一進行刑人家的院子，老行刑人就在我面前跪下了，小爾依卻只是垂手站在那裡，露出了他女孩子一樣羞怯的笑容。我叫他準備一套行刑人的工具，跟我出發到邊境上去。他的臉一下就漲紅了，我想這是高興的緣故。行刑人的兒子總盼著早點成爲正式的行刑人，就像土司的兒子想早一天成爲真正的土司。老行刑人的臉漲紅了，他不想兒子立即就操起屠刀。我舉起手，示意他不要開口。老行刑人說：「少爺，我不會說什麼，我只是想打嗝，我經常都要打嗝。」

「你們這裡有多餘的刑具嗎？」

「少爺，從他剛生下來那天，我就爲你們麥其家的小奴才準備好了。只是，只是……」

「說吧，只是什麼？」

「只是你的兄長，麥其土司將來的繼承人知道了會怪罪我。」

我一言不發，轉身走出行刑人家的院子。

出發時，小爾依還是帶著全套的刑具來了。

父親還把跛子管家派給了我。

哥哥是聰明人，不必像我帶上許多人做幫手。他常常說，到他當土司時，麥其官寨肯定會空出很多房間。意思是好多人在他手下要失去其作用和位置。所以，他只帶上一隊兵丁，外加一個出色的釀酒師就足夠了。他認爲我帶著管家，帶著未來的行刑人，特別是帶著一個曾和自己睡過覺的廚娘，都是十分正常的，因爲他弟弟是個傻子。我打算把塔娜帶上，叫他見笑了。他說：「有人群的地方就有女人，你爲什麼要帶上這個小女人？你看我帶了一個女人嗎？」

我的回答傻乎乎的：「她是我的侍女呀！」一句話惹得他哈哈大笑。

我對塔娜說：「好吧，好吧，不要哭了，就在家裡等我回來吧！」

去邊界的路上，許多前來尋找糧食，卻空手而歸的人們走在我們隊伍前面和後面。我們停下來吃飯時，我就叫手下人給他們一點。因爲這個，他們都說麥其家的二少爺是仁慈少爺。跛子管家對我說：「就是這些人，要不了多久，就會餓狼一樣向我們撲來。」

我說：「是嗎，他們會那樣做嗎？」

管家搖了搖頭，說：「怎麼兩個少爺都叫我看不到將來。」

我說：「是嗎，你看不到嗎？」

他說：「不過，我們肯定比大少爺那邊好，這是一定的，我會好好幫你。」

走在我馬前的索郎澤郎說：「我們也要好好幫少爺。」

管家一鞭子抽在他身上。

我大笑，笑得差點從馬背上跌下去了。

跛子管家對我說：「少爺，你對下人太好了，這不對，不是一個土司的做法。」

我說：「我爲什麼要像一個土司，將來的麥其土司是我的哥哥。」

「要是那樣的話，土司就不會安排你來北方邊界了。」他見我不說話，一抖馬韁，走在和我並排的地方，壓低了聲音說：「少爺，小心是對的，但你也該叫我們知道你的心思，我願意幫助你。但要叫我知道你的心思才行啊！」

我狠狠地在他的馬屁股上抽了一鞭，馬一揚蹄，差點把麥其家忠心耿耿的跛子管家從馬背上顛了下來。我又加了一鞭，馬箭一樣射出去了，大路上揚起了一股淡淡的黃塵。我收收韁繩，不一會兒，就落在後面，走在下人的隊伍裡面了。這一路上，過去那個侍女，總對我躲躲閃閃的。她背著一口鍋，一小捆引火的乾柴，臉上豎一道橫一道地塗著濃淡不一的鍋底灰。總之，她一點也不像當初那個教會我男女之事的卓瑪了。她這副模樣使我感到人生無常，心中充滿了悲傷。我叫來一個下人，替她背了那口鍋，叫她在溪邊洗去了臉上的汙垢。她在我的馬前邁著碎步。我不說話，她也不說話。我不知道自己要幹什麼，我不會想再跟她睡覺，那麼，我又想幹什麼呢？我的傻子腦袋沒有告訴我。這時，卓瑪的雙肩十分厲害地抖動起來，她哭了，我說：「你是後悔嫁給銀匠嗎？」

卓瑪點點頭，又搖搖頭。

「你不要害怕。」

我沒想到卓瑪會說出這樣的話：「少爺，有人說你會當上土司，你就快點當上吧！」

她的悲傷充滿了我的心間。卓瑪要我當上土司，到時候把她從奴隸的地位上解放出來。這時，我覺得自己的確應該成爲麥其土司。

我說：「你沒有到過邊界，到了，看看是什麼樣子，就回到你的銀匠身邊去吧。」

她在滿是浮塵的春天大路上跪下了，一個頭磕下去，額頭上沾滿了灰塵。看吧，想從過去日子裡找點回憶有多麼徒勞無益。看看吧，過去，在我身邊時總把自己弄得乾乾淨淨的姑娘成了什麼樣子。我一催馬，跑到前面去了。馬的四蹄在春天的大路上揚起了一股黃塵。後面的那些人，都落在塵埃裡了。

春天越來越深，我們走在漫長的路上，就像是在往春天深處行走一樣。到達邊界時，四野的杜鵑花都開放了。迎面而來，到處尋找糧食的飢民也越來越多。春天越來越深，飢民們臉上也越來越多地顯出春天裡連天的青草，和湧動的綠水那青碧的顏色。

哥哥把倉庫建得很好。我是說，要是在這個地方打仗，可真是個堅固的堡壘。

當然，我還要說，哥哥沒有創造性。那麼聰明，那麼叫姑娘喜歡的土司繼承人，卻沒有創造性，叫人難以相信。當我們到達邊境，眼前出現了哥哥的建築傑作時，跛子管家說：「天哪，又一個麥其土司官寨嘛！」

這是一個仿製品。

圍成個大院落的房子上下三層，全用細細的黃土築成。寬大的窗戶和門向著裡邊，狹小的槍眼兼窗戶向著外邊。下層是半地下的倉房，上兩層住房可以起居，也可以隨時對進攻的人群潑灑彈雨，甚至睡在床上也可以對來犯者開槍。我哥哥可惜了，他要是生活在土司之間邊界未定的時代，肯定是一個世人矚目的英雄。照我的理解，父親可不是叫他到邊界上來修築堡壘。父親正一天天變得蒼老，經常把一句話掛在嘴邊，說：「世道真的變了。」

更多的時候，父親不用這般肯定的口吻，而是一臉迷惘的神情，問：「世道真的變了？」我的兄長卻一點也不領會這迷惘帶給父親的痛楚，滿不在乎地說：「世道總是要變的，但我們麥其家這麼強大了，變還是不變，都不用擔心。」

父親知道，真是有大的變化發生時，一個土司，即使是一個前所未有的強大的土司，如果不能順應這種變化，後果也不堪設想。所以，土司又把迷惘的臉轉向傻子。我立即就感到了父親心中隱隱的痛楚，臉上出現了和土司心中的痛楚相對應的表情。土司看到自己心裡的痛楚，顯現在傻瓜兒子的臉上，就像父子兩人是一個身體。

父親說世道變了，就是說領地上的好多東西都有所變化。過去，祖先把領地中心的土司官寨都修成堅固的堡壘，不等於今天邊界上的建築也要修成堡壘。我們當然還要和別的土司進行戰爭，槍炮的戰爭打過，我們勝利了。這個春天，我們要用麥子來打一場戰爭。麥子的戰爭並不需要一座巨大的堡壘。

我們權且在堡壘裡住下。

這是一個飢荒之年，我們卻在大堆的糧食上面走動、交談、做夢。麥子、玉米一粒粒重重疊疊躺在黑暗的倉房裡，香氣升騰起來，進入了我們的夢鄉。春天的原野上，到處遊蕩著青綠色面孔的飢民。其中有好多人，直到臨死，想要做一次飽餐的夢都不能夠。而我們簡直就是在糧食堆上睡覺。下人們深知這一點，臉上都帶著身爲麥其家百姓與奴隸的自豪感。

24. 麥子

該說說我們的鄰居了。

拉雪巴土司百多年前曾經十分強大。強大的土司都做過恃強凌弱之事。他們曾經強迫把一個女兒嫁給麥其土司，這樣，拉雪巴土司就成了麥其土司的舅舅。後來，我們共同的鄰居茸貢土司起來把他們打敗了。麥其土司趁便把自己兄弟的女兒嫁給拉雪巴土司做了第三任妻子，這樣，又使自己成了拉雪巴土司的伯父。

一到邊界，我就盼著親戚早點到來。

但拉雪巴土司卻叫我失望了。

每天，那些臉上餓出了青草顏色的飢民，圍著我們裝滿麥子的堡壘繞圈子。一圈，一圈，又一圈，一圈，一圈，又一圈，繞得我頭都暈了。要是他們想用這種方式來奪取堡壘那就太可笑了。但看著這些人老是繞著圈子，永無休止，一批來了，繞上兩天，又一批來，繞上三天，確實叫人感到十分不快。但我們過去的舅舅，後來的侄兒，卻還不露面。他們百姓一個接一個死去，轉著轉著，就倒在地上，再也起不來了。或者，拉雪巴土司是想用這種方式喚起我的慈悲和憐憫。可是他要是那樣想的話，就不是一個土司了。在這片土地上，沒有任何土司會把希望寄託在別人發慈悲上。只有可憐的百姓，才會有如此天真的想法。眼下，只有春天一天比一天更像春天。這一天，我把廚娘卓瑪叫到跟前，吩咐她不做飯了，帶十個下人架起十口炒鍋，在院子裡炒麥子。很快，火生起來，火苗被風吹拂著，呼呼地舔著鍋底，麥子就在一字排開的十口炒鍋裡霹霹啪啪爆裂開了。管家不解地看著我，我說：「我可不是只爲了聽聽響聲。」

管家說：「是啊，要聽響聲，還不如放一陣機槍，把外面那些人嚇跑算了。」

管家是真正的聰明人，他把鼻頭皺起來，說：「真香啊，這種味道。」然後，他一拍腦門，恍然大悟，說：「天啊，少爺，這不是要那些餓肚子人的命嗎？」他拉著我的手，往堡壘四角的望樓上登去。望樓有五層樓那麼高，從上面，可以把好大一個地方盡收眼底。飢民們還在外面繞圈子，看來，炒麥子的香氣還沒有傳到那裡。管家對我說：「想出好主意的人，你不要著急。」

我說：「我有點著急。」

指揮炒麥子的卓瑪仰頭望著我們，看來，炒焦了那麼多麥子，叫她心痛了。我對她揮揮手，她懂得我的意思，我身邊的人大多都能領會我的意思，卓瑪也揮一揮手，她的手下人又往燒得滾燙的鍋裡倒進了更多麥子。從這種看下去，她雖然沒有恢復到跟我睡覺時的模樣，但不再像下賤的廚娘了。

火真是好東西，它使麥子變焦的同時，又使它的香氣增加了十倍百倍，在生命死亡之前全部煥發出來了。誘人的香氣從堡壘中間升起來，被風颳到外面的原野上。那些飢民都仰起臉來，對著天貪婪地掀動著鼻翼，步子像是喝醉了一樣變得踉踉蹌蹌。誰見過成百上千的人，不分男女老少全部喝醉的情景呢？我敢保證沒有誰看到過。那麼多人同時望著天，情景真是十分動人。飢餓的人群踉踉蹌蹌地走著，不看腳底而望著天上。終於，他們的腳步慢了下來，在原地轉開了圈子。轉一陣，站定，站一陣，倒下。

麥子強烈的香氣叫這些飢餓的人昏過去了。

我親眼看到，麥子有著比槍炮還大的威力。

我當下就領悟了父親爲什麼相信麥子會增加十倍價值。

我下令把堡壘大門打開。

不知哥哥是在哪裡找的匠人，把門造得那麼好。關著時，那樣沉重穩固，要打開卻十分輕鬆。門扇下面的輪子雷聲一樣，隆隆地響著，大門打開了。堡壘裡的人傾巢而出，在每個倒在地上的飢民面前，放上一捧炒熟的麥子，香氣濃烈的麥子。做完這件事，已經是夕陽銜山的時候了。昏倒的人在黃昏的風中醒來，都發現了一捧從天而降的麥子。吃下這點東西，他們都長了力氣。站起來，在黃昏曖昧光芒的映照下，一個接一個，蹚過小河，翻過一道緩緩的山脊，從我的眼前消失了。

管家在背後咳嗽了一聲，我沒有以爲他是受了風，感冒了。「你有什麼話就說吧！」我說。

「要是跟的不是你，而是大少爺，想到什麼話，我是不敢說的。」

我知道他說的是老實話。但我還是問：「因爲我是個傻子嗎？」

管家哆嗦一下，說：「我要說老實話，你也許是個傻子，也許你就是天下最聰明的人。不管怎樣，我都是你的人了。」

我想聽他說，少爺是聰明人，但他沒有那樣說。我心裡冷了一下，看來，我真是個傻瓜。但他同時對我表示了他的忠誠，這叫人感到十分寬慰。我說：「說吧，想到什麼話，你儘管說就是了。」

「明天，最多後天，我們的客人就要來了。」

「你就做好迎接客人的準備吧！」

「最好的準備就是叫他們以爲，我們什麼都沒有準備。」

我笑了。

知道拉雪巴土司要來，我帶了一大群人，帶著使好多土司聽了都會膽寒的先進武器，上山打獵去了。這天，我們的親戚拉雪巴土司是在密集的槍聲裡走向邊界的。我們在一個小山頭上一邊看著拉雪巴土司一行走向堡壘，一邊往天上放槍，直到他們走進了堡壘。我們沒有必要立即回去。下人們在小山頭上燒火，烤兔子肉做午餐。

我還在盛開著杜鵑花的草地上小睡了一會兒。我學著那些打獵老手的樣子，把帽子蓋在臉上，遮擋強烈的日光。本來，我只是做做睡覺的樣子，沒想到真睡著了。大家等我醒來，才吃了那些兔子。大家都吃得太飽了，坐在毯子一樣的草地上，沒人想立即起身。附近牧場上的百姓又送來了奶酪。這樣，我們就更不想起身了。

對於吃飽了肚子的人，這是一個多麼美好的季節呀！

和風吹拂著牧場。白色的草莓花細碎、鮮亮，從我們面前開向四面八方。間或出現一朵兩朵黃色蒲公英更是明亮照眼。濃綠欲滴的樹林裡傳來布穀鳥叫。一聲，一聲，又是一聲。一聲比一聲明亮，一聲比一聲悠長。我們的人，都躺在草地上，學起布穀鳥叫來了。這可是個好兆頭。所有人都相信，一年之中，第一次聽見布穀鳥叫時，你的情形就是從現在到下次布穀鳥叫時的情形。現在，我們的情形真是再好不過了。山下，有人眼巴巴地望著我們滿倉的穀子。我們在山上，用人家打仗都沒有用過的好武器打了兔子，吃了、喝了可口的酸奶，正躺在草地上，布穀鳥就叫了。

這太好了。

我叫一聲：「太好了！」

於是，先是管家，後來是其他人，都在我身邊跪下了。

他們相信我是有大福氣的人。他們在我的周圍一跪，也就是說，從今天起，他們都是對我效忠過的人了。我揮揮手說：「你們都起來吧！」這也就是說，我接受了他們的效忠了。這不是簡單的下跪，這是一個儀式。有這個儀式，跟沒有這個儀式是大不一樣的。一點都不一樣。但我不想去說破它。我只一揮手：「下山！」

大家都躍上馬背，歡呼著，往山下衝去。

我想，我們的客人一定在看我們威武雄壯的隊伍。

我很滿意卓瑪爲我所做的事情。

她在每個客人面前都放上了小山一樣，脹破三個肚皮也無法吃完的食物。客人們看來也沒有客氣。只有吃得非常飽的人，只有胃裡再也裝不下任何食物的人，臉上才會出現那樣傻乎乎的表情。

桑吉卓瑪說：「他們就是三天不吃飯也不會餓了。」

我對她說：「幹得漂亮。」

卓瑪臉紅了一下，我想對她說，有一天，我會解除她的奴隸身分，但又怕這話說出來沒什麼意思。管家從我身後，繞到前面，到客人們落腳的房間裡去了。卓瑪看我看著她，臉又紅了。她炒了麥子，又很好地款待了客人，這兩件事，使她又有了昔日在我身邊時那樣的自信。她說：「少爺，可不要像以前那樣看我，我不是以前那個卓瑪了，是個老婆娘了。」

她咯咯地笑著，女人發笑的時候，也會顯出傻乎乎的樣子來。我想，我該對她表示點什麼，但怎麼表示呢？我不會再跟她上床了，但我也不能只對她說今天的事做得很合我的心思。正在爲難，管家帶著一個拖著腳走路，靴子底在地板上弄出唰唰聲響的大胖子走了過來。

卓瑪在我耳邊說：「拉雪巴土司。」

聽說拉雪巴土司才四十多歲，看上去卻比我父親顯老。可能是過於肥胖的緣故吧！走在平平整整的地板上，他也氣喘吁吁的。他手裡還攥著一條毛巾，不斷擦拭臉上的汗水。一個肥胖到走幾步路都氣喘，都要頻頻擦汗的人是很可笑的。

我想笑，就笑了。

從管家看我的眼神裡，知道他告訴我笑得正好，正是時候。這樣，我就無須先同不請自來的客人打招呼了。

喉嚨裡有很多雜音的拉雪巴土司開口了：「天哪，發笑的那個就是我的外甥嗎？」他還記著很早以前我們曾有過的親戚關係。這個行動困難的人不知怎麼一下就到了我面前，像對一個睡著了的人一樣，搖晃著我的雙臂，帶著哭腔說：「麥其外甥，我是你的拉雪巴舅舅呀！」

我沒有回答，轉過臉去看天上燦爛的晚霞。

我本來不想看什麼晚霞，我只是不想看他。當我不想看什麼時，我就會抬眼望天。

拉雪巴土司轉向管家，說：「天哪，我的外甥真是傳說中那樣。」

管家說：「你看出來了？」

拉雪巴土司又對我說：「我可憐的外甥，你認識我嗎？我是你的拉雪巴舅舅。」

我突然開口了，在他沒有料到時突然開口。他以爲他的傻子外甥見了生人，一定不敢開口，我說：「我們炒了好多麥子。」

他擦汗的毛巾掉在地上。

我說：「拉雪巴家的百姓沒有飯吃，我炒了麥子給他們吃，他們就回家了。要是不炒，落在地裡發了芽，他們就吃不成了。」我說這話的時候，炒麥子的濃烈的香氣還沒有在城堡周圍散盡呢！好多地方的鳥兒都被香氣吸引到城堡四周來了，黃昏時分，鳥群就在宣告這一天結束的最後的明亮裡歡歌盤旋。

說了這句話，我就上樓回房間去了。

在樓上，我聽見管家向拉雪巴土司告辭。拉雪巴土司，那個以爲麥其家的傻瓜好對付的傢伙，結結巴巴地說：「可是，我們的事情，還沒有說呢！」

管家說：「剛才少爺不是提到麥子了嗎？他知道你不是光來走走親戚。明天早點起來等他吧！」

我對隨侍左右的兩個小廝說：「去通知卓瑪，叫她明天早點起來，來了那麼多鳥兒，好好餵一餵牠們。」吩咐完畢，我上床睡覺，而且立即就睡著了。下人們在我下巴上墊了一條毛巾，不然的話，夢中，我流出的口水就要把自己打濕了。

早上，我被從來沒有過的那麼多鳥叫聲驚醒了。

說老實話，我的腦子真還有些毛病。這段時間，每天醒來，我都不知道自己在什麼地方。我睜開眼睛，看到天花板上條條木紋像水上的波紋曲曲折折，看到從窗子上射進來的光柱裡懸浮著細細的塵土，都要問自己：「我在哪裡？」然後，才嘗到隔夜的食物在口裡變酸的味道。然後，再自己回答：是在哪裡哪裡。弄明白這個問題，我就起床了。我不怕人們說我傻，但這種真正有的毛病，我並不願意要人知道，所以，我總是在心裡悄悄地問自己，但有時也難免問出聲來。我原先不是這樣的。原先，我一醒來就知道自己在什麼地方，在哪一個屋頂下，在哪一張床上。那時，我在好多事情上還沒有變得現在這麼聰明，所以，也就沒有這個毛病。一點也沒有。這樣看來，我的傻不是減少，而是轉移了。在這個方面不傻，卻又在另一個方面傻了。

我不想讓人看到我已經在原來傻的方面變聰明了，更不想叫別人看出我傻在哪些方面。最近這種情況又加劇了。大多數時候，我只問自己一個問題，有時，要問兩個問題才能清醒過來。

第二個問題是：「我是誰？」

問這個問題時，在睡夢中丟失了自己的人心裡十分苦澀。

還好，這天早上只出現了一個問題。

我悄悄對自己說：「你在麥其家的北方邊界上。」

我走出房門時，太陽已經高高升起，拉雪巴土司和他的手下的一干人都站在下面樓層上。他們在等我起床。卓瑪指揮手下人在院子中央用炒鍋使麥子發出更多的香氣。鳥們都飛到堡壘四周來了。我叫了一聲卓瑪，她就停下來。先派人給我送上來一大斗炒開了花的麥子，下人們也每人端了一些在手上，當我向鳥群撒出第一把麥子，大家都把麥子往空中撒去。不到片刻功夫，寬敞的院子裡就落滿了各種各樣的鳥。卓瑪把堡壘沉沉的大門打開，一干人跟著她，抛撒著麥子，往外面去了。

這場面，把我們的客人看得目瞪口呆。

我說：「他們拉雪巴土司領地上，鳥都快餓死了，多給牠們吃一點吧！」說完，把斗交到小爾依手上。這個總是蒼白著一張死人臉的傢伙，往樓下院子裡大把大把撒下麥子時，臉上湧起血色了。

我請客人一起用早餐。

拉雪巴土司再不說我是他外甥了，而是說：「我們是親戚，麥其家是拉雪巴家的伯父。」

我哈哈大笑。見我高興，他們臉上也顯出了高興的神情。

終於談到糧食了。

一談糧食麥其家的二少爺就顯得傻乎乎的，這個傻子居然說，麥其家倉庫裡裝的不是糧食，而是差不多和麥子一樣重的銀子。

拉雪巴土司嗓子裡不拉風箱了，他驚呼：「那麥子不是像銀子一樣重了嗎？」

我說：「也許是那樣的。」

拉雪巴土司斷然說：「世上沒有那麼貴的糧食，你們的糧食沒有人買。」

我說：「麥其家的糧食都要出賣，正是爲了方便買主，偉大的麥其土司有先見之明，把糧倉修到你們家門口，就是不想讓餓著肚子的人再走長路嘛！」

拉雪巴土司耐下性子跟傻子講道理：「糧食就是糧食，而不是銀子，放久了會腐爛，存那麼多在倉庫裡又有什麼用處呢！」

「那就讓麥子腐爛，讓你的百姓全餓死吧！」

我們的北方鄰居們受不了了，說：「大不了餓死一些老百姓，反正土司家的人不會餓死。」

我沒有說話。

拉雪巴土司想激怒我，說：「看看吧，地裡的麥苗都長起來，最多三個月，我們的新麥子就可以收割了。」

管家幫他補了一句：「最好趕在你的百姓全部餓死之前。」

我說：「是不是拉雪巴家請了巫師把地裡的罌粟都變成了麥子？」

拉雪巴土司差點就叫自己的汗水淹死了。

我們很好地款待他們。然後，把他們送過邊境。送客時，我們十分注意不越過邊界一步。我對我們的鄰居們保證過，絕對不要人馬越過邊界一步。分手時，對我可以說是舅舅，也可以說是侄兒的拉雪巴土司說：「你還會再來。」

他張了張口，卻說不出那句爭氣的話，是的，他不敢說：「我再也不來了。」

他又喘了幾口粗氣，什麼也沒有說，就打馬進了山溝。

我們一直目送他們消失在邊界那邊幽藍的群山裡。

25. 女土司

拉雪巴土司剛走沒幾天，茸貢土司就到了。

茸貢土司也是我們北方的鄰居，在拉雪巴土司西邊。

說到茸貢土司就要說到這片土地上一個有趣的現象。我們知道，土司在一定程度上，就是一個皇帝，一個土皇帝。每個土司都不止有一個女人，但好像從來沒有哪個土司有很多孩子，八個，十個，從來沒有過。最常見的倒是，有的土司娶了一房又一房，還是生不出兒子繼承自己的王位。每個土司家族都曾經歷過這種苦惱。這種命運也落到了茸貢家族頭上。從好多代前開始，不管茸貢土司討多少女人，在床上怎麼努力，最後都只能得到一個兒子。爲了這個，他們到西邊的拉薩去過，也到東邊的峨眉山去過，卻都無濟於事。後來，他們乾脆連一個兒子也生不出來了。

這樣，就會有強悍精明的女人出來當家。

最初，女土司只是一種過渡方式。她上台第一件事，就是招婿上門，生下兒子後，就把位子移交給他。這時，哪家土司多了一兩個兒子，送一個去當上門女婿是一條不錯的出路。

茸貢女土司上台後，卻沒有一個哪個上門女婿能叫她們生出半個男人來。前來與我相會這個，據說已經是第四代女土司了。傳說她在床上十分了得。第一個男人只三年就癆死了。第二個活得長一些，八年，給她留下了一個女兒。而她居然就再不招婿上門了。土司們一片譁然，都說不能要茸貢永遠是女人當家。土司們打算興兵討伐，茸貢女土司只好又招了一個眾土司爲她挑選的男人。這人像頭種牛一樣強壯。

他們說：「這回，她肯定要生兒子了。」

可是，不久就傳來那男人死去的消息。

據說，女土司常常把她手下有點身分的頭人、帶兵官，甚至喇嘛招去侍寢，快快活活過起了皇帝一樣的日子。正因爲如此，我一直把這個北方鄰居看成聰明人。但是，她也把土地全種了罌粟，使她的百姓在沒有災害的年頭陷入了飢荒。

茸貢女土司在我盼著她時來了。

她們剛剛從點綴著稀疏的老柏樹的地平線出現，就叫我的人望見了。

整整一個下午，我都站在望樓上。茸貢女土司的隊伍卻在快要到達時停下來了。在那些柏樹之間，是大片美麗的草地，草地上是蜿轉的溪流，她們就在那美麗的地方，在那個我一眼就能望見的地方停下來了，全不管我是多想早點跟女土司見面。她們把馬卸了鞍，放出去吃草。隨後裊裊的青煙從草地上升起來，看來，這些傢伙會吃得飽飽的，再越過邊界。

我對管家說：「誰說女土司不如男土司厲害！」

管家說：「她們總不會帶上一年的糧食，在那裡待到冬天。」這話很有道理。我下去吃飯。吃完飯，大路上還是沒有一點動靜。我忍不住，又爬望樓上去了。她們竟然在草地上下了一圈帳篷，看來是要在那裡過夜了。這下，我生氣了，對管家說：「一粒糧食也不給她！」

管家笑了：「少爺本來打算給她們嗎？」

這天晚上，我知道自己肯定睡不好。就為自己要了一個女人。索郎澤郎說：「可是，我們沒有準備漂亮姑娘呀！」

我只說：「我要一個姑娘。」

他們想出一個辦法，等我睡下了，吹滅了燈，便把一個依他們看不太漂亮的姑娘塞到我床上。這是個豹子一樣猛烈的女人，咿咿唔唔地咆哮著，爬到了我身上。我享受著這特別的愉快，腦子裡突然想，茸貢女土司跟男人睡覺，會不會也是這樣？我想點上燈，看看這猛烈的，母馬一樣噴著鼻子的女人，是不是也像傳說中的茸貢女土司帶點男人的樣子。但我醒來時已經是早上了，從窗口射進來的陽光落在床上。不容我問自己那個特別的問題，小爾依就衝進來，叫道：「來了！少爺，來了！」

我聽見樓上到處都有人跑動，看來不止是我在為女土司前來而激動。我穿上衣服，洗好臉，走出去，正看到一共四匹馬向我們的堡壘走來。一匹紅馬，一匹白馬，兩匹黑馬。四匹馬都壓著細碎的步子，馱著四個女人向我們走來了。

騎在紅馬上的肯定是女土司。她有點男人樣子，但那只是使她顯得更漂亮，更像一個土司。女土司一抬腿，先從馬背上下來。然後是黑馬上兩個帶槍的紅衣侍女。她們倆一個抓住白馬的轡繩，一個跪在地上。馬背上的姑娘掀起了頭巾。

「天哪！」我聽見自己叫了一聲。

天哪，馬背上的姑娘多麼漂亮！

過去，我不知道什麼樣的女人是漂亮的女人，這回，我知道了！

我在平平的樓道裡絆了一下，要不是欄杆擋著，我就落在樓下，落到那個貌若天仙的美女腳前了。管家笑了，在我耳邊說：「少爺，看吧，這個女人不叫男人百倍地聰明，就要把男人徹底變傻。」

我的雙腳不由自主往樓下移動了。一步又一步，但我自己並不知道。我只看著馬上那個貌若天仙的姑娘。她踩著侍女的背下到地上來了。

我早已不知不覺走到樓下。我想把那姑娘看得仔細一點，她母親，也就是女土司卻站到了我面前，寬大的身子遮住了我的視線。我竟然忘記了這個人是赫赫有名的女土司，我對她說：「你擋住我的眼睛了，我看不見漂亮姑娘。」

管家站在背後，咳嗽了一聲，才使我清醒過來了。女土司明白面前這人就是麥其土司和漢族太太生的傻瓜少爺。她笑了，把斜佩在身的匣子槍取下，交給紅衣侍女。對我稍稍彎一下腰，說：「二少爺正是我想像的那個樣子。」

不管這樣開始合不合乎兩家土司相見的禮儀，但我喜歡，因爲這樣輕鬆，顯得真是兩家土司在這裡相見。

於是，麥其家的二少爺笑了：「都說女土司像男人，但我看還是女人。」

女土司說：「麥其家總是叫客人站在院子裡嗎？」

管家這才大喊一聲：「迎客了！」

大捲的紅地毯從樓上，順著樓梯滾下來。滾地毯的人很有經驗，地毯不長不短，剛好鋪到客人腳前。這些年來，強大起來的麥其家總是客人不斷，所以，下人們把迎客的一套禮儀操練得十分純熟了。我說：「我們上去吧！」

大家踩著紅地毯上樓去。我想落在女土司後面，再看看她漂亮的女兒，但她手下的侍女扶住我說：「少爺，注意你腳下。」又把我推到和女土司並排的位置上去了。

下人們上酒上茶時，管家開口了：「都到我們門口了，你們還要在外面住一晚，少爺很不高興。」

女土司說：「我看少爺不是自尋煩惱那種人。」

我不喜歡女土司這種自以爲是的態度，但我還是說：「麥其家喜歡好好款待客人。」

女土司笑了，說：「我們茸貢家都是女人，女人與別人見面前，都要打扮一下。我，我的女兒還有侍女們都要打扮一下。」

直到這時，她的女兒才對我笑了一下。不是討好的，有求於人的笑容，而是一個知道自己有多麼漂亮的女人的笑容。她母親的笑容，是知道天下只有自己一個女土司那一種。這兩個女人的笑容都明白地告訴我，她們知道是在和一個腦子有毛病的傢伙打交道。

我把高了嗓門，對管家說：「還是讓客人談談最要緊的事情吧！」

管家說：「那麼，我們還是先談最要緊的事情吧！」

茸貢土司還要裝出並不是有求於人的樣子，說：「我的女兒……」

我說：「還是說麥子吧！」

女土司的深色皮膚泛起了紅潮，說：「我想把女兒介紹給你認識。」

我說：「我向你介紹了我的管家，還有我自己，你都沒有介紹，現在已經過了介紹的時候，你就跟我的管家談談糧食的事情。」

說完，我就帶著兩個小廝起身離開了。女土司要爲小瞧人而後悔了。女土司犯了聰明人常犯的錯誤：小看一個傻子。這個時候，小瞧麥其家的傻子，就等於小瞧了麥子。在我身後，管家對女土司說：「少爺這次很開心，你們一來，就鋪了紅地毯，而且馬上叫我跟你們談糧食，上次，拉雪巴土司來，等了三天，才談到糧食，又談了三天，他們才知道，不能用平常的價錢買到糧食。」

我對兩個小廝說：「我的管家是個好管家。」

可這兩個傢伙不明白我的感嘆裡有什麼意思。我乾脆對小爾依說：「將來，你會是我的好行刑人嗎？」

他總是有些爲將來要殺人而感到不好意思。

倒是索郎澤郎搶著對我說：「我會成爲你的好帶兵官，最好的帶兵官。」

我說：「你是一個家奴，從來沒有一個家奴會成爲帶兵官。」

他一點也不氣餒，說：「我會立下功勞，叫土司給我自由民的身分，我再立功，就是一個帶兵官了！」

又碰到了那個問題：誰是那個手持生死予奪大權的土司？

我說：「你們跟著我什麼都得不到。」

他們兩個笑了，我也跟著笑了。我們笑啊笑啊，最後，索郎澤郎直起腰來，說：「少爺，那姑娘多麼漂亮呀！」

是的，這樣漂亮的女人，大概幾百年才會有一個吧！我都有點後悔了，剛才該讓茸貢土司把她女兒介紹給我。可是我已經出來了，總不能又老著臉皮回去吧！

管家上樓來對我說：「女土司想用漂亮女兒叫你動心，那是她的計策。你沒有中計，少爺，我沒有看錯，你真不是個一般的人，我願意做你叫我做的任何事情。」

我呻吟了一聲，對他說：「可是我已經後悔離開你們了。我一出來，就開始想那個姑娘了。」

管家說：「是的，世間有如此美貌的女人，少爺不動心的話，也許真像別人說的，是個傻子了。」

我只能說：「我儘量躲在屋裡不出來，你跟她們談吧。」

管家看我的樣子實在可憐，說：「少爺，你就是犯下點過錯，土司也不會怪罪的。」

我說：「你去吧。」

他走了，跟著就叫人給我送來一個姑娘。要是把茸貢土司的女兒比做一朵花，眼前這個，連一片樹葉都算不上。我把她趕走了。這個走了，又來了一個。管家想給我找一個暫時抵銷那個美女誘惑的姑娘，但他錯了，沒有人能替代那個姑娘。我並不是馬上就想跟那個姑娘上床。我只想跟她說說話。我腦子裡有個念頭，只要跟那姑娘說說話，也許，我的腦子就會清清楚楚，麥其家的二少爺就再不是不可救藥的傻子了。

26. 卓瑪

這天晚上，管家的殷勤使我生氣。他又派人到外面去找姑娘。是半夜時分了吧，我好不容易把茸貢家姑娘的面容從眼前趕走，淺淺入睡，卻被一陣疾馳的馬蹄聲驚醒了。

索郎澤郎和小爾依都還站在我床前。我真恨得咬牙切齒，對小爾依說：「去，把那個騎馬的人殺了，把那匹馬的四隻腿都給我砍了。」

索郎澤郎笑了，對我說：「使不得，是管家派的人，給少爺找侍寢的姑娘。」

又一個姑娘站在了我的面前，我只看著她肚子以下的部位，根本不想費力抬起頭來，說：「去，是誰找來的，就叫誰消受吧！」

下人們擁著那個姑娘往外走，這時一股風從外面吹來，帶來了一股青草的香味。我把姑娘叫回來，也不看她的臉，只把她的衣襟拉到鼻前。是的，青草味是從她身上來的，我問：「是牧場上的姑娘？」

「我是，少爺。」她回答。

從她口裡吹送出來草地上細碎花朵的芬芳。我叫下人們退下，讓這姑娘陪我說話。下人們出去了，我對姑娘說：「我病了。」

她笑。

好多姑娘在這時，都要灑幾滴眼淚，雖然，她們在床上時都很喜歡，但都要做出不情願的樣子。我說：「牧場上來的姑娘，我喜歡你。」

「少爺還沒有好好看過我一眼呢！」

「把燈熄了，跟我說說牧場上的事情吧！」

燈一滅，我就被牧場上的青草味道和細細花香包圍起來了。

第二天，我把管家留下陪遠客，自己帶著昨晚得到的姑娘，到她的牧場上去了。

牧場上的百姓在溫泉邊為我搭起漂亮的帳篷。我把自己泡在溫泉裡，仰看天上的朵朵流雲，把女土司的女兒都忘記了。牧場姑娘為我準備了好多吃的，才來到泉邊，看著水中赤條條的我說：「少爺上來吃點東西吧，牛虻叫我要招架不住了。」

這個姑娘壯健、大方。幾年前，我有一個侍女卓瑪，想不到，這個世界還按原樣為我藏了一個卓瑪在這牧場上，渾身散發著牧場上花草的芬芳。我說：「你叫卓瑪嗎？」

「不，」她說，「我不叫卓瑪。」

「卓瑪！」多年以前，早上醒來，我就抓住了一個卓瑪的手。於是，我對正在忙活著安頓我們一大群人的廚娘桑吉卓瑪喊起來：「卓瑪，這裡有個人跟你的名字一樣！」

牧場姑娘看了看桑吉卓瑪，一下就明白過來了。她說：「我不要到官寨裡去做廚娘，我要留在牧場上。我是這裡的姑娘。」

我說：「我答應你了。你不做廚娘，你留在牧場上，嫁給你心愛的男人。但現在你就叫卓瑪。」

她脫光衣服下來了，在溫暖的水裡和我一起躺在了軟軟的沙底上。我說：「水把你身上的香氣淹掉了。」

她滾到我懷裡，抽抽搭搭地哭開了。她說：「要發生什麼事情，就早點發生吧！」我把她壓在下面，大都呼喚：「卓瑪！卓瑪！」這使她，也使我十分興奮。她知道我是同時呼喊著兩個人。我的老師和她。是的，她連身體都和侍女卓瑪差不多一模一樣。我已經是一個大人了，不再被卓瑪壯健的身體淹沒，而像驅馳著一匹矯健的駿馬。騎在馬上飛奔的騎手們都是要大聲歡呼的。我大叫著，她身體像水波一樣漾動。廚娘卓瑪聽見我的叫聲，以爲有什麼事情叫她去做，竟然一下衝到水波激蕩的溫泉邊上，這下，她看到了青春時的自己正和我做愛。我依然大叫：卓瑪！卓瑪！馬跑到了盡頭，那裡出現了一段高高的懸崖，我從馬背上飛起來，落到懸崖下面去了。好久，才在蜜蜂嚶嚶的吟唱裡清醒過來，我看見廚娘卓瑪跪在我的面前：「你怎麼在這裡？」

她說：「老爺呀，我聽見你在叫我的名字，以爲有什麼事要吩咐，結果就看見了。」

我讓她跪在那裡，一邊穿衣服，一邊對我剛得到的卓瑪說：「當年，她就像你。」

是的，她的乳房、屁股、大腿，她的身體隱秘部位散發出來的氣體，都和當年的卓瑪一模一樣。

我又轉臉對正在老去的卓瑪說：「她跟你年輕時一模一樣。」

她哭著跪在地上：「老爺呀，我不是有意要看見的呀！」

我笑了，問她：「看見了就怎麼樣？」

她說：「按照刑法要挖掉眼睛。我不願當一個瞎子女人，要是那樣的話，你就叫爾依殺了我吧！」

我對教會了我男女之事的老師說：「你起來，好好洗個澡吧！」

她說：「讓我洗得乾乾淨淨，體體面面地去死吧！」

廚娘卻準備好去死了。

她在溫泉中開始唱歌。歌是她在我身邊時唱過的老歌，但從來沒有唱得這麼響遏行雲。她紛披著濕漉漉的頭髮，半躺在水中，依然結實的乳房半露在水面，她在歌唱，如醉如痴。她下水之前，還撒了許多花瓣在水面上，這樣，還沒有嫁給銀匠曲扎，沒有成爲廚娘的桑吉卓瑪又復活了。她從水裡對我露出了燦爛的笑容。我說：「不要擔心，我饒恕你了，我不會殺你。」

她臉上燦爛的笑容一下就沒有了，赤條條地從水裡鑽出來，一雙手捂在兩腿之間的那個地方，坐在地上哭了起來。我知道自己幹了一件傻事。我當然應該饒恕她，但也該等她洗完了澡，唱完了歌再告訴她。她這種人，只有在意識到自己就要死了，下嫁的男人又不在身邊時，才能回到過去的日子，短暫地復活一下曾經的浪漫。而我，卻把一個廚娘一生僅有的一次浪漫破壞了。我該等到她自己洗完澡，回到了現實中，跪在我面前請死時，才對她說：「我赦免你了。」

那樣，她會覺得少爺不忘舊情，覺得沒有白白侍奉主子一場。但我沒有找一個好的時機，所以，她從水裡跳起來，哭了幾聲，對我說：「我恨你，我比死了還難受。」

我傻了，站在那裡連手該放在哪裡都不知道。

「你叫我死吧！」

「不。」我說，「不。」

她扯斷了好多青草，把泥巴也從地裡帶起來，塗了在臉上。我的心裡懷著痛楚，看著她又變回到廚娘去。在水中，她的乳房是挺立著的，現在，卻向下掉，讓我想起了銀匠那雙手。她也開始犯錯誤了，哭一聲兩聲之後，就該穿上衣服了。她又叫道：「叫我死吧！」

我從她身邊走開了。聽卓瑪對卓瑪說：「你不該這樣，少爺有好多操心的事情，你還要叫他不開心！」

我想廚娘清醒了，因爲身後的哭聲立即止住了。但已經完了，我和她的緣分，我對她的牽掛，在這一天，就像牛角琴上的絲弦一樣，蹦一聲，斷了。人的一生，總要不斷了斷一些人、一些事，好吧，侍女卓瑪，我再也不會掛念你了，當你的廚娘去吧！做你的銀匠老婆去吧！我心裡說著這些話，向草原的深處走。兩個小廝，還有牧場上的卓瑪遠遠跟在後邊。走累了，我躺下來，看了一會兒天上來來去去的雲彩，又起身往回走。草原很寬，我卻從三人中間穿過去。索郎澤郎閃開慢了一些，挨了一個耳光，又脆又響。挨了打的傢伙對卓瑪說：「好了，沒事了，他已經高興了。」

我站下來，回過身去，說：「再打你一下，我會更高興。」

兩個小廝迎上來，一左一右，在我身邊蹲下，我就坐在了兩人肩頭上，慢慢回我們宿營的地方。人們都從帳篷裡跑出來了。傳說雪域大地上第一個王，從天上降下來時，就是這樣讓人直接用肩抬到王位上去的。好大一片人在我面前跪了下來。而我並不知道歷史上有過以肩爲輿的人是第一個國王。看到那麼大一片人齊齊地跪下，我還以爲是父親或別的什麼更尊貴的人物出現了。我回過頭看看身後，只見一條黃褐色的大路直直地穿過碧綠草原，一些雲停在長路的盡頭天地相連的地方。

風在草海深處翻起道道波瀾。

第七章

27. 命運與愛情

茸貢土司帶著她漂亮的女兒追到牧場上來了。

她們到達時，我正在做夢，一個十分喧鬧的夢。是那些在水邊開放得特別茂盛的花朵在喧譁。有一兩次我都快醒了，隱隱聽見人說：「讓他睡吧，當強大土司的少爺是很累的。」

模模糊糊地，我想：「要是當一個強大的土司就更累了。」

是半夜吧，我又醒了一次，聽見外面很大的風聲，便迷迷糊糊地問：「是吹風了嗎？」

「不，是流水聲。」

我說：「他們說晚上流水聲響，白天就是大晴天。」

「是這樣，少爺很聰明。」一個有點陌生的聲音回答。

這天晚上，我睡得很好。正因爲這個，到早上醒來，我都不想馬上睜開眼睛。我在早晨初醒時常常迷失自己，不知道身在何時何地。我要是貿然睜開雙眼，腦子肯定會叫強烈的霞光晃得空空蕩蕩，像只酒壺，裡面除了叮叮咣咣的聲音，什麼也不會有了。我先動一下身子，找到身上一個又一個部位，再向中心，向腦子小心靠近，提出問題：我在哪裡？我是誰？

我問自己：「我是誰？」

是麥其家的二少爺，腦子有點毛病的少爺。

這時，身邊一隻散發著強烈香氣的手，很小心地觸了我一下，問：「少爺醒了嗎？」

我禁不住回答：「我醒了。」

那個聲音喊道：「少爺醒了。」

我感覺又有兩三個渾身散發著香氣的人圍了過來，其中一個聲音很威嚴：「你要是醒了，就把眼睛睜開吧！」

平常，睜開眼睛後，我要呆呆地對什麼東西望上一陣，才能想起來，自己是在什麼地方。這樣，我才不會丟失自己。曾經有過一兩次，我被人突然叫起來，一整天都不知道自己身在何時何地。這次也是一樣，我剛把眼睛睜開，來不及想一想對我十分重要的問題，弄清自己在這個世界上的位置，身邊的人便都笑起來，說：「都說麥其家的少爺是傻子，他卻知道躲到這個地方來享清福。」

一隻手落在我的肩頭上，搖了搖說：「起來吧，我有事跟你商量。」

不等我起身，好多雙手把我從被子裡拽了出來。在一片女人們哄笑聲裡，我一眼就看到自己了，一個渾身赤條條的傢伙，胯間那個東西，以驕傲的姿式挺立著。那麼多女人的手鬧哄哄地伸過來，片刻功夫，就把我裝扮起來了。這一來，我再也想不起自己是在什麼地方了。帳篷裡的佈置我還是熟悉的。但我上首的座位卻被女土司坐了。幾雙手把我拽到她跟前。

我問：「我在哪裡？」

她笑了。不是對我，而是對拽我的幾個侍女說：「要是早上一醒來，身邊全是不認識的人，我也會不知道自己在哪裡。」她們都笑了。這些女人，在這連我都覺得十分蹊蹺的時候，不讓她們嘰嘰嘎嘎一通怎麼可能呢？

我說：「你們笑吧，可是我還是不知道這是在哪裡！」

女土司沒有回答我的問題，而是說：「你認不出我來了嗎？」

我怎麼認不出她？但卻搖了搖頭。

她一咬牙，揮起手中的鞭子，細細的鞭梢竟然在帳篷頂上劃開了一道口子。我說：「我的人呢？他們到哪裡去了。」

「你的人？」

「索郎澤郎、爾依、卓瑪。」

「卓瑪，伺候你睡覺的那個姑娘？」

我點點頭，說：「她跟廚娘，跟銀匠的老婆一樣的名字。」

女土司笑了，說：「看看我身邊這些姑娘。」

這些姑娘都很漂亮，我問：「你要把她們都送給我嗎？」

「也許吧，要是你聽我的話，不過，我們還是先吃飯吧！」

我發現，送飯進來的人裡面也沒有我的下人。我吃了幾口，嘗出來不是桑吉卓瑪做的。趁飯塞住了女土司的嘴，我拚命地想啊，想啊，我是在什麼地方，手下人都到哪裡去了。但我實在想不起來。就抱著腦袋往地上倒去。結果卻倒在一個姑娘懷裡。女土司一點都不生氣，反而說：「只要你這樣，我們的事就好辦了。」

我捧著腦袋，對那姑娘說：「我的頭要炸開了。」

這個姑娘芬芳的手就在我太陽穴上揉起來。女土司吃飽了，她問我：「你可以坐起來了嗎？」

我就坐起來。

「好，我們可以談事情了。」女土司說：「知道嗎？你落到我手裡了。」

「我不知道。」

「你不知道?!」

「我在什麼地方？」

「不要裝傻，我看你並不是傳說中的那個傻子。我不知道是傳說中麥其家的二少爺並不傻，還是你不是麥其的二少爺。」

我十分真誠地對她說，要是不告訴我現在在哪裡，我就什麼也想不出來，一點都想不出來。

「好吧，」她說，「難道你不是爲了躲我，藏到這有溫泉的牧場來了嗎？」

我狠狠一拍額頭，腦子裡立即滿滿當當，什麼都有了，什麼都想起來了。我說：「昨天我睡了。」

女土司冷冷一笑：「什麼話昨天你睡了，今天，你起來了。」

交談慢慢深入，我終於明白，自己被女土司劫持了。她從管家那裡，沒得到一粒麥子。管家說，糧食是麥其家的，他不能作主。

她建議：「我們到外面走走？」

我同意：「好吧，我們到外面走走。」

我的下人們被帶槍的人看起來了。看，這就是當老爺和下人的不同。就是在這種境況下，少爺也被一群漂亮的女人所包圍。走過那些可憐巴巴的下人身邊，看看臉色我就知道，他們餓了。我對女土司說：「他們餓了。」
她說：「我的百姓比他們更餓。」
我說：「給他們吃的。」
「我們談好了就給他們吃。」
「不給他們吃就永遠不談。」
女土司說：「瞧啊，我跟一個傻子較上勁了。」
說完，就叫人給他們送吃的去了。我的下人們望著我，眼睛是露出了狗看見主人時那種神色。我和女土司在草原上轉了個不大不小的圈子，回到帳篷裡，她清清喉嚨，我知道要談正事了，便搶先開口：「我們什麼時候出發？」
她臉上出現了吃驚的神情，問我要去哪裡？
我說：「去坐茸貢家的牢房。」
她笑了，說：「天啊，你害怕了，我怎麼會做那樣的事，不會的，我只要從你手上得到糧食。瞧，因爲我的愚蠢，百姓們要挨餓了。你要借給我糧食。我只要這個，但你躲開了。」
太陽已經升得很高了。帳篷裡很悶熱，我有些難受。看得出來，女土司比我還要難受。我說拉雪巴土司一來，就說想得到糧食。她來可沒有說要糧食。我說：「你沒有說呀，我只看到你帶來了美麗的姑娘。」
她打斷我的話頭，說：「可是拉雪巴土司要了也沒有得到！」
「我們兩個吵架了。他說他是我舅舅，我說我是他的伯父。我們吵架了。」

這句話把她逗笑了：「是的，是的，他會把好多好多年前的親戚關係都記得清清楚楚。」

「他沒錢，父親說了，麥其家的糧食在這年頭，起碼要值到平常十倍的價錢。」

女土司叫了起來：「十倍?!告訴你，我只是借，只是借，一兩銀子也沒有！聽見了嗎，一兩也沒有！」

我笑笑，說：「太悶了，我想出去。」

她只好起身，跟著我在一座座帳篷之間穿來穿去。我在心裡把她當成了貼身的奴才。她走得不耐煩了，說：「我可從來沒有跟著一個傻瓜這樣走來走去，我累了，不走了。」

這時，我們正好走到溫泉邊上。我脫光衣服下到水裡，讓身子在池子裡漂浮起來。女土司裝出沒有見過赤裸男人的樣子，把背朝向了我。我對著她的後背說：「你帶來了很多銀子嗎？」

「你就這樣子跟我談正經事情？」

「父親說過，要有十倍的價錢，才准我們出賣。他知道你們只種鴉片，不種糧食，就把糧倉修到你們門口來了。父親說，不這樣，你們不等把買到的糧食運回來，在路上就吃光了。」

女土司轉過身來，她的臉上現出了絕望的神情，她叫手下人退下，這才帶哭腔說：「我是來借糧食的，我沒有那麼多銀子，真的沒有。你為什麼要逼我？誰都知道我們茸貢家只有女人了，所以，我們的要求是沒有人拒絕的。你為什麼要拒絕？拒絕一個可憐的女人。」

「這個世界上從來沒有人會欺負一個傻子，女人就可以隨便欺負一個傻子嗎？」

「我已經老了，我是一個老婆子了。」

女土司叫來兩個侍女，問我夠不夠漂亮，我點了點頭。她叫兩個侍女下水來跟我一起。我搖了搖頭。她說：「天哪，你還想要什麼，我可是什麼都沒有了。」

我傻乎乎地笑了：「你有，你還有個女兒不是嗎？」

她痛心疾首地叫了一聲：「可是你是個傻子啊！」

我沒有再說什麼，長吸一口氣，把頭埋到水裡去了。從小，一到夏天我就到河邊玩遊戲，一次又一次，可以在水裡憋很長時間。我沉到水底下好長時間，才從水裡探出頭來。女土司裝作沒有看見。我繼續玩自己拿手的遊戲：沉下去，又浮上來。還像跑累了的馬一樣噗噗地噴著響鼻。溫泉水又軟又滑。人在水裡撲騰，攪起一陣又一陣濃烈硫磺味，這味道沖上去，岸上的人就難受了。我在水裡玩得把正和女土司談著的事情都忘記了。女人總歸只是女人，這水可比女人強多了。要是書記官在這裡，我會叫他把這感受記下來。如果回去時，我還沒有忘記這種感受，也要叫他補記下來：某年月日，二少爺在某地有某種感受，云云。我相信，沒有舌頭的傢伙能使我的感受有更深的意義。也可能，他用失去了舌頭之後越來越銳利的眼光，含著譏諷的笑容對我說：這有什麼意義？但我還是堅持要他記下來。我一邊在水裡沉下浮上，一邊想著這件事情。水一次又一次灌進耳朵，在裡面發出雷鳴一樣的轟然聲響。

女土司生氣了，扯下頸上的一串珊瑚，打在我頭上，額頭馬上就腫了。我從水裡上來，對她說：「要是麥其土司知道你打了他的傻兒子，就是出十倍價錢你也得不到一粒糧食。」

女土司也意識到了這一舉動的嚴重性，呻吟著說：「少爺，起來，我們去見我女兒吧！」

天哪，我馬上就要和世上最美麗的姑娘見面了！

麥其家二少爺的心猛烈地跳動了。一下，又一下，在肋骨下面撞擊著，那麼有力，把我自己撞痛了。可是這是多麼叫人幸福的痛楚呀！

在一座特別漂亮的帳篷前，女土司換上了嚴肅的表情，說：「少爺可是想好了，想好了一定要見我的女兒嗎？」

「爲什麼不？」

「男人都一樣，不管是聰明男人還是傻瓜男人。」女土司深看我一眼，說：「沒有福氣的人得到了不該得到的東西要倒大楣，塔娜這樣的姑娘不是一般人能得到的。」

「塔娜?!」

「對，我的女兒的名字叫塔娜。」

天哪，這個名字叫我渾身一下熱起來了。在這裡，我遇到了一個比以前的卓瑪更美妙的卓瑪。現在，又一個和貼身侍女同名的姑娘出現了。我連讓下人抓起帳篷簾子也等不及，就一頭撞了進去。結果，軟軟的門簾把我包裹起來，越掙扎，那道簾子就越是緊緊地纏住我。最後，我終於掙脫出來了，大喘著氣，手裡拿著撕碎的帳篷簾子，傻乎乎地站在了塔娜面前。這會兒，連我手上的指甲都發燙了，更不要說我的心、我的雙眼了。好像從開天闢地時的一聲呼喚穿過了漫長的時間，終於在今天，在這裡，在這個美麗無比的姑娘身上得到應答。現在，她就在帳篷上方，端坐在我面前，燦爛的微笑，紅紅的嘴唇裡露出了潔白的牙齒。衣服穿在她身上，不是爲了包藏，而是爲了暗示，爲了啓發你的想像。我情不自禁大叫：「就是你！就是你……」前一聲高昂，歡快，後一聲出口時，我一身發軟，就要倒在地上了。但我穩住了身子沒有倒下。

麥其家的傻瓜兒子被姑娘的美色擊中了。

塔娜臉上出現了吃驚的表情，望著她的母親，問：「你來找的就是這個人嗎，阿媽？」女士司神情嚴肅，深深地點了點頭，說：「現在，是他來找你了，我親愛的女兒。」

塔娜用耳語一樣的聲音說：「我明白了。」

說完，她的一雙眼閉上了，這樣的情景本該激起一個人的憐憫之心。我也是有慈悲心腸的。但塔娜就是命運，就是遇到她的男人的命運。她閉眼時，顫動著的長長的彩虹一樣彎曲的睫毛，叫我對自己沒有一點辦法。

我連骨頭裡面都冒著泡泡，叫了一聲：「塔娜。」

她答應我了！

塔娜的眼角沁出了一滴淚水。她睜開眼睛，臉上已經換上了笑容，就在這時，她回答我了：「你知道我的名字，也告訴我你的名字吧！」

「我是麥其家的傻子，塔娜啊。」

我聽見她笑了！我看見她笑了！她說：「你是個誠實的傻子。」

我說：「是的，我是。」

她伸出一隻手放在我的手裡，這隻手柔軟而冰涼，她問：「你同意了？」

「同意什麼？」

「借給我母親糧食。」

「同意了。」

我的腦袋裡正像水開鍋一樣，咕咕冒泡，怎麼知道同意與不同意之間有什麼不同。她的手玉石一樣冰涼。她得到肯定的回答，就把另一隻手也交到我手裡。這隻手是滾燙的，像團火一樣。她對我笑了一下。這才轉過臉對她母親說：「請你們出去。」

她的土司母親和侍女們就退出去了。

帳篷裡只有我們兩個人了。

地下，兩張地毯之間長出一些小黃花，我不敢看她，一隻眼睛看著那些細碎的花朵，一隻眼睛看著兩雙握在一起的手。這時，她突然哭出聲來，說：「你配不上我，你是配不上我的。」

我知道這個，所以，才不敢貿然抬頭看她。

她只哭了幾聲，半倚半靠在我身上，說：「你不是使我傾心的人，你抓不住我的心，你不能使我成爲忠貞的女人，但現在，我是你的女人了，抱著我吧！」

她這幾句話使我的心既狂喜又痛楚，我緊緊地把她抱在了懷裡，像緊抱著自己的命運。就在這時，我突然明白，就是以一個傻子的眼光來看，這個世界也不是完美無缺的。這個世界上任何東西都是這樣，你不要它，它就好好地在那裡，保持著它的完整，它的純粹，一旦到了手中，你就會發現，自己沒有全部得到。即便這樣，我還是十分幸福，把可心可意的美人抱在懷裡，把眼睛對著她的眼睛，把嘴唇貼向她的嘴唇，我是這個世界上最最幸福的人了。我說：「看，你把我變成一個傻子，連話都不會說了。」

這句話竟把塔娜惹笑了：「變傻了?難道你不是遠近有名的傻子嗎?」她舉起手，擋住我正要吻下去的嘴，自言自語說，「誰知道呢?也許你是個特別有趣的男人。」

她讓我吻了她。當我把手伸向那酥胸，她站起來，理理衣服，說：「起來，我們出去，取糧食去吧！」

此時此刻的我，不要說腦子，就是血液裡、骨頭裡都充滿了愛情的泡泡，暈暈乎乎跟著她出去了。我已經和她建立了某種關係，什麼關係呢？我不知道。女土司把我的人放了。一行人往我們的堡壘——邊界上的糧倉走去。我和塔娜並馬走在隊伍最前面。後面是女土司，再後面茸貢家的侍女和我的兩個小廝。

看見這情景，管家吃驚得張大了嘴巴。

我叫他打開糧倉，他吃驚的嘴巴張得更大了。他把我拉到一邊，說：「可是，少爺，你知道老爺說過的話。」

「把倉庫打開！」

我的眼睛裡肯定燃燒瘋狂的火苗。自信對主子十二萬分忠誠便敢固執己見的管家沒有再說什麼。他從腰上解下鑰匙，扔到索郎澤郎手上。等我轉過身子，才聽到他一個人嘀咕，說，到頭來我和聰明的哥哥一樣，在女人面前迷失了方向。管家是一個很好的老人，他看著索郎澤郎下樓，打開倉房，把一袋又一袋的麥子放在茸貢家的牲口背上，對我說：「可憐的少爺，你不知道自己幹了什麼，是吧？」

「我得到了世上最漂亮的女人。」

「她們沒有想到這次會得到糧食，只帶了不多的牲口。」

她們把坐騎也騰出來馱運麥子了。就這樣的，也不到三十匹牲口，連一個倉房裡的四分之一都不能裝完。這樣的倉房我們一共有二十五個，個個裝得滿滿當當。女土司從馱上了麥子的牲口那邊走過來，對我說，她的女兒要回去，等麥其土司前去求親。她還說：「求親的人最好來得快一點。」最好是在她們趕著更多的牲口來馱麥子前。

馱麥子的馬隊走遠了，我的塔娜也在雲彩下面遠去了。

管家問我：「那個漂亮的女人怎麼走了？」他臉上出現了怪怪的神情，使我明白他的意思了。他認爲我中了女土司的美人計。我也後悔把塔娜放走了。要是她不回來，這些該死的糧食又算什麼？什麼也算不上。真的什麼都算不上。我的心變得空空蕩蕩。晚上，聽著風從高高的天上吹過，我的心裡仍然空空蕩蕩。我爲一個女人而睡不著覺了。

我的心啊，現在，我感覺到你了。裡面，一半是痛苦，一半是思念。

28. 訂婚

麥其土司到邊界上巡行。

他已經去過了南邊的邊界。

在南方，哥哥跟我們的老對手汪波土司幹上了。汪波土司故技重演，想用偷襲的方式得到麥子和玉米，反而落在哥哥設下的埋伏圈裡。只要是打仗，哥哥總能得手。汪波土司一個兒子送了命，土司本人叫絆馬繩絆倒，摔斷了一隻胳膊。父親說：「你哥哥那裡沒有問題，你這裡怎麼樣？」

土司這句話一出口，管家馬上就跪下了。

麥其土司說：「看來我聽不到好消息。」

管家就把我們怎麼打發拉雪巴土司，最後卻怎麼叫女土司輕易得到糧食的事說了。父親的臉上聚起了烏雲，他銳利地看了我一眼，對管家說：「你沒什麼錯，起來吧。」

管家就起來了。

父親又看了我一眼。自從我家有了失去舌頭的書記官，大家都會用眼睛說話了。麥其土司吸口氣，把壓在心頭的什麼東西吐出來。好了，二少爺的行爲證明他的腦子真有毛病，作爲土司，他不必再爲兩個兒子中選哪一個做繼承人而傷腦筋了。

管家告退，我對父親說：「這下，母親不好再說什麼了。」

我的話使父親吃了一驚，沉默了半晌才說：「我不知道你是怎麼回事。」

「我知道我當不上土司。」

父親並不打算因爲白送了別人麥子而責備我，他問：「茸貢家的女兒怎麼樣？」

「我愛她，請你快去給我訂親吧！」

「兒子，你真福氣，做不成麥其土司，也要成爲茸貢土司，她們家沒有兒子，當上了女婿就能當上土司。」他笑笑說：「當然，你要聰明一點才行。」

我不知道自己是不是有足夠支用的聰明，但我知道自己有足夠的愛，使我再也不能忘記塔娜了。親愛的父親問我：「告訴我愛是什麼？」

「就是骨頭裡滿是泡泡。」

這是一句傻話，但聰明的父親聽懂了，他笑了，說：「你這個傻瓜，是泡泡都會消散。」

「它們不斷地冒出來。」

「好吧，兒子，只要茸貢土司真把她女兒給你，我會給她更多的麥子。我馬上派人送信給她。」

馬上就要派出信使了，父親又問我：「茸貢家的侍女都比我們家的漂亮？」

我的答覆非常肯定。

父親說：「女土司是不是用個侍女冒充她女兒？」

我說，無論她是不是茸貢的女兒，她都是塔娜，我都愛她。

父親當即改變了信使的使命，叫他不送信，而是去探聽塔娜是不是茸貢土司的女兒。這一來，家人都說我中了美人計，叫茸貢家用一個賤侍女迷住了。但我不管這些，就算塔娜是侍女，我也一樣愛她。她的美麗不是假的，我不在乎她是土司的女兒，還是侍女。每天，我都登上望樓，等探子回來。我獨自迎風站在高處，知道自己失去了成爲麥其土司的微弱希望。頭上的藍天很高，很空洞，裡面什麼也沒有。地上，也是一望無際開闊的綠色。南邊是幽深的群山，北邊是空曠的草原。到處都有人，都是拉雪巴土司和茸貢土司屬下的飢民在原野上遊蕩，父親一來，再沒人施捨食物給他們了。但他們還是在這堡壘似的糧倉周圍遊蕩，實在支持不住了，便走到河邊，喝一肚子水，再回來鬼魂一樣繼續遊蕩。

有一天，天上電閃雷鳴，我在望樓上，被風吹得搖搖晃晃。這時，一道閃電劃過，我突然看到了什麼，突然看到了我說不出來的什麼。就對父親大叫。告訴他，馬上就有什麼大事發生了。我要看著這樣的大事情發生。父親由兩個小廝扶著上了望樓，對著傻瓜兒子的耳朵大聲叫道：「什麼狗屁大事！雷把你劈死了才是大事！」

話一出口，就叫風颳跑了，我換了個方向，才聽清他的喊叫。

但確實是有什麼事情要發生了。我的心都要跳到身體外面了。我對父親喊道：「你該把書記官帶到這裡來！這個時候，他該在這裡！」

一個炸雷落在另一座望樓上，一團火球閃過，高聳的塔樓坍塌了，變成了被雨水打濕的大堆黃土，上面，是幾段燒焦的木頭和一個哨兵。

不管傻瓜兒子怎樣掙扎，麥其土司還是叫人把他拉了下去。這回，他真生氣了：「看看吧，這就是你說的大事，你想我跟你死在一起嗎？」

他給了我一個耳光。他打痛我了，所以，我知道他是愛我的，恨我的人打不痛我。我痛得躺倒在地上。管家把狂怒的土司拉住了。大雨傾盆而下。雷聲漸漸小了。不，不是小了，而是像一個巨大的輪子隆隆地滾到遠處去了。我想就躺在這裡，叫雨水把自己淹死。但就是這個時候，我看到所有人都豎起了耳朵。是的，我也聽見了，馬蹄敲打地面的聲音。不是一匹，也不是一百匹，我想是二三十匹吧！父親看了我一眼，知道我的感覺是正確的，他下令人們拿起武器。我從地上跳起來，欣喜地大叫：「塔娜回來了。」

響起了急促的打門聲。

大門一開，女土司帶著一群人，從門外蜂擁進來。我從樓上衝下去。大家都下了馬，塔娜卻還坐在馬上。她們每個人都給淋得像從水裡撈出來一樣。我看不見其他人，我只看見她。我只看見塔娜濕淋淋地坐在馬上。就像滿世界的雨水都是她帶來的。就像她本來就是雨神一樣。

是我把她從馬背上抱下來的。

塔娜把雙手吊在我的脖子上，深深地扎進了我的懷裡。她是那麼冷，光靠體溫是不夠的，還有火，還有酒，才使她慢慢暖和過來。

我們沒有足夠的女人衣服供她們替換，女土司蒼白著臉，還對麥其土司開了句玩笑：「怎麼，麥其家不是很富有的土司嗎？」

父親看了看女土司，笑笑，帶著我們一大群男人出去了。他親手帶上房門，大聲說：「你們把衣服弄乾了，我們再說話吧！」

本來，兩個土司見面，禮儀是十分繁瑣的。那樣多的禮儀，使人感到彼此的距離。這場雨下得真好。這場雨把濕淋淋的女土司帶到我們面前，一切就變得輕鬆多了。兩個土司一見面，相互間就有一種隨和的氣氛。女土司在裡面，男土司在外面，隔著窗戶開著玩笑。我沒有說話，但在雨聲裡，我聽得見女人們脫去身上濕衣服的聲音，聽到她們壓著嗓子，發出一聲聲低低的尖叫。我知道，塔娜已經完全脫光了，坐在熊皮褥子上，火光撫摸著她。要命的是，我腦子裡又塞滿了煙霧一樣的東西，竟然想像不出一個漂亮姑娘光著身子該是什麼樣子了。父親拍拍我的腦袋，我們就走開了，到了另一個暖和的屋子裡。土司望著漸漸暗下來的天色說：「那件事幹得很漂亮。」

管家看看我，我看看管家，不知道他指的是哪件事。

土司的眼光從雨中，從暮色裡收回來，看著我說：「這件事，幹得很漂亮，我看，你會得到想要的漂亮女子。」

管家說：「主子要說的，怕還不止這個意思吧？」

土司說：「是的，是不止這個意思。她們在路上遇到了什麼事情，不管遇到了什麼事情，女土司一家，都要靠我們的幫助了。可是她們遇到了什麼事情？」

管家口都張開了，土司一豎手指，管家就明白了，改了口說：「少爺知道，說不定，還是他設下的圈套呢！」

這時，我的腦子還在拚命想像光身子的塔娜。父親把詢問的目光轉向我，我知道是要我說話，於是，心頭正在想著的事情就脫口而出了：「女土司那天換了三次衣服，今天卻沒有了，要光著身子烤火。」我問道：「誰把他們的衣服搶走了？」這個問題一直在我腦子裡打轉，但想不出一個結果來。這麼一問，卻被土司和管家看成是我對他們的啓發。

父親說：「是的，被搶了！你的意思是她們被搶了！」

管家接著說：「她們有人有槍，一般土匪是下不了手的，對！對對！拉雪巴！」

「拉雪巴的禍事臨頭了。」父親拍拍我的腦袋，「你的麥子不止得到十倍報酬。」說老實話，我不太明白他們兩人的話到底是什麼意思。父親拍拍手掌，叫人上酒。我們三個人一人乾了一大碗。父親哈哈大笑，把酒碗丟到窗外去摔碎了，這碗酒叫我周身都快燃起來了。雨不知什麼時候停了。晚霞燦爛。我要記住這一天。暴雨後的天空，晚霞的光芒是多麼動人，多麼明亮。

我和父親帶著酒氣回到剛剛穿好衣服的女人們中間。酒、火、暖和乾燥的衣服和可口的食物使驚慌失措的女土司鎮定下來。她想重新在我們之間畫出一道使她有安全感的距離。這一企圖沒有成功。

女土司要補行初見之禮，父親說：「用不著，我們已經見過面，看看，你的頭髮還沒有乾透，就坐在火邊不要動吧！」這一句話，使想重新擺出土司架子的她無可奈何地坐在火爐邊，露出了討好的笑容。麥其土司對自己這一手十分滿意，但他並不想就此停下來，哪怕對手是女人也不停下。他說：「拉雪巴要落個壞名聲了，他怎麼連替換的衣服都不給你們留下。」

女土司臉上出現了吃驚的表情。麥其土司說對了！她們在路上被拉雪巴土司搶了。我送給她們的麥子落到了別人手上。茸貢土司想裝出無所謂的樣子，但她畢竟是女人，眼淚開始在眼眶裡打轉。父親說：

「不要緊，麥其家會主持公道。」

女土司轉過臉擦去了淚水。

這樣一來，她就把自己放在一個不平等的地位上了，我還沒有把她劫持我的事說出來呢！要那樣的話，她的處境就更不利了。塔娜看看我，起身走出去了。

我跟著走了出去。身後響起了低低的笑聲。

雨後夜晚的空氣多麼清新啊！月亮升起來，照著波光粼粼的小河。河水上燦銀一般的光亮，映照在我心上，也照亮了我的愛情。塔娜吻了我。

我叫她那一吻弄得更傻了，所以說：「多麼好的月亮呀！」

塔娜笑了，是月光一樣清冷的笑，她說：「要緊事都說不完，你卻說月亮！」

「多麼亮的河水呀！」我又說。

她這才把聲音放軟了：「你是存心氣我嗎？」

「我父親就要正式向女土司求婚了。」說完，我要去吻她。她讓我的腿、我的胸脯都靠在她同樣的部位上，卻把我的嘴用手擋住，問我：「你不會對你父親說那件事情吧？」

我當然知道她是指什麼，於是我說：「我在牧場上得到了你，我只把這個告訴了父親。」

她倒在了我的懷裡。我想把她帶到我房裡去，她卻說，她要回母親那裡。我沐浴在月光裡，把她久久抱在懷裡。

說起路上被搶的情形，塔娜眼裡湧起了淚光。

她這種神情，使我心中充滿了憤怒與痛苦。我問：「他們把你們女人怎麼樣了？」塔娜明白，我問的是，她是不是被人強姦了。她把臉捂了起來，還踢了踢腳，壓低了聲音說，她和土司有衛兵保護，衝出來了。我並沒有想過一定要娶一個處女做妻子，我們這裡，沒有人進行這樣的教育。但我還是問了她這個問題。塔娜回答之後，覺得我有些荒唐，反問：「你問這個幹什麼？」

我說不知道。

女土司半路被搶，跟我沒有一點關係。但父親和管家都把我給女土司糧食，看成有意設下的圈套。土司幾次問管家，給糧食到底是誰的主意？管家都說是少爺，於是，父親便來問我，接下來打算怎麼辦？我回答，該怎麼幹就怎麼幹。我說話的底氣很足，因爲我的心裡憋著火，土司的禮儀允許我和美麗的塔娜在一起，但不能像跟沒身分的侍女那樣，隨便上床。按照禮儀，我們要在成婚後，才能睡在一起。所以我才很不耐煩地回答：「該怎麼幹就怎麼幹。」

父親擊掌大笑。

兩個土司在邊界上爲我們訂了婚。本來，土司的兒女訂婚，應該有很講排場的儀式。但我們是在一個非常的時期，更是在一個特殊的地方，所以，就一切從簡了。我的訂婚儀式，就是大家大吃東西。大家不停地吃啊吃啊吃了好多好吃的東西。桑吉卓瑪在廚房裡操持一切，最後她上來了，把一大盤親手做好的東西擺在了我和塔娜面前，她還低聲對我說：「少爺，恭喜了。」

吃完東西，他們就把我們分開了，要到結婚時才能見面了。我們交換了一些東西：手上的戒指，頸上的項鍊，還有繫在腰帶上的玉石。晚上，我想塔娜，無法入睡，聽到有輕輕的腳步聲從下面客房裡響起，向樓上走來。不多會兒，隔壁父親的房間裡就響起牲口一樣的喘息。最後，聽見麥其土司說：「世界上，兩個土司一起幹這事，還很少見。」

女土司笑了，說：「你還不老嘛。」

「我還行。」

「但也不年輕了。」

女土司一直跟塔娜睡在一個房間，儘管管家給了母女倆各人一間客房。我想，兩個土司正忙著，我也不能放過眼前的機會？我摸下樓，摸到那張床上，不要說人，連塔娜的一絲氣味都沒有了。我才知道，訂婚宴後的當天夜裡，她就被人送走，回她們的官寨去了。隨同去的還有麥其家的人馬，扛著機關槍，押著給茸貢家的大批糧食，只要拉雪巴的人出現，就給他們迎頭痛擊。

我問父親是怎麼回事。

「你不是說該怎麼幹就怎麼幹嗎？」他向我反問時，他臉上出現委屈的神情。真是太有意思，太有意思了。好像我是麥其土司，他變成了傻瓜少爺一樣。

我說：「那麼，好吧。」

麥其土司還對兒子說，他把女土司留下，是爲了迷惑拉雪巴的人，但光住在這堡壘裡，人家看不見。父親喜歡野外，這個我知道。我對他說：「你們騎上馬出去，拉雪巴的人不就看見了嗎？」

兩個土司就帶著侍衛出去了。我不知道父親是在施行計策，還是去跟女土司野合。我又站到望樓上了。晚上下了雨，白天天氣很好，舉目可以看到很遠的地方。飢民們明知不該從我們這裡，而應從他們的土司那裡得到救濟，但還是不斷有人來到這個儲備了很多糧食的地方。離開這裡時，絕望的人們已經走得搖搖晃晃的了，但沒有人死在我們堡壘下面。要是真的有那樣的事情發生，我會受不了的。但這些人，只來看一眼傳說中有很多糧食的地方是個什麼樣子，就又掉頭從來路回去了。他們到這裡來，就像朝聖一樣，辛辛苦苦到了，只是懷著對聖地一樣的感情，對這個最接近天國的地方看上一眼，然後，就返身回到他們所來的地方，塵土中的地方，沒有災害也要挨餓的地方。和這些人比起來，麥其家的百姓是天國的選民，是佛祖特別寵愛的一群。

遠處的藍色山谷，吃肉的飛禽在天上盤旋，越來越多，肯定有很多人死在那裡。

我熟知那些山谷景色，這個季節，溪水一天比一天豐盈，野櫻桃正在開花。他們在歸路上就餓死在那些樹下。不知花香會不會幫助他們進入天國。既然他們的主子不能使他們走入天國，他們當然有理由請花香幫忙。父親帶著女土司策馬走過那些茫然的人群。他們走到小河邊停下，平靜的河水映出了他們的倒影。但他們只是看著遠方，而不去看自己在水裡的影子。

每天，他們都走同一條路線？

每天，我都爬上望樓看著他們，心裡越來越強烈地希望他們不要停下，而是一直往前，走進拉雪巴土司領地上那些藍色山谷。在那裡，他們會被人殺死。我總覺得，兩個土司一走進藍色山谷，就會被拉雪巴土司的人殺死。這想法剛開始出現時，還叫人覺得好玩，但到後來，我覺得它難以抑制，心裡就有了犯罪的感覺。加上小爾依總像條狗一樣不聲不響地跟在我身後，這種犯罪感更強烈了。

所以，我對父親說：「你們不要再出去了。」

父親沒有回答我，而用得意的眼光看了這段時間天天跟他睡覺的女人一眼，意思是：「我沒說錯吧，我這個兒子！」

原來，他們已經決定不再出去了。

這些年來，好運氣總是跟著麥其家，也跟著我轉。我這句話又歪打正著，不知怎麼又對了父親的心思。於是，便笑了笑。一個帶點傻氣的人笑起來，總有些莫測高深的味道。

29. 開始了

這天晚上，我睡得十分香甜。平常，我總要想好久塔娜才能入睡，但這一天沒有想。這一段時間，早上醒來，我也總是一下就想到塔娜，這天早晨，一醒來，還來不及想，就聽到院子裡人喊馬嘶。

又有好多馬馱上了給茸貢家的麥子。不一會兒，這些馬隊，還有女土司的背影就從我們眼前消失了。父親顯得十分疲倦，回屋睡覺去了。

臨睡前，他說：「開始了就叫醒我。」

我沒有問他什麼要開始了。對我來說，最好的辦法就是靜靜等待。哥哥正在南方的邊界上擴大戰果。他的辦法是用糧食把對方的百姓吸引過來變成自己的百姓。等我們的父親一死，他就有更多的百姓和更寬廣的土地了。他在南方戰線上處處得手時，我們卻把許多麥子送給茸貢土司。所以，他說：「那兩個人叫茸貢家的女人迷住了，總有一天，女土司會坐在麥其官寨裡來發號施令。」

他說這話的口氣，分明把父親和我一樣看成了傻子。

哥哥這些話是對他身邊最親近的人講的，但我們很快就知道了。父親聽了，沒有說什麼。等到所有人都退下去，只有我們兩個在一起時，他問我：「你哥哥是個聰明人，還是個故作聰明的傢伙。」

我沒有回答。

說老實話，我找不到這兩者之間有多大的區別。既然知道自己是個聰明人，肯定就想讓別人知道這份聰明。他問我這個問題就跟他總是問我，你到底是個傻子，還是個故意冒傻氣的傢伙是一樣的。父親對我說：「你哥哥肯定想不到，你幹得比他還漂亮，該怎麼幹就怎麼幹，這話說得對。我要去睡了，開始了就叫我。」

我不知道什麼就要開始了，只好把茫然的眼睛向著周圍空曠的原野。地上的景色蒼翠而缺乏變化，就像從來就沒有四季變遷，夏天在這片曠野上已經兩三百年了。面對這樣的景色，我也打起了呵欠。我張大著嘴還沒有閉攏，兩個小廝也跟著打起呵欠。

我想踢他們兩腳，但又不想用勁。我只想到底是什麼就要開始了。越想越想不出來，只好學父親的口吻對兩個小廝吼道：「不准打呵欠，開始了就叫我！」

他們：「是！少爺！」

「什麼開始？」

「事情開始，少爺！」

我從他們嘴裡也問到答案。後來，我的腦子就有些糊塗了。好像是看到一件什麼事情，但卻怎麼也看不清楚。睜開眼睛時，我知道自己剛才是睡著了。趴在樓屋的迴廊欄杆上就睡著了。再睜開眼睛，我看到天空的深藍裡泛起了淺淺的灰色。雲彩絲絲縷縷被風吹動，比貼著牆根遊走的蛇還快。時間已經是下午了，我站著睡了很長時間。我問：「開始了嗎？」

兩個小廝溜走了。

沒有人回答問題，我有些慌了。這時，背後響起了腳步聲。一聽，就知道是麥其土司，是我的父親。他走近了，說：「你真是好福氣。我在床上一刻也沒有睡著，可你站著就睡著了。」既然如此，就該問他了：「開始了嗎？」

父親搖搖頭，臉上出現了茫然的神情，說：「按說該開始了，那地方離這裡不遠。他們該走到了。」他還出手去指了指遠處有群峰聳起的地方，那裡也正是有好多飢民餓死的地方。

這下，我對將發生什麼事情知道個八九不離十了，便打了一個長長的呵欠。父親說：「你進屋去睡吧，開始了我叫你。」

我進屋，在床上躺下來。睡著以前，我用被子把頭全部蒙起來，睡著以後，是不是還蒙著，就不去管它了。想管也沒法子去管。我剛剛進入一片黑暗，突然覺得好像什麼地方傳來了巨大的響動。這種響動也是巨大的亮光，把什麼都照亮了。我掀開被子，衝出屋門，大聲喊：「開始了，開始了！」

這時，整個堡壘正籠罩在這一天裡最後，也最溫暖的陽光裡。人們本來無事可幹，這時，都在陽光下，懶洋洋地顯出一副全心全意享受生活的樣子。兩個小廝正在下六子棋，在這個世界上，只有他們兩個，無論我幹什麼，都不會有一點吃驚的表示。我大叫的時候，小爾依連頭都沒抬一下，索郎澤郎對我傻乎乎地笑了一下，又埋頭下棋了。

使我吃驚的是，土司和管家盤腿坐在地上，也在下六子棋。陽光也一樣斜斜地灑在他們身上。

我的喊聲好像沒有驚動他們。我想他們只是假裝沒有聽到罷了。他們不想叫我感到尷尬。大家都知道今天什麼事要發生，他們一直在等著，這時，哪怕有一個人悄悄對自己說，那個什麼事情開始了，那麼多雙豎起的耳朵也會聽到的。何況我是那麼大聲地叫喚：「開始了！」

在父親眼裡，我的形象正在改變，正從一個傻子，變成一個大智若愚的人物。而我所有的努力，都在這一聲愚蠢的喊叫裡，煙消雲散了。下人們從樓下的院子裡望著我，為了準確地找到聲音所來的方向，他們把該死的手舉在額頭上遮住刺眼的陽光。而管家和土司依然一動不動。

我的喊聲消失了。下午的陽光傾瀉著，照亮了近處和遠處的一切。

我不可救藥，我是個不可救藥的傻子。那就讓我是一個傻子吧！讓天下所有人、土司、管家、下人、男人、女人，偷偷地笑我吧！把口水吐在我的臉上吧！說哈哈，傻子！說呸！傻子。去你媽的，傻子要唱歌了。於是，我按照「國王本德死了！」那首歌謠的調子唱起來：

開始了，開始了
謀劃好的事情不開始，
沒謀劃的事情開始了，
開始了！
開始了！

我一邊唱，一邊還示威一樣，在迴廊上走來走去，一腳腳踢著廊子上的欄杆，以此來掩飾對自己的失望憤怒。再唱下去的話，麥其家的傻瓜兒子就要為自己的愚蠢痛哭了。

但，且慢，讓我把眼淚收回去吧！

因為，事情就在這個時候，在我歌唱的時候開始了。這時我的心裡充滿了絕望之情，所以，事情開始了我也沒有聽見。我唱著，唱著，看見下棋的人把棋子拋到了天上，看見下人們在樓下奔跑。我用嘴唱著，用眼睛看著混亂的景象，心想，這些人，他們以爲我會因爲悲傷而跳樓。父親衝過來，對我揮著手，然後，指指遠處山谷的方向。這時，我也聽見了，從父親指著的方向傳來了激烈的槍聲。

我不唱了。

父親對著管家大叫：「他預先就知道，他比我們預先就知道！他是世界上最聰明的傻瓜！」

管家也喊道：「麥其家萬歲！他是未卜先知！」

他們喊著，跑過來想對我說什麼。可是我沒有什麼好說的。也許剛才唱歌用去了我太多的氣力，我對他們說：「我累了，我想睡覺了。」

他們就一直跟著我走到屋子裡。槍聲在遠處山谷裡激烈地響著。只有麥其家的武器才能發出這樣密集而歡快的聲音。我睡下了。管家說：「少爺，放心睡吧。麥其家的武器，沒什麼人對付不了。」

我說：「你們出去吧，你們對付得了。」

他們就出去了。

麥其土司派人在山裡設下了埋伏，等待拉雪巴土司出來搶女土司的糧食。現在，謎底揭開了，我要睡覺了。明天醒來時，這世界將是什麼樣子，現在我不想知道。

我，只……想……睡覺……。

爲了糧食，我們兩個北方鄰居打起來了。

在這片土地上，只要一有土司打仗，就有不願閒待著的土司屁顛屁顛地跑來跑去，做點化解工作。

這次，北方兩個鄰居間爲小麥而起的戰爭，被看成是麥其家挑起來的。說客來到了我們這裡，父親很不客氣地說：「你們也想得到我家的麥子，我想你們最好不要說話。」

麥其的傻瓜兒子對他們說：「要是你們手裡不是大糞一樣的鴉片，而有很多麥子，就能想說什麼就說什麼。」

管家則張羅了豐盛的酒席招待這些不速之客。

他們還有什麼話好說呢？他們確實感到自己沒有話說。

送走這些人，父親也要動身回官寨去了。臨走，他只對我囑咐了一句話：「讓他們打吧！」這句話意思很明確，沒有什麼會引起誤會的地方。

我說：「好的，讓他們打。」

土司拍拍我的肩頭，帶著幾個衛兵上路回官寨去了。

土司騎上馬走出去好長一段了，馬都放開步子小跑起來，他突然把馬頭勒得高高的，回過身來對我喊：「該怎麼幹就怎麼幹！」

我說：「這句話怎麼有些耳熟？」

索郎澤郎說：「是你對他說過的。」

我問跛子管家：「我這樣說過嗎？」

「好像說過吧！」一旦接觸到父親和我的關係，管家總是有點閃爍其辭。我不怪他。他替我辦許多事情，比如眼下吧，既然父親和我一樣，認爲該怎麼幹就怎麼幹，我就叫管家用糧食把茸貢家的人馬餵得飽飽的，暗中對付餓著肚子的拉雪巴土司的人馬。我給女土司派出幾個機槍手，一些手榴彈投擲手。這樣一來，一場土司間的戰爭剛剛開始，勝負就要由我來決定了。

30. 新臣民

讓女土司取得勝利，這就是該幹的，我就幹了。

接著，我又準備幹另一件事情。

開始我就說過，哥哥不該在邊界上建築一個堡壘。麥其的官寨是一個堡壘，但那是麥其家常常挨打時代修築的，是在沒有機關槍、沒有手榴彈和大炮時代修築的。時代不同了，風水輪流轉，麥其家再不用像過去，老是擔心別人的進攻了。就是身處邊界也不用擔心。現在是輪到別人擔心我們了。我要做的只是在別人打仗時，插上一手，事先就把勝負的結果確定下來。我們的兩個北方鄰居不知道他們打的是一場沒有懸念的戰爭，這樣做，對我來說並不怎麼費事，只等女土司的人來了，就給他們的牲口馱上麥子，給機關槍手補充一些子彈就行了。形勢好，心情也好，就是一個傻子也會比平常聰明，任何一個動作都成了神來之筆。

好了，還是來幹我想幹的事情吧！

我叫廚娘卓瑪在河邊架起一排五口大鍋。麥子倒進大鍋裡，放一點鹽，再放一點陳年的牛油，大火煮開後，誘人的香氣在晴空下順風飄到很遠的地方。我又向飢民們發出了施食的信號。不到半天時間，消失了一段時間的飢民又出現了。走到離堡壘不遠的那條小河邊，飢民們就想躺下，好像他們只要證實香氣是由麥子散發出來的就心滿意足了。還是廚娘桑吉卓瑪揮動著勺子，喊道：「睡下的人就吃不到東西了，站起來，站起來吧！」

他們才又站起來，夢遊一樣蹚過河來。

每個人都從卓瑪那裡得到一大勺在油湯裡煮熟的麥子。

現在，卓瑪也嘗到一點權力的味道了。我想，她喜歡這種味道，不然，她不會累得汗如雨下也不肯把施捨的勺子放下。這樣美妙的感覺，留在官寨裡當廚娘，永遠也體會不到。只有跟了我，她才可能對一大群眼巴巴盯著她雙手的飢民，十分氣派地揮動勺子。

「每人一勺，不多也不少！」她中氣十足地不斷叫喊，「吃了這頓還想吃下頓的人，都要去幹活。爲我們仁慈而慷慨的少爺幹活去吧！」

拉雪巴的百姓，吃了有油水的煮麥飯，來爲我幹活了。

管家依我的意思，指揮這些人把四方形的堡壘拆掉一面。

我要把向東的一排房子拆掉。這樣，早晨的太陽剛升起來，她的光芒就會毫無遮擋地照耀我們了。同時，這個建築因爲有了一個敞開的院子，也就和整個遼闊的原野連成一片了。跛子管家想用拆下來的土坯在什麼地方壘一道牆。我沒有同意。那樣做沒有必要。我想我看到了未來的景象，在那樣的景象裡，門口什麼地方有一道牆，跟沒有牆都是一樣的。我問他：「你沒有看到未來的景象嗎？」

「我看到了。」他說。

「好吧，說說你看到什麼？」

「可以用機槍把大群進攻的人在開闊地上殺掉，比如衝鋒的騎兵。」

我禁不住哈哈大笑。是的，機槍可以輕易把試圖向我們進攻的人殺掉，像殺一群羊一樣。但我想的不是這個。鴉片使麥其土司發了財，有了機槍。鴉片還使另外的土司遭了殃。這裡面有個時運的問題。既然如此，又何必修一個四面封閉的堡壘把自己關在裡面。只用了四五天時間，堡壘的一面沒有了，再也不是堡壘了，而只是一座巨大的房子，一座宏偉的建築了。卓瑪問還煮不煮飯。我說煮。再煮五天。這五天裡，混飯的飢民把拆下來的土和石頭搬走，扔在河裡了。河水把土泡軟，沖走，清澈的河水渾濁了好些天。最後，河裡的土坯都沒有了，只有石頭還在，露出水面的閃閃發光，沉入水底的，使水濺起浪花，蕩起波浪。是的，河裡有了石頭，更像是一條河。這天，我對自己說，河水該完全清澈了。

可是，我還沒得看看河水，就給眼前的景象嚇了一跳。

在向著原野敞開的院子裡，黑壓壓地站滿參加了拆除工程的飢民。完工後，桑吉卓瑪帶著人把河灘上施食的大鍋也搬回來了。他們離開也已經好幾天了，我以爲他們不會再來了。結果，他們回去把家裡的人都帶來了。飢民站滿了院子，又蔓延到外面，把房子和小河之間的草地都站滿了。我一出現，這一大群人就跪下了。

我從來沒有見過這麼多人聚在一起。這麼多人聚在一起，即使他們什麼都不做，也形成了一股巨大的壓力。

管家問我怎麼辦。

我說我也不知道怎麼辦。

他們就坐在外面，散開了，黑壓壓地佔據了好大一片地方。我不在時，他們就坐著，或者站著，我一出現，他們就跪下去。這時，我真後悔叫人拆了那道牆壁。一天過去了，兩天也快過去了，他們還在外面，沒有吃過一口東西。餓了，就到河邊喝水。正常情況下，人喝水總是很少的。只有牛呀馬呀，才一頭扎進水裡，直到把自己憋得喘不過氣，直到把肚子灌得鼓起來，裡面儘是咣噹搖蕩水聲了才肯罷休。現在，這些人喝起水來就像牛馬一樣。就是在夢中，我也聽到他們被水嗆得大口喘氣的聲音，聽到他們肚子裡咣噹咣噹的水響。他們並不想驚嚇我這個好心人，要不，他們不會小心翼翼地捧著肚子走路。到第三天頭上，有些人走到河邊喝水，一趴下去，就一頭栽在水裡，再也起不來了。栽在齊膝深的淺水裡，就一動也不動了。最多半天功夫，水裡的人就像只口袋一樣脹滿氣，慢慢從水上漂走了。沒去水邊的人也有死掉的，人們還是把他們抬到河邊，交給流水，送到遠遠的天邊去了。

看看吧，拉雪巴土司的百姓是多麼好的百姓。在這樣絕望而悲慘的境地裡，他們也一聲不吭，只是對另一個不是他主子的好心人充滿了期待。

我就是那個好心人。

三天了，沒有從我指縫裡漏出去一粒糧食，但他們也不抱怨。我不是他們的主子，沒什麼好抱怨的。剛來時，還有一片嗡嗡的祈禱聲。但現在，一切都停止了，只有一個又一個人，相繼死去。死了，在水邊，叫陽光烤熱，叫水發脹，變一個個脹鼓鼓的口袋，順水流到天邊去了。第三天晚上，我就開始做噩夢了。第四天早上，還沒有睜開眼睛，我就知道那些人還在外面，頭髮上都結起了露水。那種很多人聚在一起而形成的沉默不是一般的寂靜，可以使人感到它巨大的壓力。

我大叫：「受不了了，我受不了了！」

我一直有很好的吃食，所以精氣都很充足。聲音在有薄霧的早晨傳到很遠的地方。飢民們都把深埋在兩腿之間的頭抬起來了，這時，太陽衝出地平線，驅散了霧氣。是的，這些人的耐心，這些人用比天下所有力量加在一起還要強大的絕望的力量把我制伏了。我起不了床了。我呻吟著，吩咐手下人：「煮飯吧，煮飯，煮飯……，給他們飽吃一頓，叫他們說話，叫他們大哭，叫他們想怎麼樣就怎麼樣吧！」

而我的手下人，管家、卓瑪、兩個小廝，還有別的下人背著我，早把一切都準備好了，只等我一句話，把鍋下的柴草點著就行了。

火一點燃，我的手下人就歡呼起來。但飢餓的人群卻悄無聲音。開始發放食物了，他們也沒有一點聲音。我說不上是喜歡這樣的百姓還是害怕他們。

於是，我又一次大叫：「告訴他們，只有這一頓，只有這一頓，吃了，他們就有上路的精神了，叫他們回到自己的地方！」

我的話，從每一個掌勺子的人口裡，傳達給飢民們。

卓瑪一邊說，一邊還流著眼淚：「不要叫我們好心的主子爲難了，回去找你們的主子吧！回去找自己的主子，上天不是給我們都安排下了各自的主子嗎？」

他們的主子的日子也不好受。

茸貢土司的人馬吃得飽飽的，正跟在拉雪巴的隊伍後面窮追猛打。這其實可以理解爲，我在北邊找了人替麥其家打仗，哥哥比我能幹，所以，他在比這裡炎熱，也比這裡崎嶇的南方山地，親自帶著隊伍衝鋒陷陣。

越來越多的人開始認爲，雖然他是個聰明人，好運氣卻永遠在他那傻子弟弟一邊。我自己也有這種感覺，好運氣像影子一樣跟著我。有一兩次，我清楚地感到這個神秘的東西挨我很近，轉過身去踩了跺腳，可惜，它只像影子，而不像狗。狗可以嚇走，影子是嚇不走的。

小爾依問我跺腳想嚇什麼？

我說，影子。

他笑了，說，不是影子。然後，這張沒有血色的行刑人的臉上泛起了光亮。我知道他要說什麼了。作爲一個行刑人，他對幽冥世界有特別的興趣。果然，他臉上閃爍著興奮的光芒對我說：「要嚇走鬼，跺腳不行，要吐口水。」他還對著我的背後做了個示範的樣子：「要這樣子……」

可不能等他把行刑人的口水吐出來，要是真有個好運氣一天到晚巴巴地跟在我身後，豈不被他用驅邪的手段嚇跑了。我給他一耳光，說：「不要說你們這些奴才，就是我自己對身後吐了口水，你也可以對我用刑，用紅鐵烙我的嘴巴！」

小爾依臉上的光熄滅了。

我說：「下去，掌一會兒勺子去吧！」在我的手下就是最窮的窮光蛋，今天也學到了施捨的甜蜜味道。在這個世界上，能夠給予的人有福了。我讓每一個人都掌一會兒勺子，嘗試一下能夠施捨是多麼好的滋味。我聽到他們心裡都在喊二少爺萬歲。那些吃飽了的人群還停留在曠野裡。我對著笑瞇瞇地拖著跛腳走來的管家喊：「該結束了，叫他們走開，走開！」

管家是看著最後一個人把最後一勺麥麵粥吸到口裡，帶著心滿意足的心情上樓來的。聽見我的喊聲，他一邊爬樓梯，一邊說：「他們馬上就要回去了，他們向我保證過了。」

就在這時，人群開始移動了，雖然口裡沒有一點聲音，但腳步卻有力了，能在地上踩出來一點聲音了。一個人一點聲音，這麼一大群，想數也數不過來的人踩出的聲音混合在一起，令大地都有些搖晃。這麼一大群人走動著，在身後揚起了好大一片塵土。等這片塵土散盡，他們已經走遠了，到了河的對岸。

我禁不住長長地吐了一口氣。

可是他們在河對岸的曠野裡停了下來。男人們離開了女人和孩子，走到了一起。他們聚到一起幹什麼？是吃飽了想向我們進攻嗎？要真是那樣的話，我倒巴不得他們早點開始。因爲從天黑到上床睡覺這段時間，實在無事可做。如果他們進攻，我們就開槍，到戰鬥結束，正該是睡覺的時候。這樣，沒有哪個土司遇到過的局面就可以結束了。天啊，叫我遇上的事情是過去的土司們曾經面對過的事情吧！男人們坐下了，坐了很久，後來，在他們內部發生了一場小小的混亂。下午的陽光遮住了我的視線，只看到那混亂的中心，像一個小小的漩渦，翻騰一陣，很快又平靜了。幾個人走出人群，涉過河水向我們走來。在他們背後，所有的人都站起來，目送他們。

這幾個人走過大片空地的時間真是太漫長了。

他們在我面前跪下了。這些人把仍然忠於拉雪巴土司的頭人和各個寨子的寨首都殺掉了，帶來了他們的腦袋，放在我的腳前。我問：「你們這是爲了什麼？」

他們回答，拉雪巴土司失去了憐愛之心，也失去了過去的拉雪巴土司具有的審時度勢的精明與氣度，所以，他的百姓要背棄他了。麥其土司將統治更大的領地和更多的人民，是天命，也是眾望所歸。

我把小爾依叫來，把他介紹給這些想歸順我們的人。並不是所有土司都有專門的行刑人。就是有過專門的行刑人，也沒有延續到這樣久遠。他們好奇的打量眼前這個長手長腳臉色蒼白的傢伙。這時，我開口了：「誰是殺了自己的主子的帶頭人？」

所有人都再次跪下，這是一群精明而勇敢的人，他們共同承擔了這個責任。我已經喜歡上他們了，對他們說：「起來吧，我會殺掉你們其中任何一個，這麼多人叫我的行刑人殺誰好呢？」

他們都笑了。

拉雪巴土司手下有好幾千人投到了我們麥其家。有人說，拉雪巴土司的領地像一株大樹。這株大樹是由一條一條的山溝構成的。一條越來越大的河，在山間沖出一個越來越寬的谷地，這是樹幹，水像雷聲一樣轟鳴的河口地區是大樹的根子。在河的上游，很多支流沖出的山溝，就是這株大樹上主要的枝幹。晚上，管家把地圖拿來，我在燈下看呀看呀，看了好久才從曲折不等的線條裡看出一株大樹的樣子。這一次，我從這株大樹上面砍下了兩根最粗壯的樹枝。我把面前這幾個人任命爲新頭人和寨首。他們要我給他們派去新的首領。我告訴他們我只給他們麥子，而不給他們首領。

我說：「你們自己就是自己的首領。然後，我是你們的首領。」

第二天真是十分忙碌，我分發給他們足夠度過飢荒的糧食，還有來年的種子。這天晚上，他們沒有離開。這些獲救了的人們，在河灘的曠地上燃起篝火。瀕死的人們煥發出無比的激情。我只在遠遠的地方揮了揮手，他們的歡呼就像春雷一樣在天地之間隆隆滾動。我走到他們中間，幾千人一起跪下去，飛揚起來的塵土把我嗆住了。我不太相信這些人轉眼之間都成了我的百姓。真的不敢相信。塵土起來時，兩個小廝一左一右站在了貼近我身體的地方。他們怕有人對我下手。但我把他們推開了。這沒有必要。我們幾個人落在這麼一大群人中間，要是他們真想吃掉我們，還不夠一人來上小小的一口。但他們不會。他們是真正的歸附於我們了。我的運氣好。運氣好的意思就是上天照顧，命運之神照顧，誰也不會把我怎麼樣。

我想說點什麼，卻被他們攪起的灰塵嗆住了，這也是他們的命。他們的命叫他們大多數人聽不到新主子的聲音。我只揮了揮手，跪著的人們又起來了。老老少少，每個人額頭都沾上了塵土。他們背棄了主子，並不是說他們不要主子了，他們的腦子裡永遠不會產生這樣的念頭，誰要試著把這樣的想法硬灌進他們的腦袋，他們只消皺皺眉頭，稍一用勁就給你擠掉了。看吧，現在，在篝火的映照下，他們木然的臉上一雙眼睛明亮而又生動，看著我像是看到了神靈出現一樣。他們望著我離開，也像是目送神靈回到天上。

早上，他們都離開了，只剩下一大片空曠的河灘。熱鬧了這麼多天，一下冷清下來，我的心裡也感到空落落的，我還隱隱擔心一個問題，但我不需要說出口來。每一個我擔心的問題，都是別人也會想到的。所以，還是由別人說出來好。果然，吃早飯時，管家說：「那些人不要是拉雪巴土司派來騙我們麥子的，那樣大少爺就要笑話我們了。」

索郎澤郎說：「你要是不相信小少爺，就去跟大少爺，這裡有我們。」

管家說：「你是什麼人，配這樣跟我說話？」他把手舉起來，看看我的臉色，終於沒有打下去。

索郎澤郎臉上顯出了得意的神情。

管家就對小爾依說：「打他兩個嘴巴。」

小爾依就打了他的伙伴兩個嘴巴。但明顯，他打得太輕了。於是，管家就只好自己動手懲罰行刑人了。是的，其他人犯了錯有行刑人懲罰，行刑人犯了錯，也只有勞當老爺的人自己動手了。管家把自己的手打痛了。索郎澤郎得意地笑了，我也笑了，但隨即一變臉，對小爾依喊了一聲：「打！」

這下，小爾依真正下手了，不要看小爾依很單薄瘦弱的樣子，只一下就把身體強壯的索郎澤郎打倒在地上。

這下，大家都笑了。笑完過後，我叫管家寫信，告訴麥其土司，他的領地又擴大了，在北方的邊界上，他又多了幾千百姓。管家本來是想叫我等一等的。但他也知道，這一向，我總是正確的，所以就把信送出去了。北方邊界上形勢很好。有我的支持，女土司把拉雪巴土司打得潰不成軍。

我問管家：「拉雪巴土司還能做些什麼？」

「拉雪巴土司嗎？我想他只好再到我們這裡來。」

我眼前出現了肥胖的拉雪巴土司不斷拿一條毛巾擦汗的樣子，忍不住笑了。

第八章

31.邊境市場

拉雪巴土司又來了。

他看到封閉的堡壘變成了一個開放的宏偉建築，還以爲自己走錯了地方。

這回，他再不說是我舅舅了。雖然，我這裡連道大門都沒有了，他還是在原來大門所在的地方滾鞍下馬。我說滾，可沒有半點蹧蹋他的意思。拉雪巴土司實在太肥胖了，胖到下馬時，都抬不起腿來。要想姿勢優美地上馬下馬，把腿抬到足夠高度是首要條件。肥胖使曾經的馬上英雄失去了矯健。拉雪巴土司歪著身子，等屁股離開馬鞍，利用重力，落在了馬前奴才們的懷裡。

他吃力地向我走來，還隔著很遠，我就聽到大口喘氣，呼哧，呼哧，呼哧。他肯定傷風了，嘶啞著嗓子說：「麥其家最最聰明和有善心的少爺呀，你的拉雪巴侄兒看你來了。」

「我對他們說，拉雪巴會給我們帶來好禮物。」

「是的，是的，我帶來了。」

他的哆嗦的雙手從懷裡掏出些亂七八糟的東西，塞到我手上。我叫管家一樣樣打開來看，卻是一疊厚厚的，很有些年頭的紙片，幾顆銅印。他的百姓背棄了他，拉雪巴土司只好把那些投靠了我的寨子的合法文書與大印送來，表示他承認既成的事實。這些東西都是過去某個朝代的皇帝頒發的。有了這些東西，我就真正擁有那些地方了。

一句話湧到嘴邊，但我沒有說。反正有人會說。果然，管家開口了，說：「我們少爺說過，誰得到麥子都要付出十倍的代價。你不聽，現在，可不止付出了十倍代價。」

拉雪巴土司連連稱是，問：「現在，我們可以得到麥子了嗎？」他說牲口背上都馱著銀子。我說：「要不了那麼多銀子，我賣給你麥子，只要平常年景的價錢。」

他本以爲我會拒絕，但我沒有拒絕他。這個絕望的人差點就流出了淚水，帶著哭腔說：「天哪，麥其家可是把你們的拉雪巴侄兒害苦了。」

「人都是需要教訓的。」

依照勝者的邏輯來說，麥其家付出了更大的代價。

可不是嗎，要是他們不跟著我們種植鴉片，還需要費這麼多事嗎？想起這些，我的氣真正上來了，說：「我們的麥子對所有人都是一樣的價錢，是平常價錢的三倍，對你們也是一樣。」

「可是，你剛才還說只要……」

但他看著我冷冰冰的眼色再不敢說下去了，而是換上了一張可憐巴巴的笑臉，說：「我不說了，麥其伯父一會兒再改主意我就吃不消了。」

管家說：「知道是這樣，就到客房裡去吧！已經備下酒肉了。」

第二天早上，拉雪巴土司帶來的牲口背上都馱上了麥子，而我並沒有真要他付三倍的價錢。分手時，他對我說：「你叫我的人有飯吃了，也叫他們不要再挨打了吧！」

我知道他指的是什麼，便在他馬屁股上抽了一鞭。馬就馱著他跑開了。我在背後對他喊，麥子沒有了再來買，麥其家在邊境上修的不是堡壘，而是專門做生意的市場。是的，到現在，我可以說了，這裡不是堡壘，而是市場。在小河兩邊有著大片的空地，正好做生意人擺攤和搭帳篷的地方。

管家說：「女土司那邊，也該有所表示了。」

我叫他給女土司寫信，說說這個意思。

女土司沒有立即回信。因爲她的人有麥麵吃，又對拉雪巴土司打了勝仗。回信終於來了，信中說，她還沒有爲女兒備好嫁妝，因爲，她得像男人一樣帶兵打仗。她甚至在信中對我發問：「請想做我未來女婿的人告訴我，茸貢土司是不是該找個男人來替她做點女人的事情，比如，替她女兒準備嫁妝？」

吃著麥其家的麥子，仗著麥其家的機關槍掩護，打了點小勝仗，女土司像發情的母馬把尾巴翹起來了。

她是一個能幹的女人，但這個女人不夠聰明，她該知道，世界正在變化。當這世界上出現了新的東西時，過去的一些規則就要改變了。可是大多數人都看不到這一點。我真替這些人惋惜。女土司也在我爲之嘆息的人中間。其實，她說出來的話正是我希望她說的。塔娜在這裡時，我愛她，被她迷得頭昏腦脹。但一離開，時間一長，我這腦子裡，連她的樣子的輪廓都顯不出來了。這就等於女土司最有力的武器失去了效力。所以，她說出這樣的話來真叫我高興。僅僅過了兩天，我派出去的機槍手和投彈手全部回來了。女土司派人追他們回去。追兵都在母雞一樣咯咯叫的機槍聲裡躺倒在大路上了。但是，一個驕傲的人不容易意識到自己正在犯下什麼樣的錯誤，更不要說是一個驕傲的女人了。

她不知道，拉雪巴土司也從我這裡得到了麥子。

拉雪巴土司長長的馬隊每到一個磨坊，就卸下一些麥子，還沒有回到中心地帶，麥子就沒有了。

於是，馬隊又走在回邊界的路上。這一回，他記住了我說過要在北方邊界建立市場，就乾脆帶著大群下人，在河灘上搭起帳篷住下來，從領地上運來了各種東西，專門和我進行糧食交易。

拉雪巴土司吃飽了麥麵的隊伍立即恢復了士氣。而對復甦了士氣的隊伍，沒有機關槍是很糟糕的。茸貢家的隊伍已經不習慣在沒有機槍掩護的條件下作戰了。他們退得很快，一退就退過了開始進攻時的戰線。

拉雪巴土司不再回領地了，就在邊界市場上住下了。他常常請我到河邊帳篷裡喝酒。在天氣好的日子裡，在北方開闊的邊界上，坐在河邊喝酒是叫人非常開心的事情。

拉雪巴土司和我做起了真正的生意。

他不僅用銀子買我的東西。而且還運來好多藥材與皮毛，還有好馬。我的管家說，這些東西運到漢區都能賺大錢。管家組織起大批馬隊，把這些東西運到東邊漢人的地方賣掉，又買回來更多的糧食。很快，在北方邊界上，一個繁榮的邊境市場建立起來了。越來越多的土司來到這裡，在河對岸的平地上搭起了帳篷。他們帶來了各種各樣的好東西。而他們需要的只是糧食。麥其家的糧食再多也是有限的。但我們靠近漢地，這個位置，在漢人政權強大時，使我們吃了不少苦頭，這也是麥其土司從來不能強大的首要原因。後來，他們革命，他們打仗了。麥其土司才時來運轉，得到了罌粟種子。罌粟使麥其強大，又使別的土司陷入了窘迫的境地。我們把麥子換來的東西運到漢地，從那裡換成糧食回來，再換成別的東西。一來一去，真可以得到十倍的報償。管家仔細算過，就是缺糧的年頭過去，在平常年景，不運糧食了，運別的東西，一來一往，也會有兩三倍利潤。

在有土司以來的歷史上，第一個把禦敵的堡壘變成了市場的人是我。每當意識到這一點，我就會想起我們家沒有舌頭的書記官。要是他在這裡，相信他會明瞭這樣的開端有什麼意義。

而在這裡，在我的身邊，眾人都說，這是從來沒有過的，從來沒有過的。其他，就再也說不出什麼來了。我想書記官會有一些深刻的說法。

32. 南方的消息

我感到不安。

讓我這樣的人來替大家動腦子，這個世道是個什麼世道？這是個不尋常的世道。要是說不尋常就不尋常在要傻子替大家思想這一點上，我是不大相信的。可是，要問不在這點又在哪點上，我也答不上來。好些晚上，我睡在床上，一個人自問自答，連身邊睡著的女人都忘記了。這個姑娘是新近背棄了拉雪巴土司那些寨子送來的。我的腦子一直在想不該我想的問題。所以，姑娘睡在我床上好幾個晚上了，我連她是什麼名字都沒有問過。不是不問，是沒有想到，確確實實沒有想到。好在這個姑娘脾氣很好，並不怨天尤人。她來到我身邊，替那麼多從死亡邊緣活過來的人報答我。但我一直沒有要她。我老要想，我們生活在一個什麼樣的世界上？

第一次要她是早上。平常我醒來，總要迷失了自己。總要問：我在哪裡？我是誰？但這天早上沒有。一醒來，我就沒有意識到自己這兩個問題。而是把身邊這個身上散發著小母馬氣味，睡得正香的姑娘搖醒，問她：「你是誰？」

她的眼睛慢慢睜開，看那迷迷糊糊的眼神，我想，這一陣子，她也不知道自己是誰吧！她慢慢清醒過來，臉上浮起了紅暈。那紅暈和結實乳房上的乳暈同樣深淺。我笑著把這個告訴她。她的臉更紅了，伸出手來，把我摟住，結結實實的身體都貼在我身上了。

「你知道我是誰？」我問她。

「他們說你是個好心的傻子，聰明的傻子，如果你真是一個傻子的話。」

看看，人們已經形成了對我固定的看法了。我說：「不要說別人，你看我是個什麼樣的人？」

姑娘笑起來：「一個不要姑娘的傻子。」

就這一句話把我的慾望喚醒了。這個姑娘是一頭小小的母牛，掙扎，呻吟，扭動，用一對碩大的乳房把我的臉掩藏，散發出一身濃烈的奶香。但她就是不對我敞開那個又濕又黑的洞穴。那裡面，是我現在想要進去的地方。她的整個身子都像一張牛皮對我打開了，卻又緊緊夾著雙腿，不要我進到她裡面。所以，等她終於敞開洞口，我立即就在裡面炸開了。

她笑了，說：「就像好久沒有要過姑娘一樣。」

我是有好些時候沒有要過姑娘了。

我突然想，正在南方作戰的哥哥，絕對不會這麼久不沾姑娘。要是有人告訴他，弟弟跟一個姑娘睡了兩三天，才想起幹那事情，他會大笑著說：「真是個傻瓜！」但他能笑的就僅此一點了。終於，從南方傳來了哥哥兵敗的消息。他天天打勝仗，其實是人家躲開了銳不可當的進攻鋒頭。他一直推進到汪波土司領地上縱深的地方，並沒有多少實際的戰果。在他兵鋒所指的地方，不要說人，活著的牛羊也難見到，更不要說金銀財寶了。麥其家的大少爺，將來的麥其土司，掌握著威力強大的先進武器，但卻沒人可殺。他見到的人，大多都已餓死了，活著的，也餓得奄奄一息，不願再同命運掙扎了。他的士兵把這些人的耳朵割下來，冒充戰果。麥其家的大少爺殘暴名聲開始流傳。他實在是推進得太遠了。在進攻的路上，他見不到敵人，敵人卻總有機會對他下手，今天一個人，明天一枝槍。幾個月下來，他已經用麥其家的武器替人家搞起了一支精悍的武裝。結果，汪波土司用他送去的武器，把沒留多少人守衛，我們家在南方邊界上的堡壘攻佔了。等他再打回來，裡面的糧食已經運走一多半了。他想再領兵進攻，但父親沒有允許。

麥其土司對他的繼承人說：「你送去了槍、糧食，都是他們沒有的，十分想要的東西。等你打聽清楚了汪波土司還缺什麼，你再動手不遲。」

哥哥病了。

父親叫他養病。

哥哥在邊界的堡壘裡住著，一邊害病，一邊等待汪波土司發動進攻。他準備好了要給進攻者以毀滅性的打擊。

而新繼位的汪波土司卻繞了很遠的路，來到我開闢的市場上，做生意來了。

看看吧，完全因爲我，和平才降臨到了這片廣大的土地之上。在沒有任何土司的影響曾經到達過的廣大地區，人們都知道了我。傻子，這個詞在短短的時間裡，被我賦予了新的、廣泛的意義。現在，因爲我，這個詞和命運啦，福氣啦，天意啦，這些詞變成了同樣的意思。

現在，只有拉雪巴土司和茸貢土司之間還有零星的戰鬥，但也馬上就要結束了。我對女土司來了個釜底抽薪。我沒想到自己會對她來上這麼一手。我把她當成岳母，但她好像不願意我做她的女婿。沒有我的支持，女土司很快就被打得招架不住了。她給我來信了。在信中，她說需要未來女婿的支援。我聽管家念了信，沒說什麼。還是管家替我回了信，說：「我們的少爺腦子有問題，他不知道自己爲什麼是你家的女婿。」

回信又來了，言辭有點痛心疾首，說，茸貢家未來的女婿，也就等於是未來的茸貢土司。

管家笑了，但我沒有笑。這一段時間我沒事可幹，又開始想塔娜了。於是管家又回信說：「少爺說，都想不起塔娜的樣子了。」

這是非常時期，一個傻子就能決定許多聰明人的命運，女土司不好再堅持土司之間的禮儀，不等舉行正式婚禮，就把女兒給我送來了。

塔娜是早上到的，下人來通報時，我正跟臉會紅出跟乳暈一個顏色的姑娘在床上。我不是說我們在幹事。沒有。這段時間，我們在晚上就幹夠了。早上總是醒得很晚。索郎澤郎站在床前大聲咳嗽。我醒來，但只睜開了一隻眼睛，我看見他的嘴巴在動，聽不見他是說塔娜到了，便迷迷糊糊地說：「好吧，好吧。」

要是塔娜真的在這種情形下闖進來，局面就不大好看了。好在管家早已起床，索郎澤郎正要傳我的糊塗話時，塔娜已經叫他帶到別的房間裡去了。我把身邊的姑娘搖醒。她翻一下身，嘆了口氣，又睡著了，差點把我急壞了。好在，她只睡了一小會兒，好像不是爲了睡去，而是爲了重新醒來。她只重新睡了一小會兒，就醒來了。她咯咯地笑著，問：「我在哪裡？」

我告訴了她，並問她：「我是誰？」

她也回答了。

這時，索郎澤郎沉著臉走進來，對我說：「你的未婚妻都等急了。」

「誰？」

「塔娜！」

這下，我像隻青蛙一樣從床上跳起來，差點沒有光著身子跑出房間。索郎澤郎想笑又不敢，床上的姑娘卻笑了。她咕咕地笑著，自己還光著身子，就跪在床上給我穿上衣服。笑著笑著，就流淚了，淚珠大顆大顆落在兩個乳房上。

我告訴她，塔娜將是我的妻子，她是茸貢土司的女兒。她就不哭了。

我又告訴她，淚水掛在她乳房上就像露水掛在蘋果上一樣。她就破涕爲笑了。

一見塔娜的面，她的美又像剛剛出膛的滾燙的子彈把我狠狠地打中了，從皮膚到血管，從眼睛到心房，都被這女人的美弄傷了。把我變回爲一個真正的傻子很容易，只要給我一個真正的美麗女人就行了。

人一變傻，臉上的皮膚就繃緊了。看一個人是不是傻子，只要看看他的笑容就行了。傻子笑時，臉上的肌肉不聽使喚，所以，傻子只能做出凍死在冰雪中的人臉上那種表情。那種人的笑，把牙齒全都露出來了，臉上卻見不到一點漾動的光彩。

還是塔娜先開口：「沒想到我來得這麼快吧？」

我說是沒有想到。一說話我臉上的肉就活泛了。臉一活泛，整個腦子立即就跟著活泛了。

但我還是不知道自己該幹什麼。過去，我跟女人不需要任何客套就直接上床睡覺。有什麼山高水長的意思，也要等睡過幾次，表示起來，才能揮灑自如。但對將成爲我妻子的塔娜可不能這樣，但不這樣，又該怎樣，我就不知道了。好在我有一個跛子管家。他把我該想到的事都替我想到了。他對著我耳朵小聲說：「叫他們進來，少爺。」

我相信管家。於是，我很氣派地揮揮手，果然，就有下人從外面進來了。他們在塔娜面前放下好多珠寶。現在，我也是個商人了，這麼些珠寶並不在話下，所以，可以不停地揮手。下人們便魚貫而進，把來自土司們領地和漢地的各種好東西放在塔娜面前。這個早上，我不停地揮手，我想，塔娜她故作鎮定，到最後還是會感到吃驚的，但她咯咯地笑起來，說：「我到死也用不了這麼多東西，我餓了。」

下人們又在樓下的廚房和樓上的客房之間奔忙起來，我的管家是一個好管家，塔娜一到，就準備了這麼豐厚的禮品。我的廚娘領班也是天下最好的，塔娜一到，就備下了這麼豐盛的食品。塔娜又是咯咯一笑：「我一口也吃不下了，這麼多東西，看都看飽了。」

我揮了揮手，下人們把食品都撤下去了。我突然想，要是再揮一揮手，他們會把塔娜面前的珠寶像食品一樣搬走嗎？心裡想著，手上便來了一下。這一揮，我的人，從管家開始，都退出去了。只有護送塔娜來的兩個紅衣侍女還站在她身後。

塔娜說：「你們也下去吧！」

寬大的屋裡只有我和她了。我不知該對她說點什麼。她也不說話。屋裡很明亮，一半因爲外面的太陽，另一半卻要歸功於堆在塔娜面前的珠寶。她嘆息了一聲，說：「你坐下吧！」

我就在她身邊坐下了。

她又嘆息了一聲，使我的心都碎了。要是她一直嘆氣的話，會要了我的性命的。好在，她只嘆息了兩聲，就歪著身子，倒在了我的懷裡。然後，我們的嘴唇碰到了一起。這次，我也像一個長途跋涉而終於到達目的地的人一樣嘆息了一聲。

雖然她的嘴唇冰涼，但有了這一下，我可以說話了。

我對躺在懷裡的她說：「你冰一樣的嘴唇會把我凍傷。」

她說：「你要救救我的母親，你們答應過她的。再把你的機槍手派回去吧！」

我說：「不爲這個，你不會到我身邊來，是嗎？」

她想了想，點點頭，眼角上淚光閃閃。

塔娜這樣子，使我的心隱隱作痛。我走到外面走廊上，眺望遠處的青山。正是太陽初升的時候，青山在陽光的紗幕後若隱若顯，就像突然湧上我心頭的悲傷。同得到了東西時的悲傷相比，得不到東西時的悲傷根本算不上是悲傷。管家等在門外，見了我的樣子，也深深嘆氣。他走過來，光看他眼裡的神情我也知道他是要問我，她從不從我。我說：「你不要過來，我要好好看看早晨的山。」

美麗無比的塔娜，她使我傷心了。

我站在樓上看山。

我手下的人都站在樓下，看我。

太陽升起來，斜射的光線造成的幕布一消失，遠山清晰地顯現在眼前，就沒有什麼可看了。屋子裡靜悄悄的就像沒有一個美麗的姑娘坐在一大堆珠寶中間。我是自己走出去的，只好自己走回去。

太陽從窗口照亮了那些珠寶，珠寶的光芒映射在塔娜身上，珠光寶氣使她更美麗了。我不想破壞這種美景，只是說：「叫你的侍女把這些東西收起來吧！」

侍女進來問我：「這裡不是我們的地方，不知道該放在哪裡？」

我叫人給了她兩只大箱子。這時，我才用鞭子敲著靴筒對塔娜說：「走吧，我們去找拉雪巴土司，救你母親，救茸貢女土司吧！」

我一直在用鞭子抽打著靴筒，一直沒有回身去看跟在我身後的塔娜。下了樓，在牲口面前，索郎澤郎說：「少爺把靴筒上的漆皮敲壞了。」

管家抽了索郎澤郎一個嘴巴：「少爺心裡不好受，壞一雙靴子算什麼，快拿雙新的來！」管家的命令從一張張嘴裡一下就傳到了鞋匠那裡。鞋匠捧著一雙嶄新的靴子從作坊裡跑出來。他臉上的笑容是真誠的。自從這裡開闢成市場後，他幹了不少私活。他做的靴子樣子不是最漂亮的，卻十分結實。來來去去做生意的人們走著長路，穿他的靴子再好不過了。

鞋匠穿著一雙快掉底的靴子，啪噠啪噠地跑過來。

他在馬前跪了下來，脫掉我腳上的靴子，穿上新的。這邊完了，又跑到另外一邊。

鞋匠幹完活，我問他：「看看你的腳吧！鞋匠沒有一雙好的靴子？你想在來來往往的人面前丟我的臉嗎？」

這個傢伙，把一雙粗黑的手在皮圍裙上擦來擦去，嘿嘿地笑著。昨天晚上來了一個人，急著等靴子穿，把他腳上的一雙都換走了，而他就只好穿那人的破靴子了。

我用馬鞭敲敲鞋匠的頭，把剛從腳上脫下傷了漆皮的靴子賜給了他。

我們騎馬涉過小河，一直走到拉雪巴土司帳篷前。

不等我掀帳篷帘子，拉雪巴土司已經在我們面前了。他那麼肥胖，又穿得十分臃腫，像是從帳篷裡滾出來的。拉雪巴土司一看見塔娜，臉上就現出了驚愕的表情。

這個肥胖的傢伙，我敢保證他從來沒有見過這樣美麗的姑娘，就是在夢裡也沒有見過。

塔娜非常習慣自己出現時造成的特別效果，坐在馬背上咯咯地笑了。天啊，你給了一個人美麗的外貌，卻還要給她這麼美妙的聲音！

拉雪巴土司在這笑聲裡有點手足無措，他漲紅了臉對我說：「這樣美麗的姑娘不是仙女就是妖精！」

我說：「是茸貢將來的女土司！」

拉雪巴土司臉上又一次現出驚愕的神情。

我用鞭子柄在她柔軟的腰上捅了一下：「塔娜，見過拉雪巴土司。」

塔娜正在笑著，這時，一下就叫自己的笑聲哽住了，打了一個嗝，很響亮，像是一聲應答：「呃！」

拉雪巴土司對著我的耳朵說：「告訴我，她是仙女還是妖精？」

大家在帳篷裡層層疊疊的地毯上坐下來，我才對拉雪巴土司說：「她不是仙女也不是妖精，塔娜是我的未婚妻。」

拉雪巴土司又笑了：「你有當土司的命咧！麥其家沒有位子，茸貢家給你騰了出來。」

我也笑了，說：「可是，塔娜說，你的人馬快把她將來的領地全佔領了。將來我到什麼地方去，到拉雪巴去當土司嗎？」

拉雪巴土司懂了，茸貢家的土地、百姓是大大的一塊肥肉，他已經把好大一塊都咬在口中了，現在卻不得不鬆開牙齒，吐出來。我笑著對他說：「你夠胖了，不能再吃了，再吃，肚子就要炸開了。」

他的眼圈紅了，點了點頭，說：「好吧，我下令退兵就是了。」看看現在的我吧，自從開闢並掌握了市場，說話多有分量。拉雪巴還說：「我做出了這麼重大的承諾，我們還是喝一碗酒吧。」

我說：「不了，就一碗茶。」

喝茶時，拉雪巴土司對塔娜說：「知道最大的贏家是誰嗎？不是你，也不是我，是他。」

我想說什麼，但一口熱茶正在嘴裡，等把茶吞下去，又什麼也不想說了。

從帳篷裡出來，塔娜竟然問我：「那個胖子真正是拉雪巴土司嗎？」

我放聲大笑，並在馬屁股上狠狠抽了一鞭。馬馱著我向一座小山崗衝去。我這匹馬只要你一抽牠，牠就往高處衝。這很有意思。據我所知，還沒有馬匹一定要這樣。牠一直衝到曠野中央最高的小山崗上才停下。現在，河流、曠野、我在曠野上開闢出來的邊境市場，都盡數在眼底了。塔娜的坐騎也是一匹好馬，跟在我後面衝上了山崗。和風送來了她的笑聲，咯咯，咯咯咯，早春時節，將要產蛋的斑鳩在草叢裡就是這樣啼叫的。

她的笑聲是快樂的笑聲。

這證明，我能給心愛的女人帶來快樂。

她騎在馬上笑著向我衝過來了。鞭梢上的紅纓在空中旋舞。我衝著她大叫：「你是真正的茸貢女土司嗎？」

塔娜大笑，叫道：「我不是！」

她大叫著，向我衝過來，我從馬背上一躍而起，向著另一匹馬背上的她撲了過去。她發出一聲能鑽進人骨髓的尖叫。馬從我們兩個的下面衝出去了。塔娜的手抱住了我。有一陣子，我們兩個在空中飛起來了。然後，才開始下落。下落的速度並不太快，至少我還來得及在空中轉一個身，讓自己先摔在地上。然後，才是我的美麗的塔娜，下落的時候，我還看得見她眼睛和牙齒在閃光。

老天爺，夏天的草地是多麼柔軟呀！

剛一落地，我們的嘴唇就貼在一起了。這回，我們都想接吻了。我閉眼睛，感到兩張嘴唇間，呵護著一團灼熱而明亮的火焰。這團火把我們兩個都燒得滾燙，呻吟起來。

有一陣子，我們兩個分開了，躺在草地上，望著天空中的白雲。

塔娜喃喃地說：「我本來不愛你，但衝上山崗時，看著你的背影，又一下就愛上了。」

她又來吻我了。

我躺在清風吹拂的小山崗上，望著雲團洶湧的天空，好像是落在大海的漩渦裡了。

我告訴塔娜自己有多麼愛她。

她用鹿茸花綢布一樣的黃色花瓣蓋住了我的眼睛，說：「沒有人看見我而不愛上我。」

「我只不過是個傻子。」

「天下有你這樣的傻子嗎？我害怕，你是個怪人，我害怕。」

33. 世仇

饑荒還沒有結束。

雖然土司們大多認爲自己的領地就在世界中央，認爲世界中央的領地是受上天特別眷顧的地方，但還是和沒有土司的地方一樣多災多難：水火刀兵，瘟疫饑荒。一樣都躲不過去，一樣也不能倖免。鬧到現在，連沒有天災的年頭也有饑荒了。看來，土司們的領地是叫個什麼力量給推到世界邊上了。

百姓們認爲，一到秋天，饑荒就會過去。

但是那是依照過去的經驗。過去，一到秋天，地裡就會有果腹的東西下來：玉米、麥子、洋芋、蠶豆和豌豆。沒有餓死在春天和夏天的人，就不用操心自己的小命了。但現在的問題是，大多數土司的大多數土地上，沒有莊稼可以收穫，而是一望無際茂盛的罌粟迎風起舞。有些土司，比如拉雪巴吧，猛然醒悟，把正在出苗的罌粟毀了，雖然季節已過，只補種了些平時作飼料的蔓菁和各種豆子，卻有了一份實實在在的，使其治下百姓心安的收穫。

我問拉雪巴土司，傳說當初鏟除煙苗時，他流了淚水是不是真的？

他沒有正面回答我，而是說，當初他鏟煙苗時，別的土司都笑話他，現在，國民政府正在抗日，也正在禁煙，該他們對著越發濫賤的鴉片哭鼻子了。

麥其家又迎來一個豐收年，玉米、麥子在曬場上堆積如山。麥其家的百姓有福了。麥其家的百姓不知道這麼好的運氣是從哪裡來的！看看天空，還是以前那樣藍著。看看流水，還是以前那樣，順著越來越開闊的山谷，翻捲著浪花，直奔東南方向。

我有點想家了。我在這裡沒什麼事做。有什麼事情，管家便一手做了。管家做不過來，桑吉卓瑪便成了他的好幫手。管家對我說：「桑吉卓瑪是個能幹的女人。」

我說：「你是個能幹的人，當然，你是男人。」

不多久，他又來對我說：「桑吉卓瑪是個好人。」

我說：「你也是好人。」

他是暗示想跟桑吉卓瑪睡覺。他當然想跟廚娘卓瑪睡覺，卓瑪離開銀匠丈夫太久了，也想跟他睡覺。我注意觀察了一下，卓瑪不像剛來時那麼想她的銀匠了。管家對我說：「我有些老了腿腳不方便了。」好像他本來不是破了，在此之前，他的腿腳是方便的一樣。

我明白他的意思，便說：「找一個幫手吧！」

「我找了一個。」他說。

「告訴她好好幹。」我說。

管家把桑吉卓瑪提升成他的助手。跛子在當了二十多年管家後，真正擺開了管家的派頭。他用銀鍊子把個大大的琺瑯鼻煙壺掛在脖子上。在腦子裡沒主意出來之前，他要來一小撮鼻煙，對下人們發出指令後，他也要來一小撮鼻煙。吸了鼻煙的他，打著響亮的噴嚏，臉上紅光閃閃，特別像一個管家。我把這話說給他聽了。在我說話時，他把煙壺細細的瓶頸在指甲蓋上輕輕地叩擊，等我說完，他也不回話，只把堆著鼻煙的指甲湊近鼻孔，深吸了一下，這樣，他就非得憋住氣不可了，好打出響亮的噴嚏。這樣，他就可以不回答我的問題了。

在北方邊界上，所有的麥子，都得到了十倍的報酬。更重要的是我使麥其家的領地擴大了。而比這更重要的是，我得到了一個絕色美女做妻子，只等丈母娘一命歸西，我就是茸貢土司了。當然，這樣做也是有危險的。曾經想做茸貢土司的男人都死了。

但我不怕。

我把這想法對塔娜說了。

塔娜說：「你真的不怕？」

我說：「我只怕得不到你。」

她說：「可你已經得到我了。」

是的，要是說把一個姑娘壓在下面，把手放在她乳房上，把自己的東西刺進她的肚子裡，並使她流血，就算得到了的話，那我得到她了。但這不是一個女人的全部，更不是一個女人的永遠。塔娜使我明白什麼是全部，什麼是永遠。於是，我對她說：「你使我傷心了。你使我心痛了。」

塔娜笑了：「要是不能叫男人這樣，我就不會活在這世上。」

一個惡毒的念頭突然湧上了心頭，要是她真不在這世上了，我一定會感到心安。我說：「妳死了，也會活在我心裡。」

塔娜倒在了我的身上：「傻子啊，活在你心裡有什麼意思。」後來，她又哭了，說：「活在你眼裡還不夠，還要我活在你心裡。」

我說：「我們出去走走吧！」

我愛她，但又常常拿她沒有辦法。每到這時候，我總是說，我們出去走走吧。大多數時候，她都願意自己待著。這樣，我就可以脫身走開了。看看管家和他的女助手在幹什麼，看看拉雪巴土司在幹什麼。看看又有什麼人到這裡做生意來了。看看市場上的街道上又多了家什麼商號。麥其土司關閉了南方邊界上的堡壘。把全部糧食都送到我這裡。糧食從這裡走向四面八方，四面八方的好東西都聚集到我的手裡。

這天，她卻說：「好吧，我們出去走走吧！」

於是，我們兩個下了樓。漂亮的女人就是這樣，剛才還在掉淚，現在，卻又一臉笑容了。

在樓下，兩個小廝已經備好了馬。

我們上了馬，索郎澤郎和小爾依緊跟在後面。塔娜說：「看看你的兩個影子，看看他們就知道你是什麼樣的人。」

我說：「他們是天下最忠誠的。」

塔娜說：「但他們一點也不體面。」

看看吧，這些自以爲聰明，自以爲漂亮，自以爲有頭有臉的人要體面而不要忠誠。這天，雖然沒有舉行婚禮，但已經是我的妻子的塔娜還說：「你的管家是個跛子，找一個廚娘做情人。」她痛心疾首地問我，「你身邊怎麼連個體面的人都沒有？」

我說：「有你就夠了。」

我們兩個已經習慣於這樣說話了。要是說話，我們就用這種方式。對說話的內容，並不十分認真，當然，也不是一點都不認真。和她在床上時，我知道該怎麼辦。但一下床，穿上衣服，就不知該怎麼和她相處了。她是聰明人。主動權在她手上。但我看她也不知道怎麼對我才好。像別的女人那樣尊重丈夫吧！他是個傻子。把他完全當成個傻子吧！他又是丈夫，又是個跟別的傻子不一樣的傻子。雖然我是個傻子，也知道一個男人不能對女人低三下四。再說，只要想想她是怎麼到我手裡，沒辦任何儀式就跟我睡在了一個床上，就不想對她低三下四了。正因爲這樣，每當我們離開床，穿上衣服，說起話來就帶著刺頭，你刺我一下，我也刺你一下。

讓一個女人經常使自己心痛不是個長久之計。

我們來到小河邊。河水很清，倒影十分清晰。這是多麼漂亮的一紅一白的兩匹馬啊！而馬背上的兩個人也多麼年輕、漂亮！

這天，以水爲鏡，我第一次認真看了自己的模樣，要是腦子沒有問題，麥其土司的二少爺真是個漂亮的小伙子。我有一頭漆黑的，微微鬈曲的頭髮，寬闊的額頭很厚實，高直的鼻子很堅定，要是眼睛再明亮一些，不是夢遊一般的神情，就更好了。就是這樣，我對自己也很滿意了。

我突然對塔娜說：「你不愛我，就走開好了。去找你愛的男人，我不會要你母親還我糧食。」

這句話把塔娜嚇壞了。

她咬著嘴唇，呆呆地看著水中我的影子，沒有說話。我只對我的坐騎說「駕」，馬就從岸上下到水裡，把那對男女的影子踩碎了。塔娜，還沒人對你說過這樣的話吧？我過了河。她沒有下人幫忙，自己從牲口背上滑下來，呆呆地坐在河岸上。

我過了河，卻想不起有什麼可去的地方。任隨馬馱著在市場上四處走動。塔娜把我腦子搞亂了。市場上的帳篷越來越少，代之而起的是許多平頂土坯房子。裡面堆滿了從土司領地各個角落匯聚來的東西。他們甚至把好多一錢不値的東西都弄到這裡來了。這些土坯房子夾出了一條狹長的街道。地上的草皮早叫人馬踐踏光了，雨天一地泥濘。今天是晴天，塵土和著來自四面八方人群的喧鬧聲四處飛揚。這樣的場景，完全是因爲我才出現的。所以，我一出現在街頭，人們就停止了交易，連正在進行的討價還價也停在舌尖上，停在寬大的袍袖裡不斷變化的手指上了。他們看著土司領地上第一個固定市場的締造者騎馬走過，誰也想不明白，一個傻子怎麼可能同時是新生事物的締造者。我在塵土、人聲、商品和土坯房子中間穿行，但我的心是空的。大多數時候，我心裡都滿滿當當。現在卻有個地方空著。我的馬已經來來回回在街上走了十來趟。拉雪巴土司坐在一個土坯房子前，一言不發地看著我，終於走到我面前，把馬拉住了。

他看了看我身後，問：「少爺是不是換了貼身小廝？」

我說：「也許他想做我貼身的小廝吧！」

今天，我一到市場上，一個人便影子一樣跟在我身後，跟著我來來回回，在小街上走了七八趟了。這人只讓我感到他的存在，卻不叫我看清臉。這是一個公式，這是復仇者出現時的一個公式。他用這種方式告訴我，麥其家的仇人來了。我今天把兩個小廝和塔娜留在了河那邊，好像是專門等他來了。過去，想到父親的仇人，麥其家另外一個什麼人的仇人會來找我復仇時，我覺得有點可怕。現在，仇人真正來了，我卻一點也不害怕。

我問拉雪巴土司生意如何，他說可以。我突然轉身，想看見那人的臉，但還是只看到一頂帽子，帽沿很寬的帽子。看見他腰間一左一右，懸著兩把劍。左邊的長一些，是一把雙刃劍，右邊的寬一些，是一把單刃劍。

拉雪巴土司一笑，眼睛就陷到肉褶子裡去了，他問：「少爺也有仇人？」

我說：「要是你不恨我，我想我還沒有仇人。」

「那就是說，你是替父親頂債了。」

「是替哥哥也說不定。」

拉雪巴土司揚了揚他肥胖的下巴，兩個精悍的手下就站在了他身邊，他問我：「去把那傢伙抓來？」

我想了想，說：「不。」

這時，我的脖子上有一股涼幽幽的感覺，十分舒服。原來，刀貼著肉是這樣的感覺。我提了提馬韁，走出了市場，一直走到河邊才停下。我從水中看著身後。復仇者慢慢靠近了。這個人個子不高，我想，他從地上搆不到我的脖子。他快靠近了。我突然說：「我坐得太高了，你搆不到，要我下來嗎？」

我一出聲，他向後一滾，仰面倒在了地上。一手舞一把短刀，用刀光把自己的身體罩住了，他的帽子摔掉了，我終於看清了他的臉，立即就知道他是誰了。

「起來吧，我認識你父親。」我說。

他父親就是當年替麥其家殺了查查頭人，自己又被麥其家幹掉了的多吉次仁。

他打個空，翻起來，但不說話。

我說：「多吉次仁不是有兩個兒子嗎？」

他走到我馬前，兩隻手裡都提著明晃晃的刀子。這時，隔河傳來了女人的尖叫聲。塔娜還待在那個地方。我看了看驚叫的塔娜。這時，仇人已經走到跟前了。這人個頭不高，但踮了踮腳尖，還是把長長的雙刃劍頂在了我的喉嚨上。劍身上涼幽幽的感覺很叫人舒服。我想好好看看這個殺手的臉。他要殺我了，就該讓我好好看看他的臉。不然的話，他就算不上是個好殺手了。但他用劍尖頂著我的喉嚨，讓我眼望天空。他可能以爲我從沒看過天空是什麼樣子。我望著天空，等著他說話。我想，他該說話了。但他就是不說話。要是他連話都不說一句兩句，也不能算是個好殺手。這時，劍尖頂著的那個地方，開始發燙了，劍尖變成了一蓬幽幽的火苗。我想，我要死了。但他又不肯揮揮手，把我一劍挑下馬來。

我聽見自己笑了：「讓我下來，這樣很不舒服。」

仇人終於開口了：「呸！上等人，死也要講個舒服。」

我終於聽到他的聲音了，我問：「這麼低沉，真像是殺手的聲音。」

他說：「是我的聲音。」

這回，他聲音沒那麼低沉了。這可能是他平常的聲音。是仇恨使他聲音低沉，而且發緊。看來，在我身上，他的仇恨不大夠用，所以，只說了一句話，他的聲音就開始鬆弛。

「你叫什麼？」

「多吉羅布，我的父親是多吉次仁，麥其土司把他像隻狗一樣打死在罌粟地裡，我的母親把自己燒死了。」

「我要看看你像不像多吉次仁。」

他讓我下馬。我的腳剛一落地，他又把刀擱在了我的脖子上。這回，我看清楚他的臉了。這人不很像他父親，也不很像殺手。這下好了，什麼人都不用擔心我，也不用恨我了。哥哥用不著提防我。塔娜也用不著委屈自己落在傻子手裡了。

殺手卻把刀放下了，說：「我爲什麼要殺你，要殺就殺你父親和你哥哥。那時，你還跟我一樣沒有長大。再說，殺一個傻子，我的名聲就不好了。」

我說：「那你來幹什麼？」

「告訴你的父親和哥哥，他們的仇人來了。」

「你自己去吧，我不會告訴他們。」

我還在答話，轉眼間，他卻不見了。

這時，我才開始發呆。望望天空，天空裡的雲啊，風啊，鳥啊都還在。望望地上，泥巴啊，泥裡的草啊，草上的花啊，花叢裡我的腳啊，都還在，好多夏天的小昆蟲爬來爬去，顯得十分忙碌。我看看水，看見水花飛濺，看見水花裡的塔娜。我想，塔娜過河來了。這時，她已經從水花裡出來了，到了我跟前。她說：「傻子，血啊，血！」

我沒有看見血。我只看見，她從河裡上來後，水花落定，河裡又平靜了。塔娜從河裡上來，抓起我的一隻手，舉到我眼前，說：「傻子啊，看啊，血！」

手上是有一點血，但塔娜太誇張了，那麼一點血是不值得大呼小叫的。

我問她：「是誰的血？」

「你的！」她對著我大叫。

我又問她：「是誰的手？」

「你的手！」這回，她是臉貼著臉對我大叫：「人家差點把你殺了！」

是的，是我的手。是人家差點殺了我，而不是我差點殺了人家，血又怎麼會沾到我手上呢？我垂下手，又有細細一股血，蟲子一樣從我寬大袍子的袖口裡鑽出來。我脫掉袖子，順著赤裸的手臂，找到了血的源頭，血是從脖子上流下來的。麥其家的仇人多吉羅布收刀時把我劃傷了。我在河裡，把脖子、手都洗乾淨，血不再流了。

叫我不太滿意的是，血流進水裡，沒有一小股河水改變顏色。

塔娜手忙腳亂，不知該怎麼辦了。

她把我的腦袋抱住，往她的胸口上摁。我沒有被她高挺的乳峰把鼻子堵住，而在兩峰之間找到了呼吸的地方。塔娜把我摁在懷裡好久才鬆開。她問我：「那個人為什麼想殺你？」

我說：「你哭了，你是愛我的。」

「我不知道愛不愛你。」她說：「但我知道是母親沒有種麥子，而使一個傻子成了我的丈夫。」

她喘了一口氣，像對一個小孩子一樣捧住了我的臉，「那個人也是為了麥子嗎？」

我搖搖頭。

她像哄小孩子一樣說：「你告訴我吧。」

我說：「不。」

「告訴我。」

「不！」

「告訴我！」她又提高聲音來嚇我了。

她真把我當成一個傻子了。她爲了麥子嫁給我，但不愛我。這沒有關係。因爲她那麼漂亮，因爲我愛她。但我絕對不要她對我這樣。一個仇人都不能把我怎麼樣，她還能把我怎麼樣。於是，我重重地給了她一個耳光。這個美女尖叫一聲，她用十分吃驚的眼神看著我，接下來，我有點不知道該怎麼辦了。

好在我的人遠遠地看見了有人想殺我。他們趕到我身邊時，沒有看見仇人，卻看見我在打老婆。跛子管家把我拉住了。這麼多人裡只有他馬上就知道發生了什麼事情。他問我：「來了嗎？」

我點了點頭。

一大群人就向剛剛建起的那條小街蜂擁而去。我的手下人大呼小叫在街上走了好幾個來回。他們並不認識那個殺手，當然不能從這街道上找到他。我看見一個人，跟剛剛要殺我的人長得十分相像，只不過身材更瘦長一些罷了。這個人在這裡已經有些時候了。他在街上開了一個酒館。門前，一只俄式大茶炊整天冒著滾滾熱氣。裡面，大鍋裡煮著大塊的肉，靠牆擺著大罈的酒。這是麥其土司領地上出現的第一家酒館，所以，有必要寫在這裡。我聽人說過，歷史就是由好多的第一個第一次組成的。在此之前，我們的人出門都自帶吃食，要是出門遠一些，還要帶上一口鍋，早上燒茶，晚上煮麵片湯。所以，剛剛出現的酒館只是燒一點茶，煮一點肉，賣一點酒，沒有更多的生意。我的人在街上來來去去，我卻在酒館裡坐下。店主人倒一碗酒，擺在我面前。我覺得他十分面熟，便把這想法說了。他不置可否地笑笑。我把面前這碗酒喝了下去。

「酒很好，」我說，「可是我沒有帶銀子。」

店主人一言不發，抱著一個罈子，又把酒給我滿上了。

我給嗆得差點喘不過氣來了。一喘過氣來，我又說：「我好像在什麼地方見過你。」

他說：「你沒有見過。」

「我不是見過你，我是說我在什麼地方見過你這張臉。」

「我懂你的意思。」他說。他就端著罈子站在旁邊，我喝下一碗，他又給我斟滿。幾碗酒下去，我有些醉了。我對店主說：「他們連殺手的臉都沒有看到，卻想抓到他。」

說完，我自己便大笑起來。

店主什麼都沒有說，又給我倒了一碗酒。很快，我就喝醉了，連管家什麼時候進來都不知道。我問他，他帶著人在外面跑來跑去幹什麼？他說抓殺手。我禁不住又大笑起來。管家可不管這個，他丟了些銀子付我的酒帳，又出去找殺手了。他都走到門口了，還回過頭來對我說：「我就是把這條街像翻腸子做灌腸一樣翻個轉，也要把他找出來。」

管家拐著腿走路，沒有威風，但一到馬背上，就有威風了。

我對店主人說：「他們找不到他。」

他點點頭：「是找不到，他已經離開這裡了。」

「你說他要上哪裡去？」

「去找麥其土司。」

我再看看他的臉，雖然醉眼矇矓，但還是把該看出來的都看出來了。我對店主說：「你的臉就是殺我的人那張臉。」

店主笑了。他笑得有點憂傷，有點不好意思：「他是我的弟弟。他說要殺你，但他到底沒殺你。

我對他說了，仇人是麥其土司。」

我問他有沒有在酒裡下毒藥。他說沒有。他說除非你的父親和哥哥已經不在了我才能殺你。我問他，要是他弟弟有去無回，他殺不殺我。店主又給我倒了一碗酒說：「那時也不殺你，我會想法去殺他們。要是他們都死了，又不是我殺的，我才來殺你。」

這天，我對我們家的仇人保證，只要他照規矩復仇，我就像不認識他一樣。

這天晚上，被揍了的塔娜卻對我前所未有的熱烈。她說：「想想吧，有復仇的人想殺你，有殺手想殺你，你有一個仇人。」

我說：「是的，我有一個仇人，我遇到了一個殺手。」

我想我的表現也很不錯。不然，她不會前所未有地在我身子下嗷嗷大叫。她大叫：「抓緊我呀！抓痛我呀！我要沒有了，我要不在了！」

後來，她不在了，我也不在了。我們都化成輕盈的雲彩飛到天上去了。

早上，她先我醒來。她一隻手支在枕上，一雙眼睛在研究我。而我只能問她，也必須問她：我是誰，我在哪裡。她一一回答了。然後咯咯地笑了起來，說：「你睡著之後，沒有一點傻相，一醒過來，倒有點傻樣了。」

對這個問題，我無話可說，因爲我看不見睡著後的自己。

家裡的信使到了，說哥哥已經回去了叫我也回去。

管家表示，他願意留在這裡替我打點一切。我把武裝的家丁給他留下。桑吉卓瑪也想回去，我問她：「想銀匠了？」

她的回答是：「他是我丈夫。」

「回去看看你就回來吧！管家需要幫手。」

卓瑪沒有說話，我看她是不知道自己該不該再回來。她不知道是該做銀匠的妻子，還是管家的助手。我不想對此多費唇舌。我覺得這是管家的事情，既然卓瑪現在跟他睡覺，那當然就是他的事情，與我無關。

離家這麼久了，要給每個人準備一份禮品。父親、母親、哥哥自然不必說，就是那個央宗我也給她備下了一對寶石耳環，當然，還有另一個叫做塔娜的侍女。準備禮品時，管家帶著我走進一個又一個倉房，直到這時，我才知道自己是多麼富有了。準備禮品，把銀元、銀錠裝箱用了我兩三天時間。最後那天，我想四處走走，便信步走到街上。這幾天，我都快把麥其土司的仇人忘記了。走進他的酒館，我把一個大洋扔在桌子上，說：「酒。」

店主抱來了酒罈。

我喝了兩碗酒，他一聲不吭。直到我要離開了，他才說：「我弟弟還沒有消息。」

我站了一陣，一時不知該說什麼。最後，我安慰他說：「可能，他不知道該對現在的麥其土司還是未來的麥其土司下手。」

店主喃喃地說：「可能真是這樣吧！」

「難是難一點，但也沒有辦法，你們逃跑的時候，已經立過誓了。他非殺不可，至少要殺掉一個。」

店主說：「可是母親為什麼要用兒子來立誓呢？」

這是一個很簡單，仔細想想卻很不簡單的問題。我可回答不上來。但我很高興自己能在仇人面前表現得如此坦然。我對他說：「明天，我就要動身回去了。」

「你會看見他嗎？」

「你的弟弟？」

「是他。」

「最好不要叫我看見。」

34. 回家

回家時，我們的速度很快。不是我要快，而是下人們要快。我不是個苛刻的主子，沒有要他們把速度降下來。

本來，在外面成功了事業的人在回去的路上，應該走得慢一點，因爲知道有人在等著，盼著。

第四天頭上，我們便登上最後一個山口，遠遠地望見麥其土司官寨了。

從山口向下望，先是一些柏樹，這兒那兒，站在山谷裡，使河灘顯得空曠而寬廣，然後，才是大片麥地被風吹拂，官寨就像一個巨大的島子，靜靜地聳立在麥浪中間。馬隊衝下山谷，馱著銀子和珍寶的馬脖子上銅鈴聲格外響亮，一下使空曠的山谷顯得滿滿當當。官寨還是靜靜的在遠處，帶著一種沉溺與夢幻的氣質。我們經過一些寨子，百姓們都在寨首的帶領下，尾隨在我們身後，發出了巨大的歡呼聲。

跟在我後面的人越來越多，歡呼聲越來越大，把官寨裡午寐的人們驚醒了。

麥其土司知道兒子要回來，看到這麼多人馬順著寬闊的山谷衝下來，還是緊張起來了。我們看到家丁們拚命向著碉樓奔跑。

塔娜笑了：「他們害怕了。」

我也笑了。

離開這裡時，我只是個無足輕重的傻子，現在，我卻能使他們害怕了。我們已經到了很近的，使他們足以看出是自家人的距離，土司還是沒有放鬆警惕。看來，他們確實是在擔心我，擔心我對官寨發動進攻。塔娜問：「你的父親怎麼能這樣？」

我說：「不是我的父親，而是我的哥哥。」

是的，從這種倉促與慌亂裡，我聞到了哥哥的氣味。南方的出人意料的慘敗，足以使他成爲驚弓之鳥。塔娜用十分甜蜜的口氣對我說：「就是你父親也會提防你的，他們已經把你看成我們茸貢家的人了。」

我們走得更近了，官寨厚重的石牆後面還是保持著曖昧的沉默。

還是桑吉卓瑪打破了這個難堪的局面。她解開牲口背上一個大口袋，用大把大把來自漢地的糖果，向天上拋撒。她對於扮演一個施捨者的角色，一個麥其家二少爺恩寵的散佈者已經非常在行了。我的兩個小廝也對著空中拋散糖果。

過去，這種糖果很少，土司家的人也不能經常吃到。從我在北方邊界做生意以來，糖果才不再是稀奇的東西了。

糖果像冰雹一樣從天上不斷落進人群，百姓們手裡揮動著花花綠綠的糖紙，口裡含著蜂蜜一樣的甘甜，分享了我在北方邊界巨大成功的味道，在麥其官寨前的廣場上圍著我和美麗的塔娜大聲歡呼。官寨門口鐵鏈拴著的狗大聲地叫著。塔娜說：「麥其家是這樣歡迎他們的媳婦嗎？」

我大聲說：「這是聰明人歡迎傻子！」

她又喊了句什麼，但人們的歡呼聲把她的聲音和瘋狂的狗叫都壓下去了。從如雷聲滾動的歡呼聲裡，我聽到官寨沉重的大門咿呀呀呻吟著洞開了。人們的歡呼聲立即停止。大門開處，土司和太太走出來。後面是一大群女人，裡面有央宗和另外那個塔娜。沒有我的哥哥。他還在碉樓裡面，和家丁們待在一起。

看來，他們的日子過得並不順心。父親的臉色像霜打過的蘿蔔。母親的嘴唇十分乾燥。只有央宗仍帶著夢遊人的神情，還是那麼漂亮。那個侍女塔娜，她太蠢了，站在一群侍女中間，呆呆地望著我美麗的妻子，一口又一口咬自己的指甲。

土司太太打破了僵局。她走上前來，用嘴唇碰碰我的額頭，我覺得是兩片乾樹葉落在了頭上。她嘆息了一聲，離開我，走到塔娜的面前，把她抱住了，說：「我知道你是我的女兒，讓我好好看看你。讓他們男人幹他們的事情吧！我要好好看看我漂亮的女兒。」

土司笑了，對著人群大喊：「你們看到了，我的兒子回來了！他得到了最多財富！他帶回了最美麗的女人！」

人群高呼萬歲。

我覺得不是雙腳，而是人們高呼萬歲的聲浪把我們推進官寨裡去的。在院子裡，我開口問父親：「哥哥呢？」

「在碉堡裡，他說可能是敵人打來了。」

「難怪，他在南面被人打了。」

「不要說他被打怕了。」

「是父親你說被打怕了。」

父親說：「兒子，我看你的病已經好了。」

這時，哥哥的身影出現了，他從樓上向下望著我們。我對他招招手，表示看見了他，他不能再躲，只好從樓上下來了。兄弟兩個在樓梯上見了面。

他仔細地看著我。

在他面前，是那個眾人皆知的傻子，卻做出了聰明人也做不出來的事情的好一個傻子。說老實話，哥哥並不是功利心很重，一定要當土司那種人。我是說，要是他弟弟不是傻子，他說不定會把土司位置讓出來。南方邊界上的事件教訓了他，他並不想動那麼多腦子。可是他弟弟是個傻子。這樣，事情就只能是現在這個樣子了。他作為一個失敗者，還是居高臨下拍了拍我的肩膀。然後，他的眼光越過我，落在了塔娜身上。他說：「瞧瞧，你連女人漂不漂亮都不知道，卻得到了這麼漂亮的女人。我有過那麼多女人，卻沒有一個如此漂亮。」

我說：「她的幾個侍女都很漂亮。」

我和哥哥就這樣相見了。跟我設想過的情形不太一樣。但總算是相見了。

我站在樓上招一招手，桑吉卓瑪指揮著下人們把一箱箱銀子從馬背上抬下來。我叫他們把箱子都打開了，人群立即發出了浩大的驚嘆聲。麥其官寨裡有很多銀子，但大多數人——頭人、寨首、百姓、家奴可從來沒有看到過如此多的銀子在同一時間匯集在一起。

當我們向餐室走去時，背後響起開啓地下倉庫大門沉重的隆隆聲。進到了餐室，塔娜對著我的耳朵說：「怎麼跟茸貢家是一模一樣的？」

母親聽到了這句話，她說：「土司們都是一模一樣的。」

塔娜說：「可是邊界上什麼都不一樣。」

土司太太說：「因爲你的丈夫不是土司。」

塔娜對土司太太說：「他會成爲一個土司。」

母親說：「你這麼想我很高興，想起他到你們家，而不在自己家裡，我就傷心。」

塔娜和母親的對話到此爲止。

我再一次發出號令，兩個小廝和塔娜那兩個美豔的侍女進來，在每人面前擺上一份厚禮，珍寶在每個人面前閃閃發光。他們好像不相信這些東西是我從荒蕪的邊界上弄來的。我說：「以後，財富會源源不斷。」我只說了上半句，下半句話沒說。下半句是這樣的：要是你們不把我當成是傻子的話。

這時，侍女們到位了，腳步沙沙地摩擦著地板，到我們身後跪下了。那個馬夫的女兒塔娜也在我和土司出身的塔娜身後跪下來。我感覺到她在發抖。我不明白，以前，我爲什麼會跟她在一起睡覺。是的，那時候，我不知道姑娘怎樣才算漂亮。他們就隨隨便便把這個女人塞到了我床上。

塔娜用眼角看看這個侍女，對我說：「看看吧，我並沒有把你看成一個不可救藥的傻子，是你家裡人把你看成一個十足的傻子。只要看看他們給了你一個什麼樣的女人就清楚了。」然後，她把一串珍珠項鍊交到侍女塔娜手裡，用每個人都能聽到的聲音說：「我聽說你跟我一個名字，以後，你不能再跟我一個名字了。」

侍女塔娜發出蚊子一樣的聲音說：「是。」

我還聽到她說：「請主子賜下人一個名字。」

塔娜笑了，說：「我丈夫身邊都是懂事的人，他是個有福氣的人。」

已經沒有了名字的侍女還在用蚊子一樣的聲音說：「請主子賜我一個名字。」

塔娜把她一張燦爛的笑臉轉向了麥其土司：「父親，」她第一次對我父親說話，並確認了彼此間的關係，「父親，請賜我們的奴僕一個名字。」

父親說：「爾麥格米。」

這個不大像名字的名字就成了馬夫女兒的新名字。意思就是沒有名字。大家都笑了。爾麥格米也笑了。

這時，哥哥跟我妻子說了第一句話。哥哥冷冷一笑，說：「漂亮的女人一出現，別人連名字都沒有了，真有意思。」

塔娜也笑了，說：「漂亮是看得見的，就像世界上有了聰明人，被別人看成傻子的人就看不到前途一樣。」

哥哥笑不起來了：「世道本來就是如此。」

塔娜說：「這個，大家都知道，就像世上只有勝利的土司而不會有失敗的土司一樣。」

「是茸貢土司失敗了，不是麥其土司。」

塔娜說：「是的，哥哥真是聰明人。所有土司都希望你是他們的對手。」

這個回合，哥哥又失敗了。

大家散去時，哥哥拉住我的手臂：「你要毀在這女人手裡。」

父親說：「住口吧，人只能毀在自己手裡。」

哥哥走開了。我們父子兩個單獨相對時，父親找不到合適的話說了。我問：「你叫我回來做什麼？」

父親說：「你母親想你了。」

我說：「麥其家的仇人出現了，兩兄弟要殺你和哥哥，他們不肯殺我，他們只請我喝酒，但不肯殺我。」

父親說：「我想他們也不知道拿你怎麼辦好。我真想問問他們，是不是因爲別人說你是個傻子，就不知道拿你怎麼辦了。」

「父親也不知拿我怎麼辦嗎？」

「你到底是聰明人還是傻子？」

「我不知道。」

這就是我回家時的情景。他們就是這樣對待使麥其家更加強大的功臣的。

母親在房裡跟塔娜說女人們沒有意思的話，沒完沒了。

我一個人趴在欄杆上，望著黃昏的天空上漸漸升起了月亮，在我剛剛回到家裡的這個晚上。月亮完全升起來了，在薄薄的雲彩裡穿行。

官寨裡什麼地方，有女人在撥弄口弦。口弦聲淒楚迷茫，無所依傍。

第十章

35. 奇蹟

我在官寨裡轉了圈。

索郎澤郎、爾依，還有桑吉卓瑪都被好多人圍著。看那得意的模樣，好像他們不再是下人似的。

老行刑人對我深深彎下腰：「少爺，我兒子跟著你出息了。」

索郎澤郎的母親把額頭放在我的靴背上，流著淚說：「我也是這個意思，少爺啊！」要是我再不走開，這個老婆子又是鼻涕又是口水的，會把我的靴子弄髒的。

在廣場上，我受到了百姓們的熱烈歡呼。但今天，我不準備再分發糖果了。這時，我看到書記官了。離開官寨這麼久，我想得最多的倒不是家裡的人，倒是這個沒有舌頭的書記官。現在，翁波意西就坐在廣場邊的核桃樹蔭下，對我微笑。從他眼裡看得出來，他也有想我。他用眼睛對我說：「好樣的！」

我走到他面前，問：「我的事他們都告訴你了？」

「有事情總會傳到人耳朵裡。」

「你都記下來了？都寫在本子上了？」

他鄭重其事地點點頭，氣色比關在牢裡時，比剛做書記官時好多了。

我把一份禮物從寬大的袍襟裡掏出來，放在他面前。

禮物是一個方正的硬皮包，漢人軍官身上常掛著這種皮包。我用心觀察過，他們在裡面裝著本子、筆和眼鏡。這份禮物，是我叫商隊裡的人專門從漢人軍隊裡弄來的，裡面有一副水晶石眼鏡，一枝自來水筆，一疊有膠皮封面的漂亮本子。

通常喇嘛們看見過分工巧的東西，會爲世界上有人竟然不把心智用來進行佛學與人生因緣的思考而感到害怕。書記官不再是狂熱的傳教僧人了。兩個人對著一瓶墨水和自來水筆，卻不知道怎樣把墨水灌進筆裡。筆帽擰開了又蓋上，蓋上了又擰開，還是沒能叫墨水鑽進筆肚子裡去。對著如此工巧的造物，智慧的翁波意西也成了一個傻子。

翁波意西笑了。他的眼睛對我說：「要是在過去，我會拒絕這過分工巧的東西。」

「可是現在你想弄好它。」

他點了點頭。

還是土司太太出來給筆灌滿了墨水。離開時，母親親了我一口，笑著對書記官說：「我兒子給我們大家帶回來了好東西。好好寫吧，他送你的是一枝美國鋼筆。」

書記官用筆在紙上寫下了一行字。天哪，這行字是藍色的。而在過去，我們看到的字是黑色的。書記官看著這行像天空一樣顏色的字，嘴巴動了動。

而我竟然聽到聲音了！

是的，是從沒有舌頭的人嘴裡發出了聲音！

他豈止是發出了聲音，他是在說話！他說話了!!!

雖然聲音含含糊糊，但確確實實是在說話。不止是我聽到了，他自己也聽到了，他的臉上出現了非常吃驚的表情，手指著自己大張著的嘴，眼睛問我：「是我在說話？我說話了?!」

我說：「是你！是你！再說一次。」

他點點頭，一字一頓地說了一句話，雖然那麼含糊不清，但我聽清楚了，他說道：「那……字……好……看……」

我對著他的耳朵大喊：「你說字好看！」

書記官點點頭：「……你……的……筆，我的手……手，寫的字……真好看。」

「天啊，你說話了。」

「……我，說……話……了？」

「你說話了！」

「我……說話了？」

「你說話了！」

「真的？」

「真的！」

翁波意西的臉被狂喜扭歪了。他努力想把舌頭吐出來看看。但剩下的半截舌頭怎麼可能伸到嘴唇外邊來呢？他沒有看見自己的舌頭。淚水滴滴答答掉下來。淚水從他眼裡潸然而下。我對著人群大叫一聲：「沒有舌頭的人說話了！」

廣場上，人們迅速把我的話傳開。

「沒有舌頭的人說話了！」

「沒有舌頭的人說話了？」

「他說話了！」

「說話了？」

「說話了?!」

「說話了！」

「書記官說話了！」

人們一面小聲而迅速地向後傳遞這驚人的消息，一面向我們兩個圍攏過來。這是一個奇蹟。激動的人群也像置身奇蹟裡的人，臉和眼睛都在閃閃發光。濟嘎活佛也聞聲來了。幾年不見，他老了，臉上的紅光蕩然無存，靠一根漂亮的拐杖支撐著身體。

不知翁波意西是高興，還是害怕，他的身子在發抖，額頭在淌汗。是的，麥其家的領地上出現了奇蹟。沒有舌頭的人說話了！土司一家人也站在人群裡，他們不知道出現這樣的情形是福是禍，所以，都顯出緊張的表情。每當有不尋常的事情發生時，總會有一個人出來詮釋，大家都沉默著在等待，等待那個詮釋者。

濟嘎活佛從人群裡站出來，走到我的面前，對著麥其土司，也對著眾人大聲說：「這是神的眷顧！是二少爺帶來的！他走到那裡，神就讓奇蹟出現在哪裡！」

依他的話，好像是我失去舌頭又開口說話了。

活佛的話一出口，土司一家人緊張的臉立即鬆弛了。看來，除了哥哥之外，一家人都想對我這個奇蹟的創造者表示點什麼，跟在父親身後向我走來。父親臉上的神情很莊重，步子放得很慢，叫我都有點等不及了。

但不等他走到我跟前，兩個強壯的百姓突然就把我扛上了肩頭。猛一下，我就在大片湧動的人頭之上了。震耳欲聾的歡呼聲從人群裡爆發出來。我高高在上，在人頭組成的海洋上，在聲音的洶湧波濤中漂蕩。兩個肩著我的人開始跑動了，一張張臉從我下面閃過。其中也有麥其家的臉，都只閃現一下，便像一片片樹葉從眼前漂走了，重新隱入了波濤之間。儘管這樣，我還是看清了父親的惶惑、母親的淚水和我妻子燦爛的笑容。看到了那沒有舌頭也能說話的人，一個人平靜地站在這場陡起的旋風外面，和核桃樹濃重的蔭涼融為一體。

激動的人群圍著我在廣場上轉了幾圈，終於像衝破堤防的洪水一樣，向著曠野上平整的麥地奔去了。麥子已經成熟了。陽光在上面滾動著，一浪又一浪。人潮捲著我衝進了這金色的海洋。

我不害怕，但也不知道他們為什麼如此欣喜若狂。

成熟的麥粒在人們腳前飛濺起來，打痛了我的臉。我痛得大叫起來。他們還是一路狂奔。麥粒跳起來，打在我臉上，已不是麥粒而是一粒粒灼人的火星了。當然，麥其土司的麥地也不是寬廣的沒有邊際。最後，人潮衝出了麥地，到了陡起的山前，大片的杜鵑林橫在了面前，潮頭不甘地湧動了幾下，終於停下來，嘩啦一聲，洩完了所有的勁頭。

回望身後，大片的麥子沒有了，越過這片被踐踏的開闊地，是官寨，是麥其土司雄偉的官寨。從這裡看起來顯得孤零零的，帶點茫然失措的味道。一股莫名的憂傷湧上了我心頭 。叫做人民，叫做百姓的人的洪水把我捲走，把麥其家的其他人留在了那邊。從這裡望去，看見他們還站在廣場上。他們肯定還沒有想清楚發生了什麼事情，才呆呆地站在那裡。我也不清楚怎麼會這樣。但我知道有嚴重的事情發生了。這件事件，在我和他們之間拉開了這麼遠的一段距離。拉開時很快，連想一下的功夫都沒有，但要走近就困難了。眼下，這些人都跑累了，都癱倒在草地上了。我想，他們也不知道這樣幹是爲了什麼。這個世界上就是有奇跡出現，也從來不是百姓的奇蹟。這種瘋狂就像跟女人睡覺一樣，高潮的到來，也就是結束。激動，高昂，狂奔，最後，癱在那裡，像叫雨水打濕的一團泥巴。

兩個小廝也叫汗水弄得濕淋淋的，像跳到岸上的魚一樣大張著愚蠢的嘴巴，臉上，卻是我臉上常有的那種傻乎乎的笑容。

天上的太陽曬得越來越猛，人們從地上爬起來，三三兩兩地散開了。到正午時分，這裡就只剩下我和索郎澤郎、小爾依三個了。

我們動身回官寨。

那片麥地真寬啊！我走出了一身臭汗。

廣場上空空蕩蕩。只有翁波意西還坐在那裡。坐在早上我們兩個相見的地方。官寨裡靜悄悄的沒有一點聲音。我真希望有人出來張望一眼，真希望他們弄出點聲音。秋天的太陽那麼強烈，把厚重的石牆照得白花花的，像是一道鐵鑄的牆壁。太陽當頂了，影子像個小偷一樣蜷在腳前，不肯把身子舒展一點。

翁波意西看著我，臉上的表情不斷變化。

自從失去了舌頭，他臉上的表情越來越豐富了。短短的一刻，他的臉上變出了一年四季與風雨雷電。

他沒有再開口，仍然眼睛和我說話。

「少爺就這樣回來了？」

「就這樣回來了。」我本來想說，那些人們像洪水把我席捲到遠處，又從廣闊的原野上消失了。但我沒有這樣說。因爲說不出來背後的意思，說不出真正想說的意思。洪水是個比喻，但一個比喻有什麼意思呢？比喻僅僅只是比喻就不會有什麼意思。

「你不知道真發生了奇蹟嗎？」

「你說話了。」

「你真是個傻子，少爺。」

「有些時候。」

「你叫奇蹟水一樣沖走了。」

「他們是像一股洪水。」

「你感到了力量？」

「很大的力量，控制不了。」

「因爲沒有方向。」

「方向？」

「你沒有指給他們方向。」

「我的腳不在地上，我的腦子在暈了。」

「你在高處，他們要靠高處的人指出方向。」

我想我有點明白了：「我錯過什麼了？」

「你真不想當土司？」

「讓我想想，我想不想當土司。」

「我是說麥其土司。」

麥其家的二少爺就站在毒毒的日頭下面想啊想啊，官寨裡還是沒有一點動靜。最後，我對著官寨大聲說：「想！」

聲音很快就在白花花的陽光裡消失了。

翁波意西站起來，開口說：「……奇……蹟……不會……發……生……兩……次！」

現在，我明白了，當時，我只要一揮手，洪水就會把阻擋我成為土司的一切席捲而去。就是面前這個官寨阻擋我，只要我一揮手，洪水也會把這個堡壘席捲而去。但我是個傻子，沒有給他們指出方向，而任其在寬廣的麥地裡耗去了巨大的能量，最後一個浪頭撞碎在山前的杜鵑林帶上。

我拖著腳步回到自己的房間，還是沒有一個人出來見我。連我的妻子也沒有出現。我倒在床上，聽見一隻靴子落在地板上，又一隻靴子落在地板上，聲音震動了耳朵深處和心房。我問自己：「奇蹟還是洪水？」然後，滿耳朵迴盪著洪水的聲音，慢慢睡著了。

醒來時，眼前已是昏黃的燈光。

我說：「我在哪裡？」

「我也不知道你在哪裡。」這是塔娜的聲音。

「我是誰？」

「你是傻子，十足的傻子。」這是母親的聲音。

兩個女人守在我床前，她們都低著頭，不肯正眼看我。我也不敢看她們的眼睛。我的心中湧起了無限憂傷。

還是塔娜清楚我的問題，她說：「現在你知道自己在哪裡了嗎？」

「在家裡。」我說。

「知道你是誰了嗎？」

「我是傻子，麥其家的傻子。」說完這句話，我的淚水就下來了。淚水在臉上很快墜落，我聽到唰唰的滴落聲，聽見自已辯解的聲音，「慢慢來，我就知道要慢慢來，可是事情變快了。」

母親說：「你們倆還是回到邊界上去吧！看來，那裡才是你們的地方。」母親還說，現任土司「沒有」了之後，她也要投奔她的兒子。母親知道等待我的將是個不眠之夜，離開時，她替我們把燈油添滿了。我的妻子哭了起來。我不是沒有聽過女人的哭聲，卻從來沒有使我如此難受。這個晚上，時間過得真慢。這是我第一次清晰地感覺到時間。塔娜哭著睡著了，睡著了也在睡夢中抽泣。她悲傷的樣子使我衝動，但我還是端坐在燈影裡，身上的熱勁一會兒也就過去了。後來，我又感到冷了。塔娜醒來了，開始，她的眼色很溫柔，她說：「傻子，你就那樣一直坐著？」

「我就一直坐著。」

「你不冷嗎？」

「冷。」

這時，她真正醒過來了，想起了白天發生的事，便又縮回被窩裡，變冷的眼裡再次淌出成串的淚水。不一會兒，她又睡著了。我不想上床。上了床也睡不著，就出去走了一會兒。我看到父親的窗子亮著燈光。官寨裡一點聲息都沒有，但肯定有什麼事情正進行。在白天，有一個時候，我是可以決定一切的。現在是晚上，不再是白天的狀況了。現在，是別人決定一切了。

月亮在天上走得很慢，事情進行得很慢，時間也過得很慢。誰說我是個傻子，我感到了時間。傻子怎麼能感到時間？

燈裡的油燒盡了。月光從窗外照進來。

後來，月亮也下去了。我在黑暗裡坐著，想叫自己的腦子裡想點什麼，比如又一個白晝到來時，我該怎麼辦。但卻什麼都想不出來。跛子管家曾說過，想事情就是自己跟自己說悄悄話。但要我說話不出聲，可不太容易。不出聲，又怎麼能說話。我這樣說，好像我從來沒有想過問題一樣。我想過的。但那時，我沒有專門想，我要想什麼什麼。專門一想，想事情就是自己對自己說悄悄話，我就什麼也不能想了。我坐在黑暗裡，聽著塔娜在夢裡深長的呼吸間夾著一聲兩聲的抽泣。後來，黑暗變得稀薄了。

平生第一次，我看見了白晝是怎麼到來的。

塔娜醒了，但她裝著還在熟睡的樣子。我仍然坐著。後來，母親進來了，臉色灰黑，也是一夜沒睡的樣子。她又一次說：「兒子，還是回邊界上去吧！再不行，就到塔娜家裡，把你的東西全部都帶到那裡去。」

只要有人跟我說，我就能思想了，我說：「我不要那些東西。」

塔娜離開了床，她的兩只乳房不像長在身上，而是安上去的青銅製品。麥其家餐室的壁櫥裡有好幾隻青銅鴿子，就閃著和她乳房上一樣的光芒。她穿上緞子長袍，晨光就在她身上流淌。別的女人身上，就沒有這樣的光景。光芒只會照著她們，而不會在她們的身上流淌。就連心事重重的土司太太也說：「天下不會有比你妻子更漂亮的女人。」

塔娜沒有正面回答，而是看著鏡子裡的自己說：「我丈夫像這個樣子，也許，連他的老婆也要叫人搶走。」

土司太太嘆了口氣。

塔娜笑了：「那時候，你就可憐了，傻子。」

36. 土司遜位

在麥其家，好多事情都是在早餐定下來的。今天，餐室裡的氣氛卻相當壓抑，大家都不停地往口裡塡充食物。大家像是在進行飯量比賽。

只有我哥哥，用明亮的眼睛看看這個，又看看那個。我發現，他看得最多的還是土司父親和我漂亮的妻子。早餐就要散了，土司太太適時地打了一個嗝：「呃……」

土司就說：「有什麼話你就說吧！」

土司太太把身子坐直了，說：「呃，傻子跟他妻子準備回去了。」

「回去？這裡不是他們的家嗎？當然，當然，我懂你的意思。」土司說：「但他該淸楚，邊界上的地方並不能算是他們的地方。我的領地沒有一分爲二，土司才是這塊土地上眞正的王。」

我說：「讓我替王掌管那裡的生意。」

我的哥哥，麥其家王位的繼承人，麥其家的聰明人說話了。他說話時，不是對著我，而是衝著我妻子說：「你們到那地方去幹什麼？那地方特別好玩嗎？」

塔娜冷冷一笑，對我哥哥說：「原來你所做的事情都是爲了好玩？」

哥哥說：「有時候，我是很好玩的。」

這話，簡直是赤裸裸的挑逗了。

父親看看我，但我沒有說什麼。土司便轉臉去問塔娜：「你也想離開這裡？」

塔娜看看我的哥哥，想了想，說了兩個字：「隨便。」

土司就對太太說：「叫兩個孩子再留些日子吧！」

大家都還坐在那裡，沒有散去的意思。土司開始咳嗽，咳了一陣子，抬起頭來說：「散了吧！」大家就散了。

我問塔娜要不要出去走走。她說：「你以爲還有什麼好事情發生嗎？對付我母親時，你很厲害嘛，現在怎麼了？」

她冷冷一笑，說：「現在你完了。」

我從官寨裡出來，廣場上一個人都沒有。平時，這裡總會有些人在的。眼下，卻像被一場大風吹過，什麼都被掃蕩得乾乾淨淨了。

我遇到了老行刑人，我沒有對他說什麼，但他跪在我面前，說：「少爺，求你放過我兒子吧！不要叫他再跟著你了。將來他是你哥哥的行刑人，而不是你的。」我想一腳踹在他的臉上。但沒有踹便走開了。走不多遠，就遇到了他的兒子，我說：「你父親叫我不要使喚你了。」

「大家都說你做不成土司了。」

我說：「你滾吧。」

他沒有滾，垂著爾依家的長手站在路旁，望著我用木棍抽打著路邊的樹叢和牛蒡，慢慢走遠。

我去看桑吉卓瑪和她的銀匠。銀匠身上是火爐的味道，卓瑪身上又有洗鍋水的味道了。我把這個告訴了她。卓瑪眼淚汪汪地說：「我回來就對銀匠說了，跟上你，我們都有出頭之日，可是……，可是……，少爺呀！」她說不下去，一轉身跑開了。我聽見銀匠對他妻子說：「可是你的少爺終歸是個傻子。」

我望著這兩個人的背影，心裡茫然。這時，一個人說出了我心裡的話：「我要殺了這個銀匠。」索郎澤郎不知什麼時候站在了我身後。他說：「我要替你殺了這些人，殺了銀匠，我要把大少爺也殺了。」

我說：「可是我已經當不上土司了。我當不上了。」

「那我更要殺了他們。」

「他們也會殺了你。」

「讓他們殺我好了。」

「他們也會殺我。他們會說是我叫你殺人的。」

索郎澤郎睜大了眼睛，叫起來：「少爺！難道你除了是傻子，還是個怕死的人嗎？做不成土司就叫他們殺你好了！」

我想對他說，我已經像叫人殺了一刀一樣痛苦了。過去，我以爲當不當土司是自己的事情，現在我才明白，土司也是爲別人當的。可是現在說什麼都已經晚了。我圍著官寨繞了個大圈子，又回到了廣場上。翁波意西又坐在核桃樹蔭涼下面了。他好像一點沒有受到昨天事情的影響，臉上的表情仍然非常豐富。我坐在他身邊，說：「大家都說我當不上土司了。」

他沒有說話。

「我想當土司。」

「我知道。」

「現在我才知道自己有多想。」

「我知道。」

「可是，我還能當上土司嗎？」

「我不知道。」

以上，就是那件事情後第一天裡我所做的事情。

第二天早餐時，土司來得比所有人都晚。他見大家都在等他，便捂著一隻眼睛說：「你們別等我了，你們吃吧，我想我是病了。」

大家就吃起來。

我端碗比大家稍慢了一點，他就狠狠地看了我一眼。我以爲土司的眼睛出了毛病，但他眼裡的光芒又狠又亮，有毛病的眼睛不會這樣的。他瞪我一眼，又把手捂了上去。他的意思是要使我害怕，但我並不害怕。我說：「父親的眼睛沒有毛病。」

「誰告訴你我的眼睛有毛病？」

「你的手，人病的時候，手放在哪裡，哪裡就有毛病。」

看樣子，他是要大大發作一通的，但他終於忍住了。他把捂在眼睛上的手鬆開，上上下下把我看了個夠，說：「說到底，你還是個傻子。」大概是爲了不再用手去捂住眼睛吧！土司把一雙手放在了太太手裡。他看著土司太太的神情不像是丈夫望著妻子，倒像兒子望著自己的母親。他對太太說：「我叫書記官來？」

「要是你決定了就叫吧！」太太說。

書記官進門時，幾大滴眼淚從母親眼裡落下，叭叭噠噠落在了地上。土司太太對書記官說：「你記下土司的話。」

書記官打開我送他的本子，用舌頭舔舔筆尖，大家都把手裡的碗放下了，麥其土司很認真地把每個人都看了一眼，這才哼哼了一聲說：「我病了，老了，為麥其家的事操心這麼多年，累了，活不了幾年了。」

我想，一個人怎麼會在一夜之間就變成這個樣子。我問：「父親怎麼一下就累了，老了，又病了？怎麼這幾樣東西一起來了？」

土司舉起手，說：「叫我說下去吧！你要不是那麼傻，你的哥哥不是那麼聰明，我不會這麼快又老又累又病的，你們的父親已經有好多個晚上睡不著覺了。」土司把頭垂得很低，一雙手捂住眼睛，話說得很快，好像一旦中斷就再也沒有力量重新開始了。

他的聲音很低，但對我們每個人來說，都太響亮了。

「總之，一句話，」他說，「我要在活著的時候把土司的位置讓出來，讓給合法的繼承人，我的大兒子旦真貢布。」

土司宣佈，他要遜位了！

他說，因為眾所周知的原因，也為了他自己的心裡的原因，他要遜位了，把土司的位子讓給他聰明的大兒子。土司一個人就在那裡說啊說啊，說著說著，低著的頭也抬起來了。其實，他的話大多都是說給自己聽的。準備讓位的土司說給不想讓位的土司聽。有時候，一個人的心會分成兩半，一半要這樣，另一半要那樣。一個人的腦子裡也會響起兩種聲音。土司正在用一個聲音壓過另一個聲音。最後，他說，選大兒子做繼承人絕對正確。因爲他是大兒子，不是小兒子。因爲他是聰明人，不是傻子。

麥其土司想安慰一下他的小兒子，他說：「再說，麥其家的小兒子將來會成爲茸貢土司。」

塔娜問：「不配成爲麥其土司的人就配當茸貢土司？」

麥其土司無話可說。

沒有人想到，昨天剛能說話的書記官突然開口了：「土司說得很對，大兒子該做土司。但土司也說得不對。沒有任何重要的事情證明小少爺是傻子，也沒有任何重要的事情證明大少爺是聰明人。」

土司太太張大了嘴巴望著書記官。

土司說：「那是大家都知道的。」

書記官說：「前些時候，你還叫我記下說傻子兒子不傻，他做的事情聰明人也難以想像。」

土司提高了聲音：「人人都說他是個傻子。」

「但他比聰明人更聰明！」

土司冷笑了：「你嘴裡又長出舌頭了？你又說話了？你會把剛長出來的舌頭丟掉的。」

「你願意丟掉一個好土司，我也不可惜半截舌頭！」

「我要你的命。」

「你要好了。但我看到麥其家的基業就要因爲你的愚蠢而動搖了。」

土司大叫起來：「我們家的事關你什麼相干？」

「不是你叫我當書記官嗎？書記官就是歷史，就是歷史！」

我說：「你不要說了，就把看到的記下來，不也是歷史嗎？」

書記官漲紅了臉，衝著我大叫：「你知道什麼是歷史？歷史就要告訴人什麼是對，什麼是錯。這就是歷史！」

「你不過還剩下小半截舌頭。」馬上就要正式成爲麥其土司的哥哥對書記官說：「我當了土司也要一個書記管，把我所做的事記下來，但你不該急著讓我知道嘴裡還有半截舌頭。現在，你要失去舌頭了。」

書記官認真地看了看我哥哥的臉，又認真地看了看土司的臉，知道自己又要失去舌頭了，他還看了我一眼。但他沒有做出是因爲我而失去舌頭的表情。書記官的臉變得比紙還白，對我說話時，聲音也嘶啞了：「少爺，你失去的更多還是我失去的更多？」

「是你，沒有人兩次成爲啞巴。」

他說：「更沒有人人都認爲的傻子，在人人都認爲他要當上土司時，因爲聰明父親的愚蠢而失去了機會。」

我沒有話說。

他說：「當然，你當上了也是因爲聰明人的愚蠢。因爲你哥哥的愚蠢。」

我倆說話時，行刑人已經等在樓下了。我不願看他再次受刑，就在樓上和他告別。他用大家都聽得見的聲音對我漂亮的妻子說：「太太，不要爲你丈夫擔心，不要覺得沒有希望，自認聰明的人總會犯下錯誤的！」

這句話，是他下樓受刑時回頭說的。他後來還說了些什麼，但一股風颳來，把聲音颳跑了，我們都沒有聽到。哥哥也跟著他下樓，風過去後，樓上的人聽見哥哥對他說：「你也可以選擇死。」

書記官在樓梯上站住了，回過身仰臉對站在上一級樓梯上那個得意忘形的傢伙說：「我不死，我要看你死在我面前。」

「我現在就把你處死。」

「你現在就是麥其土司了？土司只說要遜位，但還沒有真正遜位。」

「好吧，先取你的舌頭，我一當上土司，立即就殺掉你。」

「到時候，你要殺的可不止我一個吧？」

「是的。」

「告訴我你想殺掉誰？我是你的書記官，老爺。」

「到時候你就知道了。」

「你的弟弟？」

「他是個不甘心做傻子的傢伙。」

「土司太太？」

「那時候她會知道誰更聰明。」

「你弟弟的妻子呢？」

哥哥笑了，說：「媽的，真是個漂亮的女人，比妖精還漂亮。昨晚我夢見她了。」

書記官笑了，說：「你這個聰明人要做的事，果然沒有一件能出人意料。」

「你說吧，要是說話使你在受刑前好受一點。」

溫文爾雅的書記官第一次說了粗話：「媽的，我是有些害怕。」

這也是我們聽到他留在這世界上的最後一句話。

塔娜沒有見過專門的行刑人行刑，也沒有見過割人舌頭，起身下樓去了。土司太太開口了，她對土司說：「你還沒有見過另一個土司對人用刑，不去看看嗎？」

土司搖搖頭，一臉痛苦的神情。他是要人知道，做出遜位決定的人忍受著多麼偉大的痛苦。

土司太太並不理會這些，說：「你不去，我去，我還沒見過沒有正式當上土司的人行使土司職權。」說完，就下樓去了。

不一會兒功夫，整座樓房就空空蕩蕩了。

土司面對著傻瓜兒子，臉上做出更痛苦的表情。我心裡的痛苦超出他十倍百倍，但我木然的臉上卻什麼都看不出來。我又仰起臉來看天。天上有風，一朵又一朵的白雲很快就從窗框裡的一方蔚藍裡滑過去了。我不想跟就要下台的土司待在一起，便轉身出門。我都把一隻腳邁出去了，父親突然在我身後說：「兒子啊，你不想和父親在一起待一會兒嗎？」

我說：「我看不到天上的雲。」

「回來，坐在我跟前。」

「我要出去，外面的天上有雲，我要看見它們。」

土司只好從屋裡跟出來，我和他站在官寨好多層迴廊中的一層，看了一會兒天上的流雲。外面廣場上，不像平時有人受刑時那樣人聲嘈雜。強烈的陽光落在人群上，像是罩上了一只光閃閃的金屬蓋子。蓋子下面的人群沉默著，不發出一點聲響。

「真靜啊！」土司說。

「真像世界上不存在一個麥其家一樣。」

「你恨我？」

「我恨你。」

「你恨自己是個傻子吧？」

「我不傻！」

「但你看起來傻！」

「你比我傻，他比你還傻！」

父親的身子開始搖晃，他說：「我頭暈，我要站不住了。」

我說：「倒下去吧，有了新土司你就沒有用處了。」

「天哪，你這個沒心肝的傢伙，到底是不是我兒子？」

「那你到底是不是我的父親？」

他自己站穩了，嘆息一聲，說：「我本不想這樣做，要是我傳位給你，你哥哥肯定會發動戰爭。你做了比他聰明百倍的事情，但我不敢肯定你永遠聰明。我不敢肯定你不是傻子。」

他的語調裡有很能打動人的東西，我想對他說點什麼，但又想不起來該怎麼說。

天上不知從什麼地方飄來一片烏雲把太陽遮住了，也就是這個時候，廣場上的人群他們齊齊地嘆息了一聲：「呵……！」叫人覺得整個官寨都在這聲音搖晃了。

我從來沒有聽到這麼多人在行刑人手起刀落時大聲嘆息。我想，就是土司也沒有聽到過，他害怕了。我想，他是打算改變主意了。我往樓下走，他跟在我的身後，要我老老實實地告訴他，我到底是個聰明人還是個傻子。我回過身來對他笑了一下。我很高興自己能回身對他笑上這麼一下。他應該非常珍視我給他的這個笑容。他又開口了，站在比他傻兒子高三級樓梯的地方，動情地說：「我知道你會懂得我的心的。剛才你聽見了，老百姓一聲嘆息好像大地都搖動了。他們瘋了一樣把你扛起來奔跑，踏平了麥地時，我就害怕了。連你母親都害怕了。就是那天，我才決定活著的時候把位子傳給你哥哥。看著他坐穩，也看著你在他手下平平安安。」

這時，我的心裡突然湧上來一個想法，舌頭也像有針刺一樣痛了起來。我知道書記官已經再次失去舌頭了，這種痛楚是從他那裡傳來的。於是，我說：「我也不想說話了。」

這話一出口，舌頭上的痛楚立即就消失了。

37. 我不說話

我突然決定不再開口說話了。

我的朋友翁波意西再次，也就是永遠失去了舌頭。他是因爲我而失去了舌頭的。縱使這天空下再發生什麼樣的奇蹟，翁波意西也不可能第三次開口說話。這一次，行刑人把他的舌頭連根拔去了。

我走上廣場時，天上的烏雲已經散開了，陽光重新照亮了大地。書記官口裡含著爾依家的獨門止血藥躺在核桃樹下，一動不動地眼望天空。我走到他的跟前，發現他在流汗，便把他往樹蔭深處移動了一下。我對他說：「不說話好，我也不想說話了。」

他看著我，眼角流出了兩大滴淚水。我伸出手指蘸了一點，嘗到了裡面的鹽。

兩個爾依正在收拾刑具。在廣場另一邊，哥哥和我的妻子站在官寨石牆投下的巨大的陰影裡交談。大少爺用鞭子一下一下抽打著牆角蓬勃的火麻。塔娜看上去也有點不安，不斷用一隻手撫摸另一隻手。他們是在交換看一個人失去舌頭的心得嗎？我已經不想說話了，所以，不會加入他們的談話。土司太太可能對他們的話題感興趣，向他們走過去了。但這兩個人不等她走到跟前，便各自走開，上樓去了。上樓之前，我的妻子也沒往我這邊望上一眼。望了我一眼的是母親。她看我的眼神就像此時我看著翁波意西的眼神一樣。

這時，我看到官寨厚重的石牆拐角上，探出了一張鬼祟的臉，我覺得自己從這臉上看出了什麼。

是的，一看這張臉，就知道他很久沒有跟人交談過了，他甚至不在心裡跟自己交談。這張比月亮還要孤獨的臉又一次從牆角探出來，這次，我看到了孤獨下面的仇恨。立刻，我就想起他是誰了。他就是麥其家的世仇，替死去的父親報仇來了。我還在邊界上時，這個人就已經上路了，不知道什麼，直到今天才在這裡出現。母親就要走進大門了，她又回身看了我一眼。但我既然決定不說話了，就不必把殺手到來的消息告訴她，反正，殺手也不會給女人造成什麼危險。

我坐在核桃樹下，望著官寨在下午時分投下越來越深的影子，望著明亮的秋天山野。起先，翁波意西在我身邊，後來，兩個行刑人把他弄走了。最後，太陽下山了，風吹在山野裡嚄嚄作響，好多歸鳥在風中飛舞像是片片破布。是吃晚飯的時候了，我逕直往餐室走去。

一家人都在餐室裡，大家都對我露出了親切的笑容。我想，那是因爲我重新成爲於人無害的傻子的緣故吧！大家爭著跟我說話，但我已做出了決定，要一言不發。哥哥嘴裡對我說話，臉卻對著坐在我側邊的塔娜：「弟弟再不開口，連塔娜也真要認爲你是傻子了。」他對美麗無比的弟媳說：「傻子們嘔氣都是在心裡嘔，不會像我們一樣說出來。」

塔娜的眼睛裡冒起了綠火，我以爲那是針對得意忘形的兄長，不想，那雙眼睛卻轉向了我：「現在，你再不能說自己不是傻子了吧？」

我把過去的事情從頭到尾想了一遍，想不起什麼時候對她說過我不是傻子。但我已經決定不說話了。

父親說話了：「他不想說話，你們不要逼他，他也是麥其家一個男人，他爲麥其家做下了我們誰都不曾做到的事情。他這樣子，我心裡十分難過。」

後來，大家都起身離開了，但我坐著沒動。

父親也沒動，他說：「我妻子走時沒有叫我。你妻子走時也沒有叫你。」

我一言不發。

父親說：「我知道你想回到邊界上去，但我不能叫你回去。要是你真傻，回去也沒有什麼用處，要是你不是傻子，那就不好了，說不定麥其家兩兄弟要用最好的武器大幹一場。」

我不說話。

他告訴我：「跛子管家派人來接你回去，我把他們打發回去了。」他說：「我不敢把所有的一切託付給你，你做了些漂亮的事情，但我不敢肯定你就是聰明人。我寧肯相信那是奇蹟，有神在幫助你，但我不會靠奇蹟來做決定。」

我起身離開了，把他一個人丟在餐室裡，土司把頭深深地埋下去，埋下去了。

房間裡，我漂亮的妻子正對著鏡子梳頭，長長的頭髮在燈光下閃著幽幽的光澤。我儘量不使自己的身影出現在鏡子裡她美豔的臉旁。

她對著鏡子裡的自己發笑，對著鏡子裡那張臉嘆息。我靜靜地躺在床上。後來，她說話了，她說：「你一整天都不在我身邊。」

風在厚厚的石牆外面吹著，風裡翻飛著落葉與枯草。

她說：「這世界上沒有人相信像我這麼漂亮的女人，男人卻一天都不在身邊。」

風吹在河上，河是溫暖的。風把水花從溫暖的母體裡颳起來，水花立即就變冰涼了。水就是這樣一天天變涼的。直到有一天晚上，它們飛起來時還是一滴水，落下去就是一粒冰，那就是冬天來到了。

「你哥哥跟我說了一會兒話，他還算是個有意思的男人，雖然他打過敗仗。」

塔娜還在對鏡子裡的自己左顧右盼。我躺在床上，目前出現了冬天到來時的景象。田野都收拾乾淨了。黑色的紅嘴鴉、白色的鴿子成群結隊，漫天飛舞，在天空中盤旋鳴叫。就是這樣，冬天還是顯不出熱鬧。因爲河，因爲它的奔流才使一切顯得生機勃勃的河封凍了，躺在冰層下面了。

塔娜一笑，說：「沒想到你還真不說話了。」

她終於離開鏡子，坐到了床邊，又說：「天哪！世界上有一個傻子不說話了，怎麼得了呀！」

這時，響起了敲門聲，塔娜掩掩衣襟，又坐回鏡子前面。

哥哥推門進來，坐在我床邊。他背對我坐在床邊，塔娜背對著我們兩兄弟坐在鏡子跟前，哥哥在鏡子裡看著女人說：「我來看看弟弟。」

於是，他們兩個就在鏡子裡說上話了。

塔娜說：「來也沒有用處，他再也不說話了。」

「是你不要他說，還是他自己不說了？」

「麥其家的男人腦子裡都有些什麼東西？」

「我跟他不一樣。」

他們兩個一定還說了好多話，我迷迷糊糊睡了一會兒，醒來時，他們正在告別。塔娜還是面對鏡子，背對著大少爺。大少爺已經走到門口了，又回過頭來說：「我會常來看看弟弟的。小時候我就很愛他。後來，因爲想當土司，他開始恨我了。但我還是要來看他的。」

塔娜把紛披的頭髮編成了辮子，現在，她又對著鏡子把辮子一綹綹解開。

大少爺在窗子外面說：「你睡吧，這麼大一個官寨，你那麼漂亮，不要擔心沒有人說話。」

塔娜笑了。

哥哥在窗外也笑了，說：「弟弟真是個傻子，世界上不可能有比你更美的姑娘，但他卻不跟你說話。」在他離開時緩慢的腳步聲裡，塔娜吹熄了燈，月光一下瀉進屋子裡來了。深秋的夜裡，已經很有些涼意了，但塔娜不怕，她站在床前，一件件脫去身上的衣服，又站了一陣，直到窗外的腳步聲消失，才上床躺下。她說：「傻子，我知道你沒有睡著，你要裝睡著了。」

我躺著不動。

她笑了：「等明天早上也不說話，你才算真正不說話呢！」

早上，我醒得比往常晚，睜開眼睛時，塔娜早已收拾打扮了，穿著一身鮮紅的衣裳，坐在從門口射進的一團明亮陽光裡。天哪，她是那麼美，坐在那裡，就像在夢裡才開放的鮮花。她見我醒過來，便走到床前，俯下身子說：「我一直在等你醒來。他們說妻子就該等男人醒來，再說，你還有老問題要問，不是嗎？不然，你就更要顯傻了。」

這個美麗的女人向著我俯下身子，但我還是把嘴巴緊緊閉著。

她說：「你要再不說話，真要成爲一個十足的傻子，成爲不知道自己是誰，也不知道自己在哪裡的傻子，你還是說話吧！」

因爲睡了一個晚上，更因爲不肯講話，我一直閉著的嘴開始發臭了。我哈出一股臭氣，她就把鼻子掩起來，出門去了。我像個瀕死的動物，張著嘴，大口大口哈出嘴裡的臭氣。直到嘴裡沒有臭氣了，我才開始想自己的問題：我是誰？我在哪裡？我躺在床上想啊，想啊，望著牆角上掛滿灰塵和煙灰色的蛛網，後來，那些東西就全部鑽到我腦子裡了。

這一天，我到處走動，臉上掛著夢中的笑容，爲的是找到一個地方，提醒自己身在何處。但眼前的一切景象都恍如隔世，熟悉又陌生。土司官寨是高大雄偉的，走到遠處望上一眼，有些傾斜，走到近處，貼近地面的地方，基礎上連石頭都有些腐朽了。我想起了智者阿古登巴的故事。有一天他走到一個聖地，也是一個廣場上，他想跟嚴肅的僧侶開個玩笑，便叫那傢伙抱住廣場中央的旗杆。僧人不信旗杆會倒，但還是上去把旗杆扶住了。旗杆很高，聰明的僧人抱著它向天上望去，看見天空深處，雲彩飄動，像旗幟一般。最後，旗杆開始動了。他用盡全身氣力，旗杆才沒有倒下。要不是後來雲彩飄過去了，僧人就會把自己累死在旗杆下面。現在，我望著天空，官寨的石牆也向著我的頭頂壓下來了。但我並不去扶它，因爲我不是個聰明人，而是個傻子。天上雲彩飄啊飄啊，頭上的石牆倒啊倒啊，最後，我們大家都平安無事。於是，我對著天空大笑起來。

那個麥其家的仇人，曾在邊界上想對我下手的仇人又從牆角探出頭來，那一臉詭秘神情對我清醒腦子沒有一點好處。他磨磨蹭蹭走到我身邊坐下，撩起衣服，叫我看他曾對我舞動的長劍和短刀，說：「我要殺了你的父親和你的哥哥。」

我笑。

殺手咬咬牙，神不知鬼不覺地消失了。

母親把我領進她屋裡，對我噴了幾口鴉片煙。我糊塗的腦子有些清楚了。母親流下了眼淚，說：

「你不要怕，你是在母親身邊，我的傻瓜兒子。」

她又對我噴了幾口煙，鴉片真是好東西，不一會兒我就睡著了。而且，在睡夢裡，我一直在悠悠忽忽地飛翔。醒來時，又是一個早上了。母親對我說：「兒子，你不想對別人說話，你就對我說話吧！」

我對她傻笑。

土司太太的淚水流下來：「不想對他們說話，就對我說，我是你的母親呀！」

我穿好衣服，走出了她的房間。身後，母親捂著胸口坐在了地上。我的胸口那裡也痛了一下，我站下來，等這股疼痛過去。沒有什麼疼痛不會不過去的，眼前的疼痛也是一樣。疼痛利箭一樣扎進我胸口，在咚咚跳動的心臟那裡小停了一會兒，從後背穿出去，像隻鳥飛走了。從土司太太房間下一層樓，拐一個彎，就是我自己的房間了。這時，兩個小廝站在了我身後，他們突然出聲，把我嚇了一跳。這時，太陽正從東方升起來，我跳起來，落下去時，又差點把自己的影子踩在了腳下。

索郎澤郎對我說：「少爺爲什麼不和塔娜睡一起，昨晚，大少爺去看她了，她唱歌了。」

爾依把手指頭豎起來：「噓——」

屋子裡響起塔娜披衣起床的聲音，綢子摩擦肌膚的聲音，赤腳踩在地毯上的聲音。象牙梳子滑過頭髮的嚓嚓聲響起時，塔娜又開始歌唱了。我還從來沒有聽過她唱歌。

我帶著兩個小廝往樓下走去。到了廣場上，也沒有停步，向行刑人家住的小山崗走去。行刑人家院子裡的藥草氣味真令人舒服。我的腦子清楚些了。想起我曾來過這裡一次。記得去看過儲藏死人衣服的房間。走到那個孤獨的房間下面，兩個小廝扛來了梯子。爾依說，他常常到這裡來，和這裡的好幾件衣服成了朋友。

索郎澤郎笑了，他的聲音在這些日子裡又變粗了一些，嘎嘎地聽上去像一種巨大的林子裡才有的夜鳥。他說：「你的腦子也像少爺一樣有毛病嗎？衣服怎麼能做朋友？」

爾依很憤怒，平時猶豫不決的語調變得十分堅定，他說：「我的腦子像少爺腦子一樣沒有毛病，這些衣服不是平常的衣服，這些衣服都是受刑的死者留下的，裡面有他們的靈魂。」

索郎澤郎想伸手去摸，手卻停在了半空中，嘴裡喘起了粗氣。

爾依笑了，說：「你害怕了。」

索郎澤郎把一襲紫紅衣服抓在了手裡。好多塵土立即在屋子裡飛揚起來，誰能想到一件衣服上會有這麼多的塵土呢？我們彎著腰猛烈的咳嗽，屋子裡那些頸子上有一圈紫黑色血跡的衣服都在空中擺蕩起來，倒真像有靈魂寄居其間。爾依說：「他們怪我帶來了生人，走吧！」

我們從一屋子飛揚的塵土裡鑽出來，站在了陽光下面。索郎澤郎還把那件衣服抓在手裡，這真是一件漂亮的衣服，我不記得在那裡見到過紫得這麼純正的紫色。衣服就像昨天剛剛做成，顏色十分鮮亮。我們還沒有來得及記住這是一種怎樣的紫色，它就在陽光照射下黯淡，褪色了，在我們眼前變成另一種紫色。這種紫色更爲奇妙，它和頸圈上舊日的血跡是一個顏色。我抑制不了想穿上這件衣服的衝動。就是爾依跪著懇求也不能使我改變主意。穿上這件衣服，我周身發緊，像是被人用力抱住了。就是這樣，我也不想脫下這件衣服。爾依抓些草藥煮了，給我一陣猛喝，那種被緊緊束縛的感覺便從身上消失了。人也真正和衣服合二爲一了。

這件衣服也不願說話，或者說，我滿足了它重新在世上四處行走的願望，它也就順從了我要保持沉默的願望。

現在，眼前的景象都帶著一點或濃或淡的紫色。河流、山野、官寨、樹木、枯草都蒙上一層紫色的輕紗，帶上了一點正在淡化，正在變得陳舊的血的顏色。

土司太太躺在煙榻上，說：「多麼奇怪的衣服，我記不得你什麼時候添置過這樣的衣服？」

塔娜見到我，臉上奕奕的神采就像見了陽光的霧氣一樣飄走了。她想叫我換下身上這衣服。她把大大的一個衣櫥都翻遍了，但她取出來的每件衣服都被我踩在腳下。她跌坐在一大堆五顏六色的衣服中間，臉像從河底露出來叫太陽曬乾了水氣的石頭一樣難看。她不斷說：「我受不了了。我受不了了。」從房間溜出去了。

我穿著紫衣，坐在自己屋子裡，望著地毯上一朵金色花朵的中心，突然從中看到，塔娜穿過寂靜無人的迴廊，走進大少爺的房子。大少爺正像我一樣盤腿坐在地毯上，這時，弟弟美麗的妻子搖搖晃晃到了他面前，一頭扎進他懷裡。她簡直就是站立不住才倒下的，手肘重重地撞在少土司的鼻子上。漂亮的女人倒在懷裡的時候，他的鼻血也滴滴答答流下來了。少土司是個浪漫的人物，卻沒想到跟世界上最美麗的女人的風流史這樣開始。

「你叫我流血了。」

「抱緊我，抱緊我。不要叫我害怕。」

少土司就把她緊緊抱住，鼻子上的血滴到她的臉上。但塔娜不管。少土司說：「你把我碰流血了。」

「你流血了?你真的流血了。你是真正的人，我不害怕了。」

「誰不是真正的人？」

「你的兄弟。」
「他是一個傻子嘛！」
「他叫人害怕。」
「你不要害怕。」
「抱緊我吧！」

這時，老土司也坐在房裡。這些天，他都在想什麼時候正式傳位給打過敗仗的大兒子。想到不想再想時，就把自己喝得醉眼矇矓。突然，他被不請自來的情慾控制住了。這些天，他都是一個人待著，沒有人來看他。於是，他帶著難以克制的慾望，也許是這一生裡最後爆發的慾望走向太太的房間。太太躺在煙榻上吞雲吐霧，一張臉在飄飄渺渺的煙霧後面像是紙片剪成的一樣。那張臉對他笑了笑。老土司卻站不住，一臉痛苦的神情跪在煙榻前。太太以為土司要改變主意了，便說：「後悔了？」

老土司伸手來掀太太的衣襟，嘴裡發出野獸一樣的聲音。這聲音和土司嘴裡的酒氣喚醒了她痛苦的記憶，她把老東西從身上推下來，說：「老畜生，你就是這樣叫我生下了兒子的！你滾開！」

土司什麼也不想說，灼熱的慾望使他十分難受。於是，他去了央宗的房裡。央宗正在打坐，正在一下比一下更深更長地呼吸。老土司撲了上去。

這時，我的妻子也被哥哥壓在了身子下面。

痛苦又一次擊中了我。像一枝箭從前胸穿進去，在心臟處停留一陣，又像一隻鳥穿出後背，吱吱地叫著，飛走了。

兩對男女，在大白天，互相撕扯著對方，使官寨搖晃起來了。我閉著眼睛，身子隨著這搖晃而搖晃。雷聲隆隆地從遠遠的地方傳來。官寨更劇烈地搖晃起來。我坐在那裡，先是像風中的樹一樣左右搖擺，後來，又像篩子裡的麥粒一樣，上下跳動起來。

跳動停止時，桑吉卓瑪和她的銀匠衝了進來。銀匠好氣力，不知怎麼一下，我就在他背上了。很快，我們都在外面的廣場上了。眾目睽睽之下，父親和三太太、我哥哥和我妻子兩對男女差不多是光著身子就從屋子裡衝出來了。好像是爲了向眾人宣稱，這場地震是由他們大白天瘋狂的舉動引發的。大群的人在下面叫道：「呵……！」像是地震來到前大地內部傳出來的聲音，低沉，但又叫人感到它無比的力量。

兩對男女給這聲音堵在樓梯口不敢下來了。這時，他們才發現自己差不多是光著身子站在眾人面前。土司沒什麼，他是跟自己的三太太在一起，但我的兄長就不一樣了，他是和自己弟弟漂亮的妻子在一起。正當他們拿不準先回去穿上衣服，還是下樓逃命的時候，大地深處又掀起了一次更強烈的震動。

大地又搖晃起來了。地面上到處飛起了塵土。樓上的兩對男女，給搖得趴在地上了。這時嘩啦一聲，像是一道瀑布從頭頂一瀉而下，麥其家官寨高高的碉樓一角崩塌了。石塊、木頭，像是崩潰的夢境，從高處墜落下來，使石頭和木頭黏合在一起，變成堅固堡壘的泥土則在這動盪中變成了一柱煙塵，升入了天空。大家都趴在地上，目送那柱煙塵筆直地升入天空。我想大家看著這股煙塵，就好像看到麥其家的什麼在天空裡消散了。煙塵散盡，碉堡的一角沒有了，但卻依然聳立在藍天之下，現出了煙熏火燎的內壁。只要大地再晃動一次兩次，它肯定就要倒下了。

但大地的搖晃走到遠處去了。

大地上飛揚的塵埃也落定了。

麥其土司和大少爺又衣冠楚楚地站在了我們面前。兩個女人卻不見了。他們來到官寨前，對趴在地上的人群說，你們起來吧，地動已經過去了。我起來時，哥哥還扶了我一把，說：「看你，老跟下人們攪在一起，臉都沾上土了。」他從懷裡掏出一條綢巾，擦乾淨傻子弟弟的臉，並把綢巾展開在我的面前，是的，那上面確實沾上了好多塵土。

傻子弟弟揚起手來，給了他一個耳光。

他那張聰明的臉上慢慢顯出來一個紫紅色的手掌印。他口裡嘶嘶地吸著涼氣，捂住了臉上的痛處，說：「傻子，剛才我還在可憐你，因爲你的妻子不忠實，但我現在高興，現在我高興，我把你的女人幹了！」

他想傷害曾經對他形成巨大威脅的弟弟。一般而言，這種傷害會使聰明的人也變得傻乎乎的，更不要說對我了。但今天不一樣。我穿上了一件紫紅的衣裳。現在，我感到這件衣服的力量，它叫我轉過身來，不理會這個瘋狂的傢伙，上樓去了。我一直走進自己的屋子。塔娜依然坐在鏡子前，但神情已經不像地震之前那樣如夢如幻了。她打了一個寒噤：「天哪，哪裡來的一股冷風。」

我聽到自己說話了：「從我的屋子裡滾出去，你不再是我的老婆了。快滾到他那裡去吧！」

塔娜回過身來，我很高興看到她臉上吃驚的神情。但她還要故作鎮定，她笑著說：「你怎麼還穿著這件古怪的衣服，我們把它換下來吧！」

「從這裡滾出去吧。」

這下，她哭了起來：「脫了你的衣服，它使我害怕。」

「跟丈夫的哥哥睡覺時，你不害怕嗎？」

她倒在床上，用一隻眼睛偷著看我，只用一隻眼睛哭著。我不喜歡這樣，我要她兩隻眼睛都哭。我說：「給你母親寫封信，說地震的時候，你光著身子站在眾人面前是什麼滋味。」

她不愛我，但她沒有那個膽量，跑去跟土司家的大少爺住在一起。就是她敢，恐怕聰明的大少爺也沒有那個膽量。我派人去叫書記官，她就真正在用兩隻眼睛哭起來了。她說：「你真狠啊，一開口就說出這麼狠心的話來了！」

是的，我又說話了！我一說話，就說出了以前從來也不會說出來的話。能夠這樣，我太高興了。

第十章

38. 殺手

塔娜想上床，被我一腳踢下去了。

她貓一樣蜷在地毯上，做出一副特別可憐的樣子，她說：「我不願意想什麼事情了，我想不了那麼多，我要睡了。」

但她一直沒有睡著，即將成爲麥其土司那傢伙也沒有來看他的情人。樓上的經堂裡，喇嘛們誦經的聲音嗡嗡地響著，像是從頭頂淌過的一條幽暗河流。牛皮鼓和銅鈸的聲音此起彼伏地響著，像是河上一朵又一朵浪花。這片土地上每出點什麼事情，僧人們就要忙碌一陣了。要是世界一件壞事都不發生，神職人員就不會存在了。但他們從不爲生存擔心，因爲這個世界上永遠都有不好的事情不斷發生。

我對塔娜說：「睡吧，土司們今天晚上有事做，不會來找你了。」

塔娜的身子在地毯上蜷成一圈，只把頭抬起來，那樣子又叫我想起了蛇。這條美麗的蛇她對我說：「你爲什麼總要使一個女人，一個美麗的女人受到傷害？」她做出的樣子是那麼楚楚動人，連我都要相信她是十分無辜的了。我不能再和她說話，再說，犯下過錯的人，就不是她，而是我了。

我開口說話是一個錯誤，不說話時，我還有些力量。一開口和這些聰明人說話，就處於下風了。

我及時吸取教訓，用被子把頭蒙起來，不再說話了。睡了一會，我好像夢見自己當上了土司。後來，又夢見了地震的情景。夢見整個官寨在大地隆隆的震盪裡，給籠罩在一大股煙塵裡，煙塵散盡時，官寨已不復存在了。我醒來，出了一點汗。我出去撒尿。過去，我是由侍女服侍著把尿撒在銅壺裡。自從跟茸貢土司美麗的女兒一起睡覺後，就再沒有在屋子裡撒過尿了。她要我上廁所。半夜起來，到屋子外面走上一遭，聽自己弄出下雨一樣的聲音，看看天上的月亮和星星也很好。晚上，就是沒有月亮和星星，河水也會閃現出若有若無的沉沉光芒。從麥其土司宣佈遜位那一天，我就再不去廁所了。我是個傻子，不必要依著聰明人的規矩行事。這天晚上也是一樣，我走出房門，對著樓梯欄杆間的縫子就尿開了，過了好一會兒，樓下的石板地上才響起有人鼓掌一樣的聲音。我提起了褲子，尿還在石板上響了一會兒。我沒有立即回屋裡去，而是在夜深人靜的半夜裡，樓上樓下走了一遭。

不是我要走，是身上那件紫色衣服推著我走。我還看見了那個殺手。他在官寨裡上上下下，裡裡外外已經好多天了。這時，他正站在土司窗前。我的腳步聲把他嚇跑了。他慌亂的腳步聲又把土司驚醒了。土司提著手槍從屋裡衝出來，衝著殺手的背影放了一槍。他看見我站在不遠處，又舉起槍來，對準了我。我一動不動，當他的槍靶。想不到他驚恐地大叫一聲，倒在了地上。好多的窗口都亮起了燈。人們開門從屋裡出來，大少爺也提著槍從屋裡跑出來。土司被人扶起來，他又站起來。哆哆嗦嗦的手指向我。我想，他要和聰明兒子殺死我了。哥哥卻像是怎麼都看不見我。越來越多的人擁出屋子，把備受驚嚇的土司圍了起來。

還是長話短說吧。

父親把我看成了一個被他下令殺死的傢伙。這是因為我身上那件紫色衣裳的緣故。

從行列人家裡穿來的紫色衣服使他把我看成了一個死去多年的人，一個鬼。大多數罪人臨刑時，都已經向土司家的律法屈服了，但這個紫衣人沒有。他的靈魂更不去輪迴，固執地留在了麥其家的土地上，等待機會。紫衣人是幸運的。麥其家的傻瓜兒子給了他機會，一個很好的機會。麥其土司看見的不是我，而是另外一個被他殺死的人。土司殺人時並不害怕，當他看到一個已經死去多年的人站在月光下面，就十分驚恐了。

他們鬧哄哄折騰一陣，就回屋去睡了。

塔娜真是個不一樣的女人，屋子外面吵翻了天，她就不出去看上一眼，而趁我出去，爬上床睡了。現在，輪到我不知該不該上床了。塔娜看我進退無據的樣子，說：「沒有關係，你也上來吧。」我也就像真的沒什麼關係一樣，爬上床，在她身邊躺下了。

這一夜就差不多過去了。

早上，要是想和大家都見上一面，就必須到餐室去。我去了。父親頭上包著一塊綢巾，昨天晚上，他把自己的腦袋碰傷了。他對聰明的兒子說：「想想吧，怎麼會一下就發生了這麼多奇怪的事情。」

大少爺沒有說話，專心對付面前的食物。

土司又對兩個太太說：「我是不是犯了一個錯誤。」

央宗從來都不說什麼。

母親想了想，說：「這個我不知道，但要告訴你的兒子，不是當了土司就什麼都能做。」

塔娜明白是指她和哥哥的事情，馬上給食物噎住了。她沒想到麥其家的人會如此坦率地談論家裡的醜事。她對我母親說：「求求你，太太。」

「我已經詛咒了你，我們看看你能不能當上新土司的太太吧！」母親又問我：「你不想幹點什麼嗎？我的兒子。」

我搖了搖頭。

父親呻吟了一聲，說：「不要再說了，我老了，一天不如一天。你們總不會要我死在遜位之前吧？」

哥哥笑著對父親說：「你要是擔心這個，不如早一點正式把權力交給我。」

土司呻吟著說：「我爲什麼會看見死去的人呢？」

哥哥說：「可能他們喜歡你。」

我對父親說：「你看見的是我。」

他對我有些難爲情地笑笑，說：「你是笑我連人都認不準了嗎？」

和這些自以爲是的人，多談什麼真是枉費心機，我站起身，故意在土司面前拉拉紫紅衣服，但他視而不見。他對下人們說：「你們扶我回房裡去吧，我想回去了。」

「記住這個日子，土司不會再出來了。」人們都散去後，書記官從角落裡站起來，盯著我，他的眼睛這樣對我說。

我說：「這麼快，你就好了。」

他臉上還帶著痛苦的表情，他的眼睛卻說：「這是不能離開的時候，有大事發生的時候。」他拿著我送他的本子和筆走到門口，又看了我一眼：「記住，今天是個重要的日子。」

書記官沒有說錯，從這一天起，土司就再也沒有出過他的房間了。翁波意西口裡還有舌頭時，我問過他歷史是什麼。他告訴我，歷史就是從昨天知道今天和明天的學問。我說，那不是喇嘛們的學問嗎？他說，不是占卜，不是求神問卦。我相信他。麥其土司再沒有出門了。白天，他睡覺。睡上，一整夜一整夜，他的窗口都亮著燈光。侍女們出出進進，沒有稍稍停息一下的時候。兩個太太偶爾去看看他，我一次也沒有去過，他的繼承人也是一樣。有時，我半夜起來撒完尿，站在星光下看著侍女們進進出出，我想，父親是病了。他病得真是奇怪，需要那麼多水，侍女們川流不息，從樓下廚房裡取來一盆又一盆熱水。熱水端進房裡不久，就冷了。一冷就要倒掉，靜夜裡，一盆盆水不斷從高樓上潑出去，跌散在樓下的石板地上，那響聲真有點驚心動魄。

我高興地看到，我不忠實的妻子害怕這聲音。一盆水在地上嘩啦一聲濺開時，她的身子禁不住要哆嗦一下，就是在夢裡也是一樣。每到這時候，我就叫她不要害怕。她說：「我害怕什麼？我什麼都不害怕。」

「我不知你害怕什麼，但我知道你害怕。」

「你這個傻子。」她罵道，但聲音裡卻很有些嫵媚的味道了。

我出去撒尿時，還穿著那件紫色的受刑而死的人的衣裳。要問我為什麼喜歡這件衣裳，因為這段時間我也像落在了行刑人手裡，覺得日子難過。

聽慣了侍女們驚心動魄的潑水聲，我撒尿到樓下的聲音根本就不算什麼。不知又過了多少日子，冬天過去，差不多又要到春天了。這天半夜，我起來時，天上的銀河，像條正在甦醒的巨龍，慢慢轉動著身子。這條龍在季節變換時，總要把身子稍稍換個方向。銀河的流轉很慢很慢，一個兩個晚上看不出多大變化。我開始撒尿了，卻連一點聲音都沒有聽見。聽不到聲音，我就不敢肯定自己是不是尿出來了。要是不能肯定這一點，我就沒有辦法回去使自己再次入睡。

樓下，高大的寨子把來自夜空的亮光都遮住了，我趴在地上，狗一樣用鼻子尋找尿的味道。和狗不一樣的是，牠們翕動鼻翼東嗅西嗅時，是尋找夥件的味道，而我卻在找自己的味道。我終於找到了。我確實是尿了，只是護理病中土司的下人們倒水的聲音太大太猛，把我排泄的聲音壓過了。我放心地吐一口長氣，直起身來，準備上樓。就在這時，一大盆水從天而降，落在了我頭上，我覺得自己被溫熱的東西重重打倒在地，然後，才聽見驚心動魄的一聲響亮。

我大叫一聲，倒在地上。許多人從土司房裡向樓下衝來，而在我的房間，連點著的燈都熄掉了，黑洞洞的沒有一點聲息。可能，我那個不忠實的女人又跑到大少爺房裡去了。

下人們把我扶進土司的房間，脫掉了一直穿在身上的紫色衣裳。這回，我沒有辦法抗拒他們。因爲，紫色衣服上已結上一層薄冰了。我沒有想到的是，塔娜也從屋外進來了。

她說：「我下樓找了一圈，你幹什麼去了？」

我狗一樣翕動著鼻翼，說：「尿。」

大家都笑了。

這次，塔娜沒有笑，她捲起地上那件紫色衣服，從窗口扔了出去。我好像聽到瀕死的人一聲絕望的叫喊，好像看到一個人的靈魂像一面旗幟，像那件紫色衣服一樣，在嚴冬半夜的冷風裡展開了。塔娜對屋子裡的人說：「他本來沒有這麼傻，這件衣服把他變傻了。」

在我心裡，又一次湧起了對她的愛，是的，從開始時我就知道，她是那麼漂亮，舉世無雙，所以，不管她犯下什麼過錯，只要肯回心轉意，我都會原諒她的。

土司突然說話了：「孩子們，我高興看到你們這個樣子。」

想想吧，自從那次早餐以來，我還從沒有見過他呢！他還沒有傳位給我哥哥，也沒有像我想的那樣變得老態龍鍾，更沒有病入膏肓。是的，他老了，頭髮白了，但也僅此而已。他的臉比過去胖，也比過去白了。過去，他有一張堅定果敢的男人的臉，現在，這張臉卻像一個婆婆。唯一可以肯定他有病，或者說，他使自己相信有病的方法就是，差不多渾身上下，都敷上了熱毛巾。他身上幾乎沒穿什麼東西，但都給一條又一條熱毛巾捂住了，整個人熱氣騰騰。

父親用比病人還像病人的嗓門對我說：「過來，到你父親床邊來。」

我過去坐在他跟前，發現他的床改造過了。以前，土司的床是多少有些高度的，他們把床腳鋸掉了一些，變成了一個矮榻。並且從屋子一角搬到了中間。

父親抬起手，有兩三條毛巾落到了地上。他把軟綿綿的手放在我的頭上，說：「是我叫你吃虧了，兒子。」他又招手叫塔娜過來，塔娜一過來就跪下了，父親說：「你們什麼時候想回到邊界上去就回去吧！那是你們的地方。我把那個地方和十個寨子當成結婚禮物送給你們。」父親要我保證在他死後，不對新的麥其土司發動進攻。

塔娜說：「要是他進攻我們呢？」

父親把搭在額頭上的熱毛巾拿掉：「那就要看我的小兒子是不是真正的傻子了。」

麥其土司還對塔娜說：「更要看你真正喜歡的是哪一個兒子。」

塔娜把頭低下。

父親笑了，對我說：「你妻子的美貌舉世無雙。」說完這句話，父親打了個中氣很足的噴嚏。說話時，他身上有些熱敷變涼了。我和塔娜從他身邊退開，侍女們又圍了上去。父親揮揮手，我們就退出了房子。回到自己的屋子，上床的時候，樓下又響起了驚心動魄的潑水聲。

塔娜滾到了我的懷裡，說：「天啊！你終於脫掉了那件古怪的衣服。」

是的，那件紫色衣服離開了，我難免有點茫然若失的感覺。塔娜又說：「你不恨我嗎？」

我真的不恨她了。我不知道是不是因爲脫了去附著冤魂的衣服。土司家的傻瓜兒子和他妻子好久都沒有親熱過了。所以，她滾到我懷裡時，便抵消了那種茫然若失的感覺。我要了塔娜。帶著愛和仇恨給我的所有力量與猛烈，佔有了她。這女人可不爲自己過錯感到不安。她在床上放肆地大叫，過足了癮，便光著身子蜷在我懷裡睡著了。就像她從來沒有在我最困難的時候，投入到別的男人——而這個男人恰好又是我的哥哥和對手——懷裡一樣。她睡著了，平平穩穩地呼吸著。

我努力要清楚地想想女人是個什麼東西，但腦子滿滿當當，再也裝不進什麼東西了。我問塔娜：

「你睡著了嗎？」

她笑了，說：「我沒有睡著。」

「我們什麼時候回去？」

「在麥其土司沒有改變主意之前。」

「你真願意跟我回去嗎？」

「你真是個傻子，我不是你的妻子嗎？當初不是你一定要娶我嗎？」

「可是……你……和……」

「和你哥哥，對嗎？」

「對。」我艱難地說。

她笑了，並用十分天真的口吻問我：「難道我不是天下最美麗的女人嗎？男人們總是要打我的主意的。總會有個男人，在什麼時候打動我的。」

面對如此的天真坦率，我還有什麼話說。

她還說：「我不是還愛你嗎？」

這麼一個美麗的女人跟就要當上土司的聰明人睡過覺後還愛我，還有什麼可說的呢？

塔娜說：「你還不想睡嗎？這回我真的要睡了。」

說完，她轉過身去就睡著了。我也閉上眼睛。就在這時，那件紫色衣服出現在我眼前。我閉著眼睛，它在那裡，我睜開眼睛，它還是在那裡。我看到它被塔娜從窗口扔出去時，在風中像旗子一樣展開了。衣服被水淋濕了，所以，剛剛展開就凍住了。它（他？她？）就那樣硬邦邦地墜落下去。下面，有一個人正等著。或者說，正好有一個人在下面，衣服便蒙在他的頭上。這個人掙扎了一陣，這件凍硬了的衣服又黏在他身上了。

我看到了他的臉，這是一張我認識的臉。

他就是那個殺手。

他到達麥其家的官寨已經好幾個月了，還沒有下手，看來，他是因爲缺乏足夠的勇氣。

我看到這張臉，被仇恨，被膽怯，被嚴寒所折磨，變得比月亮還蒼白，比傷口還敏感。

從我身上脫下的紫色衣服從窗口飄下去，他站在牆根那裡，望著土司窗子裡流瀉出來的燈光，正凍得牙齒嗒嗒作響。天氣這麼寒冷，一件衣服從天而降，他是不會拒絕穿上的。何況，這衣服裡還有一個殘存的意志。是的，好多事情雖然不是發生在眼前，但我都能看見。

紫色衣服從窗口飄下去，雖然凍得硬邦邦的，但一到那個叫多吉羅布的殺手身上，就軟下來，連上面的冰也融化了。這個殺手不是個好殺手。他到這裡來這麼久了，不是沒有下手的機會，而是老去想爲什麼要下手，結果是遲遲不能下手。現在不同了，這件紫色的衣服幫了他的忙，兩股對麥其家的仇恨在一個人身上匯聚起來。在嚴寒的冬夜裡，刀鞘和刀也上了凍。他站在麥其家似乎是堅不可摧的官寨下面，拔刀在手，只聽夜空裡鏘琅琅一聲響亮，叫人骨頭縫裡都結上冰了。殺手上了樓，他依照我的願望在樓上走動，刀上寒光閃閃。這時，他的選擇也是我的選擇，要是我是個殺手，也會跟他走一樣的路線。土司反正要死了，精力旺盛咄咄逼人的是就要登上土司的位子的那個人，殺手來到了他的門前，用刀尖撥動門栓，門像個吃了一驚的婦人一樣「呀」了一聲。屋子裡沒有燈，殺手邁進門檻後黑暗的深淵。他站著一動不動，等待眼睛從黑暗裡看見點什麼，慢慢地，一團模模糊糊的白色從暗中浮現出來，是的，那是一張臉，是麥其家的大少爺的臉。紫色衣服對這張臉沒有仇恨，他恨的是另一張臉，所以，立即就想轉身向外。殺手不知道這些，只感到有個神秘的力量推他往外走。他穩住身子，舉起了刀子，這次不下手，也許也永遠也不會有足夠的勇氣舉起刀子了。他本來就沒有足夠的仇恨，只是這片土地規定了，像他這樣的人必須爲自己的親人復仇。當逃亡在遙遠的地方時，他是有足夠仇恨的。當他們回來，知道自己的父親其實是背叛自己的主子才落得那樣的下場時，仇恨就開始慢慢消逝。但他必須對麥其家舉起復仇的刀子，用刀子上復仇的寒光去照亮他們驚恐的臉。是的，復仇不僅是要殺人，而是要被殺的人知道是被哪一個復仇者所殺。

但今天，多吉羅布卻來不及把土司家的大少爺叫醒，告訴他是誰的兒子回來復仇了。紫色衣服卻推著他去找老土司。殺手的刀子向床上那個模糊的影子殺了下去。

床上的人睡意矇矓地哼了一聲。

殺手一刀下去，黑暗中軟軟的撲哧一聲，紫色衣服上的仇恨就沒有了。殺手多吉羅布是第一次殺人，他不知道刀子捅進人的身子會有這樣軟軟的一聲。他站在黑暗裡，聞到血腥味四處瀰漫，被殺的人又哼了睡意濃重的一聲。

殺手逃出了屋子，他手裡的刀讓血蒙住，沒有了亮光。他慌慌張張地下樓，衣袂在身後飄飛起來。官寨像所有人都被殺了一樣靜。只有麥其家的傻子少爺躺在床上大叫起來：「殺人了！殺手來了！」

塔娜醒過來，把我的嘴緊緊捂住，我在她手上狠狠咬了一口，又大叫起來：「殺了人！殺手多吉羅布來了！」

在這喊聲裡，要是有哪個人說不曾被驚醒，就是撒謊了。一個窗口接著一個窗口亮起了燈光。但當他們聽清楚是我在大叫，又都躺下去了。一個又一個窗口重新陷入了黑暗。塔娜恨恨地說：「好吧，光是當一個傻子的妻子還不夠，你還要使我成爲一個瘋子的妻子嗎？」

塔娜其實不配做情人。土司家大少爺被人一刀深深地扎在肚子上，她卻一點感覺都沒有。我告訴她：「哥哥被殺手在肚子上扎了一刀。」

她說：「天哪，你那麼恨他。不是他要搶你的妻子，是你妻子自己去找他的，你不是說他討姑娘喜歡嗎？」

我說：「一刀扎在肚子上，不光是血，屎也流出來了。」

她翻過身去，不再理我了。

這時，殺手逃到了官寨外面，他燃起了一個火把，在廣場上大叫，他是死在麥其家手裡的誰誰的兒子，叫什麼名字，他回來報仇了。他叫道：「你們好好看看，這是我的臉，我是報仇來了！」

這回，大家都跑到外面去了，望著樓下那個人，他用火照著自己的臉。他就騎在馬背上大叫。他把火把扔在地上，暗夜裡一陣蹄聲，響到遠處去了。

火把慢慢在地上熄滅了，土司才喊追。我說：「追不上了。還是去救人吧，他還沒有死。」

「誰？」老土司的聲音聽上去十分驚恐。

我笑了，說：「不是你，是你的大兒子，殺手在他肚子上殺了一刀，血和屎一齊流在床上了。」

老土司說：「他爲什麼不殺我？」

他其實是用不著問的，我也用不著去回答。還是他自己說：「是的，我老了，用不著他們動手了。」

「他是這樣想的。」我說。

父親說：「你一個傻子怎麼知道別人是怎麼想的？」

塔娜在我耳邊說：「你叫他害怕了。」

「就是因爲我是傻子才知道別人是怎麼想的。」我回答。

土司叫人扶著，到繼承人的房間裡去了。眼前的情景正跟我說的一樣，大少爺的屋子充滿了血和糞便的味道。他的腸子流到外面來了。他的手捂在傷口上，閉著眼睛，睡意矇朧地哼哼著。那種哼哼聲，叫人聽來，好像被人殺上一刀是十分舒服的事情。好多人在耳邊喊他的名字，他都沒有回答。

老土司的眼睛在屋子裡掃來掃去，最後，定定地落在了我妻子身上。我對塔娜說：「父親想要你去叫。」

父親說：「是的，也許你會使他醒來。」

塔娜的臉紅了，她看看我，我的腦子開始發脹了，但我還是胡亂說了些救人要緊的話。塔娜喊了，塔娜還說：「要是聽到了我叫你，就睜一下眼睛吧！」但他還是把眼睛緊緊閉著，沒有睜開的意思。門巴喇嘛只能醫眼睛看不見的病，對這樣恐怖的傷口沒有什麼辦法。還是把行刑人傳來，才把傷口處置了。兩個行刑人把腸子塞回到肚子，把一只盛滿了藥的碗扣在傷口上用布帶纏住了，哥哥不再哼哼了。老爾依擦去一頭汗水，說：「大少爺現在不痛了，藥起作用了。」

麥其土司說：「好。」

天開始亮了。哥哥的臉像張白紙一樣。他沉沉地睡著，臉上出現了孩子一樣幼稚的神情。

土司問行刑人能不能治好他。

老爾依說：「要是屎沒有流出來，就能。」

爾依很乾脆地說：「父親的意思是說，大少爺會叫自己的糞便毒死。」

土司的臉變得比哥哥還蒼白。他揮揮手，說：「大家散了吧！」大家從大少爺的屋子裡魚貫而出。爾依看著我，眼裡閃著興奮的光芒，我知道他是爲我高興。塔娜的一隻手緊緊抓住我，她的意思我也知道。是的，哥哥一死，我就會名正言順地成爲麥其土司了。我不知道該爲自己高興，還是替哥哥難受。每天，我都到哥哥房裡去兩三次，但都沒有見他醒過來。

這年的春天來得快，天上的風向一轉，就兩三天時間吧！河邊的柳枝就開始變青。又過了兩三天，山前、溝邊的野桃花就熱熱鬧鬧地開放了。

短短幾天時間，空氣裡的塵土就叫芬芳的水氣壓下去了。

哥哥在床上一天天消瘦下去，父親卻又恢復了精神。他不再整夜熱敷了。他說：「看吧，我要到死才能放下肩上的擔子。」他那樣說，好像只有一個兒子。那個兒子還沒有死去，就開始發臭了。哥哥剛開始發臭時，行刑人配製的藥物還能把異味壓下去。那都是些味道很強烈的香草。後來，香草的味道依然強烈，臭味也從哥哥肚子上那只木碗下面散發出來。兩種味道混合起來十分刺鼻，沒人能夠招架，女人們都吐得一塌糊塗，只有我和父親，還能在裡面待些時候。我總是能比父親還待得長些。這天，父親待了一陣，退出去了。在外面，下人們把驅除穢氣的柏煙搧到他身上。父親被煙嗆得大聲咳嗽。這時，我看到哥哥的眼皮開始抖動，他終於醒了，慢慢睜開了眼睛。他說：「我還在嗎？」

我說：「你還在自己床上。」

「我怎麼了？」

「仇人，刀子，麥其家仇人的刀子。」

他嘆口氣，摸到了那只扣在肚子上的木碗，虛弱地笑了：「這個人刀法不好。」

他對我露出了虛弱的笑容，但我不知道該對他說些什麼，便說：「我去告訴他們你醒過來了。」

大家都進來了，但女人們仍然忍不住要吐，麥其家的大少爺臉上出現一點淡淡的羞怯的紅暈，問：「是我發臭了嗎？」

女人們都出去了，哥哥說：「我發臭了，我怎麼會發臭呢？」

土司握著兒子的手，儘量想在屋裡多待一會兒，但實在待不住了。他狠狠心，對兒子說：「你是活不過來了，兒子，少受罪，早點去吧。」說完這話，老土司臉上涕淚橫流。

兒子幽怨地看了父親一眼，說：「要是你早點讓位，我就當了幾天土司，可是你捨不得。我最想的就是當土司。」

父親說：「好了，兒子，我馬上讓位給你。」

哥哥搖搖頭：「可是，我沒有力氣坐那個位子了。我要死了。」說完這句話，哥哥就閉上了眼睛，土司叫了他好幾聲他也沒有回答，土司出去流淚。這時，哥哥又睜開眼睛，對我說：「你能等，你不像我，不是個著急的人。知道嗎？我最怕的就是你，睡你的女人是因為害怕你。現在，我用不著害怕了。」他還說：「想想小時候，我有多麼愛你啊！傻子。」是的，在那一瞬間，過去的一切都復活過來了。

我說：「我也愛你。」

「我真高興。」他說。說完，就昏過去了。

麥其家的大少爺再沒有醒來。又過了幾天，我們都在夢裡的時候，他悄悄地去了。

大家都流下了眼淚。

但沒有一個人的眼淚會比我的眼淚更真誠。雖然在此之前，我們之間早年的兄弟情感已經蕩然無存。我是在為他最後幾句話而傷心。塔娜也哭了。一到半夜，她就緊靠著我，往我懷裡鑽。我知道，這並不表示她有多愛我，而是害怕麥其家新的亡靈，這說明，她並不像我那樣愛哥哥。

母親擦乾眼淚，對我說：「我很傷心，但不用再為我的傻子操心了。」

父親重新煥發了活力。

兒子的葬禮，事事他都親自張羅。他的頭像雪山一樣白，臉卻被火化兒子遺體的火光映得紅紅的。火葬地上的大火很旺，燃了整整一個早上。中午時分，骨灰變冷了，收進了罈子裡，僧人們吹吹打打，護送著骨灰往廟裡走去。骨灰要供養在廟裡，接受齋醮，直到濟嘎活佛宣稱亡者的靈魂已經完全安定，才能入土安葬。是的，一個活人的骨頭正在罈子裡，在僧人們誦念《超生經》的嗡嗡聲裡漸漸變冷。土司臉上的紅色卻再沒有退去。他對濟嘎活佛說：「好好替亡人超度吧！我還要爲活人奔忙呢！又到下種的時候了，我要忙春天的事情了。」

39. 心向北方

這一年，麥其家的土地，三分之一種了鴉片，三分之二種了糧食。其他土司也是這麼幹的，經過了一場空前的饑荒，大家都知道怎麼辦了。

我在家裡又待了一年，直到哥哥的骨灰安葬到麥其家的墓地。

父親對土司該做的事情，煥發出了比過去任何時候都高的熱情。他老了，女人對他沒有了吸引力，他不吸鴉片，只喝很少一點酒。他還減去了百姓們大部分賦稅。麥其家官寨裡的銀子多得裝不下了。麥其土司空前強大，再沒有哪個土司不自量力，想和我們抗衡。百姓們從來沒有像現在這樣安居樂業，從來沒有哪個土司領地上的百姓和奴隸像現在這樣為生在這片土地上而自豪。有一天，我問父親，要不要叫在邊界上的跛子管家回來，他不假思索地說：「不，他就待在那裡，他一回來，我就無事可幹了。」

那天，我們兩個在一起喝茶。

喝完茶，他又說：「誰說傻瓜兒子不好，我在你面前想說什麼就說什麼。在你死去的哥哥面前，我可不能想說什麼就說什麼。」

「是的，你不必提防我。」

土司臉上突然佈滿了愁雲，說：「天哪，你叫我為自己死後的日子操心了。」他說：「麥其家這樣強大，卻沒有一個好的繼承人。」
塔娜說：「你怎麼知道我的丈夫不是好繼承人？」
土司變臉了，他說：「還是讓他先繼了茸貢土司的位，再看他是不是配當麥其土司。」
塔娜說：「那要看你和我母親哪個死在前頭。」
父親對我說：「傻子，看看吧，不要說治理眾多的百姓，就是一個老婆，你也管不了她。」
我想了想，說：「請土司允許我離開你。我要到邊界上去了。」
父親說：「但要說好，邊界上的地方是我借給你的，等女土司一死，你就把那地方還給我。」
土司太太笑了，說：「聽見沒有，麥其土司是不死的，他要在這個世界上，跟著倉庫裡的銀子活一萬年。」
土司說：「我覺得自己越來越壯實了。」
塔娜對土司說：「這樣的話傳出去，殺手又會上門來的。上一次，他就因爲你做出快死的樣子才殺了你兒子。」
土司盼著我們早點出發。他准我帶上第一次去邊界時的原班人馬。兩個小廝索郎澤郎和爾依沒有什麼問題，卓瑪好像不想離開她的銀匠。我叫人把銀匠找來，叫他也跟我們一起去。但他拒絕了。他說土司要請很多銀匠來打造銀器，並已允諾他做班頭。我說，那你們兩個就只好分開了，因爲我也不想卓瑪老做廚娘。我問卓瑪是不是想老是做下賤的廚娘，卓瑪光流淚，不回答。我知道她不想做廚娘。出發那天，我滿意地看到卓瑪背著自己一點細軟站在隊列裡，我叫爾依牽一匹青色馬給她，另外，我還從父親那裡得到了書記官。

我們的馬隊逶迤離開時，回望麥其家的官寨，我突然有一個感覺，覺得這座雄偉的建築不會再矗立多久了。背後，風送來了土司太太的聲音，但沒有人聽得出來，她在喊些什麼，我問書記官，要是老土司不死的話，我的母親是不是也不會死去？

書記官用眼睛說：怎麼會有不死的肉體？少爺。

我們都知道靈魂是不斷輪迴的。我們所說的死，是指這個輪迴裡的這個肉體。誰又真正知道上一世和下一世的事情呢？我問書記官：「父親爲什麼會覺得自己不會死去呢？」

他用眼睛說：權力。

看看吧，一有書記官在，我就是這個世界上的聰明人了。路上，書記官寫了一首詩獻給我，詩是這樣寫的：

你的嘴裡會套上嚼子，
你的嘴角會留下傷疤；
你的背上將備上鞍子，
鞍上還要放一個馱子；
有人對你歌唱，
唱你內心的損傷。
有人對你歌唱，
唱你內心的陽光。

跛子管家到半路上來接我們了。

他用迎接土司的隆重禮節來迎接我。

「讓我好好看看，少爺都走了兩年了。」

「是有這麼長時間了。」

「大家都好吧。」

「我把桑吉卓瑪也帶回來了。」

管家的眼睛有點紅了，說：「少爺真是好人，你回來了就好，你們都好就好。」

塔娜說：「這有什麼用處，我們走時是什麼樣子，回來還是什麼樣子。」

管家笑了，說：「太太不要操心，少爺會當上土司的。」

住在半路的這個晚上，帳篷外面是一地月光。等塔娜睡熟之後，我起身到月光下漫步。哨兵手裡的槍刺在不遠的岩石後面閃著寒光。走過管家帳篷時，我咳嗽了一聲，然後走到遠些的地方。不久，一個人從管家帳篷裡出來，往一個方向去了。看那背影，像是桑吉卓瑪。我笑了。她剛嫁給銀匠時，我心裡曾十分難受，現在，這種感覺已經沒有了。她和管家都是我所喜歡的人，就叫他們在一起吧！

管家來到我面前說：「我聽見是少爺的聲音。」

我說：「起來看看月亮。」

管家笑了：「那你好好看看。」我便看著月亮，這裡是北方，是高原，月亮比在麥其家官寨所在的地方大多了。這裡，月亮就在伸手可及的天上，月亮就在潺潺的溪流聲裡微微晃盪。管家的聲音像是從月亮上傳來：「從麥其家每傳來一個消息，我都擔心你回不來了。」

我不用去看管家的臉，他的話是真誠的，何況是在這樣一個月光如水的晚上，人要撒謊也不會挑這時候。我說：「我回來了。」

我回來了，但我的心裡有著隱隱的痛楚。這一去，我的妻子背叛過我，我的哥哥，也是我的對手死了。老土司穩坐在高位之上，越活越有味道了。我把希望寄託在土司太太身上，她一向想讓我繼承土司位子的，但哥哥一死，她的態度就變得曖昧起來。她說我父親再也不會去找一個新的女人了，所以，她的兒子不必著急，這樣對大家都有好處。但我沒有看到什麼好處。離開那天，她又對我說，她不是反對我當麥其土司，而是害怕我的妻子成爲麥其土司太太，因爲，她還有些年頭要活，她已經做慣了土司太太。

管家叫了我一聲。

「你有什麼話就說。」

他這才從懷裡掏出一封信，是塔娜的母親，茸貢女土司來的，我不識字，管家說，女土司信裡的意思是叫女兒女婿不必忙著回去看她。管家告訴我這一切後，說：「少爺你不必傷心。」

我說：「他們死時我才會傷心。」說完，我拿著茸貢土司的信往帳篷裡走。心裡想，這下，可要在邊境上住下去。我望了望天上的月亮，想起了遠走他鄉的叔叔。今天，我特別想他，就像他是我唯一的親人一樣。管家在我身後說：「我回去睡了。」

我聽見自己說：「唔。」

管家蹚著月光走了。我掀開帳篷門，一方月光跟著溜進來，落在塔娜身上。她笑了。她就是剛從夢中醒來，笑容也十分燦爛動人。我放下門帘，她的笑臉重新陷入了黑暗，看不見了。但她的笑聲還在黑暗裡迴盪：「出去找姑娘了？」

我搖搖頭，信紙在我手上沙沙作響。

「你要說話嘛，傻子，我知道你在搖頭，你卻不知道在黑暗裡搖頭人家看不見嗎？」

我又把帳篷門帘掀開，讓月光照亮，這回，她不僅知道，而且也能看見了。在這月光如水的深夜裡，塔娜笑了：「你是一個很有意思的人。」

我又搖搖手中的信紙。塔娜是識字的。她說：「把燈點上吧。」

燈光下，她說：「是母親來的。」我在被窩裡躺下了，她看完信，不再說話了。我說：「她也不想我們去她那裡。」

塔娜說：「她叫我們不必掛念她。」

我說：「要是有人掛念土司，那是掛念土司的位子。」

塔娜說：「母親說，我已經是麥其家的人了，叫我們不要操心茸貢家的事情。」茸貢女土司在信中說，麥其家發生了那麼多事，夠叫你們操心了，你們該替承受了喪子之痛的老土司多擔些事情了，雖然女婿是個傻子，但也是個不一樣的傻子，是個偶爾會做出聰明事情的傻子。她說：「聽說你們又要到北方了，不在土司官寨待著，到邊界上去幹什麼？」最後，我的岳母說：「你們不要太牽掛我，現在，飢荒已經過去了。」

塔娜還以爲自己永遠是母親的掌上明珠，永遠是茸貢土司千嬌百媚的女兒，她含淚對著信紙說：「母親，你不要女兒了。」

信紙在她手中沙沙作響，她想再看一遍信，燈裡的油卻燒盡了。黑暗中瀰漫開一股濃烈的動物油脂氣味。塔娜靠在我懷裡，說：「傻子啊，你要把我帶到什麼地方？」

「我們自己的地方。」

「你會叫天下最美麗的太太受到委屈嗎？」

「你會成爲土司太太。」

「你不會叫我受傷害吧？我是天下最美麗的姑娘，你聽過我唱的歌嗎？」

我當然聽過，而且，那支歌現在就在我耳邊響起了。我們做了好久沒有做過的事情。完事後，她的手指還在我胸口上游動，我問她是不是起草給茸貢女土司的回信。她卻把一滴眼淚落在了我胸口上。眼淚有點燙人，我禁不住顫抖一下。她說：「跟你哥哥睡覺傷了你，是嗎？」

這個女人！我沒想到她會問這樣的問題。就是我這個傻子也不會對人問這樣的問題，去喚醒別人心頭的痛苦。那時，我想殺了我哥哥。後來，殺手，還加上一件紫色衣服合力把哥哥結束了，使這個風流倜儻的傢伙散發了那麼多的臭氣。想到這些，就像是我下手把哥哥殺死的一樣。但那只是心裡的感覺，負罪感只是在心裡。我聽到自己的聲音十分冷酷：「好在，你身上沒有他那令人噁心的臭氣。」

「我的身子是香的，你聞聞，不用香料就有香氣。」

我聞了。

她又說：「傻子啊，可不要再讓別的男人叫我動心了。」絕色女子總有男人打主意，這個我知道。要是他們來搶，我能竭盡全力保護。但她甘心情願到別人床上，那誰也沒有辦法。她大概猜到我此時的想法，一邊用手指在我胸口上亂畫，一邊漫不經心地說：「好了，不要生氣了，到了邊界上，叫管家給你找個姑娘。我們倆已經綁在一起，分不開了。」

她到現在才認識到這一點，真叫我感到心酸。

重新上路時，我一直在想她這句話。管家說，像她這麼漂亮的女人肯這麼想就不錯了。我想也是這樣的。什麼事一想通，走起路來也輕快多了。

我又回到邊界上了！

我要給書記官一個舒適的房間。我對他說：「要離我近，清靜，宜於沉思默想，空氣清新，還要光線明亮，是這樣嗎？」他一個勁點頭，臉上紅光閃閃。我敢說，從第一次被割去舌頭時起，他還從沒有這樣激動過。他不大相信邊界上不是一座堡壘，而是一座開放的建築。他更不相信。這裡會有一個巨大的，匯聚天下財富的市場。作爲一個記載歷史的人，在官寨裡，他記載了麥其土司宣佈遜位而並不遜位，記載兄弟之間關於土司位子的明爭暗鬥，記載土司繼承人被仇家所殺，覺得所有這一切，都是過去歷史的重複。現在，他卻在邊界看到了前所未有的嶄新的東西，一雙眼睛灼灼發光。他會把這一切都詳詳細細地寫下來。我親自帶他到喧鬧的市場上轉了一圈。我帶著他進了仇人的酒館，這是我很熟悉的地方。店主看看我，笑笑，好像我沒有離開兩年，昨天還在店裡醉過一樣。我問店主，他弟弟回來了嗎？他看了看書記官。我說這個人沒有舌頭。他說，做了那種事的人總是要藏一藏，不然就不像個殺手了，每個行當都有每個行當的規矩。

街道真是個好東西，坐在店裡看著那麼多的人騎馬，或者步行，在眼前來來去去，空氣中飛揚著塵土，雖然我要用手罩住酒杯，遮擋塵土，這酒喝起來卻分外順口。我正和店主說話，兩個小廝進來了，說是管家正在找我。我給兩個小廝一人要一碗酒，叫他們慢慢喝著。

40. 遠客

向北走出街口，是河，管家在河上架起了一座漂亮的木橋。橋的另一頭，正對著我那個開放的院落。管家等在橋頭，說：「猜猜誰和我們一起吃晚飯。」

我猜不出來，管家笑笑，領著我們向著餐室走去。桑吉卓瑪穿著光鮮的衣服站在門口，迎接我們。我說：「好嘛，我沒當上土司，妳倒升官了。」

她一撩衣裙就要給我下跪，我把她扶住了。我說：「管家叫我猜猜誰來和我們吃晚飯。」

她笑了，對著我的耳朵說：「少爺，不要理他，猜不出來不是傻子，猜出來了也不是聰明人。」

天哪，是麥其家的老朋友，黃初民特派員站在了我面前！

他還是那麼乾瘦的一張臉，上面飄著一綹可憐巴巴的焦黃鬍子，變化是那對小眼睛比過去安定多了。我對這位遠客說：「你的眼睛不像過去那麼勞累了。」

他的回答很直率：「因爲不替別人盤算什麼了。」

我問他那姜團長怎麼樣了。他告訴我，姜團長到很遠的地方，跟紅色漢人打仗，在一條河裡淹死了。

「他沒有發臭吧？」

黃初民睜大了眼睛，他不明白我爲什麼要問這樣的問題。可能他終於明白是在跟一個傻子說話，便笑了，說：「戰場上，又是熱天，總是要發臭的。人死了，就是一身肉，跟狗跟牛啊沒什麼不同。」

大家這才分賓主坐了。

我坐在上首拍拍手，卓瑪又在門口對外面拍拍手，侍女們魚貫而入。

我們每個人面前，都有一個長方形朱紅木盤，上面用金粉描出據說是印度地方的形狀奇異的果子和碩大的花朵。木盤裡擺的是漢地瓷器和我們自己打造的銀具。酒杯則是來自錫蘭的血紅的瑪瑙。酒過三杯，我才開口問黃初民這次帶來了什麼。多年以前，他給麥其家帶來了現代化的槍炮和鴉片。有史以來，漢人來到我們地方，不帶來什麼就要帶走什麼。

黃初民說：「我就帶來了我自己，我是投奔少爺來了。」他很坦然地說，自己在原來的地方待不下去了。我問他是不是紅色漢人。他搖搖頭，後來又接著說：「算是紅色漢人的親戚吧！」

我說：「漢人都是一個樣子的，我可分不出來哪些是紅色的，哪些是白色的。」

黃初民說：「那是漢人自己的事情。」

我說：「這裡會有你一間房子。」

他拍拍自己的腦袋，小眼睛灼灼發光，說：「也許這裡面有些東西少爺會有用處。」

我說：「我不喜歡通過中間人說話。」

他說：「今天我就開始學習你們的語言。最多半年，我們說話，就可以不通過翻譯了。」

「姑娘怎麼辦，我不打算給你姑娘。」

「我老了。」

「不准你寫詩。」

「我不用裝模作樣了。」

「我就是不喜歡你過去那種樣子，我要每月給你一百兩銀子。」

這回該他顯示一下自己了，他說：「我不要你的銀子，我老了，但我找得到自己花的銀子。」

就這樣，黃初民在我這裡住下了。我沒有問他爲什麼不去投奔麥其土司，而來找我。我想這是一個比較難於回答的問題。我不想叫人回答不好回答的問題，所以沒有問他。這天，我到仇人店裡正喝著，店主突然告訴我，昨天晚上，他的弟弟回來了一趟。我問那殺手在哪裡。店主看著我，研究我臉上的表情。而我知道，他弟弟就在這屋子裡，只要一掀通向裡屋的帘子，肯定會看到他正對著一碗酒，坐在小小的窗戶下面。我說：「還是離開的好，不然，規矩在那裡，我也不會違反。」

他說：「弟弟放過你一次，你也放他一次。」

他是在誘使我服從不同的規則。當一個人來到這個世界，就會發現，人家已經準備下一大堆規則。有時，這些規則是束縛，有時，卻又是武器，就像復仇的規則。麥其土司利用了他們的父親，又殺了他們的父親，他們復仇天經地義，是規則規定了的。店主的兄弟不在河邊上殺我，因爲我不是麥其土司。殺我他就違反了復仇的規則，必將受到天下人的嘲笑。

我說：「他不殺我，是不該殺我。現在，我要殺他，因爲他殺了我哥哥，要是我看見了他，而不殺死他，天下人就要笑話我了。」

店主提醒說，我該感謝他弟弟，給了我將來當土司的機會。

我提醒他，他們可不是爲了讓我當上土司才殺人的。我說：「我不知道你怎麼樣，你的弟弟可是個膽小的殺手，我不想看見他。」

裡屋的窗子響了，然後，是一串馬蹄聲響到了天邊。店主說：「他走了。我在這裡壘了個窩，幹完那件非幹不可的事，我們就有個窩了。是少爺你逼得他無家可歸。」

我笑了：「這樣才合規矩。」

店主說：「我和大家一樣，以爲你是個不依規矩的人，我們錯了。」

我們兩個坐在桌前，桌面上，帶刀的食客們刻下了不少亂七八糟的東西：神秘的符號和咒語，手、鳥兒、銀元上的人頭，甚至還有一個嘴唇一樣的東西。我說那是女陰，店主一定說是傷口。他其實是說我使他受了傷害。他第三次說那是傷口，我的拳頭便落在了他臉上。他從地上爬起來，臉上沾滿了塵土，眼睛裡竄出了火苗。

這時，黃初民進來了，大模大樣地一坐，便叫人上酒，表示要把帶來的幾個貼身保鏢交給我，編入隊伍裡。

「我不要你任何東西。」

「難道，在這裡我還要爲自己的安全操心嗎？」

看看吧，黃初民才是個真正的聰明人。他落到了眼下這地步，便把自己的命運完完全全地交到了我手上。他是明白人，曉得真要有人對他下手，幾個保鏢是無濟於事的。他把保鏢交出來，就不必爲自己操心了。該爲他操心的，就變成了我。他唯一的損失是走到什麼地方，就不像有保鏢那麼威風了。但只要不必時刻去看身後，睡覺時不必豎著一隻耳朵，那點損失又算得上什麼。他喝了一碗酒，咧開嘴笑了，幾滴酒沾在黃焦焦的鬍子上面。我叫他想喝酒時就上這個酒店裡來。他問我是不是就此失去了自由，連喝酒都要在固定的地方。我告訴他，到這個店裡喝酒他不必付帳，他問我是不是免去了這個店主的稅。店主說：「不，我記下，少爺付帳。」

黃初民問：「你是他的朋友嗎？少爺有些奇怪的朋友。」

店主說：「我也不知道，我想因爲我的弟弟是個殺手。」

黃初民立即叫酒嗆住了，那張黃色的臉也改了顏色。

我帶著他走出店門時，他的腳步像是喝醉了一樣踉踉蹌蹌。我告訴他，這個殺手是專報家仇的那種，他才放心了。我倒是覺得酒有些上頭，在橋上，吹了些河風，酒勁更上來了。黃初民叫我扶住他的肩頭。他問我：「他弟弟真是一個殺手嗎？」

我說：「這個我知道，我只是不知道你是幹什麼的？」

他想了想，說：「落到這個地步，我也不知道自己是幹什麼的，這樣吧，我就當你的師爺吧！」他用了兩個漢字：師爺。我的傻子腦袋裡正有蜂群在嗡嗡歌唱，問他：「那我是什麼人？」

他想了想，大聲地對著我的耳朵喊：「現在你什麼人都不是，但卻可能成爲你想成爲的任何一種人！」

是的，要是你是一個土司的兒子，而又不是土司繼承人的話，就什麼都不是。哥哥死後，父親並沒有表示要我做繼承人。我岳母又寫了信來，叫我不必去看她。她說，麥其土司遭到了那麼傷心的事情，她不能把麥其土司最後一個兒子搶來做自己的繼承人。但管家對我暗示，有一天，我可以同時是兩個土司。黃師爺把這個意思十分明確地告訴了我。

當然，他們都告訴我，這一切要耐心地等待。

好吧，我說，我們就等著吧！我不著急。

這樣，春花秋月，日子一天一天過去了。管家和師爺兩個人管理著生意和市場，兩個小廝還有桑吉卓瑪辦些雜事。這樣過了幾年，麥其家的傻子少爺已經是這片土地上最富有的人了。管家捧著帳本告訴我這個消息。

我問：「甚至超過了我的父親？」

「超過了。」他說：「少爺知道，鴉片早就不值錢了。但我們市場上的生意好像剛剛開始。」

這天，我帶著塔娜打馬出去，路上，我把這個消息告訴了她。回到邊界上後，她沒有再去找別的男人，我覺得這樣很不錯。她問：「你真是土司裡最富有的人了嗎？」

我說：「是的。」

她說：「我不相信，看看跟在你後邊的是些什麼人吧！」

我看了看，是我那些親近的人們跟在後面。塔娜對著天空說：「老天爺，看看你把這個世界交到了些什麼樣的人手上吧！」我知道，她是高興才這樣說的。

是的，看看吧，我的管家是跛子，師爺是個鬍子焦黃的老頭，兩個小廝可能是跟我太久的緣故吧，一大一小兩張臉對著什麼東西都只有一種表情，爾依臉上的表情是羞怯，索郎澤郎的表情是凶狠。索郎澤郎已經是專管收稅的家丁頭目了，他很喜歡專門爲收稅的家丁特製的衣服。卓瑪現在是所有侍女和廚娘的領班，她發胖了，對這個年紀的女人來說，男人已經不是十分重要了，所以，她已經開始忘記銀匠了，她好像也忘記給我當侍女的時光了。

塔娜問我：「桑吉卓瑪怎麼不懷孩子呢？跟過你，跟過銀匠，又跟了管家。」

她問了個我回答不上來的問題。於是，我用她的問題問她，問她怎麼不給我生個孩子。

塔娜的回答是，她還不知道值得不值得爲我生孩子，她說：「要是你真是個傻子怎麼辦，叫我也生個傻子？」

我美麗的妻子還沒有肯定丈夫是傻子，我想。

我對她說：「我是個傻子，你的肚子要一輩子空著了。」

塔娜說：「等到我覺得你真是個傻子時，我要另外找一個人叫我懷個女兒。」

我不相信孩子能想要就要，想不要就不要。塔娜叫我看了些粉紅色的藥片，她說是從印度來的。印度本來就有不少神奇的東西，英國人又帶了不少神奇東西去那地方。所以，要是什麼東西超過我們的理解範圍，只要說是從印度來，我們就會相信了。就是漢地傳來的罌粟，黃師爺說也是百十年前英國人從印度弄到漢地的。所以，我相信粉紅色的藥片可以叫塔娜想不要孩子就不要，想要哪個人的就要哪個人的，就像我們想吃哪個廚娘做的就吃哪個廚娘做的。我和塔娜的關係就這樣赤裸裸的，但我還是喜歡這份坦率和真實。我敬佩塔娜能使我們的關係處在這樣一個狀況。她有操縱這類事情的能力。她還很會挑選討論這類事情的時機。

風從背後推動著，我們騎在馬上跑了好長一段。最後，我們站在了小山崗上。面前，平曠的高原微微起伏，雄渾地展開。鷹停在很高的天上，平伸著翅膀一動不動。這時，具體的事情都變得抽象了，本來會引起刻骨銘心痛楚的事，就像一顆灼熱的子彈從皮膚上一掠而過，雖然有著致命的危險，但卻只燒焦了一些毫毛。我的妻子說：「看啊，我們都討論了些什麼問題啊！」

眼前開闊的景色使我的心變得什麼都能容忍了，我說：「沒有關係。」

塔娜笑了，露出一口潔白整齊的牙齒，說：「回去後，這些話又要叫你心痛了。」

這個女人，她什麼都知道！

是的，這些話，在房子裡，在夜半醒來時，就會叫我心痛。成爲心頭慢慢發作的毒藥。但現在，風在天上推動著成堆成團的白雲，在地上吹拂著無邊的綠草，話語就變得無足輕重了。我們還談了很多話，都被風吹走了，在我心裡，連點影子都沒留下。

突然，塔娜一抖韁繩，往後面跑了。這個女人是撒尿去了。索郎澤郎一抖韁繩上來，和我並排行走。這幾年，他已經長成個脖子粗壯，喉結粗大的傢伙了。他把眼睛望著別處，對我說：「總有一天，我要殺了這個妖精。」收稅人的褐色制服使他的臉看起來更加深沉嚴肅。他說：「少爺放心，要是她真正做出婊子養的事來，我會替你殺了她。」

我說：「你要是殺了我妻子，我就把你殺了。」

他沒有說話。他對主子的話不會太認真。索郎澤郎是個危險的傢伙。管家和師爺都說，這樣的人，只有遇到我這樣的主子才會受到重用。我這樣的主子是什麼樣的主子？我問他們。師爺摸著焦黃的鬍子，從頭到腳地看著我，點點頭，又搖搖頭。管家說，跟著幹，心裡輕鬆。他說，主子不是土司，所以，就不怕主子懷疑有謀反之心。

塔娜回來了。

這一天，我好像看見了隱約而美好的前程，帶領大家高舉著鞭子，催著坐騎在原野飛奔，鳥群在馬前驚飛而起，大地起伏著，迎面撲來，每一道起伏後，都是一片叫人振奮的風景。

那天，我還收到一封從一個叫重慶的漢人地方來的信。信是叔叔寫來的。叔叔那次從印度回來，除了來爲我們家那個英國窮男爵的夫人取一份嫁妝外，就是爲了從漢地迎接班禪喇嘛回西藏的。但大師在路上便圓寂了。叔叔又回到漢人地方。

叔叔的信一式兩份，一份用藏文，一份用漢文。兩種文字說的都是一個意思。叔叔在信裡說，這樣，就沒有人會把他的意思向我作錯誤的轉達了。他知道我在邊界上的巨大成功，知道我現在有了巨大的財力，要我借些銀子給他。因爲日本人快失敗了，大家再加一把勁，日本人就會失敗，班禪大師的祈禱就要實現了，但大家必須都咬著牙，再加一把勁，打敗這個世界上最殘忍的惡魔。他說，等戰爭勝利，他回到印度，就用他所有的寶石償還債務。他說，那時，叔叔的一切東西都是我這個侄兒的。他要修改遺書。把我們家裡那個英國夫人的名字改成我的名字。他在信裡說，要是侄兒表示這些錢是個人對國家的貢獻，他會十分驕傲，並爲麥其家感到自豪。

我叫他們準備馬馱運銀子到叔叔信中說的那個叫重慶的地方。

黃師爺說不用這麼麻煩，要是長做生意，把銀子馱來馱去就太麻煩了，不如開一個銀號。於是，我們就開了一個銀號。黃師爺寫了一張條子，我的人拿著這張蓋了銀號紅印的紙，送到成都，說是我叔叔就可以在中國任何地方得到十萬銀元了。這是黃師爺說的。後來，叔叔來信，他果然收到了十萬銀元。從此，我們的人到漢地做生意再也不用馱上大堆的銀元了。同樣，漢地的人到這裡來，也不用帶著大堆銀元，只帶上一張和我們的銀號往來的銀號的紙條就行了。黃師爺當起了銀號老板。

書記官說這是有意義的一件事情。

我問：「沒有過的事情就都有意義嗎？」

「有意義的事情它自會有意義。」

「你這些話對我的腦子沒有意義。」

我的書記官笑了。這些年來，他的性格越來越平和了，他只管把看到的事情記下來。沒事時，就在面前擺一碗摻了蜂蜜的酒，坐在陽光裡慢慢品嘗。後來，我們在院裡栽的一些白楊樹長大了，他的座位就從門廊裡，移到了大片白楊樹的蔭涼下。

他就坐在樹下，說：「少爺，這日子過得慢。」

我說：「是啊！日子真是過得緩慢！」

我的感慨叫管家聽見了，他說：「少爺說的是什麼話呀！現在的日子過得比過去快多了！發生了那麼多想都想不到的事情，這些事情放在過去，起碼要五百年時間，知道嗎？我的少爺，五百年時間也許不夠，可是你還說時間過得慢。」

書記官同意管家的說法。

我無話可說，也無事可幹，便上街到酒館裡喝酒。

店主跟我已經相當熟悉了，可是，迄今爲止，我連他叫什麼名字都不知道。我曾對他說我們的關係不像世仇。店主說，他們兄弟的世仇是麥其土司，而不是在邊界上做生意，在市場上收稅，開銀號的少爺。我說：「總有一天我會當上土司。」

他笑笑：「那時，你才是我們的世仇，但那還是很遙遠的事情。」

生活在這裡的人，總愛把即將發生的事情看得十分遙遠。我問他有沒有感覺到時間過得越來越快了。

店主笑了：「瞧，時間，少爺關心起時間來了。」他說這話時，確實用了嘲笑的口吻。我當然要把酒潑在他臉上。店主坐下來，發了一陣呆，想說什麼，欲言又止，好像腦袋有了毛病，妨礙他表達。最後，他把臉上的酒擦乾淨，說：「是的，時間比以前快了，好像誰用鞭子在抽它！」

41. 快與慢

邊界上的日子十分悠閒。

這麼些年來，我一直住在同一個房間。每天早上醒來，看見的都是同一個天花板，就是不睜開眼睛看，上面的每一條木紋都清晰地映現在眼前。窗外，大地上永遠是那幾道起伏的線條。上千個日出、上千個日落，每天，我都在同一個窗口射進的亮光裡醒來，那兩個長期存在的問題再也不來打擾我了。

我記不清這事發生在兩年還是三年前。

那天早晨，塔娜一隻手支在枕頭上，用探究的目光望著我。看見我醒來，她更低地俯下身子，把探究的目光對著我的眼睛。她的乳峰蹭在我臉上，女人的濃烈氣息撲鼻而來。她還在望我的眼睛，好像能從那裡望見我身體內部。而我只感到她肉體散發的氣息。她跟我在一個床上睡了這麼多年，我還從來沒有意識到在清晨，當晨光透過窗子落在床上時，她的身上會有如此動人的氣息。她的身子上不用香料味道也很好聞。平常，她用很多香料，我還以爲她身上也像別的女人，臭烘烘的。

塔娜身上的氣味使人頭昏腦脹，我像突然給人卡住了脖子似地喘起了粗氣。塔娜笑了，她的臉上浮起了紅雲，一隻手蛇一樣從我胸口上滑下去，滑過肚子，握住了我堅挺而灼熱的小弟弟。我想，小弟弟把她手燙了，她打了個抖，說：「啊！」跟著，她的身子也變得滾燙了。塔娜是個很好的騎手。

上馬一樣輕捷地翻到我身上。她像騎在馬上飛奔一樣起伏著身子，帶著我一直奔向遙遠的天邊。我不知道眼前掠過了些什麼，是些實在的景物還是只是些彩色的泡泡。我聽見自己發出了一匹烈馬的聲音。

騎手也在馬背上大叫。

最後，騎手和馬都跌倒了。汗水把我們黏在一起，後來，汗水乾了。幾隻蜜蜂從外面撞擊著窗玻璃，叮叮作響。

塔娜把嘴唇貼在我的臉上說：「我們都忘了你的問題了。」

我說：「我知道我在哪裡，我也知道自己是誰。」

塔娜一下從床上坐起來，臉和乳房在早晨閃著動人的光芒。她大聲問：「知道自己是誰？」

我從床上跳下來，站在地毯上，大聲回答了。

「你在哪裡？」

「在等著當土司的地方！」

塔娜頂著被子從床上跳下來，兩個人赤條條地在地毯上抱著又躺了半天。就是這天早上，她保證再不吃不懷孩子的藥了。我問她，要是我真是傻子怎麼辦。我是真心問的，她說：「不怕，天下沒有等著當兩個土司的傻子。」

我向來把身邊的人看得比自己聰明，更不要說美麗的塔娜了。如果聰明是對一個人最高的肯定，我可以毫不猶豫宣佈她爲天下最聰明的人。但我要說的並不是這個，並不是時間緩慢流淌時，一對夫妻一次特別美好的性事。雖然我鼻子裡又滿是女人身子的撩人的氣息，但我還是要說，雖然要我立即從要說的事情本身說起是困難的。打個比方吧，我在湖邊看過天鵝起飛，牠們的目的是飛起來，飛到高高的天上，卻要先拖著笨重得叫人擔心的身子在水上拚命拍打翅膀，拚命用腳掌划著水奔跑，最後，才能飛上天空。

我要說的是，有一天，我開始注意到這片土地上時間流逝得多麼緩慢。

我願意和人討論我注意到的問題，也許是由於我不容易注意到什麼問題才產生這樣的慾望。書記官和黃師爺，還有跛子管家都是討論問題的好對手。書記官則要更勝一籌。也就是這時，時間開始加速了。討論的結果，我比較同意書記官的看法。他認爲時間加快，並不是太陽加快了在天上的步伐，要是用日出日落來衡定時間的話，它永遠是不變的。而用事情來衡量，時間的速度就不一樣了。書記官說，事情發生得越多，時間就過得越快。時間一加快，叫人像是騎在快馬背上，有些頭暈目眩。我是從麥其家種鴉片那年開始懂事的，已經習慣於超越常規地不斷發生些離奇的事情。哥哥死後這些年，我除了在邊界上收稅，設立銀號之外，土司們的土地上可以說什麼事都沒有發生。經過種鴉片的瘋狂和歷史上時間最長、範圍最廣的饑荒後，這片土地在長久的緊張後，又像產後的婦人一樣鬆弛下來，陷入昏昏沉沉的睡眠中去了。土司們像冬眠的熊，躲在各自的官寨裡，再也不出來拋頭露面了。

可是在邊界上，那麼多人來來往往，卻沒有一個土司前來看我。想來，這裡有很多東西值得他們學習，但他們害怕，因爲學著麥其土司種鴉片吃了大虧，度過饑荒以後，他們都躲著，再不肯來和我們會面了！

但這沒有什麼了不起，手下人向我指出一個光明的前途：總有一天，我會同時成爲麥其土司和茸貢土司。他們說，是我自己用智慧把茸貢土司唯一的女兒娶到了手上，我的運氣又使殺手殺死了哥哥。最使我高興的是，叔叔常常給我來信。而我總是通過銀號，給他寄去一張又一張銀票。

叔叔給我寄來過兩張照片。

一張是和已故的班禪大師在一起。一張是收到我第一張銀票時寄來的，他和一些白色漢人的將軍在一起。他們站在一大片不長草的平地上，背後停著一些很大的東西。黃師爺告訴我說，那就是飛機，鐵鳥，可以從天上向著人們的頭頂開槍打炮。我問黃師爺十萬銀票可以買多少飛機。黃師爺說，一隻翅膀吧！我立即叫他又匯了十萬，我喜歡在中國的天上有我兩隻鐵翅膀。叔叔在信裡說，中國的皇帝曾是我們的皇帝，現在，中國的政府也是我們的政府。黃師爺說，等打勝了這一仗，這個國家又要變得強大了。

我問他有沒有什麼辦法叫叔叔也看到我。

他說，買一台照相機不就行了嗎？在等待照相機的日子，我覺得時間過得更慢了。一個白天比三個白天還長。照相機終於來了。黃師爺還弄來了一個照相師傅。這一來，日子就過得快了。我們在各種地方、各種時候，照了很多相片。大家都爲此發狂。照相師傅不想在這裡久待，我叫爾依跟著他學習手藝。在我喜歡的下人裡，行刑人是唯一的手藝人，他不學習照相，誰又學習照相呢？書記官也對我提出了這個要求，但我沒有同意。他說，這也是歷史。我不同意。那不過是一門手藝，用不著動他拿筆的手！

說一件好笑的事吧！

有一天，爾依怪叫著從照相師傅的黑屋子裡跑出來，一張臉給恐懼扭歪了。

索郎澤郎問，是不是師傅要他的熱屁股。照相師傅從來不打女人的主意，所以，有人說，他可能是個喜歡男人的傢伙。爾依不知為什麼，總惹喜歡男人的男人喜歡。遇到這種人，就是女人遇到不願意的男人也不會叫出他那樣使人難受的聲音。但這天，他並沒有遇到這樣的事情。他從屋子裡衝出來，說：「鬼，鬼，從師傅泡在水裡的紙上出來了。」

黃師爺大笑，說，那不是鬼，是照在底片上的人顯影了。後來，我去看了一次照相師傅給照片顯影。人影從紙上，從手電光下慢慢顯現出來時，我只能說有點怪，而不能說有多麼嚇人。但我將來的行刑人卻給嚇得屁滾尿流。有人笑他是個膽小鬼。但他動手行刑時，可從來沒有含糊過，照相師傅離開了。爾依進暗房時，也要叫一個人進去作伴。

自從有了照相機，我們的日子就快起來了。我把第一張照片寄給了在重慶的叔叔。

我不知道這一年是哪一年，反正是在一個比往年都熱的夏天。叔叔給我寫了一封信，他要我等到秋季，天氣涼一些時，到他那裡去一趟。黃師爺說，抗戰就要勝利了，國家將變得統一、強大。在沒有皇帝的好幾十年裡，我們這些土司無所歸依，這種情形很快就要結束了。管家說，你叔叔要你認識些大官。打仗才叫這些人來到離我們最近的地方，打完仗，他們又要離開，那時，再要見這些人，就要走長路了。書記官說，這兩個人的意思合起來，正是我叔叔的意思。等待秋天來臨的日子裡，時間又過得慢起來了。

塔娜對於照相的熱情不減，因為照相，又熱心和裁縫打交道，很少來煩我了。

人們說，少爺又到犯傻的時候了，他們只見我呆呆地望著天邊，而不知我是想要第一個看到秋天來到，看見最初的霜，怎樣使樹披上金燦燦的衣裝。那時，我就要上路了。

麥其土司派人送來一封信。從我離開官寨後，我們就沒有通過音信。麥其土司的信很短，他問我在邊界上幹些什麼。我回了一封信，大家都認為沒有必要提將去重慶和叔叔見面的事，只告訴他照相的事就夠了。他的信很短，我也沒有必要回他一封更長的。麥其土司的信很快又來了。信裡說，我的母親想念我。信裡還說，有那麼新鮮的東西，土司的兒子為什麼沒有想到叫土司也享受一下？塔娜說，去他媽的。大家都知道她是個任性的女人。但我不會像她那樣。我知道信還沒有念完，叫人接著往下念。土司在信裡說了好多沒有什麼意思的囉嗦話。最後，他問，能不能回官寨來，給太太照照相，「順便」，信裡是這樣寫的：「順便，我們可以討論一下關於將來的事情，我感到我真的老了。」

他已經感到過一次自己的老，後來，又恢復了活力。

所以，我決定不回去，只派爾依帶著照相機去了一趟。

爾依給他們照了幾天相，離開時，土司又對他說自己老了，沒有力氣和智慧了。爾依這才說：「老爺，少爺叫我問，要是他死了，你會不會再年輕一次？」

不多久，爾依又帶著照相機和羞怯的神情回來了。

他帶來了一封土司充滿怨恨之情的信。信裡說，要是我這次回去了，他就會跟我討論麥其土司的將來，但是我自己沒有回去，是我不關心麥其家族的未來，而不是他。就在這一天，我還接到了另一封信，不是叔叔寫的，而是一個漢人將軍寫的。

信裡說，我的叔叔，一個偉大的藏族愛國人士，坐一條船到什麼地方去，給日本飛機炸到江裡，失蹤了。

我想，漢人跟我們還是相像的。比如，一件不好的事，直接說出來，不好聽，而且叫人難受，就換一個說法，一個好聽的說法，一個可以不太觸動神經的說法。他們不說我的叔叔給炸死了，死了，還連屍體都找不到了，而只是用輕輕巧巧的兩個字：失蹤。

可能正是因爲這兩個字的緣故，我沒有多麼痛苦，我對下人們說：「他把自己水葬了。」

「少爺節哀吧！」

「我們不用去重慶了。」

「我們不知道叔叔叫我們去見誰。」

「寫信的將軍也沒有邀請我們。」

「我不想再出銀子給他們買飛機了。」

又過了些日子，日本人就投降了。

聽說，個子矮小的日本人是到一條船上去承認自己失敗的。再後來，紅色漢人和白色漢人又打起來，黃師爺的臉更黃了，他開始咳嗽，不時，還咳出些血絲來，他說這不是病，而是因爲愛這個國家。我不知道他這種說法是不是真的，但我知道失去了叔叔的悲傷。有時，我望著他的照片，眼睛裡一熱，淚水便啪噠啪噠流出來，我叫一聲：「叔叔啊！」連腸子都發燙了。

他不答應我，只是待在照片上，對我露出有很多錢的人的那種笑容。他還沒有來得及回印度。本來，他說，回到印度後，他要修改遺書，讓我繼承他存在加爾各答英國銀行裡的全部寶石。有一兩次，塔娜都說她夢見了那些寶石。但現在不行了，那個英國窮男爵的夫人將根據沒有修改的遺囑得到它們了。

我的妻子因此深恨沒有早一點動身去重慶。

我們沒有早點去漢人地方見叔叔，是怕那裡的熱天。麥其家有一個祖先去過南京，結果給活活熱死在路上。所以，凡是到漢地見皇帝的土司都是秋天出發，春天回來，躲過漢人地方要命的夏天。好了，我不想說這些事情了。我只想說，叔叔死後，時間又變快了。一件事情來了，另一件事情又跟著來了。時間，事情，它們越來越快，好像再也不會慢下來了。

第十一章

42. 關於未來

整整一個冬天，我越來越深地沉浸在失去叔叔的悲傷裡，迎風流淚，黯然神傷。父母繼續給我寫充滿了抱怨的信，叫不知底細的人看了，還以為是傻瓜兒子把老子拋棄在老舊的堡壘式官寨裡了。而不是他迫使我離開了家。

我不想管他。

我躺在床上，望著窗外的天空，又想起了叔叔，淚水嘩嘩地流下面頰。恍然間，我看見了叔叔。他對我說，他順一條大水，靈魂到了廣大的海上，月明之時，他想去什麼地方，就去什麼地方。我問他是不是長了飛機那樣的翅膀？回答是靈魂沒有翅膀也能去任何地方。他告訴我不用如此悲傷。他說，從有麥其家以來，怕是還沒有人像他那樣快樂。從這一天起，悲傷就從我心裡消失了。

美麗的夏天來到，我再想起叔叔時，心裡再也沒有悲傷，只是想像著海洋是個什麼模樣。塔娜想要一個孩子，為了這個，我們已經努力好久了。

剛跟我時，她怕懷上一個傻瓜兒子，吞了那麼多印度的粉紅色藥片。現在，她又開始為懷不上我的兒子而擔驚受怕了。因為這個，我們的床上戲完全毀掉了。她總是纏著我。我越不願意，她越要纏著我。每次幹那事情，她那張急切而又惶恐的臉，叫我感到興味索然。但她還是蛇一樣纏著我。她並不比以前更愛我，充其量，她只是更多的體會到我並不是個很傻的傻瓜。她只是想在肚子裡揣上我的骨血。她的陰部都被這焦灼烤乾了，粗糙而乾澀，像個苦行者待的山洞，再不是使人開心的所在了。沒有人願意去一個冒著焦灼火苗的地方。今天，她又把我約到了野外。爲了挑起我的興致，她給我跳了一段骨碌碌轉動眼珠的肚皮舞。她把一身衣服在草地上甩得到處都是。我幹了。但裡面太乾澀了，不等噴出生命的雨露我便退了出來。我告訴她，焦灼和那些印度藥片把下面燒乾了。

她哭著撿起一件件衣服，胡亂穿在身上。

一個漂亮的女人衣衫不整地哭泣是叫人憐愛的。雖然我胯下還火辣辣，還是捧著她臉說：「塔娜，不怪你，是我，是我不行，你去另找個小伙子試一試，好嗎？」

鬆開的頭髮遮住了她的臉，但我還是看到她眼睛裡閃出了一道亮光。

她呆坐了一會兒，幽幽地說：「傻子，你不心痛嗎？」

我摸摸自己的胸口，裡面確實沒有當初她和我哥哥睡覺時的那種感覺。我打了個口哨，兩匹馬跑到跟前。我們上路了。我聽人說過，跟陰部不濕潤的女人睡覺要折損壽命的。我不知道這是不是真的，但我知道自己叫她搞得很累了。在馬上，我對塔娜說：「你要一個兒子做什麼?看看我的父親和母親，他們巴不得沒有子息。」

塔娜說：「這只是他們年老了，快死了，害怕最後日子還沒有到來，就被人奪去了土司的位子。」

有一段路，我們沒有說話，只聽到馬蹄不緊不慢的聲響。後來，還是塔娜再次問我說那話時心痛不痛。

我說，沒有當初她和我哥哥睡覺時那種感覺了。

塔娜傷傷心心地哭了。她哭了好長一路。她嚶嚶的聲音細細的，在這聲音裡，馬走得慢了。好大一群蜜蜂和蜻蜓跟在我們身後。大概，塔娜的哭聲太像牠們同類的聲音了。

我們走進鎮子，身後的小生物們就散去，返身飛回草原上的鮮花叢裡。是的，現在人們把市場叫做鎮子。鎮子只有一條街道。冬天，只有些土坯房子。夏天，兩頭接上不少的帳篷，街道就變長了。平時，街道上總是塵土飛揚。今天卻不大一樣。前些天下了幾場不大不小的雨，使街道上的黃泥平滑如鏡，上面清晰地印著些碗口樣的馬蹄印子。街上的人都對我躬下了身子。塔娜說：「傻子，你不愛我了。」

她這樣說，好像從來就是她在愛我，而不是我在愛她，這就是女人，不要指望她們不根據需要把事情顛倒過來。

我望著街道上那些碗口樣的馬蹄印子，說：「你不是想要兒子嗎？我不能給你一個兒子，我不能給你一個傻瓜兒子。」瞧瞧吧，我說的，也並不就是想的，這就是男人。但我畢竟是個傻子，於是，我又說：「人家說，和下面不濕的女人幹事會折壽命的。」

塔娜看著我，淚水又滲出了眼眶，打濕了又黑又長的睫毛。她對座下馬猛抽一鞭，跑回家去了。這會兒，我的心感到痛楚了。

塔娜不叫我進屋，我敲了好久門，她才出聲，叫我另外找地方睡覺。管家和桑吉卓瑪都說，再哄哄，她就要開門了。但我沒有再哄她，吩咐桑吉卓瑪給我另安排房間。我們又不是窮人家，沒有多餘的房間和床褥。房間很快佈置好了。我走進去，裡面一切都是嶄新的，銀器、地毯、床，床上的絲織品、香爐、畫片都在閃閃發光。桑吉卓瑪看我有點手足無措的樣子，點上了氣味濃烈的印度香。熟悉的香味壓住了嶄新東西的陌生氣味，但我還是有些手足無措。桑吉卓瑪嘆了口氣，說：「少爺還是跟原來一樣啊！」

我爲什麼要跟原來不一樣？

卓瑪說我一個人睡在不熟悉的環境裡，早上醒來又會不知自己身在何處，她要給我找個姑娘。我沒有同意。她問我早上醒來，沒人回答我的問題怎麼辦。我叫她走開。她說：「這是十分要緊的時候，少爺可不要再犯傻啊！」

我說我只是不要女人。

她悄聲說：「天哪，不知那個美得妖精一樣的女人把我們少爺怎麼樣了？」

她叫來了管家還有黃師爺。我們達成了妥協，不要女人，只把兩個小廝叫來，叫他們睡在地毯上，隨時聽候吩咐。晚上，黃師爺摸著鬍鬚微笑，管家威脅兩個小廝，說是少爺有什麼不高興就要他們的小命，神情好像是對兩個不懂事的娃娃。其實他們早就是大人了，我不知道他們多少歲，就像我不知道自己現在多大歲數一樣。但我們都長大了。聽著管家的訓斥，索郎澤郎嚯嚯笑了，爾依卻問：「我才是行刑人，你怎麼要我的命？」

管家也笑了，說：「你就不會自己動手嗎？」

索郎澤郎說：「這不是麥其家的規矩。」

管家說：「不是還有個老爾依嗎？」

兩個小廝在我跟前，總做出對別人滿不在乎的樣子，但晚上，他們兩個先是不肯睡覺，說要等我睡了他們才睡。後來，他們的頸子就支不住腦袋了。最後，倒是我自己先醒著。聽著兩個小廝下人如雷的鼾聲，擔心明早醒來會不會再次遇到老問題的困擾，不知道自己是誰，也不知道自己身在何處。兩個小廝不脫衣服趴在地上，我也不脫衣服趴在床上。早上，我醒來時，兩個人整整齊齊站在我面前，大聲說：「少爺，問我們你的問題吧！」

但我知道自己是誰，也知道自己在什麼地方。使兩個傢伙大失所望。

晚上，我夢見了父親麥其土司。吃了中午飯，我又回到房裡睡覺。剛睡下，便聽到上上下下的樓梯響，我對自己說，該不是夢見的那個人來了吧！等到人聲止息，房間呀一聲開了。我的眼前一亮，隨即，屋子裡又暗下來了。土司寬大的身子塞在門裡，把亮光完全擋住了。果然是我夢見的那個人來了。我說：「父親從門上走開吧，不然的話，我的白天都變成夜晚了。」

他便嘿嘿地笑了。從他笑聲裡聽得出，有咳不出的痰堵在他喉嚨裡了。他向我走過來，從步態上看得出來，他身上長了太多的肉，再這樣下去，很快他就不能自由走動了。

他走不快，土司太太趕在前面，在床前躬下身子，把嘴唇貼在了我額頭上面。我的女人，她的下面乾了，我的母親十分滋潤的嘴唇也乾了。她的眼淚大顆大顆地落在我臉上。她說：「想死你的阿媽了呀！」

我的眼睛也有點濕了。

她問：「你高興父母來你身邊嗎？」

我從床上跳起來，把這個消瘦的老女人緊緊抱在我的懷裡。老土司把我們拉開，說：「兒子，我是到麥其家的夏宮消暑來了！」

土司把我多年經營的地盤叫做他的夏宮了。下面的人群情激奮，他們以為老土司又要逼我去別的地方。索郎澤郎嚷著要替我殺了這個老傢伙。塔娜也說，要是她丈夫在這也待不住，她只好回母親身邊去了。

看到自己到來像往平靜的湖泊裡投下了大塊的石頭，土司非常高興。

他對我說：「你是我兒子，你是麥其土司的未來。」也就是說，他正式承認我是麥其土司的繼承人了。

下人們聽到這句話，才又平靜了。

我當了繼承人也無事可幹。便上街喝酒。

店主告訴我，弟弟已經逃到漢地，投到漢人軍隊裡去了。他弟弟來信了，說馬上要開拔，打紅色漢人去了。他們兄弟在多年的流浪生活中，到過很多漢人的地方和別的民族的地方。店主聲稱他們兄弟起碼精通三種語言，粗通六七種語言。我說了聲：「可惜了。」

「有時我想，要是你不是麥其家的，我們兄弟都會投在你手下做事的。我的弟弟不知能不能回來，他不是很想報仇，他只想光明正大地殺人，所以，才去當兵打仗。」店主說：「現在，該我來殺麥其土司了。」

我告訴他，麥其土司到這裡來了。

「好吧，讓我殺了他。一了百了。」說這話時，他的臉上出現了悲戚的神情。

我問他爲何如此悲傷。

他說：「我殺了你父親，你就會殺了我，不是一了百了嗎？」

「要是我不殺你呢？」

「那我就要殺你，因爲那時你就是麥其土司。」

店主要我把土司帶到店裡來喝一次酒。

「這麼著急想一了百了？」

「我要先從近處好好看看殺了我父親的仇人。」

但我知道他想一了百了。

過了幾天，土司帶著兩個太太欣賞夠了爾依的照相手藝，我帶著他到鎮子上看索郎澤郎帶人收稅，看人們憑著一張紙在黃師爺執掌的銀號裡領取銀子。然後，才走進了酒店。店主在土司面前擺上一碗顏色很深的酒，我知道他店裡的酒不是這種顏色。我就把隻死蒼蠅丟在那碗酒裡。這樣，土司叫店主換一碗酒來是理所當然了。換酒時，我把那一碗潑在店主腳上，結果，酒把他的皮靴都燒焦了。

父親喝了酒先走了。

店主捂住被毒酒燒傷的腳呻吟起來，他說：「少爺是怕我毒死你父親就要跟著殺你嗎？」

「我是怕我馬上就要殺了你。那樣的話，你連個兒子都沒有，誰來替你復仇？還是快點娶個老婆，給自己生個復仇的人吧！」

他笑笑，說：「那就不是一了百了了。我是要一了百了。我說過要一了百了。」他問我，「你知道我們兄弟爲父親的過錯吃了多少苦嗎？所以，我不會生兒子來吃我們受過的苦。」

我開始可憐他了。

我離開時，他在我背後說：「少爺這樣是逼我在你父親身後來殺你。」

我沒有回頭，心想，這個可憐的人只是說說罷了。當初，他弟弟要不是那件帶有冤魂的紫色衣服幫助，也不會殺死我哥哥。過去的殺手復仇時，不會有他那麼多想法。要是說這些年來，世道人心都在變化，這就是一個有力的證明。

晚上，我快要睡下時，父親走了進來，他說兒子救了他一命。

他說，明天天一亮，他要派人去殺了那個人，把酒店一把火燒了，雖然裡面沒什麼可燒的東西。我給土司講了些道理，說明這樣做大可不必。

土司想了想，說：「就像你可以奪我的土司位子，但卻不奪一樣嗎？」

我想了想，確實沒有什麼東西能夠阻擋我得到麥其土司的位子，但我確實沒逼他下台的打算。父親說：「要是你哥哥就會那樣做。」

可是哥哥已經叫人殺死了。我不說破當時他並不真想讓位給他，我只說：「我是你另一個兒子，他是一個母親，我是另一個母親。」

父親說：「好吧，依你，我不殺那個人，這裡怎麼說也是你的地盤。」

我說：「這是你麥其土司的夏宮，要是你不想讓我在這裡，我就去另外一個地方吧！」

父親突然動了感情，緊緊抓住我的手臂：「兒子，你知道我到這裡來幹什麼嗎？我知道自己活不了多久了。秋天一到，你就跟我回去吧！我一死，你就是麥其土司了。」

我想說點什麼，但他卻捂住了我的嘴，說：「不要對我說你不想當土司，也不要對我說你是傻子。」父親跟我說話時，塔娜就在她屋子裡唱歌。歌聲在夜空下傳到很遠的地方。父親聽了一陣，突然問我：「當上土司後，你想幹什麼？」

我用腦子想啊想啊，卻想不出當上土司該幹什麼。我的臉上出現了茫然的神情。是啊，過去我只想當土司，卻沒想過當上土司要幹什麼。我很認真地想當土司能得到什麼。銀子？女人？廣闊的土地？眾多的僕從？這些我沒有費什麼力氣就已經有了。權力？是的，權力。我並不是沒有權力。再說了，得到權力也不過就是能得到更多的銀子、女人，更寬廣的土地和更眾多的僕從。這就是說，對我來說，當土司並沒有什麼意思。奇怪的是，我還是想當土司。我想，當土司肯定會有些我不知道的好處，不然，我怎麼也會這麼想當？

父親說：「好處就是你知道的那些了，餘下的，就是晚上睡不著覺，連自己的兒子也要提防。」

「這個我不怕。」我說。

「爲什麼不怕？」

「因爲我不會有兒子。」

「沒有兒子？你怎麼知道自己沒有兒子？」

我想告訴他，塔娜的下面乾了，不會再生兒子了，但我卻聽見自己說：「因爲你的兒子是最後一個土司了。」

父親大吃了一驚。

我又重複了一次：「要不了多久，土司就會沒有了！」

接著，我還說了好多話，但我自己卻記不得了。在我們那地方，常有些沒有偶像的神靈突然附著在人身上，說出對未來的預言。這種神靈是預言之神。這種神是活著時被視爲叛逆的人變成的，就是書記官翁波意西那樣的人，死後，他們的魂靈無所皈依，就會變成預言的神靈。我不知道是自己在說話，還是我身上附著了一個那樣的神靈。

麥其土司在我面前跪下，他說：「請問預言的是何方的神靈？」

我說：「沒有神靈，只是你兒子的想法。」

父親從地上起來，我替他拍拍膝蓋，好像上面沾上了塵土。雖然屋子裡乾乾淨淨，一清早，就有下人用白色牛尾做的拂塵仔細清掃過，我還是替他拍打膝頭上並不存在的灰塵。傻子這一手很有用，土司臉上被捉弄的懊惱上又浮出了笑容。他嘆了口氣，說：「我拿不準你到底是不是傻子，但我拿得準你剛才說的是傻話。」

我確實清清楚楚地看見了結局，互相爭雄的土司們一下就不見了。土司官寨分崩離析，冒起了蘑菇狀的煙塵。騰空而起的塵埃散盡之後，大地上便什麼也沒有了。

麥其土司說兒子說的是傻話。其實，他心裡還是相信我的話，只是嘴上不肯認帳罷了。

他還告訴我，濟嘎活佛替他卜了一卦，說他的大限就在這年冬天。我說：「叫老活佛另卜一卦，反正土司們就要沒有了，你晚些死，就免得交班了。」

父親很認真地問我；「你看還有多長時間。」

我說：「十來年吧。」

父親嘆了口氣，說：「要是三年五年也許還熬得下去，十年可太長了。」我就想，也許是三年五年吧！但不管多久，我在那天突然感到了結局，不是看到，是感到。感到將來的世上不僅沒有了麥其土司，而是所有的土司都沒有了。

有土司以前，這片土地上是很多酋長，有土司以後，他們就全部消失了。那麼土司之後起來的又是什麼呢？我沒有看到。我看到土司官寨傾倒騰起了大片塵埃，塵埃落定後，什麼都沒有了。是的，什麼都沒有了。塵土上連個鳥獸的足跡我都沒有看到。大地上蒙著一層塵埃像是蒙上了一層質地蓬鬆的絲綢。環顧在我四周的每一個人，他們都埋著頭幹自己的事情。只有我的漢人師爺和沒有舌頭的書記官兩個人望著天空出神，在想些跟眼前情景無關的事，在想著未來。我把自己的感覺對他們說了。

書記官說，什麼東西都有消失的一天。在他的眼睛裡，是我一張發呆的臉，和天上飄動的雲彩。

黃師爺說話時，閉起了眼睛，他用驚詫的口吻問：「真有那麼快嗎？那比我預計的要快。」他睜開了空空洞洞的眼睛，捋著幾根焦黃的鬍鬚說，先是國家強大時，分封了許多的土司，後來，國家再次強大，就要消滅土司了，但這時，國家變得弱小了，使土司們多生存了一兩百年。黃師爺空洞的眼睛裡閃出了光芒：「少爺等於是說，只要十來年，國家又要強大了。」

我說：「也許，還不要十年呢！」

師爺問：「我這把老骨頭，還能看到那時候嗎？」

我無心回答他的問題。我問他爲什麼國家強大就不能有土司。他說他從來也沒有把麥其家的少爺看成是傻子，但說到這類事情，就是這片土地上最聰明的人也只是白痴。因爲沒有一個土司認真想知道什麼是國家，什麼是民族。我想了想，也許他說得對，因爲我和好多土司在一起時，從來沒有聽他們討論過這一類問題。

我們只知道土司是山中的王者。

師爺說，一個完整而強大的國家絕對只能有一個王。那個王者，絕對不允許別的人自稱王者，哪怕只是一個小小的土王。他說：「少爺是不擔心變化的，因爲你已經不是生活在土司時代。」

我不相信他的話，因爲我知道自己周圍都是土司，也就是生活在土司時代，更何況，我還在等著登上麥其土司的寶座呢！

更主要的是，我只看到了土司消失，而沒有看到未來。

誰都不會喜歡那個自己看不清楚的未來。

43. 他們老了

其實，好多人都相信我的話，說是土司們已經沒有了未來。

這並不是因爲預言出自我口裡，而是因爲書記官和黃師爺也同意我的看法。這樣大家都深信不疑了。

第一個深信不疑的就是麥其土司。

雖然他做出不相信的樣子，管家卻告訴我，老土司最相信神秘預言。果然，有一天父親對我說：「我想通了，要不然，上天怎麼會讓你下界，你不是個傻子，你是個什麼神仙。」麥其土司現在深信我是負有使命來結束一個時代的。

這段時間，父親都在唉聲嘆氣。人真是一種奇怪的東西，他明明相信有關土司的一切最後都要化爲塵埃，但還是深恨不能在至尊的位子上坐到最後時刻。他呆呆地望著我，喃喃地說：「我怎麼會養你這樣一個兒子？」

這是我難於回答的問題。於是就反問他爲什麼要把我生成傻瓜？

已經變得老態龍鍾的他，對著我的臉大叫：「爲什麼你看不到現在，卻看到了未來?!」

替他生下我這個傻瓜兒子的土司太太也沒有過去的姣好樣子了，但比起正在迅速變老的土司來，卻年輕多了。她對老邁得像她父親的丈夫說：「現在被你看得緊緊的，我的兒子不看著未來，還能看什麼？」

我聽見自己說：「尊敬的土司，明天就帶著你的妻子，你的下人，你的兵丁們回到自己的地方去吧！」我告訴他，這裡不是土司的夏宮，這個地方屬於一個新的地方，一個屬於未來那個沒有土司的時代的地方，越來越大，越來越漂亮。

麥其土司怔住了。

我當然不會叫他馬上就走。我已經寫下帖子，派了人，派了快馬，去請鄰近的幾個土司來此和他聚會。我把這個聚會叫做「土司們最後的節日」。請帖也是照著我的說法寫的：恭請某土司前來某處參加土司們最後的節日。說來奇怪，沒有一個土司把「最後」兩個字理解成威脅，接到請帖都上路了。

最先來到的是我岳母，她還是那麼年輕，身後還是跟著四個美麗的侍女，腰上一邊懸著長劍，一邊別著短槍。我按大禮把地毯鋪到她腳下，帶了她的女兒下樓迎接她。她從馬上下來，一疊聲叫女兒的名字，並不認真看我一眼，跟著塔娜上樓去了。不一會兒，樓上就飄下來了我妻子傷心的哭聲。麥其土司十分生氣，他要我把丈母娘幹掉，那樣的話，麥其土司說：「你是茸貢土司了，沒有任何力量可以阻攔。」

我告訴他，是我自己阻攔自己。

他長長地嘆氣，說我只知道等著當麥其土司。好像這麼多年，我就傻乎乎地坐著，沒有擴大麥其家的地盤，沒有在荒涼的邊界上建立起一個不屬於土司時代的熱鬧鎮子。

吃飯時，樓上的哭聲止息了。女土司沒有下樓的意思。我吩咐卓瑪帶著一大幫侍女給女土司送去了豐盛的食物。一連三天，樓上只傳下來女土司一句話，叫好生照料她的馬匹。下來傳話的那個明眸皓齒的侍女，說她們主子的馬是花了多少多少銀子從蒙古人那裡買來的。

我坐在陽光下，瞇起眼睛望著太陽，叫人把那些蒙古馬牽出來。兩個小廝立即就知道我要幹什麼，立即就操起傢伙。幾聲槍響，女土司的蒙古馬倒下了，血汩汩地流在地上。從槍膛裡跳出來的彈殼錚錚響著，滾到樓下去了。管家帶人端著兩倍於馬價的銀子給女土司送去。

那傳話的侍女嚇壞了，索郎澤郎抓著她的手，撫摸了一陣，說：「要是我殺掉你那不知趣的主子，少爺肯定把你賞給我。」

侍女對他怒目而視。

我對那侍女說：「到那時，我的稅務官要你，就是你最大的福氣了。」

侍女腿一軟，在我面前跪下了。

我叫她回去，在她身後，我用這座大房子裡所有人都能聽見的聲音喊道：「叫你的主子不必擔心，她回去的時候有更好的馬匹！」

我不是預先計畫好要這麼幹的，但這一招很有效。

晚上，女土司就帶著塔娜下樓吃飯來了。她仍然不想屈尊和我說話，卻耐著性子和麥其土司與太太扯了些閒篇。塔娜一直在看我，先是偷偷地看，後來就大膽地看了。她的目光表面上是挑釁，深藏其後的卻是害怕。

吃完飯，女土司招招手，她的下人把索郎澤郎看上的那個侍女帶進來。她們已經用鞭子抽打過她了。女土司把一張燦爛的笑臉轉向了我，說：「這小蹄子傳錯了我的話，現在，我要殺了她。」

我說：「不知道這個姑娘傳錯了岳母什麼話？她叫我替你餵馬，難道你是傳話餓死那些值錢的馬？」

這下，女土司更是咬牙切齒，叫另外三個侍女把她們的伙伴推出去斃了。

索郎澤郎，我的稅務官從外面衝進來，在我面前跪下，我叫他起來說話，但他不肯，他說：「少爺知道我的意思。」

我對岳母說：「這個姑娘，是我的稅務官的未婚妻。」

女土司冷笑，說：「稅務官？稅務官是什麼官？」她說，這裡有好多東西她不懂得，也不喜歡。

我說，這裡的事情，這個正在創造的世界並不要人人都喜歡。

「管他是什麼狗屁官，也是個官吧！」女土司把臉轉向了曾和她同床共枕的麥其土司，說，「你兒子不懂規矩，這小蹄子是個侍女，是個奴才。」

這句話叫麥其土司感到難受。

這個女土司，她一直在和我作對。我請她來，只是想叫土司們最後聚會一下，她卻鐵了心跟我作對。這些年，土司們都高枕無憂地生活，也許，他們以為一個好時代才剛剛開始吧！現在，我要使這個靠我的麥子度過了飢荒，保住了位子的女土司難受一下了。我告訴她，我身邊的人，除了塔娜是高貴出身，是土司的女兒，其他人都是下人出身。我叫來了侍女們的頭子桑吉卓瑪，行刑人兼照相師傅爾依，我的貼身侍女，那個馬夫的女兒，一一向她介紹了他們的出身。這些下人在別的主子面前露出了上等人那種很有尊嚴的笑容。這一下把女土司氣得夠嗆。她對那個侍女說：「你真要跟這個人嗎？」

侍女點點頭。

女土司又說：「要是我饒恕你的一切罪過……」

那個侍女堅定地走到了索郎澤郎身後，打斷了她的話，說：「我並沒有什麼罪過。」

爾依舉起相機，先是一聲爆響，接著又是一片炫目的白光，這一下把我的岳母嚇得不輕。她一臉驚恐的表情給攝入照相機裡去了。照完相，女土司說，明天，她就要回去了。

我說，還會有其他土司來這裡作客。

她對麥其土司說：「本來，我說到這裡可以跟你再好好敘敘，可是你老了，沒有精神了。要是別的土司要來，我就等等他們，一起玩玩吧。」她那口氣，好像那些土司都是她舊日的相好一樣。

高高在上的土司們其實都十分寂寞。

銀子有了，要麼睡不著覺，要麼睡著了也夢見有人前來搶奪。女人有了，但到後來，好的女人要支配你，不好的女人又喚不起睡在肥胖身體深處的情慾。最後，土司們老了，那個使男人充滿自信的地方，早就永遠地死去了。麥其土司被一身肥肉包裹著，用無奈的眼睛看著曾跟自己有過雲雨之歡的茸貢土司。他們都老了。

夜降臨了。

看上去女土司比早晨蒼老多了。我母親和父親也是一樣的。早上，他們打扮了自己，更主要的是，早上還有些精神，下午，臉上撲上了灰塵，加上上了年紀的困倦，便現出真相了。麥其和茸貢都盼著別的土司早點到來，下人們在樓上最向陽的地方擺上了軟和的墊子，兩個土司坐在墊子上瞭望遠方。土司太太則在屋裡享用鴉片。她說過，在漢地的家鄉，好多人爲了這麼一點癖好，弄得傾家蕩產，而在麥其家，用不著擔心爲了抽幾口大煙而有一天會曝屍街頭，所以，她要好好享受這個福氣。我叫黃師爺去陪著母親說話，兩個漢人可以用他們話說說家鄉的事情。

天氣好時，每到正午時分，河上總要起一陣風。

河上的風正對著麥其土司的夏宮吹來。下人們站起來，用身子把風擋住。每天，都有客人駕到。差不多所有土司都來了。其中當然少不了拉雪巴土司。拉雪巴土司跟麥其家是親戚，大饑荒那幾年，在我初建鎮子時，他曾在這裡住了好長時間。在所有土司裡，我要說，他是最會做生意的一個。他的人馬出現在地平線上時，先到的土司們都從樓上下來了。我看迎客用的紅地毯已被先到的土司們踩髒了，便叫人換上新的。拉雪巴土司穿過中午時分昏昏欲睡的鎮子，走上了木橋。更加肥胖了。大家最先看見的是一個吹脹了的口袋放在馬背上。馬到了面前，我才看到口袋樣的身子和寬檐呢帽之間，就是我朋友那張和氣的臉。

看看吧，這片土地上一大半土司站在他面前，但他只對這些人舉了舉帽子。當初，我奪去了他手下的大片土地，但他一下馬，就把我緊緊地抱住了，兩個人碰了額頭，挨了臉頰，摩擦了鼻尖，大家都聽見拉雪巴土司用近乎嗚咽的聲音說：「呵，我的朋友，我的朋友。」

拉雪巴土司已經不能自己走上樓了。

黃師爺有一把漂亮的椅子，下人們把拉雪巴土司放在椅子裡抬到樓上。坐在椅子上，他還緊拉著我的手，說：「瞧，腰上的氣力使我還能坐在馬背上，手上的力氣使我還能抓住朋友。」

我要說，這個土司應該是所有土司的榜樣。

最後一天來的土司是一個年輕人，沒有人認識他，他是新的汪波土司。他從南方邊界出發，繞了一個很大的圈子，所以用了比所有人都長的時間。最近的路是穿過麥其土司的領地，他沒有那個膽量。聽了這話，麥其土司哈哈大笑，很快，他的笑聲變成了猛烈的咳嗽。汪波土司沒有理會麥其土司。他認為這個人是已經故去的汪波土司的對手，而不是自己的。

他對我說：「相信我們會有共同的話題。」

我給他倒一碗酒，意思是叫他往下說。

他說：「讓我們把仇恨埋在土裡，而不是放在肚子裡。」

管家問他是不是有事要求少爺。

汪波土司笑了，他請求在鎮子上給一塊地方，他也要在這裡做點生意。麥其土司連連對我搖頭。但我同意了汪波的請求。他表示，將按時上稅給我。我說：「我要那麼多錢幹什麼？要是中國人還在打日本人，我就像叔叔那樣，掏錢買飛機。但日本人已經敗了，我要那麼多錢幹什麼？」

有人問：「漢人不是自己打起來了嗎？」

我說：「黃師爺說，這一仗是中國最後一戰了。」

土司們問黃師爺是紅色漢人會取得勝利，還是白色漢人。

黃師爺說：「不管哪一邊打勝，那時，土司們都不會像今天這樣了。不會是自認的至高無上的王了。」

土司們問：「我們這麼多王聯合起來，還打不過一個漢人的王嗎？」

黃師爺哈哈大笑，對同是漢人的麥其土司太太說：「太太，聽見了嗎？這些人說什麼夢話。」

土司們十分不服，女土司仗劍而起，要殺死我的師爺。土司們又把她勸住了。女土司大叫：「土司裡還有男人嗎？土司裡的男人都死光了！」

44. 土司們

土司們天天坐在一起閒談。

一天，管家突然問我，把這些人請到這裡來目的是什麼？

我才開始想這個問題，是呀，我把這些人請來，僅僅是叫他們在死去之前和朋友、和敵人聚會一次？我要是說是，沒人相信世上有這樣的好人，即或這個好人是個傻子，何況，這個傻子有時還會做出天下最聰明的事情。要說不是，不管怎麼想，我也想不出請這些人幹什麼來了。

想不出來，我就去問身邊的人，但每個人說法都不一樣。

塔娜的笑有點冷峻，說我無非是想在茸貢兩個女人面前顯示自己。

她沒有說對。

我問黃師爺，他反問我：「少爺你知道我爲什麼會落到現在這個地步嗎？我跟他們一樣自認爲是聰明人，不然我不會落到現在的下場。」我這一問，使他想起了傷心事。他說了幾個很文雅的字：有家難回，有國難投。他看到了自己的未來。他說，將來，不管什麼顏色的漢人取勝，他都沒有戲唱。他是這樣說的，「都沒有我的戲唱」。他反對紅色漢人和白色漢人打仗，但他們還是打起來了。白色的一邊勝了，他是紅色的。紅色的一邊勝了，連他自己都想不起爲他們做過什麼事情。我沒想到黃師爺會這麼傷心。我問他，叔叔在世時喜歡紅色漢人還是白色漢人。

他說是白色漢人。

我說：「好吧，我也喜歡白色漢人。」

他說：「是這個情理，但我怕你喜歡錯了。」他說這話時，我的背上冒起了一股冷氣。明晃晃的太陽照著，我可不能在別人面前發抖。

師爺說：「少爺不要先就喜歡一種顏色，你還年輕，不像我已經老了，喜歡錯了也沒有關係。你的事業正蒸蒸日上。」

但我主意已定，我喜歡叔叔，就要站在他的一邊。

我找到書記官，他正在埋頭寫東西。聽了我的問題，他慢慢抬起頭來，我懂得他眼裡的話。他是一個神秘主義者，我知道他那裡沒什麼實質性的答案。果然，他的眼睛裡只有一句：「命運不能解釋。」

索郎澤郎對我不去問他十分不滿，他自己找到我，說：「難道你把這些人召來，不是爲了把他們都殺了？」

我很肯定地說：「不是。」

他再問我：「少爺真沒有這打算。」

我還是回答：「沒有。」但口吻已有猶豫了。

要是索郎澤郎再堅持，我可能真就要下令去殺掉土司們了。但他只是在鼻孔裡哼了一聲，沒有再說什麼。索郎澤郎心裡有氣，便對手下幾個專門收稅的傢伙大聲喊叫。我的收稅官是個性子暴躁的人。他一直有著殺人的慾望，一直對他的好朋友爾依生下來就是殺人的人十分羨慕。他曾經說，爾依生下來就是行刑人，一個人生下來就是什麼而不是什麼是不公平的。於是有人問他，是不是土司生下來就是土司也是不公平的？他才不敢再說什麼了。管家曾建議我殺掉他。我相信他的忠誠，沒有答應。今天的事，再次證明了這一點。看見他離開時失望的樣子，我真想抓個土司出來叫他過過殺人的癮。

有了這個小插曲，我再也不問自己請土司們來是幹什麼了。

這天，我跟土司們一起喝酒。他們每個人都來跟我乾杯，只有麥其土司和茸貢土司沒有一點表示。兩輪下來，我不要他們勸，自斟自飲起來。跟我最親近的拉雪巴土司和汪波土司勸我不要再喝了，說主人已經醉了。父親說：「叫他喝吧！我這個兒子喝醉和沒有喝醉都差不多。」

他這樣說是表示自己才是這裡的真正主人。

但這只是他的想法，而不是別人的看法。他說這話時，只有女土司露出了讚許的笑容。

其實，兩個土司自己早就喝多了。女土司說：「他的兒子是個傻子，我的女兒是世上少有的漂亮姑娘，他兒子都不知道親近，你們看他是不是傻子？」女土司以酒杯蓋臉，拉住年輕的汪波土司說：「讓我把女兒嫁給你吧。」

茸貢土司把汪波土司的手抓得很緊，她問：「你沒有見過我的女兒嗎？」

汪波土司說：「你放了我吧，我見過你女兒，她確實生得美麗非凡。」

「那你爲什麼不要她，想娶她就娶她，不想娶她，也可以陪她玩玩嘛。」女土司說話時，一隻眼睛盯著汪波土司，另一隻眼睛瞄著麥其土司，口氣十分放蕩，她說：「大家都知道我喜歡男人，我的女兒也像我一樣。」

我的新朋友汪波土司口氣有些變了，他說：「求求你，放開我吧！我的朋友會看見。」

我睡在地毯上，頭枕著一個侍女的腿，眼望天空。我想，新朋友要背叛我了。我心裡沒有痛楚，而害怕事情停頓下來，不再往前發展。我希望發生點什麼事情。這麼多土司聚在一起，總該發生點什麼事情。

汪波土司的呼吸沉重而緊張。

好吧，我在心裡說，新朋友，背叛我吧！看來，上天一心要順遂我的心願，不然，塔娜不會在這時突然出現在迴廊上開始歌唱。她的歌聲悠長，裊裊飄揚在白雲與藍天之間。我不知道她是對人群還是原野歌唱？但我知道她臉上擺出了最嫵媚的神情。她的存在本身就是一種誘惑。有哲人說過，這樣的女人不是一個深淵就是一服毒藥。當然，這是對有著哲人一樣健全心智的人而言，我自己卻是一個例外。我不害怕背叛，我在想，會不會有人失足落入這個深淵，會不會有人引頸吞下甜蜜的毒藥。我偷偷看著汪波土司，他臉上確實出現了跌落深淵的人和面對毒藥的人的驚恐。

現在，他有一個引領者，這個人就是我的岳母。

她說：「唱歌那個就是我漂亮的女兒，這個傻子卻不跟她住一個房間，不跟她睡在一張床上。」

我想告訴他們，那是她作爲一個女人的泉水已經乾涸了。但我管住了自己的嘴巴。

汪波土司自言自語，說：「天哪，我的朋友怎麼會這樣？」

「你的朋友？我不懂堂堂土司爲什麼要把他當成朋友！他不是土司，是傻子。」女土司說起話來，聲音還像少婦一樣嫵媚，有了這樣的嫵媚，不管內容是什麼，聲音本身就是說服力。何況內容也有誘惑力：「我死了，位子就是她丈夫的。每當我想到這傻瓜要成爲茸貢土司，整夜都睡不著覺。長久睡不好覺叫我老得快了，臉上爬滿了皺紋，男人都不想要我了。可是你還多麼年輕啊！就像早晨剛剛升起的太陽一樣。」

我本該聽他們還談些什麼，卻在溫暖的陽光照耀下睡著了。

醒來，已經是下午了。

女土司看著我冷笑，她說：「我們這些土司，不是你的客人嗎？可是你卻睡過去了。」

我想說對不起，但我卻說：「你怎麼不回自己的領地，有人在你面前睡覺就殺了他。」

女土司說：「看看這個傻子怎麼對自己的岳母吧！他不知道自己的妻子有多麼美麗，也不知道岳母需要尊敬。」她充任了一個煽動者的角色，她對土司們說：「他想叫我回去，我不回去。我是他請來的，我們是他請來的。他該有什麼事情，沒有事情把我們這些管理著大片土地和人民的土司請來是一種罪過。」

女土司一句話就使土司們被酒灌得昏昏沉沉的腦袋抬了起來。

汪波土司把臉轉到別處，不敢和我對視。

還是拉雪巴土司說：「我這個土司沒有什麼事做，我認爲土司們都沒有什麼事做。」土司們都笑了，說他不配當土司，叫他快把位子讓給更合適的人。

拉雪巴土司不羞不惱，笑著說，自從當土司，自己實在沒有做過什麼事情。他說：「你們又有什麼腦子好動，地盤是祖先劃定了的，莊稼是百姓種在地裡，秋天一到，他們自己就會把租賦送到官寨，這些規矩也都是以前的土司訂下的。他們把什麼規矩都訂好了。所以，今天的土司無事可幹。」

有人提出了反對意見，麥其土司種鴉片是不是有事可幹？

拉雪巴土司搖著肥胖的腦袋說：「呵，鴉片，那可不是好東西。」他還對我搖搖頭，重複說：「真的，鴉片不是好東西。」他對女土司說：「鴉片使我們都失去了些好東西。」

女土司說：「我並沒有失去什麼。」

拉雪巴土司笑了，說：「我失去了土地，你失去了女兒。」

女土司說：「我女兒是嫁出去的。」

拉雪巴土司說：「算了吧，誰不知道在女土司手裡，美色就是最好的武器？」

茸貢土司嘆口氣，不說話了。

拉雪巴土司說：「反正，我跟著你們這些人動了一次腦子，結果，餓死了不少好百姓，失去了那麼多土地。」

我說：「我想知道你們想在這裡幹點什麼，而不是討論過去的事情。」

土司們要我離開一會兒，叫他們來討論在這裡該幹點什麼。我想了想，既然自己不知道該幹什麼，就叫他們決定好了。我說：「小心一點，土司們好像越來越容易犯錯誤了。」說完，我下了樓，帶了書記官在街上走了一圈。順便把剛剛發生的事情告訴了他。我認爲這些事情都是值得記下來的。

他同意我的看法，他的眼睛說：「剛有土司時，他們做出什麼決定都是正確的，現在，他們做出什麼決定，如果不能說是錯誤，至少是沒有意義的。」

我儘量在街上多逛了些時候才回去。土司們卻沒有做出任何決定。一部分人想做事，另一部分人卻什麼也不想做。而想做的人所想的事又大不相同。不想做事的土司們說：「家裡沒有什麼事，這地方很熱鬧，就在這裡多玩些日子。」

汪波土司下定了決心，要幹件什麼事情，他平和誠懇的眼睛裡閃出了興奮的光芒。

我派人去請戲班，搭起了戲台。

我還在草地上搭起帳篷，前面擺上機槍、步槍、衝鋒槍、手槍，誰高興了，都可以去打上一陣。

但我還是不知道請這些人到這裡幹什麼。

關於這個事情，我真動了腦筋，但想啊想啊，卻想不出個所以然來，也就不再去想了。

而我美麗的妻子又在曼聲歌唱了。

45. 梅毒

客人們怪我沒有給他們找點事做。

我想告訴他們，事情不必去找，到時候自然就會發生。需要的只是等待，人要善於等待。但我什麼都沒說。

終於，我派出去的人請來了一個戲班。

我要說這是個古怪的戲班，這個戲班不是藏族的，也不是漢人的。演員都是些姑娘，什麼民族的人都有。我叫人給他們搭了一個大戲台，想不到，僅僅只過了三天，她們就沒戲可演了。她們把獅子狗也牽到台上轉了好些圈子，叫牠從姑娘們裙子下面銜出花來，但也只演了三天，就沒戲可演了。戲班老板說，在這個動亂年代，她和姑娘們無處可去了，要在這個和平的地方住下來。我沒有拒絕她的要求。叫人先在街道上給她們搭了一個大帳篷，與此同時，街道另一頭，一座土坯房子也開工了。戲班老板自己監工。房子起得很快，不到十天，框架就豎立起來了。那是一座大房子，樓下是大廳，從一道寬大樓梯上去，是一條幽深的走廊，兩邊盡是些小小的房間。姑娘們整天閒逛，銀鈴樣的笑聲順著街道流淌。她們的衣服不大遮得住身體。我對戲班老板說，要給姑娘們做些衣服。這個半老徐娘哈哈大笑，說：「天哪，我喜歡這個從夢裡醒不過來的地方，喜歡你這個傻乎乎沒見過世面的傢伙。」

當時，我們正坐在大帳篷裡閒聊，這個女老板她還親了我一口，不是親其他地方，而是親我的嘴巴！我像被火燙了一樣跳起來。

姑娘們哈哈大笑。其中濃眉大眼那個笑著笑著便坐在了我懷裡。

老板叫她走開，她對我說姑娘不乾淨。在我看來，她胸前的肌膚潔白，連露在外面的肚臍眼也是粉紅的顏色，這麼乾淨都叫不乾淨，那我就不知道什麼是乾淨了。這個姑娘沒有立即離開我，她的手臂在我的頸項上纏繞起來，然後，用她肥厚的嘴唇貼住了我的嘴巴，我差點叫她憋死了。

老板給我換一個她認爲乾淨的姑娘。這個姑娘走到我跟前，那些姑娘們便嘻嘻地笑起來。老板從我口袋裡掏出了銀元，老板說：「這是價錢，我的姑娘都有價錢。」

她從我的口袋裡掏出了十個銀元，老板數了數，又放回去五個，把四個放在一口描金的朱紅箱子裡，留下一個交給了那個姑娘，說：「我請客，你們上街買糖吃吧！」

姑娘們大笑，像炸了窩的蜜蜂一樣飛出去了。

老板把錢箱鑰匙繫在腰上，說：「木匠正在裝地板，我去看著。少爺要是開心，就賞姑娘兩個脂粉錢。」

從修房子的地方飄來帶一點酒氣的松木香味，懷裡這個女人也使人心旌搖蕩。

我那男人的東西蠢蠢欲動，身子卻像這天氣一樣懶洋洋的。

姑娘十分乖巧，她脫光了我的衣服，叫我只管躺在那裡，一動也不動，任她來做所有的事情。她果然幹得很好，我一動也沒動，就讓周身舒服了。之後，我們兩個也不穿衣服，就躺在那裡交談。這時，我才知道，她們並不是什麼戲班子，而是一群專門用身子做生意的女人。我成了她們在這裡的第一筆生意。我問她，對那些對女人心有餘力不足的老土司們有沒有辦法，她說有。我說，好，這些老傢伙他們有的是銀子，從今天起開始做他們的生意吧！

晚上，土司們享受到了收錢的女人。

第二天，老傢伙們再聚到一起時，人人都顯得比往常容光煥發。有人還問我，我們自己的姑娘怎麼沒有這樣的本事。

女土司獨睡空房，眼圈都是青的，她恨恨地對我父親說：「看看你們麥其家吧！你的大兒子帶來了鴉片，傻瓜兒子又帶了這樣的女人。」

麥其土司說：「你又帶來了什麼？你也給我們大家帶點什麼來吧！」

女土司說：「我不相信女人有什麼不同。」

眾土司都說：「住嘴吧！每一個女人都大不相同。」

只有汪波土司沒有說什麼。樓上唱歌的女人可望而不可即，大帳篷裡的姑娘卻實實在在，美妙無比。

現在，土司們恍然大悟，說：「麥其少爺是請我們享受這些美妙的姑娘。」

黃師爺說這些姑娘叫妓女，那個大帳篷叫妓院。

妓院老板對我說：「少爺有兩個專門的姑娘，其他的姑娘你不能去碰。」

「爲什麼不能？」

「那些姑娘不乾淨，有病。」

「什麼病？」

「把男人的東西爛掉的病。」

我想像不出身上這東西怎麼會爛掉。老板叫兩個姑娘，撩起了她們的裙子。天哪，一個姑娘那裡已經沒有門扇，完全是一個山洞了，而另外一個姑娘那裡卻像朵蘑菇，散發出來的臭氣像是一頭死牛腐爛了一樣。

這天晚上，想到一個人那裡會變成那個樣子，我怎麼也鼓不起對女人的興趣。便一個待在家裡。土司們都到妓院去了。我睡不著，便起來找黃師爺喝茶。我問他那些妓女的病是什麼病。他說：「梅毒。」

「梅毒？」

師爺說：「少爺，鴉片是我帶來的，梅毒可不是我帶來的。」

從他緊張的神情上，我知道梅毒很厲害。

他說：「天哪，這裡連這個都有了，還有什麼不會有呢？」

我說：「土司們一點也不怕，妓院房子修好了，土司們沒人想離開。」

在妓院裡，每個姑娘都在樓上有一個自己的房間。樓下的大廳一到晚上就亮起明亮的燈光。樓上飄蕩著姑娘們身上的香氣，樓下，是酒，是大鍋煮著的肉和豌豆的香氣。大廳中央，一個金色的喇叭，靠在一個手搖唱機旁，整日歌唱。

師爺說：「由他們去吧，他們的時代已經完了，讓他們得梅毒，讓他們感到幸福，我們還是來操心自己的事情吧！」

黃師爺還給我講了些有關梅毒的故事，講完過後，我笑著對他說：「起碼三天，我都不想吃飯了。」

黃師爺說：「對人來說，是錢厲害，但卻比不過鴉片，鴉片嘛，又比不過梅毒。但我要跟你說的不是這個。」

我問他想說什麼。

他提高了聲音，對我說：「少爺，他們來了！」

「他們來了？」

「對，他們來了！」

我問師爺他們是誰。他說是漢人。我笑了，聽他那口氣，好像他自己不是漢人，好像我的母親不是漢人，我的鎮子上好多鋪子裡待著的不是漢人，妓院裡有幾個姑娘不是漢人。聽他的那口氣，好像我壓根兒就沒有見過漢人。我自己就是一個漢族女人的兒子嘛！

但是，他的神情十分認真，說：「我是說有顏色的漢人來了！」

這下我懂了。沒有顏色的漢人來到這個地方，純粹只是爲了賺點銀子，像那些生意人，或者就只是爲了活命，像師爺本人一樣。但有顏色的就不一樣了。他們要我們的土地染上他們的顏色。白色的漢人想這樣，要是紅色的漢人在戰爭中得手了，據說，他們更想在每一片土地上都染上自己崇拜的顏色。我們知道他們正在自己的地方打得昏天黑地，難分高下。每個從漢地來的商隊都會帶來報紙，因爲我有一個智慧的師爺，像愛鴉片一樣愛報紙。看不到報紙，他煩躁不安，看到了，長吁短嘆。他總是告訴我說：「他們越打越厲害了。越打越厲害了。」

黃師爺過去做過省參議，因爲反對打紅色漢人落到這個地步，但他又不高興紅色漢人獲得勝利。那陣子，在我們這地方，老百姓中間，都在傳說漢人就要來了。書記官說過，老百姓相信的事情總是要發生的，就算聽上去沒有多少道理，但那麼多人都說同一個話題，就等於同時念動了同一條咒語，向上天表達了同一種意志。

師爺總是說，他們還互相攔腰抱得緊緊的，騰不出手來。但現在，他突然對我說：「他們來了！」

我問師爺：「他們想見我？」

師爺笑了，說這是真正的主人的想法。

我說：「好吧，叫他們來吧，看看我們喜歡那一種顏色。」

師爺還是笑，說：「少爺的口氣好像女人挑一塊綢緞做衣服一樣。」他說，這些人他們是悄悄來，他們誰也不想見。他們還不想叫人知道自己是有顏色的漢人。

我問他又是怎麼知道的。

他說：「我是你的師爺，我不該知道嗎？」這種口氣，我是不高興聽見的，他見我的臉變了顏色，便改口說：「少爺忘了，過去你的師爺也是有顏色的，所以，見到他們我就認得出來。」我問這些人想幹什麼。師爺叫我回去休息，說這些人現在還不想幹什麼。他們只會做我們准許做的事情，他們會比鎮子上的其他人還要謹慎。他們只是來看，來看看。

我回去休息。

睡著之前，我的腦子裡還在想：梅毒。還在想：他們。想到他們，我打算明天一起來就上街走走，看我能不能認出哪些漢人是有顏色的。

這天，我起得晚，心裡空蕩蕩的，就覺得少了什麼。少了什麼呢?我不知道。但我就是覺得少了什麼。我問下人們，今天少了什麼，他們四處看看，比如我身上的佩飾，比如我們擺在樓裡各處的值錢的器物，告訴我，沒有少什麼。

還是索郎澤郎說：「今天，太太沒有唱歌。」

大家都說：「她天天坐在樓上唱歌，今天不唱了。」

是的，太陽一出來，塔娜就坐在樓上的雕花欄杆後面歌唱。本來，前些時候，我已經覺得時間加快了速度，而且越來越快。想想吧，這段時間發生了多少事情。土司們來了，梅毒來了，有顏色的漢人來了。只有當我妻子為了勾引年輕的汪波土司而引頸歌唱時，我才覺得時間又慢下來，回到了使人難受的那種流逝速度。

今天，她一停止歌唱，我就感到眩暈，時間又加快了。

土司們都還沒有從街上的妓院裡回來。下人們陪著我走出房子，在妓院裡沒有用武之地的女土司用陰鷙而得意的目光望著我。四處都靜悄悄的，我的心卻像騎在馬上疾馳，風從耳邊呼呼吹過時那樣咚咚地跳蕩。土司們從妓院裡出來，正向我們這裡走來，他們要回來睡覺了。在街上新蓋的大房子裡，時間是顛倒的。他們在音樂聲裡，在酒肉的氣息裡，狂歡了一個晚上，現在，都懶洋洋地走著，要回來睡覺了。看著他們懶洋洋的身影，我想，有什麼事發生了。後來我想起昨天和黃師爺說的話題，便帶著一干人向街上走去。我要去認認那些悄悄來到這裡的有顏色的漢人。走到橋上，我們和從妓院裡出來的土司們相遇了。我看到，有好幾個人鼻頭比原來紅了。我想，是的，他們從那些姑娘身上染到梅毒了。

我笑了。

笑他們不知道姑娘們身上有什麼東西。

第十二章

46. 有顏色的人

在街上我看到了些新來的漢人，卻看不出哪些是有顏色的。只是在兩家新開的商號裡，看出來穿藏服的夥計其實是漢人。在我常去的酒店，店主問我在街上尋找什麼。我告訴了他。他說：「他們要把顏色塗到臉上嗎？他們的顏色在心裡。」

「那我就認不出他們了。」

於是，就在店裡坐下來喝酒。我還跟他開玩笑說要是他弟弟在，這些日子正好對麥其土司下手，報仇。我說：「要是那仇非報不可的話，這回可是最好的時機。」

店主人嘆氣，說他都不知道弟弟逃到什麼地方去了。

我說：「那你來幹怎麼樣？」

「如果我知道我弟弟已經死了，或者他不想接著幹了，我才會下手。這是我們兩兄弟訂好的規矩。」

他們的規矩有一條使我背上發冷：要是麥其土司在他們動手之前死了，下一個麥其土司，也就是我，將自動成爲他們復仇的目標，必須殺死一個真正的麥其土司，才能算報了家仇。

我當時就害怕了，想派人幫兩兄弟幹掉麥其土司。酒店主笑了，說：「我的朋友，你可真是個傻子，你怎麼就沒有想到把我和我弟弟殺掉。」

是的，我的腦子裡沒有這樣的想法。

店主說：「那樣，你也不用擔心哪一天我來殺你了。」他把我送出門，說：「少爺有好多事要幹，回去吧，回去幹你的事情！」

這裡正說著話，妓院老闆來請我了。還隔著好遠的地方，姑娘們的笑聲，唱機裡吱吱嘎嘎的音樂聲，和燉肉與煮豌豆的氣味熱烘烘地撲面而來。我在樓下大廳裡坐下，什麼東西也不想吃，也不想動坐在我懷裡的姑娘。我覺得空氣裡有梅毒的味道。我坐著，懷裡坐著一個乾淨的姑娘，聽老闆講了些土司們在這裡好笑的事情。連她手下的姑娘們聽到就像發生在她們自己身上的趣事，也咯咯地傻笑起來，但我感覺不出有什麼好笑的地方。

我問妓院老闆有顏色的漢人的事情，她笑了，說：「有顏色沒有顏色，是紅色還是白色在我這裡都是一樣的。」她往地上啐了一口，「呸！什麼顏色的男人都沒有兩樣，除非像少爺一樣。」

「少爺怎麼樣？」

她從牙縫裡掏出一絲肉末，彈掉了，說：「像少爺這樣，像傻又不真傻的，我就不知道了。」聽口氣，她像是什麼顏色的人都見過。呸！散佈梅毒的女人。

我走出那座放蕩的大房子，狠狠往地上唾了一口。

一柱寂寞的小旋風從很遠的地方捲了過來，一路上，在明亮的陽光下，把街道上的塵土、紙片、草屑都旋到了空中，發出旗幟招展一樣的劈啪聲。好多人一面躲開它，一面向它吐著口水。都說，旋風裡有鬼魅。都說，人的口水是最毒的，鬼魅都要逃避。但旋風越來越大，最後，還是從大房子裡衝出了幾個姑娘，對著旋風撩起了裙子，現出了胯下叫做梅毒的花朵，旋風便倒在地上，不見了。我的心裡空落落的，想是沒有找到有顏色的漢人的緣故，不然，空著的地方就會裝滿了。

就在我尋找旋風到底鑽到什麼地方去了時，下人們找到了我。

我的妻子逃跑了，她是跟汪波土司逃跑的。

索郎澤郎帶著一大群人上了馬，不等我下令就出發。馬隊像一陣旋風一樣颳出去。他們一直往南追了三天，也沒有發現汪波土司和我妻子的蹤影。索郎澤郎空手而回，叫人在院子裡立下一根行刑柱，讓爾依把自己綁在上面。我不傷心。但卻躺在床上起不了身，一閉上眼，塔娜那張美豔的臉就在眼前浮現。這時，樓下響起了鞭子撕裂空氣的尖嘯聲。那個也曾叫塔娜的侍女趁機又在我眼前出現了。好多年來，她都在侍女裡，和我日益疏遠了。現在，她又發出蚊子一樣的嗡嗡聲，圍著我的床鋪轉來轉去。她叫主子不要傷心，並且不斷詛咒著塔娜這個名字。我想給這個小手小腳，嘴裡卻吐得出這麼多惡毒語言的女人一個嘴巴，但又不想抬起手來。我叫她滾開，我說：「不然就把你配給瞎了一隻眼的鞋匠。」

侍女跪下來，說：「求求你，我不想生一個奴隸。」

我說：「那你出去吧！」

她說：「不要把我配給男人，我是你一個人的女人，你不要我了，我也記著自己是你的女人。」

她的話燙著了我的心，我想說什麼，但她掩上門，退出去，又回到侍女們的隊伍裡去了。

樓下，被鞭打的索郎澤郎終於叫出聲來。

這使我身上長了氣力，走到樓下，叫爾依住手。

這是爾依第一次爲我行刑。想不到是索郎澤郎成了第一個受刑人。繩子鬆開，他就順著行刑柱，滑倒在地上了。土司們都圍在那裡，欣賞麥其家行刑人精湛的鞭法。茸貢女土司想說點什麼，看了看我的眼色，又看了看爾依手中的鞭子，便把話嚥回去了。麥其土司也是一樣。現在，所有土司裡只有一個拉雪巴土司是我真正的朋友了。他想說什麼，我沒叫他說出來。因爲說出來也沒有用處。我告訴這些土司，他們問我請他們來幹什麼，就是請他們來看茸貢家的女人怎麼背叛我。我告訴他們，明天，想動身的人就可以動身了，他們身上已經有了我的禮物。

他們攤開雙手，意思是說並沒有得到我的禮物，卻不知道我送給他們的禮物叫梅毒。

土司們都準備動身了。先後來跟我這個傷心的主人告別。拉雪巴土司說：「就是她，這個當母親的，叫她女兒勾引汪波土司，少爺不要放過她。」

想不到，就在土司陸續離開時，塔娜回來了。她搖搖晃晃地騎在馬上，回來了。我妻子臉上的塵土像是一場大火後灰燼的顏色。她十分平靜地對我說：「看吧，我這一輩子最終都是你的女人，我回來了。」當初，她和麥其家死去的大少爺睡覺時，也是這樣。我想對她說點什麼，卻什麼都沒有說出來。眼睜睜地看著她從我面前上樓去了。土司們都看著我，而我卻看著塔娜從容上樓。這時，她的母親絕對不該出來，但這個老太婆出來了，出來迎接她美麗的女兒。茸貢女土司發現，美麗的女兒臉上一點光彩都沒有了。一場大火把什麼都燒沒了。連我看了，都覺得心裡隱隱作痛。塔娜抬頭看見母親，立即哇地一聲哭了起來。

塔娜望著她的母親，坐在樓梯上大動悲聲。

起先，女土司臉上出現了悲慟的神情，但慢慢地，女土司佝僂著的腰直起來，眾目睽睽之下對著心愛的女兒狠狠唾了一口，便用一隻手扶著自己的腰下樓了。走到我面前時，她說：「這個無能的姑娘不是茸貢的女兒了！你這個傻瓜，上去哄她，叫她不要哭，我要告辭了！」

女人的邏輯就是不一樣，好像有這麼一句話，眼下的事情就跟她沒有關係了。我想這是不對的，但想不出什麼地方不對。父親在樓上大叫不要放這個女人走。麥其土司氣喘吁吁地從樓上下來，對我喊道：「依了她的話，你就當不上茸貢土司了！將來你就當不上茸貢土司了！」

他兒子傻乎乎地問：「將來？我怎麼能當了麥其上司又當茸貢上司？」

土司們大笑。

麥其土司差點氣暈過去，要不是下人們扶著，他就倒在地上了。土司太太也從樓上下來，衝著兒子大叫：「那你就先當茸貢土司再來當麥其土司吧！」

女土司笑了，對土司太太說：「你的糟老頭子能活過我嗎？」女土司又對著她的女兒狠狠地唾了一口，進屋收拾東西去了。

土司們也慢慢散開，有的人立即上路，有人還要到妓院裡去過最後一個晚上。

風吹送著塔娜的哭聲，就像前些天吹送她的歌聲一樣。

書記官用眼睛對我說：「戲要散場了。」

黃師爺在屋裡發愁。

他在為有顏色的同族到來發愁。師爺因為反對白色漢人打紅色漢人而丟官，但他還是寧願白色漢人取得勝利。他說，要是白色漢人取得這些地方，他還有條活路。而紅色漢人來了，到底要幹些什麼，就很難說了。我曾經出錢為白色漢人買過飛機，所以，我跟師爺很快取得了一致：要是漢人，有顏色的漢人非來不可的話，那就叫白色漢人來吧！

塔娜被汪波土司放在情慾的大火裡猛燒一通，又被拋棄了。

要是一個東西人人都想要，我也想要，要是什麼東西別人都不要，我也就不想要了。女人也是一樣，哪怕她是天下最美麗的女人，哪怕以後我再也見不到這樣美麗的女人。

讓她一個人待在那屋子裡慢慢老去吧。

茸貢女土司跟我告別，我說：「不想帶走你的女兒嗎？」

她說：「不！」

我說：「汪波土司把你的女兒拋棄了。」

她說：「首先，她是你妻子。」

我說：「她會在那間房子裡慢慢枯萎，慢慢死去。」

管家說：「還是問問茸貢土司想什麼吧！」

女土司說：「我要你在這麼多土司面前保證，不會派人在路上追殺我。」大家都聽到了這句話。索郎澤郎、爾依、土司太太都對我使勁搖頭，他們不要我對這女人有所允諾。但土司們卻要我答應她的請求。他們知道，要是茸貢土司都能平安回去，他們也不會有任何危險。我只好對女土司說：「好吧，你可以放心上路了。」

茸貢土司走遠了，我又對請來的客人們說：「你們也都可以放心地上路了。」

又過了一天，客人們就走空了。

麥其土司帶著太太最後離開。分手時，母親的眼睛紅了，但我們父子兩個卻無話可說。母親從馬背上彎下腰來，吻了吻我的額頭，悄聲在耳邊說：「兒子，耐心一點吧！我會看到你當上土司的。」

我想說來不及了，時間變快了，而且越來越快，卻說不出來，我只說：「我會想你的，阿媽。」她的淚水就下來了。

母親抖抖馬韁，上路了。整個馬隊的聲音我充耳不聞，但母親的馬一邁步子，嗒嗒的蹄子就像踩在了我的心尖子上。我拉住了馬韁：「阿媽，有顏色的漢人來了。」

她勒住馬，站了一陣，終於沒有說什麼，一揚鞭子，馬又開步走了。

傻瓜兒子又追了上去，太太從馬背上深深彎下腰來，我告訴她不要再跟麥其土司睡覺，他已經染上梅毒了。看樣子，她知道我說的這種東西是什麼。雖說土司的領地上還沒有這種東西，但她是從早就有這種東西的地方來的。

管家說：「少爺怎麼不提王位的事情？」

黃師爺說：「沒有多少日子了。」

索郎澤郎要我准他去追殺茸貢土司，他知道我不會同意，這個傢伙，他最終的目的是要我同意他去追殺汪波土司。這樣，我就不得不同意了。我唯一的條件就是，要汪波土司還在路上的話，就殺掉他。要是汪波土司已經回到官寨裡，他還要動手，回來我叫爾依要他的狗命。

他二話不說，帶兩支短槍，立即就上路了。他起碼該回頭看看我們，但他沒有，倒是我一直望著他從我的視野裡消失。他走後，我一天天地數著他離去的日子，也就是說，我的日子是以索郎澤郎離開了多少日子來計算的。離開十天後，有人想要頂替他的稅務官的位子，我把爾依叫來，叫那傢伙吃了一頓皮鞭。這個吃鞭子的人本是索郎澤郎的手下，這回，卻連身上收稅人褐色的衣服也叫人剝去了。我叫管家翻了翻名冊，這個人居然還是個自由人，我便把他變成了奴隸。要是索郎澤郎能夠平安返回，他就是自由人了。因爲我不是土司，所以，手下多少自由人，多少奴隸，還要麥其土司來決定。但這次，我只是叫兩個人調換一下，想來，父親知道了也沒有多少話說。

第十二天，桑吉卓瑪的銀匠丈夫來了。他老婆不在，卓瑪到溫泉牧場去了，去找那個跟她同名的牧場姑娘。因爲她看我好久都沒有跟塔娜在一起了。在我身邊有兩個塔娜，一個背叛了我，另一個卻引不起我的一點興趣。

銀匠來見我。我說這裡並不需要他。

在這類事情上，管家總是很明白我的意思，他對銀匠說：「桑吉卓瑪在這裡是一切女人的領班了，你配不上她了。」

銀匠大叫，說他愛自己的妻子。

管家說：「回去吧，土司真要成全你的話，叫他給你一個自由民的身分。」

銀匠本來可以好好求求我，他跟管家說話時，我就坐在旁邊，但他臉上露出了匠人們驕傲的笑容，說：「土司會賞給我一個身分的。」然後，把裝著銀匠家什的褡褳放在了肩頭，他都走出去幾步了，才回過頭來對我說：「少爺，我再回來，你打銀器就要付給我工錢了。」

他的意思是說他再回來就是配得上卓瑪的自由人了。我說：「好吧，我付給你兩倍的價錢。」

銀匠轉過身去，我從他背影上看到了孤獨和痛苦。我記起來，當初，他是爲了桑吉卓瑪而失去了自由民身分的。望著他遠去的背影，我又嘗到了他當初吸引住了我的貼身侍女時，口裡的苦味和心上的痛苦。這回，他又要爲了桑吉卓瑪而去討回自由民身分了。我爲他的前途感到絕望。

銀匠此行是沒有希望的。但人都是一樣的，銀匠也罷，土司也罷，奴隸也罷，都只想自己要做什麼，而不敢問這樣做有沒有希望。站在書記官翁波意西的立場上，什麼事情都沒有意思，但他還是要找一個舒服地方坐下來，苦思冥想。銀匠都走出去好一會兒了，我才叫爾依騎上快馬把他追回來。銀匠看到行刑人來追他，以爲自己要死了，一路都在擦汗。爾依卻把他帶到妓院裡去了。在那裡，在震耳欲聾的音樂聲裡，銀匠嗅到了烤肉和在骨頭湯裡煮豌豆的香味，差點一頭栽倒在地上。姑娘們把他扶上樓，他在床上吃完了兩大盤東西。在姑娘肚子上使勁時，還在不斷打著飽嗝，他實在是吃得太飽了。

桑吉卓瑪從溫泉牧場上回來了。她空手而回，那個姑娘已經嫁到很遠的地方去了。我跟從前的侍女坐在一起，相對無言。她悄聲問我，是不是懷念過去。我不想說話。她嘆口氣，說我是個有情義的主子。我告訴桑吉卓瑪銀匠來過了。這回，輪到她嘆氣了。我知道她愛銀匠，但如今，她實際上是一個官員了，她很清楚，只要哪一天我當上土司，她的奴隸身分會立即消失，所以，面對這個問題時，她沉默不語。

爾依進來報告銀匠在妓院裡一面打著飽嗝一面幹事時，桑吉卓瑪流下了眼淚，她說：「感謝少爺使銀匠得到了快樂。」

老闆娘把銀匠留下，她說：「嗨，我正要打造好多銀具嘛！」

從妓院回來的人都說，妓院裡精緻的銀器眼見得一天比一天多了。桑吉卓瑪又流了幾次眼淚。她再也不肯跟管家睡覺了，但她也不去看銀匠。這就是侍女與銀匠愛情的結局。

索郎澤郎出發快一個月了，還沒有一點消息。這天，我望著通向南方的道路。塔娜的身後跟著塔娜，我是說，土司的女兒身後跟著馬夫的女兒，我是說，我妻子的身後跟著我的貼身侍女，來到了我的身邊。那不忠的妻子剛剛吸足了鴉片，臉容憔悴，眼裡卻閃著瘋狂的光芒。一陣風吹來，她的身子在風中搖晃，我伸出手來扶了她一把。她的手冰涼，好像整個人是在冷風裡長成的。她說：「你的殺手回不來了。」

我不是個把什麼都記在心裡的人，那樣的話，我就不是個傻子，而是聰明人了，而她卻把我當成聰明人來對付了。她叫我記起了以前的事情。我下樓，把她丟在樓上。在下面，我叫一聲塔娜，那個馬夫的女兒就下來了，把土司的女兒一個人晾在了上面。在高處，在雕花欄杆後面，風吹動著她的衣衫，整個人就像是要飛起來了一樣。這麼漂亮的女人，要是迎風飛上天去，沒有人會感到奇怪的，人生漂亮了，叫人相信她生來就是天上的神仙。但她沒有飛起來，還是孤獨地站在那裡，這一來，她的身子可就要更加冰涼了。

我夢見塔娜變成了玉石雕成的人，在月亮下閃閃發光。

早上起來，地上下了霜，是這年最早的一場霜。要不了多久，就是冬天了。

索郎澤郎終於回來了，他失去了一隻手，還丟了一把槍。

汪波土司早在他追上之前回到自己官寨裡了。索郎澤郎一直等他走出官寨，好在路上下手。但汪波土司什麼地方也不去，就待在官寨裡。後來，他才知道汪波土司得了怪病，躺在床上起不來了。汪波土司在妓院裡染上的梅毒開始發作了，男人的東西正在潰爛。索郎澤郎便大搖大擺走進了汪波家官寨，掏出槍來對著天上打了一梭子。他自己送上門去叫汪波土司的人抓住了。他們把他一隻手砍了。汪波土司出來見他。汪波土司臉色紅潤，沒有一點病人的模樣。索郎澤郎還是看出來了，這個人走路不大邁得開步子，就像胯間夾著什麼東西，生怕掉出來一樣。索郎澤郎正望著自己落在地上正在改變顏色的手，看了汪波土司那模樣，也忍不住笑了。

汪波土司也笑了。笑的時候，他的臉變白了，他說：「是的，女人，看看女人會把我們變成什麼樣子吧！」

索郎澤郎說：「我的主子聽你這麼說，會發笑的。」

汪波土司說：「你回去告訴他好了。」

索郎澤郎說：「我並不求你放過我。」

汪波土司交給他一封信，說：「你不要當自己是來殺我的，就當是來當信使的吧。」這樣，索郎澤郎才帶著汪波土司的信回來了。臨行時，汪波土司派人給他的斷手築了一個小小的墳頭。索郎澤郎自己也去看了。

汪波土司在信裡說：「女人，女人，你的女人把我毀掉了。」他抱怨說，在我新建的鎮子上，妓院的女人毀掉了他的身體，朋友的妻子毀掉了他的心靈。

他說，好多土司都在詛咒這個鎮子。

他們認爲是這個鎮子使他們的身體有病，並且腐爛。誰見過人活著就開始腐爛？過去，人都是死去後，靈魂離開之後才開始腐爛的，但現在，他們還活著，身體就開始從用來傳宗接代，也用來使自己快樂的那個地方開始腐爛了。

我問過書記官，這個鎮子是不是真該被詛咒。他的回答是，並不是所有到過這個鎮子的人身體都腐爛了。他說，跟這個鎮子不般配的人才會腐爛。

前僧人，現在的書記官翁波意西說，凡是有東西腐爛的地方都會有新的東西生長。

47. 廁所

紅色漢人把白色漢人打敗了。

打了敗仗的白色漢人向我們的地方不斷擁來。最初，他們小看我們。想憑手裡的槍取得糧食和肉，我叫他們得了這些東西。他們吃飽了，又來要酒，要女人，這兩樣東西，鎮子上都有。可是他們沒錢，於是，又找我來要銀子。這回，他們終於知道我們早在好多年就武裝起來了。最後，他們只好把手裡的槍交出來換我的銀子，再用銀子來換酒和姑娘。他們一批批擁向妓院，那個散佈梅毒的地方。這是一群總是大叫大嚷的人，總是把碩大的腳印留在雪地上。有了他們，連餓狗們都找不到一片乾淨的雪地奔跑，留下自己花朵般的腳印了。黃師爺披著狐皮袍子說：「這些人凍得睡不著啊！」

我想也是，這些人都睡在四面透風的帳篷裡。因為黃師爺總要嘆氣，天一下雪，我就只好送些酒菜給他們。

這些人常常上妓院去，但卻沒有人受到梅毒折磨。我打聽到他們有專門對付梅毒的藥。我問了一個軍官，他就給我送了一些過來。我沒有這種病。不管我什麼時候去那裡，老闆總有乾淨姑娘給我。我把藥分成兩份，一份給塔娜，她從汪波土司那裡染上這病了。麥其土司也得了這病，我派人給他也送去一份，叫他知道傻瓜兒子並不想自己的父親爛在床上，臭在床上。

這件事把父親深深感動了。

他捎信來說，官寨的冬天十分寂寞。信裡對我發出了呼喚，兒子，回來吧！用你在邊界上的辦法讓我們熱熱鬧鬧過個新年吧！

我問大家想不想回去，大家都想。失去一隻手的索郎澤郎，特別想念母親。我問爾依想不想他的行刑人老子，搖搖頭，後來又點點頭。我說，好，我也想土司和太太了。桑吉卓瑪便帶著一班下人開始收拾行裝。在我看來，在什麼地方都是一樣的。這不是說我不知道寂寞是什麼，但我很少感覺到它。書記官說，他們不是說你是個傻子嗎？這就是傻子的好處，好多事情傷得了平常人傷不了你。我想，也許，情形真是如此吧！

而現在，我們要回去了。

出發那天，下起了大雪。這是一場前所未見的大雪，雪花就像成群的鳥，密不透風地從天上撲向大地。下到中午，大雪把潰逃的白色漢人的帳篷都壓倒了。他們聳著肩膀，懷裡抱著槍往我們這座溫暖的大房子來了。這回，要是不放他們進來，這夥人真要拚命了。反正，不拚死也要凍死在外面了。我揮揮手，叫手下人收了槍，把這些人放上樓來。有些士兵再也支持不住，一頭栽倒，把臉埋在了雪裡，好像再也不好意思來打擾我們了。倒下的人救回來幾個，有些再也救不過來了。

我吩咐桑吉卓瑪給士兵們弄些吃的。

這時，任何人都明白，我也明白，我們其實是走不開了。那些兵住在樓房的一邊，我們的人住在樓房的另一邊。而在樓房的底層，是多年積聚起來的銀子和財寶，我們一走，這些東西就是別人的了，就是這些白色漢人的了。

好在，我們和不請自來的客人們還能和平相處。戴大帽子的軍官站在對面的迴廊上向我微笑。那些士兵躬著身子下人一樣叫我老爺。而我則供給他們糧食、肉、油和鹽巴。如果他們還想鎮子上的酒和妓女的話，就要自己想辦法了。

大家都想保持一個彼此感到安全的距離。

大家都儘量在那個適度的距離上微笑，致意，但從不過分靠近。距離是並不彼此了解的人待在一起時必需的。只有在一個地方是例外，在那個地方，距離就好像不存在了，那地方就是廁所。我們是長衫的一派，在廁所裡也不會暴露出什麼來，但這些漢人，這些短衣服的人就不一樣了，他們在寒冷的冬天裡也撅起個光光的屁股。漢人士兵因爲他們的白屁股而被我的士兵們嘲笑。

看來，想說清發生的事情，要先說說廁所。

先說廁所的位置。黃師爺說，我這座樓用了一個漢字的形狀，他從書記官的本子上撕下一頁紙，把那個字寫上。那個字真把我這座大房子的地基畫了出來。這個字是這樣的：「凹」。開放的一面對著鎮子，我們住在一邊，漢人們住在另一邊。這個字的底部就是廁所。

我聽過一些故事，把漢人和藏人拿來作對比的。一個故事說，一個漢人和一個藏人合夥偷了金子，被人抓住開了膛，藏人有半個胃的牛毛，漢人有半個胃的鐵屑。藏人是吃肉的，而總是弄不乾淨，所以吃下了許多牛毛羊毛。漢人是吃菜的，無論什麼葉子、根莖都得放在鐵鍋裡用鐵鏟子翻來炒去，長此以往，就在胃裡積存了不少鐵屑。

關於胃的故事，雙方算是打了個平手。嚴格說來，這不是故事，而是一種比較。關於廁所也是一樣。我們知道，不要說藏族人了，就是英國人也被漢人看成野蠻了。蠻子是他們對我們通常的稱呼。

但我們也有自己的優越感，比如說廁所吧。我遠在英國的姊姊說，英國人最看不起漢人，因爲他們最看不起中國人的廁所。我的漢人母親也說過，要問她喜歡土司領地上的什麼？銀子，她說，銀子之外就是廁所。

我沒有去過漢人地方，不知道漢人廁所是什麼樣子，所以，只能描繪一下我們的廁所。它就掛在房子後面沒有窗戶的那堵牆壁上。有個故事說，一個漢人的朝廷大官來時，把廁所認爲是信佛的藏人爲飛鳥造的小房子。因爲只有鳥的房子才是在牆上掛著的，因爲有高大房子的地方總有大群的紅嘴鴉和鴿子盤旋飛翔。故事裡說，這個官員因此喜歡我們，在朝廷爲土司們說了不少好說。是的，住高房子的藏人把廁所掛在房子背後的半空中。

我們和客人分住在作爲那漢字兩邊的樓房裡。廁所卻在我們中間。所以，在那個特別的冬天，廁所就成了雙方時常相會的場合。漢人士兵們在掛在牆外的小木房子裡撅起屁股，冬天的冷風沒有一點遮攔，自下而上，吹在他們屁股上。這些兵忍不住要顫抖，被我的人固執地理解成對我們的恐懼。我想叫他們明日，漢人在廁所裡打抖是因爲冷風，因爲懼高。

黃師爺卻說：「叫他們相信別人軟弱，對你沒有什麼壞處呢！」

我便繼續讓他們在廁所裡嘲笑對手。

我有一個單獨的廁所。

去這個廁所先要穿過一間屋子，在這間屋子裡，銅火盆裡燒著旺旺的炭火，我一進去，香爐裡就會升起如椽的香煙。兩個年歲不算太大的婆子輪流值日。從廁所出來，婆子會叫我坐下，在火邊暖和一下，並用香把我從頭到腳熏上一遍。我叫黃師爺請敗兵裡最大的官與我共用這個廁所。邀請發出不多久，我和那個軍官就在廁所裡會面了。我請他在爐子邊坐下來，等兩個婆子點上香，等香氣把整個屋子充滿，一時間，我還找不到什麼話說。還是軍官先說話，他叫我一起抗擊共產黨即將開始的進攻。他說，共產黨是窮光蛋的黨，他們一來，土司沒有了，像我這樣有錢有槍的富人也不能存在了。「我們聯合起來跟他們幹吧！」軍官的表情十分懇切。說到共產黨對有錢人幹的事情，他的眼睛紅了，騰一下站起身來，一隻手緊緊掐住我的肩膀，一隻手抓住我的手使勁搖晃。

我相信他所說的話。

我知道軍官在跟我談論生死攸關的問題，但我該死的屁股實在把持不住了。我從他手裡掙脫出來，衝進了廁所。這時，正有風從下面往上吹，軍官用一條絲巾捂住了鼻子。從我這裡出來的臭氣熏著他了。我拉完屎，回到屋子裡，兩個婆子上上下下替我熏香。那個軍官臉上竟然出現了厭惡的神情，好像我一直散發著這樣的臭氣。在這之前，我還跟他一樣是有錢人，一泡屎過後，情形就變化了，我成了一個散發臭氣的蠻子。是的，軍官怎麼能在廁所裡跟我談這樣重大的問題呢？

回去後，我對黃師爺說：「該死，叫漢人去打漢人吧！」

黃師爺長長地嘆氣，他是希望我跟白色漢人結成同盟的。黃師爺又對我說：「恐怕，我也要跟少爺分手了。」

我說：「去吧，你老是記著自己是該死的漢人，你想跟誰去就去吧！」

我不能說廁所裡那麼一股臭氣，是使我和白色漢人不能結盟的唯一理由，但確實是個相當重要的理由。

春天終於來到了。

我的人說，漢人士兵在廁所裡再不打抖了。一是風開始變暖，再則，他們已經習慣懸在半空中拉屎，懼高症完全消失了。有一天，我跟最大的軍官在廁所裡又一次相遇。我覺得沒什麼話好說。但他對我說：「春天來了。」

我說：「是的，春天來了。」

之後又無話可說了。

春天一到，解放軍就用炸藥隆隆地放炮，爲汽車和大炮炸開寬闊的大路向土司們的領地挺進了。土司們有的準備跟共產黨打，有的人準備投降。我的朋友拉雪巴土司是投降的一派。聽說他派去跟共產黨接頭的人給他帶回了一身解放軍衣服，一張封他爲什麼司令的委任狀。茸貢女土司散去積聚的錢財，買槍買炮，要跟共產黨大幹一場。傳來的消息都說，這個女人彷彿又變年輕了。最有意思的是汪波土司，他說不知道共產黨是什麼，也不知道共產黨會把他怎麼樣，他只知道自己絕對不能跟麥其家的人站在一起，也就是說，我要是抵抗共產黨他就投降，要是我投降，那他就反抗。

管家和黃師爺都主張我跟白色漢人軍隊最後談談。黃師爺說：「要幹就下決心一起幹，不幹，天氣已經暖和，可以讓他們住在外面去了。」

管家說：「可不能在廁所裡談了。」

我笑了，說：「是不能在廁所裡談了。」

大家都笑了。

管家很認真地問黃師爺，漢人屁股裡出來的東西是不是沒有臭味。黃師爺說有。管家還要問他漢人屙的屎臭還是藏人屙的臭？這是一個很難回答的問題。但黃師爺不怒不惱，把管家的問題當成玩笑。他笑著說：「管家還是問少爺吧，他跟漢人在廁所一起待過。」

大家又笑了。

我已經準備和白色漢人軍隊談判聯合了。又一件事情使這一切變成了泡影。這天晚上，我正在燈下跟沒有舌頭的書記官坐在一起，我們兩個都沒有話說，因為目前所面臨的問題早已超過了他的知識範圍。但我已經習慣了每當有重大的事情發生時，都把他叫到身邊來。燈芯霹霹地響著，書記官眼裡的神色迷惘惶惑。這時，索郎澤郎臉上帶著鬼祟又得意的神情進來了。他帶進來的風吹得燈苗左搖右晃，他大聲說道：「終於抓到了！」

這些日子，他總對我說，對塔娜不要太放心。

我覺得這個女人跟我沒有什麼關係了，除了她還住在我的房子裡，還在吃我的，穿我的之外，索郎澤郎覺得這就是跟我有關係，這是下人們的見識，以為給人點什麼東西就算是有了關係。共產黨就要來了，但他卻盯住一個女人不放。

索郎澤郎沒有殺掉汪波土司，一直不好意思。這回，他終於成功地抓到了塔娜的把柄。他發現一個白色漢人軍官從塔娜房裡出來，便叫上人，把這個人腰裡的小手槍下了，推下樓來，叫爾依綁住了樓下的行刑柱上。他把我拉到門外，但我看不到樓下的情景，只聽到行刑人揮動鞭子撕開空氣的聲音，和被鞭打的人發出一聲聲慘叫。遠遠近近的狗也發了瘋一般跟著叫開了。

塔娜又和一個男人勾搭上了。

後來，月亮升起來，狗咬聲在月亮裡迴盪。

48. 炮聲

白色漢人的軍隊開走了。

他們是半夜裡走的，連個別都不告就集合起隊伍走了。

早上起來，我只看到他們給我留下的那個人，那個被捆在行刑柱上的軍官，胸口上插著一把自己人的短劍。他們把住過的房間打掃得乾乾淨淨，說明離開時的情狀並不倉皇。黃師爺也跟著白色漢人走了。在他房裡，報紙疊得整整齊齊，上面，放著他寫給我的一封信。信是用漢字寫的，我手下沒有一個人認識。香爐裡的灰還是熱的。我的妻子也跟他們跑了，只是她離開時不大像樣，被子、床圍，以及好多絲織的繡花的東西都剪碎了，門窗洞開著，一股風吹來，那些碎片就像蝴蝶在屋子裡飛舞起來。風一過，落在地上，又成閃著金屬光澤的碎片，代表著一個女人仇恨的碎片。

又是索郎澤郎大叫著要去追擊。

管家笑了，問該往那個方向追，他卻茫然地搖晃腦袋，他是個忠實的人，但那樣子實在很愚蠢。我的心裡不太好受，便踢了一腳，叫他滾開。

但他對我露出了最忠心耿耿的笑容。然後，他從腰裡掏出刀，對大家晃一晃，衝下樓，拉一匹馬，翻身上去，衝向遠方，在早春乾旱的土地上留下了一溜滾滾塵土。

管家對我說：「隨他去吧。」

望著那一股黃色塵埃在空中消散，悲傷突然抓住了我的心，我說：「他還會回來嗎？」爾依的眼裡有了淚水，臉上還是帶著靦腆的神情說：「少爺，叫我去幫他吧！」

管家說：「只要不死，他會回來的。」

他問書記管，索郎澤郎會不會回來。

他大搖其頭，他說這個人鐵了心要為主子而死。這一天，我在樓上走來走去，怪我不能早給索郎澤郎一個自由民身分。後來，還是過去的侍女桑吉卓瑪來了，她抓住我的雙手，用她的額頭頂住我的額頭，說：「少爺啊，好人啊，叫使你難過的怪想法從腦袋裡出來吧！索郎澤郎是你的奴才，他替你殺那個賤人去了。」

我的淚水嘩嘩地衝出了眼眶。

卓瑪把腦袋抵在我胸口上，哭出聲來：「少爺啊，好人啊，我恨自己為什麼不一直服侍你啊！」我抬眼去看太陽，太陽帶著格外的光亮。傻子的心啊，好久沒有這樣滋潤過了。我聽見自己對卓瑪，對我第一個女人說：「去吧，把銀匠找來，我要給你們自由人的身分。」

卓瑪破涕為笑，說：「傻子啊，老爺還沒有叫你當土司啊！」卓瑪的淚水才揩淨又流了下來，「少爺啊，銀匠已經投奔紅色漢人去了。」

我把爾依叫來，叫他帶幾個人回麥其官寨，看看土司怎麼樣了。

爾依第一次沒有露出靦腆的神色，他說：「去又有什麼用，解放軍馬上就要到了。讓位給你也沒有什麼用處了。」

我說：「有用的，我要給所有的下人自由民身分。」

這句話一出口，奴隸身分的下人們立即樓上樓下奔忙起來，有的替爾依準備乾糧，有的替爾依收拾武器，有的替爾依牽馬備鞍，爾依想不答應也絕對不行了。專門替窮人打仗的解放軍還沒有來，他們就像已經被解放了。

送爾依上路後，管家對我說：「這樣，共產黨來了就沒事幹了。」

我說：「他們聽說後，不會掉頭回去吧。」

管家說：「不要再說這些傻話了。」

共產黨還沒有來，也沒有人清楚地知道共產黨是什麼樣子，但都認爲他們是不可戰勝的。那些準備戰鬥的土司，也不過是在滅亡之前，拚個魚死網破罷了。而我卻還沒有拿定主意。管家有些著急。我說，不必著急，該做的決定總是要做的。管家笑了，說：「也是，每次我都著急上火，最後還是你對。」

我想先等兩個小廝回來，再作論處。於是，便只好喝酒睡覺。

一天晚上，我突然醒來，感到腳底下有什麼東西。一聽，是小手小腳的侍女塔娜在腳底下哭泣。我對她早就沒什麼興趣了。我叫她睡在那頭，跟我說話。我說：「爾依回來，你就是自由民了。」

她沒有說話，但不抽泣了。

「到時候，我要給你一筆豐厚的嫁妝。」

這個馬夫的女兒又哭了幾聲。

「你不要再哭了。」

「太太沒有帶走她的首飾匣子。」

我說這個匣子歸她了，因爲她也叫那個該死的名字。她不再哭了，這個賤人在吻我的腳趾。過去，她吻過我身上更多的地方，使我舒服得像畜生一樣叫喚。好長一段時間，她都跟在與她同名的主子身後，我認爲跟著那女人學壞了。俗話說，有的女人是一服毒藥，那麼，這個馬夫的女兒身上也沾上這種毒藥了。我還在東想西想，她已經在我的腳下發出平穩的鼾聲了。

早上，她已經不在腳下了，這人幹什麼都不會發出很多聲音，從來不會。也就是從這一天起，我就再也沒有見到過名叫塔娜的馬夫的女兒了。土司的女兒跑了，馬夫的女兒無處可去，就把自己關在樓上的房子裡，懷裡緊緊抱著描金的首飾匣子。和她比起來，跟著白色漢人逃跑的塔娜要算是一個高貴的女人了。必須承認，土司的女兒和馬夫的女兒總是不一樣的，雖然她們叫同一個名字，雖然她們擁有同一個男人，但到緊要關頭，土司的女兒拋下價值數萬元的首飾走了，馬夫的女兒卻抱著那個匣子不肯鬆手。爲了這個，馬夫的女兒早在那個房間裡爲自己儲存了相當多的食物和水。她打珠寶的主意已不是一天兩天了。

好了，不要再說了，讓這個人從眼前消失。

我們聽到隆隆的炮聲了。

春雷一樣的聲音先是從北方茸貢土司的邊界上傳來，那是解放軍開山修路的炮聲。也有人說，白色漢人和茸貢土司聯軍已經同紅色漢人接上火了。

索郎澤郎又回來了。這個忠誠的人又一次失敗了。這回，他丟掉的不是一隻手，而是性命。他的胸口給手提機關槍打成了一面篩子。他們打死了我的小廝，打死了鎮子上的稅務官，把他的臉衝著天空綁在馬背上，讓識途的馬把他馱了回來。路上，食肉的猛禽已經把他的臉糟蹋得不成樣子了。

好多人都哭了。

我想，好吧，白色漢人跟茸貢土司這樣幹，我就等著共產黨來了，舉手投降吧！

索郎澤郎下葬不久，從東面，也就是麥其土司的方向，又傳來了不知是開路還是打仗的炮聲。炮在東方和北方兩個方向，春雷一樣隆隆地響著。天氣十分晴朗，天空上掛滿了星星，像一塊綴滿了寶石的絲絨閃閃發光。麥其家的仇人，我那個店主朋友看我來了。他抱著一大罈酒，也不經下人傳話，就走進了我的房間。我叫人把窗戶關上，不再去望天空上的星星了。下人點上燈，我看見他鼻子通紅，不斷流著糊裡糊塗的東西。我說：「你也染上梅毒了。」

他笑了笑，說：「少爺不要擔心，弟弟說他能治好。」

「你弟弟？那個膽小的殺手？他不是逃跑了嗎？」

「他回來了。」店主平靜地告訴我。

我說：「他是不是已經把麥其土司殺了，要是殺了，我們兩家之間的事了結了。」

這時，他弟弟哈哈一笑，就像個冤魂突然從門外走進來，把我著實嚇了一跳，他說：「都這個時候了，我們兩家之間的事還有什麼意思？」

我不知道這個時候是什麼時候，也不知道什麼兩家之間那麼有意思的事突然之間就沒有意思了。

殺手哈哈一笑：「我沒有殺你父親，也不想殺你。」

他哥哥不喜歡賣關子，問：「那你回來幹什麼？」

前殺手把一切告訴了我們。他在逃亡時加入白色漢人的隊伍，後來，被紅色漢人俘虜，又加入了紅色漢人的隊伍。他稱自己爲紅色藏人。他驕傲地說，紅色是藏人裡最少的一種顏色，但馬上就會像野火一樣，把整個土司的領地都燒成這種顏色。他是替紅色隊伍探聽消息的。他逼到我面說，說：

「我們兩家的帳有什麼算頭，我們的隊伍一到，才是算你們這些土司總帳的時候。」他重複了一次，

「那才是算總帳的時候！」

管家進來了，低聲下氣地說：「可是我們少爺不是土司啊！」

「不是土司嗎？他是土司們的土司！」

自從這個紅色藏人來過，再沒有人想投奔紅色漢人了。雖然大家都知道，跟紅色漢人抗拒沒有好結果，所有抗拒紅色漢人的土司隊伍都一觸即潰，失敗的土司們帶著隊伍向西轉移。向西，是翁波意西所屬那個號稱最為純潔的教派的領地。土司們從來都傾向於東方俗人的王朝，而不是西方神祇的領地。現在，決心抵抗的土司們卻不得不向西走了。土司們並不相信西方的聖殿可以幫助他們不受任何力量的傷害，但他們還是打了一陣，就向西退去了。

我對書記官說：「我們也要逃往你來的地方了。」

他的眼睛說：「那是早就該去的地方，可是你們老去東方。」

「你的神靈會饒恕我們這些人嗎？」

「你們已經受到了懲罰。」

管家說：「天啊，都這麼多年了，你還是沒有成為一個書記官，到底還是一個頑固的喇嘛。」

「不對，我是一個好書記官，我把什麼都記下來了，後來的人會知道土司領地上都發生過些什麼事情，從我來到這裡的時候開始。」他寫道，他寫下的東西都有一式兩份，一份藏在一個山洞裡，後來總有人會發現的。一份就在他身上，他寫下：「但願找到我死屍的人是識字的人。」

我不是土司，但我還是準備逃向西方。

北方，茸貢土司領地上的炮聲日漸稀落。東南面，麥其土司領地的炮聲卻日漸激烈。有消息說，是麥其土司的漢人妻子叫他抵抗，也有消息說，是白色漢人把麥其土司挾持了，強迫他一起抵抗。總而言之，是漢人叫他抵抗漢人。我們是在一個有薄霧的早晨離開鎮子的。離開時，管家要放一把火，被我制止了。我看看大家，他們都想放一把火，把這裡的市場、銀號、貨棧、爲過路窮人布施的施食所，還有那間牆壁花花綠綠的妓院一把火燒掉。所有這些，都是我這個傻子建立起來的，我當然有權將其燒掉。但我沒有。我閉上眼睛，叫手下人把火把扔掉。扔在地上的火把騰起的煙霧，把我的眼淚熏出來了。

管家提出殺掉那個紅色藏人。我同意了，是這個人有意把我逼到與紅色漢人爲敵的境地上去的。

幾個人騎馬衝進了鎮子，清脆的槍聲在霧裡迴盪。我勒馬站在一個高丘上，想再看一看自己建起來的鎮子，但霧把一切都遮沒了。我沒有看過鎮子現在的模樣。槍又響了一陣，幾匹馬從霧裡衝了出來，他們沒有找到那個紅色藏人。我一催馬，開路了，身後，傳來了女人們的哭泣聲。這些哭泣的下女們跟在桑吉卓瑪後面，這些女人好像不知道我們這是逃亡，都穿上了大紅大綠的節日衣裳。只有我的貼身侍女不在隊伍裡。桑吉卓瑪說，她抱著那個價值數萬的首飾匣子不肯下樓。

向西的路，先要向南一段，走進山裡，再順著曲折的山間谷地往西。山谷會把我們引向一座座雪山腳下，那裡才有向西的道路。那是朝聖者的路，現在，卻響起了逃難者雜沓的腳步聲。

我們正走在麥其和拉雪巴兩個土司的邊界上，離東南方激烈的槍炮聲越來越近了。看來，我那老父親真和紅色漢人幹上了。

聽著激烈的槍炮聲，我的心被突然湧起的，久違了的，溫暖的親情緊緊攫住了。好久以來，我都以爲已經不愛父親。也不太愛母親了。這時，卻突然發現自己依然很愛他們。我不能把他們丟在炮火下，自己向西而去。我把書記官、管家和女人們留在這裡等待，帶著士兵們往麥其官寨去了。走上山口回望墨綠的山谷裡留下來的人和白色帳篷，女人們正在頻頻揮手。我突然十分害怕，害怕這是最後一次看見他們了。

向東去的路，我們走了三天。

紅色漢人的隊伍已經壓到麥其土司官寨跟前了。山腳前一片樹林中間，有紅旗飄揚。他們的機關槍把大路都封住了，我帶人乘著夜色才衝進官寨。官寨裡，到處都是荷槍實彈的人，有藏人，更多的是白色漢人。樓上走著的是活人，樓下院子裡躺著的是死人。他們苦戰已經十來天了。我衝進土司的房間，這下，我的父親麥其土司就在眼前了。麥其土司沒有更見蒼老，雖然鬚髮皆白，但他的眼睛卻放射著瘋狂的光芒。他一把抓住我，手上還能迸發出很大的力量。我是個傻子，腦子慢，但在路上的三天時間，足夠我不止一次設想父子相見的情形。我以爲，會面時，淚水會把我們的臉和心都弄得濕淋淋的，但我想錯了。父親朗聲說：「瞧瞧，是誰來了！是我的傻兒子來了！」

我也盡力提高聲音，大聲說：「我接父親和母親來了！」

可是，麥其土司說，他什麼地方也不去，他老了，要死了。他說，本以爲就要平平淡淡死去了，想不到卻趕上了這樣一個好時候。他說，一個土司，一個高貴的人，就是要熱熱鬧鬧地死去才有意思。他拍拍我的肩膀說：「只是，我的傻兒子當不成土司了。」

「我是最後一個麥其土司！」他衝著我大聲喊道。

父親的聲音把母親引來了。她是臉上帶著笑容進來的。她撲上來，把我的頭抱在她懷裡搖晃著，在我耳邊說：「想不到還能看到我的親生兒子。」

她的淚水還是流出來了，落在我耳朵上，落在我頸子裡。她堅定地表示，要跟土司死在一起。

這天晚上，解放軍沒有發動進攻。父親說，解放軍打仗不分白天晚上，他們從不休息。父親說：「這些紅色漢人不錯，肯定知道我們父子相見了。」

於是，就把兩個白色漢人軍官也請來喝酒。

土司誇他們是勇敢的男子漢。兩個勇敢的人也很不錯。主張趁共軍休戰的時機，把女人和不想再打仗的人送出去。父親說，人一出去，他們的機槍就掃過來了。我們便繼續吃酒。這是一個沒有月亮的晚上。遠處，紅色漢人燃起一大堆篝火，火苗在夜色裡像他們的旗幟一樣鮮明地招展。我出去望那些篝火時，爾依出現在我的面前。從他臉上的神情就知道，老行刑人已經死了。但他沒有提老行刑人的事，而問我索郎澤郎回沒回來。我告訴他回來的是死了的，胸口上有個大洞的索郎澤郎。

他帶著羞怯的神情小聲說：「我猜到了。」他還說：「行刑人沒有用處了，我也要死了。」

然後，就像一個鬼魂突然從我身邊消失了。

半夜裡，月亮升起來。一個軍官用刺刀挑著一面白旗，踏著月光向紅色漢人的陣地走去。他一出去，對面的機槍就響了，他一頭栽在地上，機槍一停，他又站起來，舉著白旗向前走去，機槍再次咯咯咯地叫起來，打得他周圍塵土飛揚。對方看見他手裡的白旗，不再開槍了。下半夜，他回來了，解放軍同意，官寨裡不願抵抗的人都可以出去，不會受到機關槍的封鎖。

這個勇敢的人感慨說，對方是仁義之師，同時，他又感嘆，可惜他們和這些人有不同的主義。

最先出去的，是一些白色漢人士兵，他們把雙手舉得高高的，往對方陣地去了。土司手下怕死的人們卻向西，向著還沒有漢人到達的地方去了。麥其土司要我離開，我看了看母親，她還是沒有離開的意思。既然她都不願離開，我也不能離開。大家都知道，對留在官寨裡的人來說，這是活在世上的最後一個晚上了。大家又開始喝酒。這是春天正在到來的晚上，濕漉漉的風把空氣裡的硝煙味道都颳跑了。從官寨的地下倉庫裡，一種略帶點腐敗味的甘甜冉冉升起，在似睡似醒的人們身邊繚繞。漢人軍官不知這是什麼味道，掀動著鼻翼貪婪地呼吸。麥其家的人都知道，這是倉庫裡的麥子、白銀和鴉片混合的味道。在這叫人十分舒服的如夢如幻的氣味裡，我睡著了。

這一晚上剩下的時間，我一直都在做夢，零零碎碎，但卻把我一生經歷過的事情都夢見了。當太陽晃著眼睛時，我醒來了，發現自己睡在小時候住的那個房間裡，就睡在小時候睡的那張床上。就是在這裡，那個下雪的早晨，我第一次把手伸進了一個叫桑吉卓瑪的侍女懷裡。就是在這裡，那個下雪的早晨，畫眉鳥在窗子外面聲聲叫喚，一個侍女的身體喚醒了沉睡在傻子腦袋裡那一點點智慧。我的記憶就從那個早晨，就從這個屋子，從這張床上開始了。那年我十三歲，我的生命是從十三歲那年開始的，現在，我不知道自己多少歲了。屋子裡只有我一個人，我從鏡子裡看著自己，天哪，我的額頭上也有好多皺紋了。要是母親像多年前那個早晨一樣坐在這房間裡，我就要問問她，她的傻瓜兒子有多少歲了。三十、四十？還是五十歲了？好多年時間一晃就過去了。我走到窗前，外面，大霧正漸漸散去，鳥鳴聲清脆悅耳，好像時間從來就沒有流動，生命還停留在好多好多年前。

我聽到了畫眉的叫聲，還聽到了百靈和綠嘴小山雀的叫聲。

突然，鳥群從樹叢裡，從草地上驚飛起來。牠們在天空裡盤旋一陣，尖叫著不想落到地面上來。最後，卻一抖翅膀飛到遠處去了。四野裡一片安靜，但人人都感到危險已經逼近了，高大的官寨裡，人們提著槍奔跑起來。佔據了每一個可以開槍的窗口。

只有土司太太沒有緊張地跑動，她吩咐下人在小泥爐裡燒好茶，打好一個又一個煙泡。她用牛奶先洗了臉，噴了一身香水，穿上一件水紅色的緞袍，在煙榻上躺下來。她說：「兒子啊，坐一會兒吧，不要像傻子一樣站著了。」

我坐下，握著槍的手給汗水打濕了。

她說：「讓我好好看看你，我跟你父親已經告過別了。」

我就傻乎乎地坐在那裡叫她看著。小泥爐上煮著的茶嘟嘟地開了。土司太太說：「兒子，你知道我的身世吧！」

我說我知道。

她嘆了口氣，說：「在今天要死去的人裡面，我這一輩子是最值得的。」她說自己先是一個漢人，現在，已經變成一個藏人了。聞聞自已身上，從頭到腳，散發的都是藏人的味道了。當然，她感到最滿意的還是從一個下等人變成了上等人。她叫我彎下腰，把嘴巴湊在我耳朵邊上說：「我還從一個下賤的女人變成了土司太太，變成了一個正經女人。」

母親吐露了藏在心裡多年的秘密。她做過妓女。她一說這個，我就想到了鎮子上畫得花花綠綠的大房子，聽到了留聲機吱吱嘎嘎歌唱的聲音，聞到了烤肉和煮豆子的熱烘烘的味道。土司太太身上卻沒有這樣的味道。她叫人在茶壺裡燙酒，用溫酒吞下了幾個鴉片煙泡。她又叫人溫第二杯酒，在這空檔裡，她又叫我彎下腰，吻了吻我的額頭，悄聲說：「這一下，我生的兒子是不是傻子我都不用操心了。」

她又吞下了幾個泡子，側身在花團錦簇的矮榻上躺下，自言自語說：「以前，想吃鴉片卻擔心錢，在麥其，從來沒有爲這個操心過，我值得了。」然後，就閤上眼睛睡過去了。侍女把我推到了門外。我還想回頭看看，這時，一陣尖嘯聲打破了早晨的寧靜，破空而來。

對方攻了幾天，又把怕死的人都放出去了，也算是仁至義盡，這回，他們不再客氣，不叫士兵頂著槍彈往上攻了。我本來想刀對刀，槍對槍和他們幹上一仗，卻趕上人家不耐煩了，要用炮轟了。

第一顆炮彈落在官寨前的廣場上，轟隆一聲，炸出了一個巨大的土坑。行刑柱也炸得粉碎，飛到田野裡去了。又一發炮彈落在官寨背後。打了這兩炮，對方又停了一會。麥其土司揮手叫我跟他在一起，我跑了過去，等著新的炮彈落下來，但這顆炮彈老是沒有落下來，使我有機會告訴父親，母親吃了酒和大煙泡。

父親說：「傻子啊，你母親自己死了。」麥其土司沒有流淚，只是很難看地笑了一下，聲音有些嘶啞地說：「好吧，她不用害怕灰塵把衣服弄髒了。」

這時，我才知道母親是自殺了。

自色漢人軍官扔了槍，坐在地上，我以爲他害怕了，他說，沒有意思了，人家用的是炮，第三炮就要準準地落在我們頭上了。大多數人還是緊緊地把槍握在手裡。天上又響起了炮彈呼嘯的聲音，這次，不是一發，而是一群炮彈尖嘯著向麥其土司的官寨飛來。炮彈落下來，官寨在爆炸聲裡搖晃。爆炸聲響成一片，火光、煙霧、塵埃升起來，遮去了眼前的一切。我沒有想到，人在死之前，會看不到這個世界。但我們確確實實在死去之前就看不到這個世界了。在炮彈猛烈的爆炸聲裡，麥其土司官寨這座巨大的石頭建築終於倒塌了，我們跟著整個官寨落下去了。下降的過程非常美妙，給人的感覺倒好像是飛起來了。

49. 塵埃落定

我想，麥其家的傻瓜兒子已經升天了，不然，怎麼會有那麼多明亮的星星掛在眼前。是沉重的身軀叫我知道自己還活著。我從碎石堆裡站起來，揚起的塵土把自己給嗆住了。

我在廢墟上彎著腰，大聲咳嗽。

咳嗽聲傳開去，消失在野地裡了。過去，在這裡，不管你發出什麼聲音，都要被官寨高大的牆壁擋住，發出回聲。但這回，聲音一出口，便消失了。我側耳傾聽，沒有一點聲音，開炮的人看來都開走了。麥其一家，還有那些不肯投降的人都給埋在廢墟裡。他們都睡在炮火造成的墳墓裡，無聲無息。

我在星光下開始行走，向著西邊我來的方向，走出去沒有多久，我被什麼東西絆倒了。起身時，一支冷冰冰的槍筒頂在了腦門上。我聽見自己喊了一聲：「砰！」我喊出了一聲槍響，便眼前一黑，又一次死去了。

天亮時，我醒了過來，麥其土司的三太太央宗正守在我的身邊哭泣，她見我睜開眼睛，便哭著說：「土司和太太都死了。」這時，新一天的太陽紅彤彤地從東方升起來。

她也和我一樣，從碎石堆裡爬出來，卻摸到解放軍的宿營地裡了。

紅色漢人得到兩個麥其土司家的人，十分開心。他們給我們打針吃藥，叫他們裡邊的紅色藏人跟我們談話。他們對著麥其官寨狠狠開炮，卻又殷勤地對待我們。紅色藏人對我們說啊說啊，但我什麼都不想說。想不到這個紅色藏人最後說，按照政策，只要我依靠人民政府，還可以繼承麥耳土司位子。

說到這裡，我突然開口了。我說：「你們紅色藏人不是要消滅土司嗎？」

他笑了，說：「在沒有消滅以前，你可以繼續當嘛！」這個紅色藏人說了好多話，其中有我懂得的，也有不懂得的。其實，所有這些話歸結起來就是一句：在將來，哪怕只當過一天土司，跟沒有當過土司的人也是不一樣的。我問他是不是這個意思。

他咧嘴一笑，說：「你總算明白了。」

隊伍又要出發了。

解放軍把炮從馬背上取下來，叫士兵扛著，把我和央宗扶到了馬背上。隊伍向著西面逶迤而去。翻過山口時，我回頭看了看我出生和長大的地方，看了看麥其土司的官寨，那裡，除了高大的官寨已經消失外，並看不出多少戰鬥的痕跡。春天正在染綠果園和大片的麥田，在那些綠色中間，土司官寨變成了一大堆石頭，低處是自身投下的陰影，高處，則輝映著陽光，閃爍著金屬般的光澤。望著眼前的景象，我的眼裡湧出了淚水。一小股旋風從石堆裡拔升而起，帶起了許多的塵埃，在廢墟上旋轉。在土司們統治的河谷，在天氣晴朗，陽光強烈的正午，處處都可以遇到這種陡然而起的小小旋風，裹挾著塵埃和枯枝敗葉在晴空下舞蹈。

今天，我認爲，那是麥其土司和太太的靈魂要上天去了。

旋風越旋越高，最後，在很高的地方炸開了。裡面，看不見的東西上到了天界，看得見的是塵埃，又從半空裡跌落下來，罩住了那些累累的亂石。但塵埃畢竟是塵埃，最後還是重新落進了石頭縫裡，只剩寂靜的陽光在廢墟上閃爍了。我眼中的淚水加強了閃爍的效果。這時候，我在心裡叫我的親人，我叫道：「阿爸啊！阿媽啊！」

我還叫了一聲：「爾依啊！」

我的心感到了前所未有的痛楚。

隊伍擁著我翻過山梁，便什麼也看不見了。

我留在山谷裡的人還等在那裡，給了我痛苦的心一些安慰。遠遠地，我就看見了搭在山谷裡的白色帳篷。他們也發現了解放軍的隊伍，不知是誰向著山坡上的隊伍放了幾槍。我面前的兩個紅色士兵哼了一聲，臉衝下倒在地上了，血慢慢從他們背上滲出來。好在只有一個人放槍。槍聲十分孤獨地在幽深的山谷裡迴盪。我的人就呆呆地站在那裡，直到隊伍衝到了跟前。槍是管家放的。他提著槍站在一大段倒下的樹木上，身姿像一個英雄，臉上的神情卻十分茫然。不等我走近，他就被一槍托打倒，結結實實地捆上了。我騎在馬上，穿過帳篷，一張張臉從我馬頭前滑到後面去了。每個人都呆呆地看著我，等我走過，身後便響起了一片哭聲。不一會兒，整個山谷裡，都是悲傷的哭聲了。

解放軍聽了很不好受。每到一個地方，都有許許多多人大聲歡呼。他們是窮人的隊伍，天下佔大多數的都是窮人，是窮人都要為天下終於有了一支自己的隊伍大聲歡呼。而這裡，這些奴隸，卻大張著愚不可及的嘴哭起他們的主子來了。

我繼續往邊界上進發了。

兩天後，鎮子又出現在我們眼前，那條狹長的街道，平時總是塵土飛揚，這時也像鎮子旁邊那條小河一樣，靜悄悄的沒有一點聲息。隊伍穿過街道。那些上著門板的鋪子裡面，都有眼睛在張望，就是散佈梅毒的妓院也前所未有的安靜，對著街道的一面，放下了粉紅色窗簾。

解放軍的幾個大官住在了我的大房子裡。他們從樓上望得見鎮子的全部景象。他們都說，我是一個有新腦子的人，這樣的人跟得上時代。

我對他們說我要死了。

他們說，不，你這樣的人跟得上時代。

而我覺得死和跟不跟得上時代是兩碼事情。

他們說，你會是我們共產黨人的好朋友。你在這裡從事建設，我們來到這裡，就是要在每一個地方都建起這樣漂亮的鎮子。最大的軍官還拍拍我的肩膀，說：「當然，沒有鴉片和妓院了，你的鎮子也有要改造的地方，你這個人也有需要改造的地方。」

我笑了。

軍官抓起我的手，使勁搖晃，說：「你會當上麥其土司，將來，革命形勢發展了，沒有土司了，也會是我們最好的朋友。」

但我已經活不到那個時候了。我看見麥其土司的精靈已經變成一股旋風飛到天上，剩下的塵埃落下來，融入大地。我的時候就要到了。我當了一輩子傻子，現在，我知道自己不是傻子，也不是聰明人，不過是在土司制度將要完結的時候到這片奇異的土地上來走了一遭。

是的，上天叫我看見，叫我聽見，叫我置身其中，又叫我超然物外。上天是爲了這個目的，才讓我看起來像個傻子。

書記官坐在他的屋子裡，奮筆疾書。在樓下，有一株菩提樹是這個沒有舌頭的人親手栽下的，已經有兩層樓那麼高了。我想，再回來的話，我認得的可能就只有這棵樹了。

從北方傳來了茸貢土司全軍覆滅的消息。

這消息在我心上並沒有激起什麼波瀾，因爲在這之前，麥其土司也一樣灰飛煙滅了。一天，紅色漢人們集中地把土司們的消息傳遞給我，他們要我猜猜拉雪巴土司怎麼樣了，我說：「我的朋友他會投降。」

「對，」那個和氣的解放軍軍官說，「他爲別的土司做了一個很好的榜樣。」

而我的看法是，拉雪巴土司知道自己是一個弱小的土司，所以，他就投降了。當年，我給他一點壓力就叫他彎下了膝蓋，而不像汪波土司一次又一次拚命反抗。但出乎意料的是，汪波土司也投降了。可笑的是，他以爲土司制度還會永遠存在，所以，便趁機佔據了一些別的土司的地盤。其中，就有已不存在的麥其土司的許多地盤。

聽到這個消息，我禁不住笑了，說：「還不如把塔娜搶去實在一些。」

紅色漢人也同意我的看法。

「就是那個最漂亮的塔娜？」其中一個軍官問。看看吧，我妻子的美名傳到了多少人的耳朵裡，就連純潔的紅色漢人也知道她的名字了。

「是的，那個美麗的女人是我不忠的妻子。」我的話使這些嚴肅的人也笑了。

塔娜要是知道汪波土司投降了，可能會去投奔他，重續舊情，現在，再也沒有什麼擋住她了。在茸貢土司領地上得勝的部隊正從北方的草原源源開來，在我的鎮子上，和從東南方過來消滅了麥其土司的部隊會師了。這一帶，已經沒有與他們爲敵的土司了。茸貢土司的抵抗十分堅決，只有很少的人活著落在了對方手裡。活著的人都被反綁著雙手帶到這裡來了。在這些人中間，我看到了黃師爺和塔娜。

我指給解放軍：「那個女人就是我妻子。」

他們就把塔娜還給了我，但他們不大相信名聲很響的漂亮女人會是這副樣子。我叫桑吉卓瑪把她臉上的塵土、血跡和淚痕洗乾淨了，再換上光鮮的衣服，她的光彩立即就把這些軍人的眼睛照亮了。現在，我們夫妻又在一起了，和幾個腰別手槍，聲音洪亮的軍官站在一起，看著隊伍從我們面前開進鎮子裡去。而打敗了麥其土司的隊伍在鎮子上唱著歌，排著隊等待他們。這個春天的鎮子十分寂寞，街道上長滿了碧綠的青草。現在，隊伍開到鎮子上就停了下來，踏步唱歌，這些穿黃衣服的人把街上的綠色全部淹沒了，使春天的鎮子染上了秋天的色調。

我還想救黃師爺。

我一開口，解放軍軍官就笑著問我：「爲什麼？」

「他是我的師爺。」

「不，」軍官說，「這些人是人民的真正敵人。」

結果，黃師爺給一槍崩在河灘上了。我去看了他，槍彈把他的上半個腦袋都打飛了，只剩下一張嘴巴咬了滿口的沙子。他的身邊，還趴著幾具白色漢人的屍體。

晚上，塔娜和我睡在一起，她問我是什麼時候投降的。當她知道我沒有投降，而是糊裡糊塗被活捉時，就笑了起來，笑著笑著，淚水就落在了我臉上，她說：「傻子啊，每次你都叫我傷了你，又叫我覺得你可愛。」

她真誠的語氣打動了我，但我還是直直地躺著，沒有任何舉動。後來，她問我是不是真不怕死。我剛要回答，她又把指頭豎在我的嘴前，說：「好好想想再回答我吧！」

我好好想了想，又使勁想了想，結論是我真的不怕。

於是，她在我耳邊輕聲說：「天啊，我又愛你了。」她的身子開始發燙了。這天晚上，我又要了她。瘋狂地要了她。過後，我問她是不是有梅毒，她咯咯地笑了，說：「傻子啊，我不是問過你了嗎？」

「可是你只問了我怕不怕死。」

我美麗的太太她說：「死都不怕還怕梅毒嗎？」

我們兩個人都笑了。我問塔娜，她知不知道自己什麼時候死？回答是不知道。她又問我同樣的問題，我的回答是：「明天。」

兩個人又沉默了一陣，然後，又笑了起來。

這時，曙光已經穿過窗櫺，落在了床前。她說：「那還要等到下一次太陽升起來，我們多睡一會兒吧！」

我們就背靠著背，把被子裹得緊緊的，睡著了。我連個夢都沒有做。醒來，已經是中午了。

我趴在欄杆上，看著鎮子周圍越來越深的春天的色調，便看到麥其家的仇人，那個店主，正抱著一罈酒穿過鎮子向這裡走來。看來，我已經等不到明天了。我對妻子說：「塔娜啊，你到房頂上看看鎮子上人們在幹些什麼吧！」

她說：「傻子呀，你的要求總是那麼荒唐，但你的語調從來沒有這麼溫柔過，我就上房頂替你看看吧。」

我重新回到屋子裡，坐下不久，就響起了敲門聲。

是我的命來敲門了。

敲門聲不慌不忙，看來，我的店主朋友並沒有因爲弟弟從殺手搖身一變成爲紅色藏人就趾高氣揚，他還能謹守紅色漢人沒來以前的規矩。門虛掩著，他還是一下又一下不慌不忙地敲著。直到我叫進來，他才抱著一罈子酒進來了。他一隻手抱著酒罈，一隻手放在長袍的前襟底下說，說：「少爺，我給你送酒來了。」

我說：「放下吧，你不是來送酒的，你是殺我來了。」

他手一鬆，那罈酒就跌在地上，粉碎了。

屋子裡立即就充滿了酒香，可真是一罈好酒啊。我說：「你的弟弟是紅色藏人了，紅色藏人是不能隨便殺人的，復仇的任務落到你頭上了。」

他啞著嗓子說：「這是我最好的酒，我想好好請你喝一頓酒。」

我說：「來不及了，我的妻子馬上就要下來，你該動手了。」

他便把另一隻手從長袍的前襟下拿出來，手裡是一把亮晃晃的刀子，他蒼白的額頭上滲出了汗水，向我逼了過來。

我說：「等等。」自己爬到床上躺下來，這才對他說：「來吧！」

等他舉起了刀子，我又一次說：「等等。」

他問我要幹什麼，我想說酒真香，說出口來卻是：「你叫什麼？你的家族姓什麼？」

是的，我知道他兩兄弟是我們麥其家的仇人，但卻忘了他們家族的姓氏了。我的這句話把這個人深深傷害了。本來他對我說不上有什麼仇恨，但這句話，使仇恨的火焰在他眼裡燃了起來，而滿屋子瀰漫的酒香幾乎使我昏昏欲睡了。刀子，鋒利的刀子，像一塊冰，扎進了我的肚子。不痛，但是冰冰涼，很快，冰就開始發燙了。我聽見自己的血滴滴答答地落在地板上，我聽見店主朋友啞聲對我說再見。

現在，上天啊！叫我來到這個世界上的神靈啊！我身子正在慢慢地分成兩個部分，一個部分是乾燥的，正在升高；而被血打濕的那個部分正在往下陷落。這時，我聽見了妻子下樓的腳步聲，我想叫一聲她的名字，但卻發不出什麼聲了。

上天啊！如果靈魂真有輪迴，叫我下一生再回到這個地方，我愛這個美麗的地方！神靈啊！我的靈魂終於掙脫了流血的軀體，飛升起來了，直到陽光一晃，靈魂也飄散，一片白光，就什麼都沒有了。

血滴在地板上，是好大一汪，我在床上變冷時，血也慢慢地在地板上變成了黑夜的顏色。

當代名家・阿來作品集2

塵埃落定

2021年3月二版 定價：新臺幣600元

著　　者　阿　　來
叢書主編　邱靖絨
校　　對　吳美滿
整體設計　莊謹銘

出版者　聯經出版事業股份有限公司
地址　新北市汐止區大同路一段369號1樓
叢書主編電話　(02)86925588轉5305
台北聯經書房　台北市新生南路三段94號
電話　(02)23620308
台中分公司　台中市北區崇德路一段198號
暨門市電話　(04)22312023
郵政劃撥帳戶第0100559-3號
郵撥電話　(02)23620308
印刷者　世和印製企業有限公司
總經銷　聯合發行股份有限公司
發行所　台北縣新店市寶橋路235巷6弄6號2F
電話　(02)29178022

副總編輯　陳逸華
總編輯　涂豐恩
總經理　陳芝宇
社長　羅國俊
發行人　林載爵

行政院新聞局出版事業登記證局版臺業字第0130號

本書如有缺頁，破損，倒裝請寄回聯經忠孝門市更換。 ISBN 978-957-08-5722-1 (精裝)
聯經網址 http://www.linkingbooks.com.tw
電子信箱 e-mail:linking@udngroup.com

國家圖書館出版品預行編目資料

塵埃落定/阿來著．二版．新北市．聯經．2021.03．
480面．14.8×21公分．(當代名家・阿來作品集2)
ISBN 978-957-08-5722-1（精裝）
[2021年3月二版]

857.7 110002407